ANTOLOGÍA
literaria

Alberto Julián Pérez

Riseñor Ediciones

Publisher: Riseñor Ediciones
Address: P.O. Box 42701, Lubbock, TX 79409
Phone number: 806-226-7411
Legal Name: Riseñor Ediciones

ISBN: 978-0-9860-8398-3 (sc)
ISBN: 978-0-9860-8399-0 (e)

Lulu Publishing Services rev. date: 10/3/2018

Indice

Poemas

Cuentos

Ensayos

Poemas

El bar de las viejas vedettes

A este bar del centro donde vengo
a ocultarme, llegan, por la noche,
unas viejas vedettes. Trabajan aquí cerca,
en un teatro de mala muerte.
Una vez, curioso, fui a verlas actuar.
Estaban radiantes sobre el escenario
vestidas de lentejuelas y de plumas.
Sus carnes desbordaban sus trajes.
El público, jocoso, se burlaba
de sus cuerpos deformes.
Ellas, diosas histéricas, sufrían
las humillaciones y miraban
con desprecio a la platea
de adolescentes imberbes
y hombres solos. No renunciaban
a nada. Se aferraban a sus cuerpos,
antes gloriosos, y seguían representando
su papel inverosímil. Bailaron, cantaron,
mostraron el culo, exhibieron
sus tetas fofas. Luego del show
vinieron al bar,
esta extraña escuela de condenados.
Aquí, las vedettes, que una vez
lo tuvieron todo: belleza, amor, dinero,
quedaron indefensas, bebiendo su copa,
fuera del escenario y de las luces.
Esas pobres mujeres me hicieron pensar
en la poesía desvalida de nuestro tiempo.
En los poetas grotescos, que cantan

y celebran la fealdad del mundo,
con expresión grosera,
y son el hazmerreír de muchos.
No tienen vergüenza de exhibirse.
Otrora soñaron en un mundo perfecto,
lírico, elevado, sin limitaciones.
Pero pasó el tiempo
y nunca llegó la palabra iluminada
ni la inspiración salvadora. Ahora
rinden culto a la vida y se arrepienten
de sus sueños reaccionarios. También pensé
en los otros, sus enemigos, que,
a diferencia de las viejas cocottes,
no saben vivir en la cruel realidad
y se refugian en un paraíso imaginado.
Los poetas burgueses, que cantan
al amor salvador y los sentimientos nobles
en versos elevados. Esos que ignoran
el infierno, que no conocen la caída
ni sienten compasión por la fragilidad
humana. El espíritu, finalmente, me dije,
será el que nos guíe por este desierto,
solos ante la duda. El espíritu poético,
ese aura inmaterial que viaja por el tiempo,
y llega en el lenguaje y nos eleva, y es
el espíritu santo. Miré a mi alrededor,
alcé mi copa y brindé por las vedettes.
Ellas me devolvieron la cortesía.
Luego nos quedamos bebiendo en silencio.
La disciplina del alcohol me ayudó
a ensimismarme. Recordé un sueño
recurrente que tengo, en el que me hundo
en lo más hondo y emerjo en un espejo.
Allí, desesperado, me contemplo
y me arranco a pedazos la piel del rostro.
Era sólo una máscara, descubro, y detrás

6

encuentro otra y otra…Vivimos
escapando de nosotros mismos
y poco a poco, sin saberlo,
nos acercamos a eso que somos.
Bebimos la última ronda de alcohol suicida.
Cerró el bar y salimos a la calle, ya bautizados.
La oscuridad nos acogió, en su anonimato
generoso. Nos alejamos sin despedirnos.
Solos en nuestra ley los incorregibles.
Héroes también de la soledad y del fracaso.
Ya el mundo me dolía menos
y estaban prontas a abrirse
las puertas del sueño y del olvido.

El ahogado

Estábamos pasando con mi novia
el día en La Florida. No me refiero
a alguna playa de arena blanca en Miami
sino al balneario municipal
de arena oscura, en Rosario.

Mirábamos desfilar, desde la orilla,
los camalotes viajeros
que descendían desde Corrientes
con su carga de serpientes y de monos.

Nuestro amor era un amor sencillo
de pueblo o ciudad sudamericana,
donde los pobres
se bañan en el río de barro,
y los ricos
maquillan la realidad
con sueños prestados.

Finalmente nos ganó el hambre
y fuimos a un bar de la playa
a tomar cerveza y comer
sánguches de milanesa.

El sol se iba poniendo en el horizonte.
Atardeceres de reflejos bermejos
del Paraná. Pareciera que el cielo o dios
estuviera herido, y sufriera,
por nosotros, que le hicimos daño.

Le dije a mi novia que quizá éramos parte
de una fantasmagoría. Abrazados
a nuestro amor tierno
imaginamos que nos íbamos río abajo
a una selva de jaguares o tigres americanos.

Podíamos, si queríamos, viajar en el tiempo,
pensar que el Paraná era el río de la vida
de cuya arcilla
había sido hecho el primer hombre.

Escuchamos gritos,
y vimos que los pocos bañistas
que quedaban, corrían
hacia un punto en la playa.

Nos acercamos al lugar. En el suelo,
extendido, había un joven,
con los brazos en cruz.

Un muchacho, a horcajadas
sobre él, le presionaba el pecho
con ambas manos.
El ahogado no reaccionaba.

Me aproximé a él: vi que tenía
los ojos abiertos. Su mirada vidriada
parecía buscar algo en el cielo.
Comprendí que estaba muerto
y que ya nada ni nadie
lo volvería a la vida.

Me pregunté que imagen última
se habría llevado de este mundo.
Y a quién habría llamado,
en los instantes finales,
de brazadas desesperadas, agónicas.

Nosotros preocupados por el amor
y él ya entrado en la muerte.
¿Cómo sería la muerte? El muerto
nos traía esa pregunta a nosotros
pasajeros del amor.

Mi novia, junto a mí, lloraba.
Estábamos en silencio, graves,
ante la tragedia inesperada.

El ahogado quedó tendido en la arena.
Nada podía hacerse. La gente
se fue alejando. Oscurecía.

La muerte tan cerca de la vida.
El final tan próximo al comienzo.
Sentimos en nosotros
la brevedad del mundo.

Percibimos nuestra mortalidad
y temblamos por la vida futura.

Quiera dios darnos vida, pensé,
y lo dije en voz alta.

Mi amada se abrazó a mí y, tristes,
emprendimos el regreso a casa.

Atravesamos lentamente la ciudad
en el colectivo del amor.

Al llegar, su madre preparaba la cena.
No dijimos nada. Reunidos en familia
comimos empanadas y bebimos vino.
En la TV un joven cantor
entonó "Samba de mi esperanza":
"El tiempo que va pasando/

como la vida no vuelve más".
Mi novia y yo nos miramos
y nos tomamos de la mano.

Estábamos enamorados
de esa cosa que es la vida.
Dentro mío rogué
que perdurara en su ser.

Sábado a la noche, cumbia

El sábado a la noche, ya muy tarde,
a la hora en que salen en Buenos Aires
los espíritus inquietos,
fuimos con mi amigo Pancho
al bailable de Constitución
Radio Studio, el Gran Gigante,
uno de los clubes de música tropical
más afamados de la ciudad.
Allí se pueden escuchar
a las grandes estrellas de la cumbia,
a los reyes de la música grupera,
y hasta deleitarse con las selecciones afrodisíacas
del DJ y gran gurú Machu-K, considerado el mejor
por la muchedumbre que llena la enorme bailanta
los fines de semana. Pancho me había avisado
que esa noche cantaba la Princesita Karina,
una de mis artistas favoritas, por la dulzura de su voz
y su carisma, y no podía perdérmela.

Subimos a un colectivo en Caminito.
Atrás quedaron las flores del Riachuelo.
Atravesamos la Avenida Brown en La Boca;
nos internamos en San Telmo y, al llegar a Brasil
y Bernardo de Irigoyen, descendimos.
Era la entrada simbólica a Constitución, el barrio
así llamado en homenaje a nuestra Carta Magna.
Invocamos a la musa de Rodrigo,
solicitando su autorización nochera,
y nos pusimos a tararear "Amor de alquiler",

una de sus canciones más bellas:
"Amor de alquiler/ que no me reprochas
que tarde he llegado,/ amor de alquiler,/
tu nombre en mi piel lo llevo tatuado;/
amor de alquiler,/ no importa saber
con quien has estado,/
amor de alquiler,/ quisiera poder
morirme a tu lado!"

Pasamos por abajo de la opresiva autopista
elevada, sucia y gris arcada que afea
y denigra la antigua y libre traza urbana,
cicatriz de cemento que nos hizo sentir
la decadencia del Sur abandonado.
Fue obra de destrucción de la piqueta
del Intendente militar de facto Osvaldo Cacciatore,
de siniestro legado, durante los años setenta.

(El Brigadier tiene una importancia simbólica
en nuestra crónica: delirante Militar del Proceso,
enlutó a los argentinos con sus crímenes.
Su acción militar más recordada
fue la masacre de Plaza de Mayo, en 1955,
cuando bombardeó primero y luego ametralló
con su avión la Plaza y la Casa de Gobierno,
asesinando a 400 civiles indefensos.
En premio, la Junta Militar del Proceso
lo designó, 21 años después, Intendente en ejercicio
de Buenos Aires. La Autopista de Cacciatore
hoy conecta a Constitución
con el Campo de exterminio del Olimpo,
donde sus Comandantes amigos
continuaron su obra. Al final del Proceso
habían asesinado a 30.000 argentinos.
Después de pasar por el Olimpo
la autopista se pierde en el vacío,

en un gesto nihilista y suicida de odio
y de impotencia. Profundizó la grieta
y herida abierta, dolorosa,
que separa a las dos Argentinas:
la Argentina de la oligarquía y sus aliados cómplices,
nacionales e internacionales,
de la Argentina del pueblo de Perón y Evita,
trabajador y obrero.)

Se extendía frente a nosotros
la enorme Plaza de Constitución,
la antigua Playa de las Carretas,
a cuyo mercado antaño llegaban los frutos
de la agreste y romántica pampa,
junto a los acentos y cantos
de sus gauchos y troperos.
Atravesamos la Estación de Trenes,
ampliada casa de la vieja Estación del Sud,
exquisita joya de la arquitectura pública
de estilo francés, diseñada, paradójicamente,
por un arquitecto inglés
y otro norteamericano (entre ellos se entienden),
a fines del siglo XIX.

Nos internamos, dichosos, sintiendo ya
la pasión del malevaje, por las calles vecinas,
con sus coloridos negocios de ropa barata,
sus piringundines al 2 x 1
y sus torvas pizerías, frecuentadas
por la gente menuda, que busca algo lindo
y barato que ponerse, y por las putas
y travestis que, mientras se prueban
la ropa de moda,
o comen una porción con doble muzarela,
ofrecen sus servicios.

Dejamos atrás esas calles. Nos dispusimos
a entrar de una vez por todas
en un terreno más espiritual y firme:
el de la caliente ternura y el perfume animal
de la noche del sábado.
Nos dirigimos al baile. Pronto sentiríamos
la esencia de las lindas chirusas
bañadas en colonia
y el aura de los varones que exhalaban
su fragancia de hormonas.

Llegamos a la magia de Radio Studio,
el gran salón de música tropical,
en la esquina de Salta y O'Brien,
que nos recibió con su fachada
de luces fluorescentes, que reproducen,
en múltiples y llamativos colores,
las líneas estilizadas del Partenón griego.
Entramos al local, repleto, a esa hora,
de bellas chicas engalanadas,
que exhibían sus pechos jóvenes y generosos
por los amplios escotes de sus vestidos
de tela satinada y brillante. Subidas
a sus altísimos tacones, como para espiar
por la ventana del mundo, felices, rientes,
pícaras, miraban, curiosas, de reojo,
a los muchachos vecinos, y, cuando se descuidaban,
bajaban la vista, inadvertidas, para auscultar
el bulto de sus entrepiernas. Estos,
listos para lo que sea,
estaban dispuestos siempre a abrirles bien
el bolsillo, y comprarles muchas cervezas rubias
a cambio de un simple beso.

Era la primera vez que yo venía
a esta popular bailanta,

con la intención confesa
de escribir un poema o pintar un fresco.
No podía ser que me perdiera la noche
de esta encendida barriada
por estar entrometiéndome, indebidamente,
en mis traviesas incursiones nocturnas,
en las discotecas de los acomplejados snobs
del mediopelo porteño, que celebran
a sus artistas de rock neobarroso,
imitadores envidiosos y serviles
del talento extranjero,
y tienen a menos el arte de su pueblo.

Los pobres de las bailantas de Constitución
son buenos de corazón, hijos
de esa tutora severa, la miseria,
compañera egoísta, tantas veces
madrastra de los poetas.

Para mi amigo Pancho, paraguayo, de Caacupé,
la patria de la virgen, yo era un blanquito curioso,
aficionado, que metía la nariz en todos lados,
pero me perdonaba, porque le gustaba mi poesía
melodramática y sabía que de esta visita
saldría un poema popular y cumbiero,
del que estaría orgullosa toda La Boca,
nuestro barrio. Llevaría las luces de Constitución
a la Ribera, y le devolvería al pueblo
lo que es del pueblo, dándoles por el culo a los ricos
y a la ridícula oligarquía de opereta
que nos gobierna. Me hizo prometer
por el Gauchito Gil, nuestro santo,
que lo incluiría en el poema. Por supuesto
que lo haré, y aquí cumplo. Pancho
es un buen amigo y me está enseñando
a hablar en Guaraní, un antiguo deseo mío,

que nací en Rosario, en el pecho del gran Río,
por el que desciende, con el rumor de sus aguas,
la melopea autóctona de esa lengua sincopada.
Ya había aprendido que Dios se dice « Tupá »,
sol « Kuaray », amor « ayhn », y yo soy « Ché ha'e ».
Estaba memorizando además la preciosa canción
"Paloma blanca » (ya sabía la primera estrofa)
del gran compositor paraguayo Neneco Norton,
que dice : « Amanóta de quebranto/ guayrami
jaula pe guáicha/ porque ndarakói consuelo/
mi linda paloma blanca".

Vimos un lugarcito libre a un lado de la barra,
lugar preferido de los tímidos,
cerca de donde hacían cola las chicas
buscando su cerveza o su fernet con coca,
y hacia allí fuimos. Pasamos la región
de los acaramelados galanes, que ofrecían
en esos momentos a sus enamoradas
el corazón en llamas. La cumbia sonaba,
heterodoxa pero sincera. El DJ
combinaba ritmos villeros con música
cuartetera, en un contrapunto movido,
y en la pista bailaban las parejas,
sacudiendo el cansancio acumulado en la semana.
Me sentía más contento que gaucho
en el gallinero del Colón, viendo el *Fausto*
de Gounod, o que pituco porteño
yendo a curiosear donde no le corresponde
(¡ah, la curiosidad, madre de todos los vicios !).
Así, aprendiendo, aprendiendo,
los argentinos llegamos lejos
y somos un pueblo, aunque pobre, feliz.

El lugar se había llenado
y estaban las humanidades aliento con aliento,

casi nos besábamos de tan cerca.
Al DJ Machu-K le siguió el Grupo Furia,
de Berazategui, y un conjunto de chicha andina,
Markahuasi, llegado directamente del Perú,
para los jóvenes de todas las naciones
hermanas que danzaban codo con codo.
Se había armado bien el baile, como se dice.
La Princesita Karina, sol nocturno,
diosa de caderas sensuales, iba a entrar más tarde,
como a las dos de la mañana,
porque ninguna fiesta bailantera
amaina antes de las cuatro,
y la música sigue en la pista
hasta las cinco. Después de esa hora
empieza a llegar la gente que amanece,
los ebrios de crack y marihuana,
que se tienden en sus sillones
para dormir su cumbia.
Radio Studio está siempre abierto,
las 24 horas, para los nostálgicos,
los desesperados y los que se refugian
en la noche de Constitución
con el diablo en el cuerpo.

Antes del show de la Princesita,
y para que entráramos en calor,
presentaron un show de danza.
Apareció en el escenario una chica preciosa,
en bikini. Tenía unas tetas increíbles.
Sonó la música envolvente
y un spot de luz cálida la enfocó.
Se trepó a un caño, colocado
en el centro de la escena,
como una serpiente lúbrica.
Se pasaba la lengua por los labios,
provocando a los mirones excitados.

Muchas parejitas que estaban en la pista
se acercaron a mirar.
Las muchachitas se apretaban a los chicos,
a ver qué les tocaba a ellas. Los donjuanes
acariciaban a sus hembritas,
mientras se relamían de goce
con la diosa del caño,
que había estudiado
en una academia del rubro
y tenía un cuerpo de gimnasta profesional.
Sus formas contorneadas
eran una versión perfecta de Venus,
acompañada de leopardos agazapados y todo,
y seguida a su partida por una fuga de palomas.
Luego vino el número de la jaula:
se introdujo en ella una muchacha
y la elevaron sobre la escena.
Al ritmo de una cumbia lenta, moviéndose
sensualmente, se fue quitando las ropas
hasta dejar su jugoso cuerpo al desnudo.
La siguió un strip-tease masculino :
un patovica se fue desnudando
ante el griterío poco recatado
de la asistencia femenina. Ya estaban
todos mojaditos con semejante espectáculo,
calientes a más no poder,
y allí arrancó el perreo. El DJ
puso cumbia dura y regatón villero.
Los muchachos, en la pista de baile,
se les acomodaban a las chicas entre las piernas
y les daban hacia atrás y adelante,
con una furia sexual encadenada
a la situación febril. Las chicas se venían
con los ojitos cerrados como si nada,
todos de acuerdo en pasarla lo mejor posible,
en gozar, el sábado a la noche.

Necesitaban descargar la angustia
acumulada en la semana.
Era un baile liberador, salvador.
Entre tragos y mamadas,
chupaditas y deditos en la raja,
sentían que les regresaba
el alma al cuerpo. Esa era vida,
tiene derecho a divertirse el pueblo,
a cada uno lo suyo. Después, ya preparada
y más calma la platea, llegó Karina,
la Princesita, la rubia diosa bailantera.
Para entonces, ya todos se habían venido,
y abrazadito cada uno a lo que le corresponde,
se dispusieron a escuchar sus canciones románticas
y corear felices los estribillos.

Trajo en su cuerpo y en su baile
toda la felicidad que esperábamos.
Vestida de falda negra ajustada y camisa roja,
contorneaba sus caderas dulcemente
mientras desgranaba sus canciones,
acompañada por la sabia música de su banda.
Atacó, entre otros bellos temas, « Miénteme »,
"Te llevo conmigo », « Procuro olvidarte ».
La multitud de fans explotó
cuando empezó a cantar « Corazón mentiroso » :
"Mentiroso, corazón mentiroso,/
no tienes perdón, estás muy loco,/
mentiroso, corazón mentiroso,/
te vas a arrepentir cuando esté con otro. »
Todos tarareábamos y cantábamos
y levantábamos los brazos,
¡manos arriba, manos arriba!,
para seguir el compás de la música,
como en un gran himno telúrico
de sábado a la noche,

20

en este club de Constitución, Radio Studio,
bien llamado el Gigante, muy cerca
de la Estación de los Trenes del Sur,
de donde parten las almas perdidas
que van del calor al frío.

Mi canción favorita, ya para el recuerdo,
fue "Procuro olvidarte",
del gran compositor Manuel Alejandro,
en la versión dulce y acompasada,
de arrastre cumbiero, de Karina. Lo orgulloso
que estaría el Kun Agüero, su novio,
el gran jugador de fútbol del Manchester City,
si pudiera verla esta noche, tan dueña de sí,
en el escenario, regalando gracia y talento.
Pero no pudo venir, tenía partido
en la anciana Inglaterra, nuestra antigua abuela
imperial, tan lejos del mundo de la pobreza porteña.
"Procuro olvidarte,/ siguiendo la ruta
de un pájaro herido", cantaba Karina,
"procuro alejarme,/ de aquellos lugares
donde nos quisimos/ me enredo en amores/
sin ganas ni fuerzas por ver si te olvido/
y llega la noche
y de nuevo comprendo que te necesito."

El desconsuelo del magno Alejandro nos envolvió
y nos dejamos acariciar
por la suavidad de su lirismo,
transformado en lento fuego
en este barrio popular de Buenos Aires.
Aquí, toda la Latinoamérica que sufre y trabaja,
canta. Mastica el rencor y el resentimiento
acumulado durante la semana
al ritmo liberador de la música nuestra:

cumbia negra, cumbia colombiana y argentina,
cumbia proletaria, cumbia del pueblo,
y se limpia de la música falsa y efervescente
de la otra Argentina: el rock servil de importación
de las clases medias racistas y alcahuetas.

¡Qué rápido pasaba el tiempo!
¡Ojalá corriera así durante la semana,
cuando los pobres trabajamos por monedas,
para abonar las cuentas de los ricos
con nuestra subestimada sangre proletaria!
Durante la semana el tiempo no pasa nunca.
El fin de semana parece que no viene,
pero finalmente un día, gracias a dios,
llega el sábado a la noche, y se puede ir al baile
y ser libre por un rato. Guardamos luego
la llamita de ese instante de goce
como un tesoro preciado, viviente, en el corazón.
Así nos divertimos los hijos de esta otra Argentina,
despreciada por los ricos: los excluidos,
los negros de mierda, los grasas, los cabecitas.
Somos los bárbaros de Perón, los bárbaros de Rosas.
Así nos llaman esos civilizados
que trabajan al servicio del Pentágono
y las multinacionales, esos que venden al país
por cuatro pesos, y se llenan la boca hablando en inglés
para sus amos. Libres somos nosotros
de defender la patria,
ante esos cipayos que nos ponen precio,
como a viles esclavos.

El show de Karina en el Gran Gigante
de Constitución ya terminaba.
Se habían hecho las cuatro de la mañana,
y empezamos a despedirnos, abrazarnos

22

y llevar nuestras preciosas conquistas,
botín de seductor, con visto bueno
y consentimiento de la hembra, hacia la salida.

Yo también bailé esa noche
con una morochita de Villa Soldati
que daba gusto, tanta bondad y formas generosas,
y hasta me tomé mis cervezas.
Así que lo que escribo
está salpicado del gusto de los besos y de la alegría
de la cumbia villera. ¿Me escuchás lector amigo?
Te hablo desde yo no sé donde. El mensaje es la vida.
Confluyen en él las voces de conversaciones cercanas
y metáforas fraternas de versos consentidos.
Lo que entiendo y lo que no entiendo del mundo
que nos rodea. Un día hablaremos con dios
y no sabemos qué va a decirnos.
Constitución Nacional es nuestra carta de identidad,
el barrio en que se unen los pobres argentinos
a los pobres de todas las naciones. Hasta aquí
han venido muchos de la mano de Nanderuguasú,
el gran padre, y hasta aquí abrazados llegaron
los hermanos andinos del Khunuqullu y el Anti.
Bienvenidos sean.

A la salida del baile nos esperaban,
con sus manjares listos,
los vendedores de chipá y sopa paraguaya,
anticucho paceño y caldo fuerte de ají
para quitarse la borrachera,
y allí estaba también el vendedor criollo
de nuestros choripanes, asaditos al carbón.
Salían los jóvenes del baile
hartos de cerveza a comerse un chori,
o pedían un anticucho de corazón,
o un chipá guazú para llenarse la panza,

y se iban después mansitos a mear en la calle
junto a los contenedores de basura.
Empezaron a llegar los muchachos
que venían de las bailantas cercanas,
"Mbareté Bronco » y « Mburukujá »,
allí estábamos los argentinos pobres
junto a los pobres peruanos y paraguayos,
y a los bolivianos pobres de Buenos Aires.
Nos acompañaba la preciada y sentida concurrencia
de chicas bailanteras, con sus coloridas faldas cortas
y remeras escotadas, dispuestas a ir a casa,
solas o acompañadas.
Los trabajadores somos solidarios,
siempre nos hacemos un lugarcito
para pasar la noche
y amanecer en brazos del amor.
Es que vivir así vale la pena.

Ya cumplida mi misión de curioso,
me despedí de la fiesta. Mi morochita
se fue con su hermana a su casa
en Villa Soldati. A Pancho ya no lo vi,
estaría ocupado el muy seductor.
Enfilé hacia la Ribera. De pronto vinieron
a mi mente los versos de la cumbia
del Potro Rodrigo, « Cabecita »,
mechados de magnífica compasión,
y me puse a cantar bajito, mientras atravesaba
la avenida bajo la autopista nefasta
del Brigadier Cacciatore, a esa hora tapizada
de borrachos y vagabundos:
"Ella se fue de su pueblo/ a buscar trabajo,
allá en la ciudad/
ahora está lejos de casa,/dejó las muñecas,/
llora su mamá./
Y en esta jungla de cemento/

que a ella la trajo a buscar trabajo/
esa muchacha por horas/
hoy es la gran cita/ de otro cabecita."
Se me hicieron presentes
muchos momentos espectaculares del baile
- las luces, el erotismo, el goce de la gente –
y en mi mente, mientras caminaba
por Brasil hacia La Boca,
fui imaginando como sería este poema-ómnibus,
qué diría en él, a quién le rendiría homenaje.
Somos una comunidad viva, un sujeto plural.
Este es el poema donde la Argentina de barro
enseña su vulnerada humanidad
y la fuerza de su amor.
Del otro lado, tras un invisible y reconocido
muro simbólico, está la otra Argentina,
la de los ricos grotescos, gorilas imitadores
de los rapaces explotadores asesinos
que han saqueado al mundo.

Llegué a Parque Lezama, frontera sur de San Telmo,
antigua atalaya contra invasores y filibusteros,
que preside, desde su alta barranca,
las tierras bajas de la República de La Boca,
donde habita mi gente,
y observé con deleite el viboreo descendente
de la avenida Brown, que bordea la Casa histórica
del heroico irlandés, y las luces azules y amarillas
de la Cancha de Boca,
que brillaban a lo lejos, siemprevivas.

Allí me quedé un rato,
hasta que empezó a amanecer
y me sentí feliz. Agradecí a Dios
el haber nacido poeta artífice,
heredero privilegiado del espíritu

de la lengua, y le pedí
que me diera inspiración
para retratar con justicia
el alma generosa de mi pueblo.

Quiero unir en mi crónica la poesía,
con la historia de mi gente
y sus luchas políticas,
el canto cumbiero de los pobres de hoy
con el alma rimada que heredamos
de los gauchos de la tierra.
Podemos así fundar la nueva Argentina,
contra el racismo de las clases medias,
contra el elitismo de los privilegiados,
contra la explotación despiadada de los ricos,
contra el materialismo sin espíritu de nuestro tiempo.
La Argentina fraterna de los gauchos de corazón
y de las masas libres, manumisas, del mañana.

Túva-ysyry, Taita-ysyry,
padre río, padre de las aguas,
escucha nuestros sentidos ruegos
desde el alma del Riachuelo que canta,
desde nuestro barrio obrero
que con su poesía resiste
en el Estuario del Plata;
Jesús nuestro, hijo de Dios,
con el corazón te llamamos, pecadores;
somos tus ichtus, tus peces, danos la paz,
y perdona nuestras deudas como nosotros
perdonamos a nuestros deudores.

El Gran Cacerolazo del Obelisco

El día 14 de julio del 2016, al anochecer,
los vecinos de Buenos Aires nos reunimos
frente al Obelisco, testigo ocular de nuestra historia,
grácil vigía y atalaya de este Fuerte, la Patria,
para participar en el Gran Cacerolazo Nacional.

No soy el único cronista que informo de este evento,
pero uso el verso, y este cacerolazo, por lo tanto,
se integra a la historia de nuestra poesía,
para satisfacción de sus héroes
y de sus heroínas, las esforzadas mujeres argentinas.

Utilizo el lenguaje expresivo que mi pueblo
ama y entiende: imágenes visuales llamativas
y decoradas metáforas cumbieras, para sellar
el nuevo pacto con las multitudes argentinas
en la forma poética del siglo veintiuno.

Podrá mi ojo público viajar
por el espacio de las realizaciones de mi gente,
testimoniar desde el cielo su gran exquisitez,
y embriagarme, drone menudo,
con las cosas delicadas de su espíritu.

Hemos comenzado nuestra jornada nacional
de Resistencia (palabra sagrada en la lengua
de mi tierra, honrada por la paciencia
de luchadores innumerables
en las horas aciagas del terror y la dictadura)

contra un gobierno apátrida, oligarquía estéril
y cipaya, que hambrea a su pueblo trabajador
y nos trata como a salvajes o a bárbaros.

Impactante es la riqueza verbal de mi gente,
los muchos hallazgos de su expresión arisca y viva,
por eso mi indignación choca con la policía
del idioma. Ya tuvimos, felizmente, nuestros
libertadores de la lengua y de la poesía,
y hoy podemos elevar el lustre de nuestra voz
y dar lecciones de sensibilidad
a los vendepatrias y a los reaccionarios.

Atesoramos una literatura experimentada,
contamos con nuestros santos y nuestros mártires,
y guay de quien se digne ofender su memoria,
porque saldrán los poetas,
con las filosas espadas de sus plumas,
a despenar a los asesinos de sus versos.
Para los ricos de mi querida Argentina,
sépanlo, nunca hubo nada más despreciable
que su propio pueblo,
y así lo demuestran, crueles Nerones,
con sus actos y medidas de gobierno.
Por eso nuestra gente ha decidido,
como la Difuntita Correa, digna y dulce,
luchar, heroica, por sus derechos.

Odiamos los privilegios
de nuestros ilegítimos oligarcas,
sirvientes arrogantes de amos extranjeros,
que luego de enlutar al país
durante cinco décadas
con sus desgobiernos militares
y sus Juntas de asesinos en el pasado siglo,
vienen hoy con sus vástagos,

educados en universidades gringas,
a traer hambre y miseria a nuestros hijos.

Jamás se cansan los ricos
de atormentar a los pobres, así está escrito,
y si no, lean el Evangelio, y visiten
las villas miserias que languidecen
junto a los barrios boutiques
de los poderosos, y vean a los niños descalzos
mendigar por las calles y recoger comida
de la basura. Por eso, en este 14 de julio
fraterno, nos reunimos, libertarios,
para un Gran Cacerolazo de resistencia popular.

El Obelisco está engalanado de carteles
que vocean nuestra rebelión,
en este día en que florecen, junto a las cacerolas,
los paraguas, porque hoy, como en aquel
25 de mayo de 1810, cuando el pueblo argentino
inició su Revolución contra el Imperio,
llueve en Buenos Aires. El cielo nos acompaña
y está llorando por sus hijos
en el espacio alegórico
de nuestra movilización popular.

Todo tiene sentido, la ciudad habla,
cada ser y cada objeto son testigos:
estamos en la 9 de Julio, la Avenida
más ancha del mundo, hermanados,
Catones heroicos, en la gran rotonda florida
que abraza al Obelisco, cantando estribillos
y gritando nuestras razones, expresando
nuestra indignación y nuestro enojo,
batiendo, con ritmo canyengue,
nuestras cacerolas disonantes.

Las fuerzas policiales, armadas con rifles
de asalto, escudos y bastones, uniformados
apocalípticos, acordonaron el perímetro
de la manifestación, y amenazan nuestra
seguridad, mostrando el poco valor que tiene
en Buenos Aires la vida.
A nuestra oligarquía, estancieros obesos
e industriales raquíticos, siempre le ha gustado
reprimir con su policía a la gente pacífica,
y mandar, llegado el caso, al asalto,
al mismísimo Ejército Nacional, mercenario
del país de los potentados, para contener
el avance de los disconformes, incitándolo,
si hace falta, a disparar contra su pueblo.

Mientras tanto, yo, el poeta, y más que el poeta,
el maestro, el viejo maestro que soy y he sido,
y cronista y periodista ocasional
en que me transformo, cuando la urgente
situación lo exige, testimonio, en esta ocasión,
para Radio FM La Boca, y sus radios afiliadas
y amigas: FM La Colifata, FM Caterva,
Radio La Milagrosa, Radio Bemba y FM Riachuelo,
el enojo de las masas contra el gobierno
por el aumento indiscriminado de las tarifas
de los servicios del gas y de la luz en un 700 %
(increíble no?).

Así sacan las cuentas en mi patria los ricos,
que liquidan con rabia cruel y arrogante
el sudor cautivo del trabajador mal alimentado.

Hay en la protesta mayor cantidad de mujeres
que de hombres. Las cacerolas son el símbolo
de la labor continua y esforzada de las madres
en sus hogares, y las combativas y valientes mujeres

quieren hacerse escuchar. Raudas recorren las filas,
amazonas guerreras en la batalla contra la Hidra
de crueles egos de la oligarquía carnicera.

Arrecian los cánticos contra los responsables
de la miseria; tantos crímenes han cometido
a lo largo de nuestra historia
que llenan con sus hechos
páginas oscuras de sufrimiento y de oprobio.

Primeras en la fila, se destacan las Madres
de Plaza de Mayo, ancianas esforzadas,
armadas, bajo la lluvia, de coraje,
con sus característicos pañuelos blancos;
los miembros de la Tupac Amaru, rostros
de bronce, perfiles de hacha,
piden, en sus carteles, por la libertad
de la militante indígena Milagro Sala,
prisionera política del gobierno;
varias organizaciones piqueteras agitan
las acosadas banderas de sus consignas;
el Partido Obrero hace flamear su estandarte
rojo, insignia de la guerra de clases;
Barrios de Pie forma ante el muro policial,
barrera sin misericordia,
una procesión de conciencias.

Reconozco de pronto, en la muchedumbre,
algunas caras: son los jóvenes estudiantes
del colegio de mis desvelos
que se han hecho presentes en esta hora.
Rostros osados, ojos luminosos, sonrisas fáciles,
me siento orgulloso de esos jóvenes centinelas
idealistas. Me gritan: « ¡Profesor ! ». Los saludo
agitando mis dos brazos. « Mire si nos viera
Martín Fierro », dice uno. Levanto el pulgar,

aprobando su ingenio. Están en mi nuevo curso
de Literatura Argentina en la « Escuela
de la Ribera », donde estudiamos y discutimos
muchos grandes libros nuestros.
Juntos leímos el *Martín Fierro* y *Operación masacre*.
Son muy inteligentes. Me alegra que hayan venido
a esta inolvidable protesta popular. Me honra
la profunda conciencia social de estos muchachos,
hijos de los trabajadores de mi barrio, La Boca,
antigua casa de inmigrantes y refugio
de humillados, cuna ilustre de luchadores
anarquistas y socialistas
admiradores de Almafuerte y de Carriego.

Sé que mis prédicas morales arrecian en mis clases
(« No te des por vencido, ni aún vencido,
no te sientas esclavo, ni aún esclavo;
trémulo de pavor, piénsate bravo,
y acomete feroz, ya mal herido. »),
pero no fueron ellas las que los persuadieron
a venir, sino las ideas emancipadoras
de José Hernández y Rodolfo Walsh.
Todos al unísono batimos las cacerolas,
los argentinos somos músicos de corazón.
No hay mejor ritmo que el que nace
de la indignación. En este país pasan
muchas cosas. Protestan las madres de familia,
las organizaciones barriales, el Partido Obrero,
los Peronistas, los estudiantes. Se escuchan
cánticos : « Macri,/ basura,/ vos sos la dictadura ».

El Jefe de la Policía da la orden a su escuadrón
de avanzar. Infiltrados de Inteligencia nos provocan.
Escuchamos los insultos: « negros grasas, cabecitas,
muertos de hambre, viejas de mierda,» gritan.
Son las mismas expresiones resentidas y racistas

de desprecio que utilizan las señoras
en Barrio Norte y Recoleta, el enclave
de los ricos, para referirse a sus sirvientes
en sus conversaciones. Para estos agentes
y espías del gobierno, los trabajadores
no tienen valor humano alguno.

Mientras, en nuestro grupo, por encima
del estruendo de las cacerolas, se escucha,
al unísono, nuestro clamor: « ¡queremos trabajo ! »,
"¡tenemos hambre ! », « ¡no podemos pagar
las facturas ! », « ¡no al tarifazo ! ».

Es la luz de la voz multitudinaria iluminando
la oscuridad de la barbarie macrista. Los argentinos
hacemos cosas esenciales con nuestro lenguaje,
la palabra para nosotros es un arma cargada de belleza,
bandera de identidad para develar la verdad
propia a los hermanos. Periodistas y maestros
nos reconocemos en su dignidad redentora.

La clase popular se bate contra la oligarquía
entreguista. Estela de Carlotto, la viejecita ilustre,
Abuela de los desaparecidos, está allí, y viene
a saludarme; la abrazo, me dice « poeta », y envía
por mi intermedio su saludo a los jóvenes rebeldes
de FM Riachuelo. Yo le prometo
escribir una crónica; aquí cumplo;
poesía e historia siempre se dan la mano.

Es importante dejar testimonio del presente.
Estamos en tiempos difíciles. La Historia,
la Literatura y la Política son los faros
que han iluminado las luchas de los pueblos
en Hispanoamérica. Mañana, seguramente,
la prensa oficial infame, la de los plumíferos

serviles, cómplices del poder vandálico
y del capital corrosivo, sembrará sus mentiras.
Explicará que éramos minúsculos y nos había
mandado el Peronismo, y aún el Comunismo,
promoviendo el odio en las falanges macristas.

No es cierto y les explicaré todo, en esta, mi crónica
urgente: la gente salió a la calle porque la calle
es nuestra, y esta élite de vendepatrias, de cipayos
al servicio del capital sangriento que dice
que nos gobierna, no va a meternos miedo.
Los conocemos desde hace tiempo. Estos Gerentes
son los hijos y los sobrinos de los Generales,
que asesinaron a los familiares de numerosos
jóvenes que nos acompañan en esta protesta.
Entre ellos hay muchos hijos de desaparecidos.
Recuerdo bien esa época infame, porque yo
estuve en la patriada de los que luchaban
por la libertad, y supe del poder de fuego
de sus armas de exterminio,
gemas sangrientas, obsequio del Pentágono.

La resistencia de los pueblos
contra los amos imperialistas que nos explotan
es tan antigua como el continente Americano.
Producto somos de ese abuso incesante
y brutal del capital sobre el trabajo,
esclavo o libre, más esclavo que libre finalmente.
El capital paga el sudor del obrero con balas
y con hambre. En nuestra lucha, nosotros
nos civilizamos y aprendemos a ser libres,
mientras los patrones, esclavos de su inhumanidad,
buscan hundir al mundo en el terror y la barbarie.

Este poema aspira a ser esa escuela
donde los hijos aprendan un día de las luchas

de sus padres. Mis crónicas son barrocas
y melodramáticas, excesivas y desbordantes
como nuestra gente. Sus comparaciones
y metáforas dan ejemplos
de nuestro valor, de nuestra fe y coraje.

Llega la hora de terminar la patriada.
Vamos plegando con amor nuestras banderas.
Nos despedimos de esa viril torre marmórea
y catedral porteña, el Obelisco, blanquísimo
contra el fondo oscuro del cielo nocturno.
Testigo es del espíritu de lucha de sus hijos.
Empezamos poco a poco a desconcentrarnos
sobre la gran explanada de la 9 de Julio,
y la Avenida Corrientes, nerviosa de marquesinas
luminosas y teatros acogedores. Al fondo
de la Gran Avenida de nuestra independencia,
en el edificio del Ministerio de Obras Públicas,
se ve el mural azul y blanco, titilante de luces,
con el retrato gigante de la inmortal Evita,
custodio de los humildes.

Hormigas sigilosas, gritando a voz de cuello
nuestras consignas, prometemos volver,
horadar con nuestro trabajo
las leyes injustas con que nos aplastan
y nos anulan los crueles dueños del capital,
y ocupar las calles que son nuestras,
trazar nuevos caminos a la esperanza.
Exigimos justicia. Somos la caridad y la fe.
Nos vamos en silencio a nuestros hogares
empobrecidos, a comer
el pan amargo de la desdicha.

Pueda, amigos de la radio, La Boca
del Riachuelo, nuestra antigua República

de chapas, colorida y costumbrista,
a la que fiel regreso, pronto levantarse
de su postración de barrio marginado
(marginado, que no desheredado,
porque es heredero de los murales alegóricos
de Quinquela Martín, los tangos sentimentales
de Juan de Dios Filiberto, los textos morrudos
de Washington Cucurto y los poemas argentinos
de Alberto Julián Pérez),
víctima y testigo del abuso y el desprecio
que sufren en Argentina las sacrificadas masas
populares y, con todos los otros barrios,
sumarse al Gran Cacerolazo de la insurrección,
para fundar una República en libertad.

En Argentina necesitamos una nueva revolución:
la de los pobres contra los ricos,
la de los hijos contra los padres,
la de las mujeres contra los maridos tiránicos,
la de los débiles contra los fuertes opresores,
la de los poetas contra los malos políticos.

Qué nos queda a nosotros, los desvalidos,
los ignorados, jóvenes Adanes, sino alimentar
esa esperanza, y desear que, esta vez, las balas
de la oligarquía dirigidas al pueblo, erren
el blanco. Que reconozcan nuestra humanidad
queremos. Por nuestra parte prometemos,
que haremos que comprendan
y sientan lo que es la Patria.

La llevamos aquí en nuestros corazones,
tesoro espiritual, precioso tatuaje sin precio.
Parece una vieja verdad o una superstición,
pero, aquellos que la han sentido, saben
lo cerca de dios y de la vida que está la antigua

36

casa del Padre, nuestra Patria.
¿Cuándo empezó todo esto ?
¿Cuándo los héroes se volvieron villanos ?
¿Cuándo los libertadores se hicieron opresores?

¡Oligarcas, vendepatrias, asesinos !
¡Arrepiéntanse de sus crímenes!
Están a tiempo. Generales de Latinoamérica,
que han olvidado quién es el enemigo,
y han apuntado las armas contra sus ciudadanos;
oficiales criminales de la Armada
que lanzaron a las madres y a sus hijos al vacío
desde los aviones militares;
crueles torturadores de jóvenes estudiantes;
abogados vueltos policías, que persiguen al débil,
en lugar de protegerlo;
jueces de las cortes mediáticas de Justicia,
que montan el show a pedido de sus amos,
y crean cortinas de humo cómplice
para ocultar sus latrocinios; explotadores
racistas que pagan con nuestra sangre
intereses a sus patrones extranjeros;
nuevos gerentes de los capitales
de sus padres genocidas; terratenientes,
nietos de ladrones de tierras y asesinos
de indios; sepan que esta es también su Patria.

Somos el Pueblo, y aceptamos compartir
con Uds. nuestro país, aunque no lo merecen.
Bárbaros, cipayos, apátridas…
"Arrepiéntanse, únanse a la civilización
de los justos », clama la voz en el desierto.
Los pobres todo lo perdonamos, porque
somos nosotros, por voluntad de Dios,
la Verdad y la Vida, y les haremos un lugarcito,
aquí, en este fogón abierto,
junto al rescoldo tibio de nuestros corazones.

Los suicidas

I

Estábamos en el país de la vida.
La poesía era nuestro refugio.
Perseguíamos el mutuo goce con desesperación.
Éramos crueles y después nos avergonzábamos
de nuestros juegos de amantes terribles.

No se trataba tan solo de ser felices
sino de arriesgar y perdernos
y gozar intensamente en la caída.

Buscábamos sensaciones extremas
y descendíamos, afiebrados,
a la intensidad del orgasmo.

Tejíamos nuestra guirnalda de secretos.
Llevados por el alcohol y el éxtasis
viajábamos a paraísos imaginarios.

Deseábamos estar ya en ese otro mundo
parecido a aquel poema nuestro
en que creábamos imágenes exaltadas y atroces,
metáforas dolorosas del amor.

Lamentábamos nuestro exilio
y sentíamos miedo y aún terror.
Nos mirábamos en el cristal de nuestros sueños
a ver si descubríamos el secreto de la locura.

Salíamos a caminar por la ciudad
llevados por la ansiedad y la angustia.
Jugábamos con la idea del fin.
Imaginábamos bellas formas del suicidio.

¿Qué tipo de muerte era más patética?
¿Quizás el veneno, como Romeo y Julieta?
¿O un balazo en un cuarto de hotel
como Enrique y Delmira Agustini?

Sabíamos del vértigo, la velocidad,
que mueve a nuestro tiempo.
Soñábamos con una avalancha de amor
y la liberación de los sentidos.
Creíamos en la muerte violenta
que sella con sangre
el pacto final de los amantes.

Un día nos detuvimos en la barrera del tren
con la idea de arrojarnos.
Juramos así coronar nuestro amor
ofreciendo los maderos de la cruz
al hierro de los clavos.

Aún recuerdo el vértigo
cuando pasó el tren
a centímetros de nuestros cuerpos
y nos abrazamos palpitantes
creyendo que quizá el otro se animara
a dar el salto final, unidos.

Queríamos escapar del vacío de la existencia
para salvar el amor y la juventud.
Defendíamos nuestros símbolos:
el placer, el deseo del otro y la poesía.
Buscábamos la eternidad y el martirio.
No aceptábamos vivir sin heroísmo.

Recuerdo aquel día en que estábamos
desnudos en tu cuarto cerca del goce,
casi sofocados por el esfuerzo,
cuando de pronto, terrenal y ridícula,
se abrió la puerta y entró tu madre.
Recuerdo nuestra sorpresa y tu declaración
solemne: "No vamos a casarnos".

Cómo nos reímos de eso luego,
y claro que no podíamos casarnos.

Queríamos descender por la noche
a los túneles subterráneos de Buenos Aires
y descubrir lo más monstruoso, lo más abyecto.

Queríamos matar la mediocridad
que destruye lo sagrado, que odia a dios.

Queríamos pasearnos por las cloacas
de la eternidad y ver caídos a nuestros
hermanos, los ángeles. Sabíamos
que lo más elevado y lo más bajo
se unen en el corazón de los amantes.

No hay amor ni poesía sin ritual.
Había que encender los altares del sacrificio.

¿Cómo separar al amor, del mal y de la muerte?
¿Cómo renunciar al egoísmo, que todo lo salva,
y sin el cual la vida no es posible?

Perdidos en nuestro laberinto, tratábamos
de lacerar el espacio que nos circundaba
y abrirlo con nuestro sexo.
Buscábamos someter la ciudad, poseerla,
degradarla, corromperla y amarla.
Queríamos un amor bello y terrible

que se pareciera a nosotros.
No aceptábamos falsificaciones ni substitutos.

¿Cómo podíamos casarnos
y abandonar nuestra rebeldía,
nuestro amor a la revolución universal?
Buscábamos consagrar el mundo,
no reproducirlo. Buscábamos ser los únicos
y los últimos, y no dejar en el tiempo
a nadie que se nos pareciera.

Queríamos ser inmortales
y cortar el ciclo de la vida y de la muerte.

Queríamos que nuestro poema
fuera el último
antes que la vida estallara en la eternidad
y nos integráramos al sol
o a las estrellas de la noche.

Queríamos imponer nuestra ley
y desafiar a todos. Nos burlábamos
de la sociedad adquisitiva y vulgar
que nos rodeaba. La juzgábamos
con desprecio porque nos creíamos
más allá de todo eso. Queríamos elevarnos
al momento más sublime de la poesía
y confundirnos con los símbolos
de la totalidad deseada.

Éramos los rebeldes, los amantes,
a nada le temíamos.

Ese fue el momento más cercano
a la inmortalidad que conocimos.
Recuerdo una noche en que nos inyectamos
ácido y rezamos nuestra locura de amor

a las estrellas. Recuerdo aquel sueño tuyo,
en que cabalgabas en un río que descendía
al abismo, te llevaba a lo más sagrado
del orgasmo y te lanzaba en una lluvia
de estrellas a la mañana.

Soñábamos con estar muertos
y contemplar el universo
desde el paraíso inmortal de los amantes.

Queríamos asimilar la vida a nuestro goce
y ser crueles como ella es cruel.
Sentíamos la burla y la condena de los otros
y eso nos gustaba. Nos lastimaban
con su mezquindad. ¿Quién podía comprendernos?
¿Quién podía saltar al abismo de la poesía?
Secretamente sabíamos, sin embargo,
que errábamos, indefensos, por un laberinto
del que no podíamos escapar. Sólo la ilusión
de las metáforas y los símbolos que trascienden
los límites del cuerpo
podían darnos una sensación de eternidad.

II

El tiempo, mortal, ha pasado
y de todos aquellos momentos
sublimes del amor
solo han quedado los recuerdos.
Lo que se ha ido es la verdad vivida,
la ligereza del cuerpo,
la solidez del lenguaje.

Así guardo esta carencia,
esta gran ausencia que crece día a día
y es ausencia de amor
y ausencia de poesía.

Siento que las imágenes ya no transportan
y no podemos, como antes,
buscar sensaciones nuevas
en aquella caída maravillosa
en que nos hundía nuestro amor.

Si un día, por azar, nos encontráramos
qué difícil sería poner en palabras
la prosa de nuestras vidas,
qué poesía distinta escribiríamos
ante la crudeza de las cosas.

Cómo nos golpearía la realidad el rostro.
Qué podríamos decir de aquellos gestos,
de aquél perfume,
cómo podríamos cortejar el fin.

Dónde han quedado el más allá y la eternidad.
Qué distinta se nos presenta ahora
la idea de dios y la imagen del amor.

Ya no hay quien nos salve. Hemos caído
indefinidamente y hemos perdido
lo que más amábamos en la vida.

Aquél gran poema fue poema de amor
y quedó escrito en el paraíso de los amantes.

Nada pudimos guardar
más allá del recuerdo y las palabras.
Quizá porque no supimos morir a tiempo
estamos condenados a morir solos.
No entendimos la inmortalidad.
Qué poco faltaba para ser dioses.

Qué cerca estaba nuestro poema
de ser la suma y el fin de la poesía.

No sé si lo que buscábamos con nuestro sacrificio
era salvar el amor o salvar la poesía.
En mi recuerdo son inseparables.

III

¡Ay dios mío, deja que, al menos como un juego,
se repita nuestra historia!
¡Permite que la literatura
vista de sangre
el espacio azul de nuestras esperanzas!
Haz el milagro. ¡Danos otra vez la oportunidad
de morir de amor y vivir para siempre!
Déjanos visitar el paraíso donde los amantes
sueñan unidos la poesía y el amor.
La nuestra era poesía de vida.

¡Mira, amiga, si dios lo consintiera,
y en nuestra desolada madurez
nos encontráramos un día,
y volviéramos a ser jóvenes y a amarnos!
¡Experimentaríamos otra vez el éxtasis
que sentimos cuando estábamos juntos!
¿Te acuerdas? El amor puede, como la metáfora,
asociar a los seres en una unidad nueva.

Sabemos que la vida está dispuesta a quitarnos todo
y el amor a darnos la vida para siempre.
En nuestra existencia condenada
damos vuelta la página del libro.
Como en los relatos maravillosos
se ha detenido el tiempo.
Nuestra aventura se repite.
La renuevan las luces del arte.
Volvemos a esperar, como aquella vez,
junto a la barrera, el tren de la muerte.

Soñamos que llega con la fuerza
de un torrente. Sentimos que va a unir
nuestra materia a lo divino. Su furia
sublime nos arranca del suelo
e impulsa hacia el vacío. Abrazados,
nos elevamos al espacio sideral.

El tren de oro sube, como un símbolo,
con nosotros, hacia el sol. Vuela vertiginosa
la máquina refulgente. Nos observamos
en el espejo de las cosas mágicas
que están a nuestro alrededor
y nos transmiten su hermosura.
Nos sabemos por siempre jóvenes.

El tren llega al paraíso de los amantes
suicidas. Nos aguardan aquellos
que buscaron, antes que nosotros,
en la muerte, la eternidad del amor.

Sus cuerpos bellos, expectantes,
entre las nubes flotan,
esculturas delicadas de formas llenas.
Como en los cuadros sagrados, vemos,
en la parte superior de la escena,
a Dios rodeado de ángeles.

Nos reclinamos en el prado de nubes
junto a los otros amantes
y extendemos nuestras manos hacia Dios
hasta tocar, sensuales,
con las yemas de nuestros dedos
los dedos de las manos de sus ángeles.

Un rayo de luz divina nos atraviesa.

Hemos ganado nuestro lugar en el paraíso.
Permanecemos abrazados
bajo la mirada redentora del Dios padre.

Vuelan sobre nosotros nubecitas
de formas caprichosas, celestes y rosas.
Desde ellas, los Amores nos lanzan
sus dardos mágicos. Flota delante nuestro,
como una pequeña nave,
la urna de marfil de nuestra alianza.
Nada podrá separarnos.
En nuestro sueño redentor
Dios nos ha perdonado. Ha salvado
nuestro amor y ya nunca tendremos
que enfrentar la vejez, el dolor y la muerte.

Bañados de eternidad, en el espacio andamos,
jóvenes de amor, por siempre ángeles.

Imaginemos que, como en los cuentos
maravillosos, esto verdaderamente ha pasado
y somos sus personajes.

Ten compasión, Señor, de estos amantes
arrepentidos de haber vivido
una larga vida separados.

La nostalgia del pecado martirizaba mi alma.
Mejor hubiera sido morir juntos.
La eternidad estaba a nuestro alcance.

El paraíso es tierra fértil para aquellos
que mueren por amor y llevan a Dios
su pequeño poema. Laurel que la paloma
no pudo cargar en su pico y ellos
transportan en su espíritu transparente.

Santo, santo, es el señor, rey del cielo
y de la tierra,
que su nombre sea loado para siempre.

Epílogo

Lector amigo, ha concluido nuestro viaje.
Peregrinos somos de un mundo transitorio.
Di, por favor, ¿nos guardarás en tu memoria?
Abraza y protege nuestras sombras.
Contigo estamos, en el amor unidos,
y en el horror de la literatura.

Cuentos

El Angelito milagroso

Doña Argentina Nery Olguín nació en Villa Unión, en la provincia de La Rioja, el 25 de mayo de 1933. Era la décima hija de su familia. Su papá trabajaba de peón en los olivares y viñedos de los alrededores. Argentina aprendió a leer y escribir en la escuelita del pueblo. A los quince años, en 1948, se casó con su novio Bernabé Gaitán. Ya estaba embarazada y sabían que se pasarían toda la vida juntos y tendrían muchos hijos.

Bernabé Gaitán era aprendiz de carpintero. Su papá tenía un terreno en el barrio de la Virgen de la Peña, y allí Bernabé construyó una casa de adobe para su familia, con la ayuda de su suegro y sus hermanos. Era una época de optimismo para la gente de Villa Unión. El General Perón era generoso con las provincias necesitadas del Noroeste, y muchos habían recibido préstamos del gobierno para plantar vid y olivos. Se estaba fomentando el turismo. La zona era de una belleza paradisíaca. El pueblo estaba rodeado de montañas que descendían hacia el valle, atravesado por quebradas de greda rojiza. Hacia la altura iban los senderos que unían la tierra con el cielo azul. Su aire era puro, y los zorzales y viuditas cantaban en los chañares y las jojobas.

En 1950 recibieron una noticia que los llenó de alegría. La primera dama de la República, Evita Perón, recorrería la provincia en una caravana, acompañada de una comitiva, y se detendría en el pueblo. Evita deseaba contemplar el paisaje de la zona y conversar con los lugareños. Para ese entonces Argentina tenía ya dos hijos, un varón y una nena, y quería que Evita los viera. La caravana llegó y se instaló en la casa del Intendente. La Primera Dama dio órdenes a sus guardaespaldas de que dejasen que la gente se acercara a hablar con ella. Argentina fue cargando un niño en cada brazo. La gente pobre del pueblo la rodeaba. Eran casi todas mujeres. Evita las abrazaba y tomaba a los niños en sus brazos. A Argentina le llamó la atención su sonrisa encantadora y su mirada. Sus ojos observaban con ternura a los que se aproximaban. Ella le dio a su hijo para que lo tuviera alzado. Evita se puso a hablar con la joven madre. Le preguntó su nombre. Ella le respondió con orgullo: "Argentina". Quiso saber cuándo era su cumpleaños. Le dijo que el 25 de mayo. "Vos sos la patria, Chinita", le dijo Evita. "Cuando te nazca un chico un 9 de julio, llamalo Ángel. Ese los va a proteger, y yo, desde donde esté, los voy a estar cuidando." Argentina se la quedó mirando con incredulidad, pero tratándose de Evita, tan joven, tan hermosa, todo era posible. Argentina era muy creyente, iba siempre a misa y desde aquel día rezaba para que se cumpliera el deseo de Evita.

Pasaron dos años, murió Evita y, pocos años después, cayó Perón. Los gobiernos militares dictatoriales castigaron a las provincias pobres del Noroeste, que habían apoyado a Perón, y las condenaron al abandono. Bernabé y Argentina tenían un hijo cada año. La familia se extendía. Bernabé agregó más cuartos a su casa de adobe y un taller. Allí puso su propia carpintería. Era joven y trabajaba muy bien la madera. El dinero alcanzaba poco y cuando ya los más pequeños fueron creciendo, Argentina empezó a buscar trabajo de limpieza en las casas de la gente más pudiente: el médico, el almacenero, el ferretero.

No había en Villa Unión un buen dispensario médico. Los peronistas habían prometido abrir una clínica, pero cuando cayó Perón el proyecto quedó en la nada. El único médico del pueblo, Rafael Villagra, se encargaba de algunos partos y de curar a los enfermos ambulatorios. Las comadres del pueblo asistían en los nacimientos. Argentina había tenido a sus hijos en su mismo rancho de adobe. A principios de 1965 ya le había nacido el hijo onceavo, pero cinco se le habían muerto de pequeños. Casi siempre de fiebre, de diarrea y de malnutrición. Ella decía que tenía seis hijos vivos y cinco angelitos. Iba siempre a llevarles flores a sus tumbas en el cementerio de Villa Unión.

1965 fue un año difícil. Había mucha pobreza. Arturo Illia había llegado a la presidencia sin verdadero apoyo popular. El pueblo no era Radical, era Peronista. Los militares ya estaban preparando otro golpe. Querían destruir al Peronismo definitivamente. Sería una dictadura cruel, para intentar erradicar al Movimiento. Argentina volvió a quedar embarazada. Esperaba el bebé a fines de junio o principios de julio de 1966. Rogó que naciera el 9 de julio, el día de la Independencia, para dedicárselo a Evita. Se dijo que lo llamaría Ángel y, si era nena, Angelita. La crisis política se agravó y el 28 de junio de 1966 los militares derrocaron a Illia.

Al día siguiente, el 29 de junio, asumió el poder el General Onganía. Dijo que ése era el gobierno de la "Revolución Argentina". "Argentina no será", se dijo ella.

El día 1º de julio Argentina tuvo un sueño: vio a Evita en su cocina, sentada en una de las sillas de algarrobo. Estaba vestida de blanco, tenía el pelo rubio recogido. "¡Santa Evita!", exclamó Argentina en su sueño. Evita la miró con sus ojos oscuros llenos de tristeza, y no dijo nada. Se levantó, abrió la puerta del rancho y se fue. Argentina entendió que le había dado la señal. El 9 de julio, a las 10 de la mañana, en su casa de adobe nació Angelito. Su padre le había hecho una cunita en su carpintería. Entró al dormitorio donde yacía ella junto al bebé y se la entregó. "Es para el Ángel", le dijo.

Era un niño hermoso y lleno de vida. Bernabé dejaba a cada rato la carpintería para ir a verlo. El cura Zanabria los felicitó, era su hijo doceavo. Argentina le dijo que lo iba a llamar Angel. El cura les sugirió que le pusieran de primer nombre Miguel, como el Arcángel. Miguel Ángel los protegería de los demonios. Les pareció muy buena idea. El cura los quería mucho y siempre trataba de ayudarlos, y llevarles comida y ropita para los niños. Una navidad les había traído un chivito para que festejaran.

Al mes hicieron la fiesta del bautismo. Cocinaron locro y empanadas y sirvieron vino patero para todos. Vino un cantor de Chilecito, que era conocido del cura. Los deleitó con zambas y cuecas. Disfrutaron mucho.

Las cosas, sin embargo, no iban muy bien para la familia. La pobreza los perseguía. Don Bernabé tenía dos hijos que lo ayudaban en la carpintería, pero no ganaban lo suficiente. Eran muchas bocas para alimentar. Argentina, que trabajaba sin descanso en su casa, atendiendo a sus hijos, iba por las tardes a ayudar en la casa del doctor Villagra, para ganarse unos pesos. Cuando salía, Bernabé llevaba a Angelito a su taller y lo ponía en su cuna. Parecía que le alegraba escuchar el canto de las garlopas. Le gustaba oler los perfumes de la madera fresca.

El 24 de diciembre de ese año, Argentina y Bernabé se prepararon para recibir la navidad. Apenas anocheció acostaron a los niños en su cuarto, menos a Angelito, que dormía en su cuna junto a ellos. Lo besaron y fueron a la cama. Al día siguiente todos se levantarían temprano. Bernabé les había hecho juguetes a los niños en la carpintería y esperaban la fiesta con alegría. La madre de Argentina había matado un pavo e irían a comer a casa de ella. Se acostaron e hicieron el amor. Poco después Argentina se durmió.

A la madrugada tuvo una pesadilla y se despertó boqueando. En su sueño se le había aparecido Evita. Su cuerpo pequeño y su cabello rubio eran el de siempre, pero su rostro estaba descarnado y sus ojos vacíos. Temió lo peor. Se levantó y fue a abrazar a su hijo pequeño. Pensó que era un mal presagio. Su esposo trató de tranquilizarla. Le dijo que confiara en Dios, él los cuidaría.

Nada malo le ocurrió a la familia. Tuvieron un fin de año normal. La situación política de la provincia continuó siendo delicada. Se corrían rumores. Gendarmería vigilaba la zona. Decían que podía haber guerrilleros ocultos en las montañas, alguna columna desprendida de las tropas del Che, que estaba en Bolivia. Creían que podía haber un levantamiento popular en Tucumán y extenderse a todo el Noroeste.

Ese año el invierno prometía ser crudo. La temperatura bajó en abril. En mayo hizo frío y viento. A fines de ese mes Angelito se empezó a sentir mal. Argentina se alarmó. Ya había cumplido 33 años y no quería perder más hijos. Le costaba parirlos y criarlos. Cada uno era carne de su carne. Lo llevó al Dr. Villagra, que lo revisó. No era nada grave. Trabajaba en la casa del doctor, hacía la limpieza y el doctor le atendía a sus hijos sin cobrarle.

En junio Angelito estaba inapetente. Reía mucho, como siempre, con una sonrisa grande. Sus ojos eran oscuros, negros, como los de su madre. Argentina le daba el pecho, tenía muy buena leche, y no sabía bien qué le pasaba. El 23 de junio se despertó con fiebre. Su madre le dio una aspirina y lo arropó bien. Por la noche empezó a llorar. Cuando Argentina lo levantó de la cunita vio que tenía su cuello rígido, no podía moverlo. Alarmada, se vistió y corrió a lo del Dr. Villagra. Su esposo la siguió. El doctor se levantó para atender al niño. Lo revisó y le dijo a la madre que su hijo estaba muy mal, tenía meningitis. Argentina le pidió que lo salvara. Su hijo era un angelito inocente. El doctor le dijo que estaba en manos de Dios. Su esposo le rogó que no lo dejara así, le pidió que lo llevara a una clínica, él le pagaría. El Dr. Villagra llamó a una ambulancia y se dispusieron a trasladarlo a Chilecito. A la una de la mañana del 24 llegó la ambulancia con una enfermera. Argentina tomó a su hijo en brazos y se metió en la ambulancia, junto con su esposo. Era una noche fría, de luna. El paisaje de la montaña se tornó espectral. Llegaron a El Cachiyuyal y Angelito respiraba con dificultad. Al subir la cuesta de Miranda, la madre se sintió mal. Detuvieron la ambulancia a un costado del camino. Cuando la enfermera fue a ver al niño comprobó que estaba muerto. Argentina rompió en un llanto desconsolado. Su esposo la abrazó.

Lo velaron en su casa de adobe en el barrio de la Virgen de la Peña. Los vecinos de la pequeña ciudad de Villa Unión llegaron para ver al angelito. Su madre puso una silla sobre la mesa de la cocina y allí colocó a su hijo vestidito. Apoyó sobre la silla una pequeña escalera. Era la escalera que lo conduciría al cielo. Había muerto inocente. Tenía garantizada la eternidad. Puso sobre la mesa crisantemos. Les pedía a sus familiares y vecinos que se acercaran para ver al angelito. Todos le decían que era muy hermoso, y que ya tenía otro ángel de la guarda que la protegiera. El 25 lo enterraron en un pequeño féretro que le hizo su padre, en el cementerio de Villa Unión, cerca de sus otros hermanitos muertos. Colocaron una cruz con la inscripción: "Miguel Ángel Gaitán, q.e.p.d. 9.7.1966 – 24.6.1967".

La vida siguió su curso. Poco tiempo después asesinaron al Che en Bolivia. La Gendarmería se tranquilizó y dejaron de patrullar la zona. En las ciudades la Resistencia popular se hacía sentir. En 1969 los trabajadores de Rosario y Córdoba se rebelaron. Doña Argentina se enteraba de lo que pasaba por la televisión, que veía a veces en la casa del médico.

En 1970 Doña Argentina hizo celebrar una misa en Villa Unión en recuerdo de sus hijos muertos. Ya le habían nacido dos más. En 1971 se le murió una niña y volvió a quedar embarazada. En 1972 tuvo a su hijo número quince. Le pidió a Dios que no le llevara más hijos. Tenía nueve niños vivos, y no quería que ninguno más se muriera. Le rezó a su hijo Ángel. Siempre había sido especial para ella. Fue con el único que se le apareció Evita. No olvidaba sus palabras. Ahora su hijo estaba junto a la santa. Argentina escuchó que le habían restituido el cadáver de Evita a Perón. Había sufrido un largo exilio. Su cuerpo embalsamado estaba intacto. Doña Argentina se dijo que sería lindo ver a su hijo Ángel otra vez. Recordaba las palabras de Evita: Ángel la iba a proteger y ella misma la estaría cuidando desde el cielo.

Se hablaba de que Perón volvería al país. Argentina pensó que le gustaría ir a Buenos Aires a ver al General alguna vez si regresaba. Le contaría lo que Evita le había dicho en Villa Unión, y le diría que se le aparecía en sueños por las noches. Pero estaba tan lejos de Buenos Aires…sería difícil ir y era probable que no pudiera recibirla… Finalmente anunciaron que Perón regresaría el 20 de junio de 1973.

En el mes de febrero hubo varios días de tormenta en el pueblo. Era la temporada del viento Zonda. Llovía mucho, el cielo se cubría de relámpagos. Doña Argentina tuvo una premonición. Esa noche no pudo dormir. Sintió miedo. Algo especial iba a ocurrir. Finalmente, a la mañana siguiente salió el sol. Hacía calor. Cerca del mediodía se apareció en la casa Don Silverio. Era el encargado del cementerio. Dijo que se había inundado una parte del cementerio y el cajoncito de uno de sus hijos había aparecido a flor de tierra. Doña Argentina pensó que tenía que ser el cajón de Angelito. Corrieron con su marido a verlo. Bernabé levantó la tapa del cajón. Era Miguel Ángel. El bebé estaba intacto. Parecía que el tiempo no hubiera pasado. Doña Argentina lo levantó y lo tomó en sus brazos. Era como un muñeco. Lo besó. Pensó que también Evita sería una muñeca. Le pidió a Don Silverio Vega que por favor le construyera una bóveda de ladrillo, para que su angelito descansara en paz. Don Silverio hizo la bóveda y todo volvió a la normalidad.

En el pueblo estaban todos pendientes del regreso de Perón. Ya no estaba prohibido ser peronista. Ya no golpeaban ni encarcelaban a nadie por gritar "¡Perón, Perón!", o cantar la Marcha Peronista. Hasta se podía tener un retrato de Perón y Evita en la casa. Se acercaba el 20 de junio, el día del anunciado retorno. Doña Argentina estaba contenta. La noche del 19 tuvo un sueño. Se presentó una figura amiga, conocida. Vio a Evita sentada al borde de la tumba de su hijo. Estaba sonriente y abría la bóveda. Saltaban los ladrillos y aparecía el cajoncito de Angelito. Evita levantaba la tapa y tomaba al niño en sus brazos.

A mediodía apareció en su casa Don Silverio. Había pasado algo raro. Durante la noche se había caído la pared de la bóveda de Ángel. El cajón estaba abierto, tenía la tapa a un costado. El cuerpo del niño no había sufrido daño. Le dijo que iba a avisar a la policía que en el pueblo había vándalos. Doña Argentina le pidió que no dijera nada, que todo estaba bien. Corrió al cementerio a ver a su hijo, lo tomó en sus brazos, lo acunó, le cantó una canción que le había enseñado su madre. Desparramados en el suelo estaban los ladrillos de la bóveda, como si alguien los hubiera arrancado con la mano.

Esa noche escucharon que habían ocurrido graves disturbios en el aeropuerto de Ezeiza poco antes de la llegada de Perón. Fueron a la casa del cura para que les dejara ver el noticiero. Se habían agarrado a tiros los Montoneros con la Guardia de Hierro. Apareció Perón en la pantalla agitando los brazos y todos se sonrieron tranquilos. El General había regresado al fin.

Don Silverio reconstruyó la bóveda dos veces más y se volvió a repetir la escena. El cajoncito amanecía fuera de la bóveda, sin su tapa, el cuerpecito expuesto a la luz y al aire. Doña Argentina pensó que era la voluntad de su hijo, que quería ver la luz. Con su familia se pusieron de acuerdo en construir un cuarto, que se pareciera a la sala de una casa, en el cementerio y poner el cajón de Ángel allí descubierto. El cuerpo estaba perfecto, como si hubiera muerto ayer. "No está muerto", dijo la madre, "él vive".

Levantaron la casita para Angelito. Y así llegó 1974. Al fines de junio se enfermó el hijo más pequeño. Tenía fiebre. Al día siguiente amaneció con el cuerpecito rígido. Doña Argentina recordó con horror lo que le había pasado a Angelito. Corrió a lo del Dr. Villagra. El doctor lo revisó y le dijo que poco se podía hacer, que se preparara para lo peor. Tenía meningitis, como había tenido Angelito. Doña Argentina tomó al niño y se fue al cementerio. Puso al niño frente al cuerpo intacto del Angelito. Le dijo: "Hijo mío, te pido por la vida de tu hermanito, sálvalo, no dejes que se muera. Te lo pido por mí y por Santa Evita". El rostro de Ángel estaba iluminado, como si estuviera vivo. "Te pido un milagro", repitió su madre.

Con su hijo enfermo en brazos, se dirigió hacia la puerta de la rústica cripta de adobe. Salió del cementerio y se fue a su casa. Acostó a su hijo, que no se movía, en la cunita que había sido de Ángel. Se durmió en su cama a su lado.

Tiempo después se despertó. Se dirigió, con miedo, a la cuna de su hijo, temiendo su muerte. Al levantar el cuerpecito un llanto la sorprendió. El niño estaba llorando. Lo besó, lo abrazó. Tenía hambre. Comprendió que estaba curado. Le dio el pecho. El Angelito había hecho el milagro. Le comunicó la buena nueva a su esposo, que no salía de la admiración.

Esa noche, en su sueño, volvió a aparecer Evita. Esta vez estaba sonriente. Parecía la Madona. Tenía en su regazo a un niño. Cuando lo miró vio que era su hijo Ángel. "Te dije, Argentina, que te iba a dar un Ángel de la Guarda que los cuidara: aquí está el Ángel", le dijo. "Anuncia la nueva al pueblo. Quiero que hasta el fin de tus días cuides su tumba y te encargues de atenderlo. Muchos vendrán a verlo y hará milagros".

Al día siguiente salió con su hijo más pequeño en brazos. Se lo mostró a los vecinos. Les dijo que el Angelito había hecho el milagro. Lo había salvado. Era un angelito milagroso. Se corrió la voz en el pueblo. Esa tarde, cuando fue a visitar a Ángel, encontró que junto a su tumba había juguetes. Alguien de Villa Unión había estado allí y se los había dejado. Al rato llegó una señora con su hijo de tres años, Pedrito. "Vengo a pedirle por mi hijo al angelito", le dijo a Doña Argentina. "Pídale", dijo ella, y se fue. La señora se quedó arrodillada frente al angelito, con su hijo tomado de la mano.

Pocos días después una vecina vino a buscar a Doña Argentina. Su hija de nueve años estaba enferma. Le había dado un ataque raro y no podía caminar. Tenía fiebre. El médico le preguntó si la habían vacunado. No tenía sensibilidad en las piernas. Podía ser poliomielitis. Fueron las dos a la casa de la vecina y alzaron a la niña. La llevaron al cementerio a la cripta de adobe donde yacía el Angelito. Doña Argentina tomó a su hijo en sus brazos y se lo acercó a la niña, que lo tocó con sus manitos.

"Angelito, Angelito milagroso", dijo su madre, "te pido por mi hija Evangelina. Déjala que camine, ayúdala, sálvala". Doña Argentina le dijo: "Pídaselo por Santa Evita". "Angelito", repitió la señora, "te lo pido por Santa Evita".

Le dijo a la niña que besara al angelito y se regresó a su casa con su hija en brazos. A la mañana siguiente volvió a visitar a Doña Argentina. Traía a su hija a su lado, caminando. La abrazó a Doña Argentina. "¡Señora, señora, se hizo el milagro!", le dijo. Se fueron las tres al cementerio. Angelito estaba allí, con los ojos casi abiertos, parecía que las estaba mirando. Doña Argentina le dijo a la niña que lo levantara y lo tuviera en sus brazos.

El próximo día, 1º de julio de 1974, murió Perón. Doña Argentina fue con su esposo a la Iglesia de Villa Unión a rezar. "Señor", dijo, "ahora están juntos. Pido por sus almas, que no se separen más. Tanto que los han torturado en vida al General y a Evita, dales paz en la muerte."

El día 2 volvió a visitar al angelito. Llevaba ropa de bebé. Le había prometido a Evita que iba a cuidarlo. Al llegar vio que varias personas de la pequeña ciudad la aguardaban frente a la cripta. Traían a sus niños. Dijeron que venían a visitar al angelito y a pedirle por sus hijos. Una niña depositó frente al féretro abierto una muñeca. Un niño le puso un autito de juguete. Doña Argentina les pidió que la ayudaran a cambiarlo. Una señora lo sostuvo mientras ella le quitaba la ropa. Tenía su piel intacta, su cuerpecito fresco. "Es un milagro", dijo la señora.

Doña Argentina le puso la ropita nueva, limpia. Su hijo quedó precioso. Los visitantes se pusieron de rodillas ante el angelito milagroso. La madre salió sin decir nada y los dejó rezando.

El pintor del Dock Sud

C arlitos Ballestrini vivía en un conventillo de Espejo y Las Heras, en el Dock Sud. Iba a la escuela primaria "Jacobo Thomson", en Valle y Montaña, donde cursaba el 6to. grado. Era un chico muy sensible e inquieto. Algunos días, por las tardes, después de las clases, salía a caminar por la isla Maciel. Observaba todo con interés. Bordeaba el Riachuelo por Carlos Pellegrini. Le llamaban la atención los galpones y las fábricas. Se detenía a admirar el viejo puente transbordador, con sus líneas finas y estilizadas, que se levantaba junto al puente Avellaneda, más moderno y pesado.

Cuando tenía unas monedas cruzaba a La Boca en el bote que salía de abajo del puente abandonado. Un día, por curiosidad, entró en el museo de Quinquela Martín. Vio los grandes cuadros del maestro: los barcos anclados en el antiguo puerto, el buque incendiado, los estibadores cruzando por los angostos puentes con las bolsas al hombro, el flujo espejeante de las aguas contra el fondo humeante de las fábricas de la Isla Maciel. La experiencia lo afectó profundamente. El mundo en que vivía parecía fijo, limitado, una especie de cárcel sin salida. Al ver los cuadros de Quinquela sintió que había otro mundo, móvil, huidizo, cambiante. Tuvo de improviso la intuición del tiempo, que hace, deshace y transforma los objetos, forma y quiebra los colores, difumina a los sujetos en el paisaje, libera al yo y lo deslíe en la obra de arte. Sintió que era posible vivir dentro de un espacio imaginario que se renueva constantemente. Comprendió que iba a ser artista. La realidad se sostenía en el espacio por sus cuatro costados como se sostiene en el cielo un buque que vuela, y él podría cambiarla a gusto, con la habilidad de un prestidigitador.

Regresó al conventillo. Su mamá guardaba una resma de papel en un cajón. Sacó varias hojas y se sentó a la mesa. Tomó un lápiz y dejó que su mano se deslizara por el papel, en un brote súbito de inspiración. Dibujó formas, líneas, sintió el placer de ver aparecer ante sus ojos lo que había vislumbrado antes en su imaginación. Había encontrado algo nuevo que explorar. Le gustaba aprender. Al rato se levantó y guardó todo. Su madre, Mariela, llegaría pronto.

Mariela era joven, tenía sólo treinta años. El padre de Carlitos los había abandonado hacía dos años. Trabajaba como obrera en una fábrica de plástico. Su novio era Cabo en la Prefectura. Su hijo lo llamaba el "marinero". A veces el novio se quedaba a dormir con ellos en el conventillo. La pieza era grande y tenía los muebles indispensables: una cama matrimonial para la madre y una cama de una plaza para Carlitos, una mesa grande rectangular en la que comían y en la que el hijo hacía las tareas de la escuela, un armario donde la madre ponía las bolsas y latas de comida y su hijo sus libros y cuadernos, un ropero donde guardaban la ropa que tenían y los diarios viejos que Carlitos coleccionaba.

Juan Carlos, el marinero, era simpático y le compraba caramelos y chocolatines para ganárselo. Al chico no le gustaba que se quedara de noche, porque hacían el amor. Le molestaban los ruidos del elástico, y los resuellos que no podían contener y no lo dejaban dormir. También la situación lo excitaba, y muchas veces se masturbaba mientras ellos tenían sexo. Al otro día sentía vergüenza y no se animaba a mirar a su madre a los ojos.

Sus dibujos se fueron acumulando en una carpeta de la escuela. Dibujaba escenas del conventillo, retratos de sus vecinos, escenas de la costa del Riachuelo, el perfil de La Boca visto desde el Doque, el puente transbordador. Su mamá le preguntó que por qué dibujaba tanto, y él le dijo que se proponía vender sus dibujos en la Vuelta de Rocha, en el mercado de artesanías, muy pronto. A la mamá no le pareció mala idea, aunque dudó que alguien fuera a comprárselos. Ese fin de semana Carlitos seleccionó treinta dibujos, los puso en su carpeta, cruzó el Riachuelo en el bote y se fue a Caminito. No bien llegó y trató de exhibir sus dibujos, se le acercó un señor como de treinta años y le dijo que los puestos estaban todos ocupados, que no se hiciera el vivo. Allí no podía vender. Si no se las tomaba, la iba a ligar. Carlitos no le tenía miedo a las palizas. En el Doque, los chicos le habían pegado muchas veces porque a él no le gustaba jugar al fútbol, y los vecinos del conventillo le pegaban cuando lo veían distraído, o lo encontraban haciendo sus tareas de la escuela. Les daba rabia que estudiara, decían que se creía mejor que los demás. Pero en esos momentos necesitaba encontrar un lugar para vender sus dibujos, y si allí no se podía, no se podía.

Recorrió la Vuelta de Rocha. Había puestos de música, de ropa, de comida, de artesanías de La Boca, de cuadros. Los vendedores armaban sus tablones y ponían sus carteles para atraer a los visitantes y turistas que pululaban en la zona. No se animó. Se dio cuenta que en cuanto exhibiera sus dibujos lo vendrían a sacar. Finalmente se metió en un mercado de alimentos que funcionaba dentro de un galpón, en Pedro de Mendoza. Había verdulería, carnicería, almacén. Se sentó en un costado del almacén, y cuando llegaba un cliente, el abría su carpeta y le mostraba un dibujo. Al final de la tarde había vendido tres transbordadores y dos perfiles de La Boca vista desde el Doque, y había ganado quince pesos. El almacenero, además, le tuvo lástima, le preguntó si tenía hambre, y le preparó un sánguche de queso y dulce, y le dio una lata de Coca Cola. El dibujo que más llamó la atención fue el perfil de La Boca desde el Dock Sud. Los boquenses raramente cruzaban al Dock, y no se veían a sí mismos. Su dibujo proveía una perspectiva sorprendente. También gustó mucho su dibujo del edificio donde había vivido y trabajado el pintor Quinquela Martín. Era museo y escuela. Parecía un barco. Los clientes del mercado no habían observado con detenimiento su forma, que su dibujo revelaba.

Durante la semana fue con su carpeta de dibujo a la costa del Riachuelo, en el Dock, y se puso a dibujar La Boca. Observó con cuidado los desniveles y colores. Imitando a Quinquela, empezó a dividir volúmenes y a inclinarlos en el plano. Ese fin de semana cruzó con el bote y regresó al mercado. Vendió diez perfiles de La Boca y ganó cuarenta pesos. Y más importante, un señor se puso a mirar sus dibujos y a hablar con él. Le dijo que era pintor y daba clases. Le aseguró que tenía talento, pero le faltaba aprender mucho. Lo invitó a que fuera a su taller, a conocer. El le explicó que no tenía dinero para tomar clases. El hombre, Verónico del Bosque, le dijo que le pagaría cuando lo tuviera.

De ahí en más, todos los martes y jueves por la tarde, después de la escuela, cruzaba a La Boca e iba a estudiar con el maestro, que vivía en una casa vieja en Suárez y Martín Rodríguez, donde alquilaba dos cuartos, uno de vivienda y el otro para su taller y escuela.

Pronto Carlitos se transformó en su estudiante preferido. El maestro le propuso que se cambiara el nombre, o que se buscara un nombre artístico de pintor, porque el nombre de Carlitos en Buenos Aires ya tenía dueño. Si uno decía Carlitos pensaba en Gardel. Era como la camiseta del 10. Al final eligió llamarse Martín, en homenaje a Quinquela. También modificó su apellido: en lugar de Ballestrini, Balestra, más criollo. La Boca había tenido demasiados pintores italianos, hacían falta pintores criollos. La mayoría de los italianos, por otro lado, se habían ido de La Boca y del Dock, vivían todos en Palermo. La Boca y el Dock eran tierra de cabecitas negras del interior, bolivianos, paraguayos y chinos. Había una nueva Boca y un nuevo Dock.

Pasaron dos años y Martín evolucionó muchísimo en su arte. Verónico le daba, además de dibujo, clases de pintura. Le compró una caja de acuarelas. Martín manejaba el color con gran talento. Decidieron un día a la semana ir a pintar a la cancha de Boca. Retrataban el exterior de la Bombonera, desde diversos ángulos. Los fines de semana Martín volvía al mercado a vender sus dibujos. Cuando había partido de fútbol, vendía sus acuarelas de la Bombonera. Un día un turista norteamericano le dio diez dólares por una acuarela. Se sintió rico y afortunado.

Mariela, su madre, estaba orgullosa de su hijo Carlitos (no aceptó llamarle Martín). El marinero, que era casado, había dejado a su mujer y se había ido a vivir con ella. Carlitos los domingos le daba a su madre casi todo el dinero que ganaba. Sólo guardaba para él una parte, para cruzar a La Boca, comprar los útiles de dibujo y su merienda. Cuando cumplió quince años la madre le dijo que iba a tener un hermanito. Martín ya había pensado en dejar la escuela. Estaba en noveno grado del EGB, y le parecía que aprendía poco. Su verdadera escuela eran las clases de Verónico, el pintor. Habló con su maestro, quien le propuso irse a vivir a su inquilinato. En ese momento tenían un cuarto desocupado. Le dijo que le prestaría el dinero para el alquiler, y que le pagaría con los dibujos que vendía en el mercado (su puesto allí ya era oficial, le decían "el pintor del mercado"). Además, podía ayudarlo a dar clases de dibujo a los chicos que empezaban. Martín era un muy buen dibujante. Su uso del color aún no era perfecto, pero había progresado muchísimo. Aceptó. Su madre aprobó su decisión, ella también quería hacer cambios en su vida. Su hijo estaría bien en Capital y, para visitarlo, no tenía más que cruzar el Riachuelo.

Martín agregó a su repertorio escenas del mercado donde vendía sus trabajos. Dibujaba y pintaba acuarelas de La Boca, la Bombonera y el mercado. Luego tuvo una idea interesante. Empezó a pintar temas del Dock Sud: las calles del interior, los conventillos de chapa, la salida al Puente Avellaneda, las torres del Polo Petroquímico. Incluyó escenas cotidianas de Villa Inflamable, la villa miseria que estaba al lado de los depósitos de combustible. Martín había caminado por las calles del Dock mucho tiempo, pero en ese entonces ya vivía en La Boca, y no fue a pintar a la calle, como hacía antes. Pintaba en su cuarto, de memoria. Las imágenes se fueron deformando y estilizando. Sus interpretaciones tenían aspectos oníricos. No dominaba aún bien el óleo y el acrílico. Prefería la acuarela. Trabajaba con pinceles muy finos y colores que él mismo preparaba. Muchas veces terminaba los cuadros superponiendo figuras humanas, verdaderas miniaturas, dibujadas con un plumín y tinta china, sobre los volúmenes de color. Estaba buscando su propio lenguaje, su estilo.

Su maestro tenía en su estudio una enciclopedia ilustrada de la pintura universal, que había salido en fascículos que vendían en los quioscos, y él había hecho encuadernar. Abarcaba diez tomos. Martín pasaba mucho tiempo mirando las reproducciones de obras famosas y leyendo las explicaciones. También su maestro le hablaba mucho sobre la pintura y el arte en general. Se había formado en Rosario con Antonio Berni. Una vez lo llevó al Malba a ver una retrospectiva de Berni que lo fascinó. Martín, a pesar de su juventud (no era más que un adolescente), tenía gran sensibilidad social. Le dolía sobre todo la pobreza, en la que había nacido, y veía siempre alrededor suyo.

Cuando él tenía dieciséis años, su maestro alquiló un cuarto en un conventillo reciclado cerca de Caminito para hacer una exposición con sus mejores estudiantes y discípulos. Participaron tres jóvenes. Martín colgó diez de sus acuarelas. Dio la casualidad que al segundo día de la muestra fue a Caminito el crítico de arte de *Clarín*, Eduardo Carlucci. La Fundación Proa había inaugurado una exposición y la fue a cubrir. Cuando terminó, salió a dar una vuelta por el barrio, siempre lleno de visitantes y turistas, y entró de casualidad en el conventillo reciclado, muy llamativo y colorido, donde Verónico tenía su exhibición.

Al ver los cuadros de Martín, no pudo evitar una exclamación de admiración. Se detuvo sobre todo en "Villa inflamable". En el centro del cuadro, en primer plano, se veía el rostro de un niño de diez años con grandes ojos negros (era el rostro de Martín, que había pintado su autorretrato). Tras el niño, en el fondo, se veían varias casillas de la villa. En el centro de los ojos, en tinta china, Martín había dibujado una miniatura. Era una pareja de turistas norteamericanos que miraban el cuadro. El espectador insolente se reflejaba en los ojos desesperados del niño. Al otro día sacó una nota especial en *Clarín* sobre el cuadro, al que había fotografiado. La tituló: "Un artista del hambre".

Martín tenía sólo dieciséis años. Su carrera como pintor prometía. Era un buen comienzo. Durante el resto del año, por consejo de Verónico, se dedicó a pintar para organizar su primera muestra personal. El periodista de arte de *Clarín*, Eduardo Carlucci, volvió a visitarlo. Habló un rato con él, le preguntó sobre su vida, su formación. No parecía respetar a su maestro Verónico. Le aconsejó que tratara de ingresar en una escuela de arte de la ciudad, la más apropiada para su nivel sería la Escuela Superior de Bellas Artes, necesitaba formarse. Si presentaba un buen portafolio podía entrar. El estaba dispuesto a escribirle una carta de recomendación.

Se lo contó a su maestro, que le dijo que ese crítico era un envidioso y un mal tipo, lo único que le interesaba era el dinero. Estaría buscando encontrar un pintor nuevo para representarlo y ganar plata. Así era el mundo de la crítica y los marchand, una porquería.

Martín fue a visitar a su madre. Había tenido una nena. Le llevó un cuadro suyo enmarcado. Le dijo que lo guardara, que un día iba a tener mucho valor y le daría buen dinero. Tenía grandes planes. Pensó que no era mala la idea de entrar a estudiar en la Escuela de Arte, le gustaba aprender y lo necesitaba.

Pero el destino tenía sus propios planes. A fin de año Verónico del Bosque se sintió mal y en enero estaba internado en el Argerich. Le encontraron un tumor en el cerebro. Tenía cincuenta y seis años y era como un padre para Martín. Tres meses después había fallecido. Martín pensó que ese desenlace trágico no iba a impactar en su arte, pero se equivocó.

Martín tenía un gran talento natural, pero era un chico emocionalmente carenciado. Se había criado en el Dock, había tenido una relación muy superficial con su padre, que casi nunca estaba en su casa (después que se fue supieron que tenía otra mujer). El abandono fue duro para su madre. Martín creció en las calles del Dock y de La Boca. El dibujo y la pintura lo habían salvado. Verónico había sido su padre espiritual y quien lo cuidó y lo guió en el mundo del arte. Sintió un gran vacío y entró en un ciclo depresivo. No pudo salir. La depresión se agravó. La dueña del inquilinato donde vivía fue a verlo: no había pagado la renta. Martín se disculpó y le ofreció un cuadro suyo. La dueña lo rechazó: le dijo que no tenía valor, y que pagara o se fuera. Durante ese mes logró que su madre le prestara dinero para pagar el alquiler. Cuando a principios del mes siguiente fueron a cobrarle otra vez lo encontraron tirado en el piso. Tenía muy mal olor, hacía muchos días que no se bañaba. A su alrededor se amontonaban los desperdicios.

Contra la pared, arrinconados, había una gran cantidad de dibujos y de acuarelas. Había pintado también varios cuadros con acrílico, en colores muy fuertes. Se había pasado todo el mes trabajando sin parar. Los cuadros mostraban paisajes expresionistas de La Boca y el Dock. Su paleta de colores parecía salida de los cuadros de Quinquela Martín. En el más grande de ellos había pintado una versión del cuadro "Sin pan y sin trabajo" de Ernesto de la Cárcova, superpuesta a una imagen de las calles del Dock Sud vistas desde arriba. Era un cuadro originalísimo, posmoderno, una síntesis nueva. Lo tituló "Nuestra miseria".

Otros cuadros mostraban imágenes desgarradas de figuras que se sostenían en el aire, o fugaban en el espacio, e imágenes grotescas de seres sufrientes: el Riachuelo y el Puente Transbordador volando sobre el Obelisco, con un hombre (que era él) colgando, encadenado al puente; Cristo volando en su cruz cabeza abajo sobre el estadio de Boca, mientras en el campo de juego le arrancaban el corazón con un cuchillo a un jugador; una niña de cinco años, en una carnicería, esperando turno para ser sacrificada, ante la mirada anhelante de una señora rica, que aguardaba su parte. El horror y la soledad se fundían con la marginación y el hambre. El último cuadro que llamaba la atención era sobre Villa Inflamable. Había superpuesto la escena de unas casillas de la villa a una visión aérea de la Villa 31 de Retiro, que hacía de fondo de la composición. En el centro del cuadro, sobre la Villa Inflamable, un ojo, rasgado por una navaja.

La dueña de la pensión no sabía qué hacer. Martín tenía la mirada perdida y no respondía cuando le hablaba. Encontró en una libreta un número de teléfono, pensó que era de un familiar, llamó. Era el crítico de arte de *Clarín*. Fue de inmediato. Dijo que no se hiciera problemas, que él se haría cargo de todo. Le pagó el mes de alquiler a la señora y se puso a limpiar el cuarto. Lo acostó en la cama. Salió y al rato regresó con varios papeles. Tenía un contrato en que decía que Carlos Ballestrini, alias Martín Balestra, lo nombraba su único representante, y le cedía la totalidad de los derechos de sus obras. El pintor percibiría a cambio el diez por ciento del total de las ventas. Le hizo escribir su nombre y firmar como pudo. Después llamó a la unidad psiquiátrica del Argerich y explicó la situación. Al rato llegó una ambulancia y se lo llevaron para internarlo. El crítico se quedó en la pieza organizando toda la obra. En el cuarto de al lado, que había sido el taller de Verónico, encontró varios cientos de dibujos y pinturas de Martín. Al otro día hizo venir una combi y se llevó todos los dibujos y pinturas que encontró. Lo único que quedó en el cuarto era la ropa vieja de Martín.

La unidad psiquiátrica del Argerich evaluó cuidadosamente el caso. Martín acababa de cumplir diecisiete años. Había tenido un ataque de esquizofrenia que evolucionó en un brote psicótico. Lo derivaron al Borda para que continuaran los estudios. Al tiempo emitieron su evaluación. Martín era irrecuperable. Mantenía su mirada perdida y se pasaba todo el día sentado, sin moverse. Había enloquecido. Lo dejaron internado en el Borda, con la intención de pasarlo después a un asilo para enfermos mentales, donde podría residir de forma permanente.

El crítico, Eduardo Carlucci, organizó una muestra de la pintura de Martín en el Centro Cultural Recoleta, con el título "Un artista del hambre". La exposición fue un éxito y lo trágico de la historia del pintor adolescente fue un aliciente para la crítica. Hablaron de la influencia de Antonio Berni, Quinquela Martín y del expresionista irlandés Francis Bacon. Carlucci hizo que un tasador profesional evaluara los cuadros. Consideró que el precio inicial promedio para una subasta pública debía ser de diez mil dólares por cuadro. Entusiasmado, Carlucci convenció a las autoridades del MALBA a que hicieran una retrospectiva, con la promesa de regalarle un cuadro al Museo. El Gobierno de la Ciudad apoyó la muestra. Todos los diarios se deshicieron en críticas elogiosas. Más de cien mil persona visitaron la exposición durante los quince días que duró.

Carlucci preparó una subasta de tres de sus cuadros en un remate de la Galería Arroyo. Incluyó entre los tres a "Nuestra miseria". Los concurrentes se mostraron entusiasmados. El precio de base de cada cuadro fue de diez mil dólares. El primero de los cuadros fue vendido en setenta mil dólares. El segundo en cincuenta mil. Dejaron "Nuestra miseria" para el final.

A los cinco minutos de comenzar el remate el precio había subido a cien mil. Carlucci no podía de contento. Al concluir el remate el cuadro había alcanzado los trescientos cincuenta mil dólares. Lo adquirió un marchand local, comisionado por el Museo de Arte Moderno de New York, donde pasaría a integrar su colección permanente.

Carlucci dejó su trabajo en el diario y se estableció como marchand y representante exclusivo de la obra de Martín. Lo trágico de su destino y la imposibilidad de que siguiera pintando creó toda una mística sobre el pintor del Dock Sud. El gobierno peronista lo nombró el "Artista social" del año y la Casa Rosada adquirió uno de los cuadros de Villa Inflamable para su colección de pintura. Ese año aparecieron numerosos artículos sobre su obra en revistas especializadas.

Carlucci se presentó en la casa de la madre de Martín, en el Dock, y le dijo que su hijo había dejado una pequeña fortuna. Dado su estado mental la madre era la curadora. Le correspondía la administración del diez por ciento que se recaudaba por la venta de sus cuadros. Un año después Mariela pudo mudarse a un departamento grande que compró en Avellaneda.

Un día fueron juntos con Carlucci a visitar a Martín (o Carlitos) al asilo donde residía. Lo encontraron sentado en un banco, en el parque, mirando el cielo. No los reconoció. La madre se puso a llorar, pero al mismo tiempo le agradeció a Dios por la buena fortuna que tenía en la venta de los cuadros. Carlucci los fotografió y el fin de semana salió un artículo suyo con la fotografía en la Revista Cultural de *Clarín*. Martín Balestra había entrado por la puerta grande de la historia de la pintura en Argentina. El pintor del Dock Sud había sido capaz de comunicar de una manera original y única en su arte el horror de la miseria, del abandono y de la soledad de los pobres en la ciudad moderna.

El empresario rico y la hermosa modelo

Patricio Torres Agüero vivía con su mujer Verónica Vacareza en un amplio departamento del exclusivo Puerto Madero, en Juana Manso y Azucena Villaflor. Era dueño de una empresa financiera y, además, herencia de familia, una estancia en Carmen de Areco, no muy lejos de la Capital. Era un hombre de mundo, un miembro de la alta burguesía porteña. Estaba próximo a cumplir cuarenta años. Había viajado por Europa y Estados Unidos. Había salido con muchas mujeres hermosas de Buenos Aires. Le gustaban los coches deportivos y los caballos de salto. Los sábados era infaltable en el Club Hípico. Su mujer, quién lo ignoraba, era una belleza. Era modelo exclusiva de Christian Dior. Tenía veintiséis años. Alta, espigada, de pelo castaño, era admirada en todo Buenos Aires. Tenían una relación excelente. Ella era maravillosa en la cama. Sabemos lo que eso significa para un hombre como Patricio: vanidoso, inteligente, mimado por la fortuna. Él se jactaba de provenir de una antigua familia criolla y no de inmigrantes aventureros, judíos o italianos, como muchos de los que estaban en el mundo de las finanzas. Había alquilado su estancia a una firma ganadera internacional. De la antigua élite conservaba, por nostalgia, su afición a los caballos. Era seductor y mujeriego, y prefería las argentinas de origen italiano a las chicas de buen apellido de la oligarquía de Barrio Norte. Eran simplemente más hermosas, y sabían convencer de mil maneras, con su charla, su sonrisa y sus habilidades eróticas. Sobre todo cuando se encontraban con un hombre como él, que lo tenía todo, y al que todas las mujeres jóvenes y atractivas querían hacer pasar por su cama.

A Verónica no le preocupaba su fama de seductor. Se había conquistado al hombre más deseado de Buenos Aires. Las otras modelos la envidiaban, y las que no eran modelos veían a Patricio como el hombre inalcanzable. Ella era más vanidosa que él, se pasaba el día en el gimnasio, el salón de belleza y las pasarelas. Se hacía traer toda su ropa de París. Era el estilo de vida que se podía permitir una mujer casada con un financista de éxito, que gozaba de la confianza de la clase política y tenía un excelente crédito internacional.

Estaba dedicada a su profesión y aparecía con frecuencia en las revistas de modas. Cuidaba obsesivamente su figura y no quería, por un buen tiempo, tener hijos. Le arruinarían las curvas exquisitas de su cuerpo. No se imaginaba la flaccidez en el vientre, las ojeras, la lactancia. Puerto Madero era el lugar ideal para ellos, y eran bien queridos y reconocidos por los residentes. Allí vivían políticos, inversionistas, estrellas del fútbol, modelos, vedettes. Era un estilo de vida diferente, nuevo, internacional. Verónica, debemos admitir, era una mujer algo infantil, aniñada. Su marido la consentía y ella esperaba estar rodeada siempre de admiradores y sirvientes. Deseaba, como muchas modelos, mejorar el mundo: le gustaban las flores, los niños, los animales. Quería involucrarse en proyectos de beneficencia y trabajos de caridad.

Tenían una sirvienta o, como es correcto decir, una empleada doméstica, que los atendía con solicitud. Irupé trabajaba seis horas al día en lugar de ocho, gracias a Patricio, que sabía que Irupé era una joven madre, con niños que atender, y le redujo, sin bajarle el sueldo, sus horas de trabajo. Tenía veintiocho años y, dada su condición, poseía una buena figura. No era bonita o, en todo caso, no se arreglaba como las jóvenes que querían ser bonitas, pero era atractiva y dulce. Tenía dos hijos: una adolescente de doce años y un varón de nueve. Se había casado muy joven y vivía con su marido, que era guardia de seguridad de un supermercado, en la Villa 31 de Retiro.

Un día, Verónica, que tenía bastante tiempo libre, le preguntó sobre la situación de los niños en la Villa, si tenían escuelas y había comedores para los más pobres. Irupé le dijo que sí, estaban bien organizados, había varias escuelas y comedores, pero la ayuda nunca alcanzaba porque la necesidad era grande. La invitó, si quería, a ir un día con ella. Verónica no había estado jamás dentro de una villa miseria, como la mayoría de los argentinos de clase media o alta, y sentía curiosidad. Aceptó. Fueron en su coche, un BMW con vidrios polarizados. Las condujo Braulio, el chofer de Patricio, que era además el guardaespaldas de la familia. Braulio era un conocido karateca de Buenos Aires. Estacionó el auto a la entrada de la villa y ella quedó en llamarlo si algo ocurría. Por supuesto que no hubo ningún problema. Irupé llevó a Verónica a recorrer el barrio. Visitaron la capilla, el comedor infantil, la escuelita, el dispensario médico. Verónica, muy amablemente, saludaba a todos los que Irupé le presentaba. La trataron con mucho respeto.

Verónica les cayó bien a todos. Era una chica bella y carismática, y su interés en la gente era genuino. Se sintió un poco incómoda por la suciedad de algunos callejones y el mal olor que salía de las aguas servidas, pero lo soportó sin decir nada. Saludó al cura y a las madres del comedor. Se había aclarado el color del pelo no hacía mucho, y su cabello rubio atraía a los chicos, que la querían tocar. Además, tenía cara de muñeca. Se había puesto un abrigo, para que su figura no llamara la atención. Un chico le gritó "Evita" y los demás se rieron. Verónica los saludó, divertida por la situación.

Cuando esa tarde regresó a su casa, Verónica se puso a pensar en lo que había visto. La visita la había afectado profundamente. Una cosa era escuchar hablar de la pobreza, y otra, muy distinta, era verle la cara. Los rostros de los niños pobres la habían golpeado y, en medio de sus privilegios, se sentía mal. Por la noche habló con su marido que, preocupado, le preguntó por qué había ido allá. Le dijo que iba a hablar con Irupé, debería haberlo consultado a él antes. Verónica se lo prohibió, le aseguró que Irupé era una persona buena y compasiva y que ella no se había dado cuenta hasta ese momento de lo mucho que valía. Patricio le preguntó si había conocido su casa. Dijo que no y que más adelante lo haría.

Días después Irupé la invitó a tomar mate cocido con facturas con sus hijos en su casa. Fueron a buscar a los chicos a la escuela de la villa, un edificio de dos plantas que aún no había sido terminado de revocar y pintar. Sus hijos eran lindos, de piel bastante oscura. Le dijo que su marido era un hombre morocho, del Chaco. Su casa era en realidad una casilla. Ocupaba la planta baja de un edificio de cinco casillas, construidas de manera irregular una sobre otra. Se subía a los pisos de arriba por una escalera de caracol de hierro externa, poco sólida. La casilla de Irupé constaba de un cuarto bastante grande y baño. El baño no tenía puerta. Le había colocado una cortina de tela. Al fondo había una pileta de lavar, una heladera vieja y una mesada, sobre la cual había unas hornallas para cocinar, conectadas a un tubo de plástico que salía al exterior, donde tenía una garrafa de gas. En la pared, encima de la cocina, había un ventiluz que daba a la calle. La puerta de la casilla era de metal. En esa época del año, comienzos del otoño, aún no hacía frío, pero seguramente necesitaría una buena calefacción en el invierno. Verónica comprendió que la familia entera vivía en ese cuarto, que le servía de cocina, comedor y dormitorio. Habían colocado una cortina de tela que dividía el espacio en dos, y detrás de la cortina estaban los lechos donde dormían todos.

Se sentaron a la mesa. Irupé preparó mate cocido y Verónica abrió un paquete gigante de exquisitas facturas, que había comprado en una confitería de Puerto Madero y los niños devoraron con fruición. Irupé le dijo que esa "casa" no era suya aún pero la estaban comprando. Pagaban una cantidad de dinero todos los meses a un puntero político, que era el dueño de la casilla. Dijo que estaban muy cómodos, todo les quedaba céntrico, la gente del barrio los trataba bien. Hacía cinco años que vivían allí. Antes habían vivido en una pensión en Constitución. Ahora estaban mucho mejor.

Verónica le dijo que le gustaría hacer trabajo voluntario en la comunidad. Se ofreció a trabajar en el comedor para chicos los días miércoles. Ese día no tenía ensayo de pasarela, ni sesiones de entrenamiento en Christian Dior. Le agradeció a Irupé la invitación, se despidió de los chicos y regresó a su departamento.

Al día siguiente Irupé habló con las madres que trabajaban en el comedor y aceptaron encantadas. Verónica le avisó a su marido que iba a ir a la villa miseria a hacer trabajo voluntario los días miércoles. Patricio se alarmó bastante, pero al ver que su voluntad era inquebrantable, le pidió que fuera con el chofer, y que éste la esperara frente al comedor.

Braulio se metía en la villa con el BMW y lo estacionaba frente al comedor. Los chicos salían a mirar el auto. Un día le preguntaron a Braulio si estaba armado y éste les mostró la 9 mm que cargaba en la sobaquera. Los niños la observaron con interés. Estaban acostumbrados a ver gente armada en la villa. Las señoras del comedor trataban a Verónica con cariño y la miraban con admiración. Sabían quién era. Pusieron en la pared del local una tapa de revista en que aparecía ella con un vestido negro muy hermoso. Un día fue al comedor con una falda muy cortita y acampanada, y un chico le dijo que era el Hada Buena. Ella servía la comida y le encantaba ver las caras de alegría de los pibes al ir a sentarse a la mesa con su plato de comida caliente. La comida era bastante buena. El plato más típico era el guiso de carne y papa. El comedor recibía donaciones de los supermercados de

Retiro. El puntero peronista del barrio había conseguido una asignación de dinero para el comedor, con la que compraban bebidas gaseosas, que a los niños les encantaban, y otras cosas. Ese dinero ayudaba a mantener todo funcionando normalmente.

Patricio sabía que su mujer era algo exótica, pero sus visitas a la villa lo tenían preocupado. Un día le dijo que celebraba el amor que sentía por los niños, y que esperaba alguna vez tener hijos con ella y formar una familia. Les sería muy fácil criarlos, dada la posición económica ventajosa que tenían. Ella lo miró algo incómoda y le respondió que no era el momento. Amaba a los niños, pero estaba concentrada en su carrera y el día que finalmente tuviera hijos quería estar en su casa para criarlos ella, y no que los atendiera un ama. En unos años más posiblemente estaría preparada, pero en esos momentos quería trabajar. Se proponía ser la modelo más importante de la compañía. Quería conquistar las pasarelas de Europa. Pancho Dotto, que la representaba, le había dicho que esa temporada tendría una serie de desfiles muy importantes en París.

Verónica pasaba cada vez más tiempo fuera y, muchas veces, cuando Patricio regresaba al departamento ella no estaba allí. Había ido a un vernissage, o a una recepción, o a una clase de modelaje o de yoga, o estaba en las sesiones de masaje o en el salón de belleza. Últimamente Patricio veía más a Irupé que a su mujer. Patricio era dueño y jefe de su compañía y su horario de trabajo era bastante irregular. Algunos días volvía al departamento por la tarde temprano y otros tenía que estar en reuniones hasta la noche. El mundo de las finanzas no tenía un horario fijo, mandaban los clientes y las situaciones. Era un mundo lleno de conflictos y desafíos, que él amaba.

Patricio siempre había considerado a Irupé una persona interesante. Lo atendía, le preparaba café. Le hablaba con amabilidad y dulzura. Ocasionalmente él le preguntaba cosas sobre ella. Se empezó a interesar en sus hijos, en su familia. Irupé le contó detalles de su infancia. Su madre era paraguaya y su padre correntino. Se había criado en Isidro Casanova, en el Gran Buenos Aires. Su mamá le hablaba en Guaraní cuando era niña. Ella podía hablarlo, pero no se lo había enseñado a sus hijos. Patricio le pidió que le enseñara algunas palabras de Guaraní. Le dijo que árbol se decía "ibirá", arena "ibicuy", madre "sy". Le llamó la atención que madre se dijera "sy", era casi como "sí" en castellano. Patricio le contó sobre su madre. Le dijo que era una persona con mucha autoridad. El se había criado en las Lomas de San Isidro. Casi no hablaba con ella. De niño estaba poco con él. Lo habían cuidado dos amas, y tenía dos tutoras. Le habían enseñado el inglés, la lengua de los negocios. Irupé lo escuchaba con interés y a todo le decía que sí. Tenía unos ojos negros profundos y, cuando él la miraba, bajaba la vista, avergonzada.

Le preparaba algunos platos populares que a él le gustaban: pastel de choclo, tapa de asado con papas, empanadas. Un día le hizo un plato del que no había oído hablar nunca. Dijo que se llamaba "falso conejo", y no tenía conejo. Era un guiso de carne y arroz con bastante picante. Muy rico. Era un plato andino popular en la villa. Allá había muchas señoras de Perú y Bolivia que cocinaban muy bien.

Patricio se empezó a sentir solo. Tenía mucha presión en su trabajo. El mercado financiero era muy inestable. En Argentina nunca se sabía bien lo que pasaba. El tenía inversiones en paraísos fiscales por las dudas. La gente del gobierno quería controlar todo. Había días que estaba muy nervioso e inseguro. Empezó a sentir que no le interesaba a su mujer. Estaba obsesionada con la moda, con el cuerpo, con las apariencias, consigo misma. Todo giraba alrededor de ella. El mundo terminaba en ella. Y ahora había descubierto el dolor y la pobreza. Cada vez pasaba más tiempo en la Villa. Le encantaban los chicos, pero no quería tener chicos, al menos con él. Pensó que quizá no lo quería.

Un día, sin saber bien lo que hacía, abrazó a Irupé. Al principio no la besó. Era su sirvienta. Simplemente la abrazó. Irupé no se resistió. Le puso los brazos alrededor del cuerpo. Fue una escena tierna. La miró y ella no le sacó la vista. Se sintió estúpido. Luego, casi cerrando los ojos, la besó. Fue el beso más tierno que había dado en su vida. Pasaron al dormitorio y la empezó a acariciar. La desvistió. Irupé lo dejó hacer, sin moverse mucho. Sentía vergüenza. El la acarició lentamente. Fue como un juego. No sabía bien por qué lo hacía. Le besó el vientre. Ella le apoyó una mano en la cabeza y él sintió una paz enorme. Sintió su bondad. Era algo que no había experimentado nunca: bondad. Vivía en un mundo de gente cruel y ambiciosa, donde no existía la bondad. Ella se dejó penetrar, pero sin mostrar pasión. Era casi como hacer el amor con una esposa de muchos años. Muy diferente a lo que pasaba con Verónica en la cama, que se retorcía, gritaba y se desesperaba, o lo fingía, como una puta. Aquí no había ninguna "performance", era una situación humana. Tan humana que se sintió desarmado. A ella, cuando se vino, se le humedecieron los ojos. Le había pasado algo muy lindo. El se sintió incómodo, ridículo. Pero ya estaba hecho. Se levantó, se vistió y siguió hablando con Irupé como si esa hubiera sido una situación normal, cotidiana.

Esa noche Verónica le dijo que quería empezar una escuela de modelos en la Villa. Había chicas interesantísimas, muy sexis. Le preguntó si quería invertir en el proyecto, eran mujeres distintas. Así podrían ayudar a la gente. El le dijo que estaba bien, que hiciera lo que quisiera.

La situación con Irupé se repitió varias veces. Ella llegaba por la mañana y hacía las cosas de la casa. El trataba de volver de la oficina a las dos de la tarde. Verónica a esa hora nunca estaba. Irupé le daba de comer algo ligero, tomaban juntos un vaso de vino y después hacían el amor. Era casi como en un matrimonio. Todo muy tranquilo, sin sobresaltos. Ella le preguntaba por su día de trabajo. El le contaba y eso lo hacía sentir bien, era mejor que ir al psicólogo.

La relación sexual con Irupé empezó a ir cada vez mejor. El se venía varias veces y ella también. Después del acto se sentía incómodo. Se preguntó cómo iba a salir de esa situación. Un día le preguntó que qué sentía por él, si lo quería. Irupé bajó la vista y evitó contestar. Le dijo si lo dejaría a su marido por él. Ella le respondió que no. Le preguntó por qué. Le dijo que era su marido, que no lo podía dejar.

A pesar que ella no aceptaba que él le regalara dinero, le dobló el salario. Ella se lo agradeció. Patricio se empezó a sentir celoso. Esa mujer tan simple sabía tan bien lo que quería. Sabía lo que valían las cosas, entendía el lenguaje del amor y de los sentimientos mejor que él. Se sintió pobre. Empezó a sentir curiosidad por Irupé, quería saber más de su vida. Lo convenció a Braulio, su chofer, que lo llevara a la Villa 31 para ver donde vivía. Se vistieron con ropa vieja para pasar por villeros. Dejaron el auto en un estacionamiento en Retiro y se metieron a pie. Braulio, precavido, cargó su 9 mm, por cualquier cosa. Lo guió hasta cerca de la casilla de Irupé. Eran las siete y media de la tarde. Le dijo que el marido volvía a esa hora del trabajo. Dentro de la casilla había luz. A media cuadra había un quiosco en el que vendían comidas. Se sentaron y pidieron dos cervezas. El quiosquero les ofreció salchipapas. Aceptaron, estaban sabrosas. Finalmente pasó un hombre bastante corpulento cerca de ellos. Era moreno, de pelo renegrido.

Braulio le dijo que ése era el marido de Irupé. Entró en la casilla. Pagaron y se acercaron. A través del ventiluz Patricio pudo ver dentro. Se habían sentado a la mesa. Irupé estaba sirviendo fideos de una fuente. Los chicos se reían. Los vio felices. Se fueron. Regresaron a Retiro y se subieron al BMW.

Esa noche Patricio hizo el amor con su mujer. Le insistió otra vez que debían tener un hijo juntos. Verónica estaba fastidiada. Le dijo que era un egoísta, que no pensaba en su carrera. Su durmieron. Patricio soñó con Irupé. La vio en un paisaje lacustre, de esteros. Estaba desnuda y lo llamaba desde una especie de isla. Había flores blancas que flotaban en el agua y muchos pájaros que volaban alrededor. Irupé tomó una flor blanca y se la puso en la negra cabellera. Le sonreía y lo llamaba. La veía hermosa. Patricio se despertó sobresaltado. Estaba angustiado. Se dio cuenta que se había enamorado.

La relación con Verónica empezó a ir cada vez peor. Evitaban verse y hablarse. Hacían el amor con muy poca pasión. Patricio se llevaba mejor con Irupé. Volvía contento a su casa a las dos de la tarde para verla. Apenas llegaba se besaban tiernamente, como viejos amantes. Sentía que no podía mantener esa relación oculta mucho más tiempo. Se sentía ridículo, sabía que todos se burlarían de él. Le pidió a Irupé que se divorciara de su marido y se fuera a vivir con él, él le educaría a sus hijos, la iba a cuidar. Irupé, sin dudarlo, le dijo que no podía. Ella estaba casada, bien o mal ésa era su vida. Le dijo que si la quería tanto se fuera a vivir a la villa, para estar más cerca de ella. El le sonrió y le hizo un chiste.

Verónica lo veía indiferente y agresivo, y le preguntó qué era lo que le pasaba. Le pidió que le dijera si ya no la quería. Le respondió que no era eso, pero que a veces sentía que ese matrimonio era incompleto, le faltaban cosas. "¿Qué?", le preguntó su mujer. "Hijos", le respondió Patricio. "Yo no quiero ser madre por ahora", le dijo Verónica. Patricio la miró con rabia y la acusó de narcisista y ella, por primera vez en su vida, lo abofeteó. Por varios días no se hablaron. Al tiempo notó que ella regresaba más tarde por las noches. Verónica se estaba desenganchando de la relación. Un día la descubrió muy acurrucadita en un café con un economista que trabajaba en el Ministerio, y que era reconocido por su trayectoria dentro de la política. Militaba en el PRO y tenía buenas posibilidades de ser candidato a diputado por la capital en las próximas elecciones. Vivía en Puerto Madero, no muy lejos de donde vivían ellos. Finalmente Patricio le propuso que se separaran temporalmente, o de lo contrario el matrimonio acabaría por arruinarse del todo. Les hacía falta pensar las cosas. Alquiló un departamento en una torre de Puerto Madero y le preguntó si quería irse ella a vivir allí por un tiempo o se iba él. Ella prefirió irse y cambiar de sitio.

Patricio continuó con su trabajo y sus actividades. Ahora vivía solo en su departamento de Puerto Madero. Todos los días venía Irupé a atenderlo y hacían el amor. Se sentía cómodo. Empezó a leer otra vez. Hacía tiempo que no leía novelas. Comenzó *2666* de Bolaño, se la habían recomendado. El libro le fascinó. Poco después Verónica le pidió que le aumentara la cantidad de dinero que le pasaba mensualmente, lo que le daba no le alcanzaba. Tenía que mantener su estilo de vida y necesitaba más dinero. Se dio cuenta que lo estaba chantajeando. Seguro que era el economista que la asesoraba. No le importó. Estaba enamorado de Irupé y se sentía feliz.

Pasaron una temporada excelente. Irupé y él almorzaban todos los días juntos y hacían el amor. Por las noches ella regresaba a su casa en la villa, a atender a su familia. Finalmente, comprendió que se tendría que divorciar de Verónica y que el divorcio le iba a costar caro. Verónica era ambiciosa. Se lo planteó y ella le dijo que por culpa de él su carrera de modelo no había progresado como ella esperaba y que la tendría que compensar. El lo aceptó, no tenía otra salida, lo que pasaba era su culpa. Por suerte tenía suficiente dinero. Se había casado con la mujer equivocada, perdería parte de la fortuna de su familia. Iniciaron los trámites de divorcio.

Ya no aguantaba vivir en Puerto Madero. Su sensibilidad había cambiado. Sintió que era un barrio de gente frívola, oportunista. Políticos corruptos, vedettes a la caza de empresarios, banqueros enriquecidos con el erario público, jefes de empresas multinacionales, botineras en busca de fortuna, estrellas del deporte que ganaban millones. Le dijo a Verónica que se quedara con el departamento de Puerto Madero como parte del juicio de divorcio. Compró un caserón antiguo en Palermo Hollywood y lo hizo refaccionar. Creyó que en ese barrio bohemio iba a sentirse bien y no se equivocó. La gente allí era más sensible al arte. Ahí vivía la clase media, los descendientes de los españoles e italianos que hicieron de Argentina un país progresista, los hijos de los judíos que ejercían sus profesiones y su comercio. Le encantaba salir a caminar por el barrio y comer afuera. Iba seguido a la Plaza Cortázar. Irupé seguía visitándolo. Lo cuidaba, le cocinaba. El le dijo que era su amante oficial. Le dejó elegir los muebles nuevos. Ella estaba contenta, la casa le encantaba. El le aumentó su salario, ya ganaba casi casi como una gerente. Ella le dijo que era demasiado. El le respondió que tenía que justificar las horas de ausencia de su casa.

El divorcio con Verónica concluyó. Le tendría que pasar una suma mensual elevada como derecho de alimentación, cederle el departamento y darle un porcentaje de las acciones de su empresa. Irupé se volvió una amante mucho más apasionada. Sabía que él estaba solo y eso la estimulaba. De su esposo hablaba poco. Le dijo que iba una vecina a su casa por las tardes para ayudar a los chicos con las tareas de la escuela. Ella le pagaba, sentía que tenía a sus hijos un poco abandonados. Un día le dijo que estaba embarazada y el hijo era de él. Patricio se sintió feliz. Le pidió que se separara y se viniera a vivir a su casa. Ella le explicó que no le podía hacer eso a su marido. El ya sabía que estaba embarazada y creía que era su hijo.

A medida que progresaba el embarazo Irupé iba cada vez menos a trabajar. Finalmente le dijo que la relación no podía seguir. No iba a venir más a verlo. Quería regresar con su marido y sus hijos, sentía que era lo correcto para ella. Lo dejó.

Patricio se sintió mal, estaba confundido. Un amigo le recomendó visitar a un psicólogo que vivía en Villa Freud. Se refugió en el trabajo. Su psicólogo le dijo que había estado casado con la mujer equivocada. Era un hombre muy dependiente, tenía carencias afectivas que arrastraba desde la infancia, le había hecho mucho daño la relación fría y distante que mantenía con su madre. Necesitaba una relación íntima con una mujer que lo quisiera tiernamente, que fuera maternal, que deseara tener una familia con él.

En la oficina empezó a fijarse en una secretaria, algo gordita pero de un rostro muy bello. Hacía un tiempo que trabajaba en la empresa. La invitó a salir. Cenaron. Descubrieron que tenían mucho en común. Era estudiante de Letras y quería ser escritora. Le encantaban los niños y soñaba con tener una familia y, sobre todo, ser feliz. Se pusieron de novio y la relación fue muy bien. El ya no quería esperar, estaba cansado de vivir solo. Le propuso casamiento. Hicieron una ceremonia bastante íntima, con los familiares y amigos más cercanos. Al tiempo, Victoria, su esposa, quedó embarazada. Nació una nena muy bella, le pusieron de nombre Silvina.

Un día, cuando iba a su trabajo a Puerto Madero, vio por la calle a Irupé. Llevaba un bebé en brazos, su nuevo bebé. La saludó. El niño tenía la cara de él. Le había puesto de nombre Patricio. La invitó a tomar algo. Estaba embelesado con el niño. Le pidió por favor que fuera a visitarlo, quería verla con frecuencia y estar con su hijo. Ella aceptó trabajar como empleada doméstica en su casa dos días por semana. Iba con el bebé. Cuando su mujer estaba trabajando en la oficina, hacían el amor. Victoria dejaba a Silvina con su mamá.

Una tarde, después del trabajo, estaban Patricio y su esposa en familia, disfrutando y jugando con la beba, cuando oyeron el timbre. El fue a abrir la puerta y se encontró con Verónica. Venía a visitarlos con su nuevo marido. Los hizo pasar. Ella se disculpó por todos los malos momentos que habían pasado durante el divorcio. Se daba cuenta que ellos no eran personas compatibles, pero reconocía que él era un hombre bueno. Su marido, Ricardo Salvatierra, había dejado el Ministerio de Economía y estaba enteramente dedicado a la política. Se había ido del PRO, etapa suya que consideraba un error. Lo habían mal aconsejado algunos familiares suyos reaccionarios. Se había pasado al Peronismo. Ella militaba con él. Ricardo era candidato a diputado en las próximas elecciones. Verónica continuaba trabajando en la Villa 31, con la academia de modelos. La Academia había sido declarada por el gobierno de "interés cultural". Ella había salido elegida la "modelo del año" del Peronismo y la habían felicitado por su defensa de los pobres. Habían adoptado una parejita de niños recién nacidos de la villa. Eran dos chicos morenitos, de raza indígena. Ella les dijo que estaba ayudando a su marido en la campaña y los invitó a que los apoyaran. Los felicitó por la niña preciosa que tenían.

En ese momento llegó Irupé, que había quedado en venir para servirles la cena. Los invitaron a comer. Irupé los atendió. Mientras servía la cena, ella y Patricio se miraban con ternura. Verónica le preguntó cuál era la lección más importante que había aprendido durante el tiempo que habían vivido juntos, y Patricio le respondió que se había dado cuenta que el dinero no era lo más importante en la vida.

La filosofía en el tocador

Ana María Robles estaba casada con Juan Carlos Salvatierra. Tenía veintiocho años. Vivían en Barrio Norte, en Arenales y Talcahuano. Juan Carlos era mayor que ella. Decía que tenía cincuenta y cinco años, pero Ana María sospechaba que había alterado el documento. Se acercaba más bien a los sesenta. Era un hombre rico y le gustaban las mujeres jóvenes. Se vestía muy bien e iba día por medio al gimnasio. Tenía un estado físico aceptable y era simpático. Había hecho su fortuna en la industria inmobiliaria. Las malas lenguas decían que, durante la dictadura, había ayudado a los militares a introducir en el mercado las propiedades que les robaban a sus víctimas.

En Barrio Norte hablaban de Juan Carlos. Allí había grandes fortunas. Estancieros e industriales. Juan Carlos no podía dar cuenta del origen de su riqueza. Sabían que de joven había sido pobre. Venía de Rosario, y su padre había sido obrero del frigorífico Swift. Había cursado unos años de abogacía, pero nunca terminó la carrera. Lo que había aprendido, sin embargo, lo había utilizado muy bien. Era un hombre inteligente, y un buen lector. Tenía en su departamento una sala dedicada a biblioteca, con varios cientos de libros. No los coleccionaba, decía, los compraba de a uno y los leía. Lo consideraban un hombre decadente. Le adjudicaban relaciones perversas de todo tipo. Nadie lo conocía bien.

Juan Carlos era un hombre complejo. Se había casado dos veces y no había tenido hijos. Su nuevo matrimonio era una liberación para él, estaba profundamente enamorado. Ana María no era una joven inocente. Como Juan Carlos, era de origen pobre. Se había criado en el oeste del Gran Buenos Aires, en Morón. Su padre tenía una carpintería. Ella no había querido estudiar. Era una mujer hermosa y sensual. Para el sexo era una diosa. Su inteligencia se despertaba en la cama. Era incansable e insaciable. Ella y Juan Carlos se pasaban la noche despiertos, haciendo el amor y charlando. Tenía un gran sentido del humor. Les gustaba mirar juntos películas extranjeras. Juan Carlos sabía mucho de cine, y se había propuesto educar a su mujer. Cuando terminaba la película Ana María se le montaba encima y lo llevaba al éxtasis. El estaba en la gloria, y sentía terror de que esa felicidad pudiera terminar alguna vez.

Ella despertaba el deseo de los hombres y había tenido muchos amantes. Las miradas la seguían a todos lados. A Juan Carlos lo envidiaban profundamente. Como todos imaginaban, ella se había casado con él por dinero y a su modo era feliz. Se sentía bien con Juan Carlos. Siempre observaba lo que pasaba alrededor suyo. Le encantaban las aventuras sexuales. Tenía una amiga íntima y confidente, Marita Roselló, y salía con ella a tomar tragos a las barras de Barrio Norte. Marita era amante de un joven físico culturista, vecino suyo, que vivía con una mujer empresaria, mayor que él. En Barrio Norte había muchas relaciones como ésa. Por dinero. El joven estaba bien dotado. Marita le describía los detalles de sus relaciones sexuales.

Ana María le hablaba de ella y de su esposo. Su vida sexual con él no era mala. Juan Carlos era un hombre apasionado. Por sobre todo admiraba su cultura. Le gustaba escucharlo hablar de libros y de viajes. Sabía de todo. No le contaba mucho sobre sus negocios. Creía que estaba un poco aburrido de ese mundo. Derivaba todo lo que podía en sus subordinados. Concretaba sus operaciones por teléfono, o en cenas y charlas de café. Seguía sus negocios en su computadora. Los contactos eran todo, y Juan Carlos era un sicólogo natural y un hombre vivísimo. Cuando los otros iban, él ya estaba de vuelta.

Ana María le confiaba a su amiga sus aventuras extramatrimoniales. En el barrio había dos muchachos con los que se veía regularmente. Eran chicos ricos. Uno tenía caballos y jugaba al polo. Le gustaban los dos y una vez los juntó. Se pasaron la tarde haciendo el amor. Marita le preguntó si su esposo no sabía nada. Ella le dijo que creía que sospechaba, pero que se hacía el que no sabía. Era un hombre de mundo. Era viejo y sabía que no la podía tener para él solo. No era atractivo. Era apenas más alto que ella, y no estaba bien dotado. A ella le gustaban los hombres jóvenes, fuertes y de miembro generoso.

Era cierto. Juan Carlos no sólo sospechaba que su mujer tenía relaciones con otros hombres, sino que lo sabía. Comprendía que era demasiado joven para él. Podría ser su hija. Sus conocidos le decían que la veían acompañada en los pubs de la zona. Le daban a entender que estaba levantando tipos. El tenía un horario muy irregular. Muchas veces se quedaba en la oficina leyendo. Le gustaba leer de todo. Leía a los filósofos franceses, a los novelistas norteamericanos, a los poetas hispanoamericanos. Sabía mucho de literatura argentina. Conocía bien la obra de Borges, de Sábato, de Cortázar, de Saer. Le gustaban Aira y Pauls. Admiraba la obra periodística de Walsh. También leía historia, y creía que José Luis Romero era el historiador argentino que mejor escribía. La literatura francesa era su preferida y sus dos autores favoritos eran Voltaire y el Marqués de Sade. Le gustaban los cuentos de Voltaire y sus ensayos filosóficos. Admiraba a todos los pensadores de la Ilustración. Decía que eran los padres de la modernidad: Voltaire, Diderot, Montesquieu, de Tocqueville. Rousseau le interesaba menos. No le gustaba la gente que tenía una imagen exagerada de sí (hacía excepción con Sarmiento, porque su prosa le parecía excelente y su inteligencia excedía las expectativas de cualquier lector). En cuanto al Marqués de Sade, lo consideraba un santo de la libertad. Había leído su biografía. El Marqués había sufrido horrores. Había pasado 30 años preso. La mayor parte de sus libros los había escrito en la cárcel. Su obra era la apoteosis de la perversidad sexual. Había sido escrita por un moralista que repudiaba los prejuicios de su tiempo. La sociedad había alejado al hombre de sí mismo. El Marqués era un gran egoísta, pero con razón. Enseñaba a descender a la abyección, como camino a la liberación. La moral hipócrita era una camisa de fuerza. La sociedad creaba siempre nuevas restricciones, buscaba hacer la vida completamente predecible. Por eso se morían todos de hastío y aburrimiento. Necesitaban el sexo y la venganza. El libertinaje. Ser libres contra los otros.

Le daba placer leer al Marqués. Sus historias eran de una pornografía perfecta. Su obra favorita era *La filosofía en el tocador*, que combinaba la filosofía con las relaciones perversas. Se pasaba horas en su oficina leyendo y meditando en su obra. Pensaba en su situación con su mujer y se decía que tenía que dejar que fuera libre. Era celoso, pero sabía que si la vigilaba la perdería. Estaba profundamente enamorado de ella. Estaba obsesionado con su mujer. Y Ana María para él era sobre todo su sexo. No era una persona que tuviera otros dones. Pero para él esa sexualidad era perfecta, el centro del mundo.

Había días que ella no regresaba al departamento. Le hablaba y le decía que se iba a la casa de la madre en Morón. Regresaba al otro día muy contenta. Una vez faltó dos días. El le habló, pero su celular estaba apagado. No se animó a preguntarle a la madre. Sabía lo que significaba. Si le hacía un escándalo podía abandonarlo. Era lo que pagaba por tener el mejor sexo de Buenos Aires. ¿Cuántos hombres de su edad podían decir lo mismo? Cuando ella regresaba venía excitada. Se acostaban y ella era imparable. Lo dejaba exhausto.

Después de un tiempo pensó que era mejor hablar libremente de la situación. Pero tenía miedo de hacerlo. Podía tomarlo como que no le importaba. Buscó una solución alternativa. Sabía que a ella le gustaban los tipos altos y buenos mozos. Una solución era contratar a un chofer lindo y atlético. Seguro que ella iba a entenderse con él. A Ana María le gustaba meterle los cuernos. Se sentía superior. De esa manera evitaría que ella saliera afuera de levante, a los bares, corriendo riesgos. La calle estaba llena de gente violenta. A él le daba miedo que un día le hablara la policía y le dijera que le había pasado algo malo. Si se arreglaba con el chofer estaría segura. El chofer era su empleado. Tendría que cuidarse de él. Quedaría todo en casa.

Juan Carlos empezó a fijarse en los tipos del gimnasio, a ver si alguno podía servirle. Iban muchos patovicas. A él le parecía que tenían una musculatura excesiva. No sabía si a su mujer podía gustarle alguien así. Era muy artificial. En el vestuario los hombres se cambiaban después de su sesión de gimnasia. Se fijó en un muchacho alto, moreno, de mirada plácida. Vio que tenía un miembro grande. Lo observó bien y le pareció que era el tipo de hombre que podía gustarle a Ana María. Se acercó a él y le sacó conversación. Le preguntó qué hacía. Le respondió que vendía zapatos. Estaba semiempleado. Había trabajado en una compañía de seguros, pero tuvo problemas, y lo echaron. Le preguntó si sabía manejar. El otro le respondió que sí. Le dijo que tenía un trabajo que ofrecerle. Necesitaba un chofer, y el trabajo requería una persona que tuviera ciertas condiciones físicas. El chofer tenía que encargarse también de la protección personal y la seguridad. El otro le dijo que él podía hacerlo, sabía karate. Juan Carlos le ofreció de sueldo una cantidad generosa, como para que el otro aceptara. Le dijo que más que su seguridad le preocupaba la de su esposa. No tenían hijos, pero ella era joven y hermosa, y había gente que lo odiaba y le gustaría hacerle daño a su mujer. Así quedaron. Al otro día Juan Carlos lo recibió en su departamento y le mostró la cochera. Tenía varios autos. Adrián, el chofer y guardaespaldas, manejaría el BMW, el auto preferido de su esposa. Luego llamó a su contador y le dijo que pusiera a su nuevo chofer en la lista de sueldos, y que si necesitaba un adelanto de dinero se lo facilitara, era hombre de su confianza.

Adrián cumplió bien con su trabajo. Era un joven tranquilo. Su personalidad se parecía bastante a la de Ana María. La conducía adonde ella le pedía. Iban al country del Jockey Club, a trotar a Palermo, a los shoppings y a visitar a su amiga Marita, que se había mudado a un barrio cerrado en San Isidro, donde vivía con un banquero. También la llevaba a Morón a visitar a su mamá, que nunca había querido dejar el barrio.

La relación entre Adrián y Ana María progresó rápidamente. Pasaron de la simpatía a los roces y fueron a un hotel. Adrián era apasionado como ella. Mantenían relaciones sexuales juguetonas y barrocas. El hacía todo lo que a ella le gustaba. Besaba muy bien. Le encantaba acariciarla. Adoptaba en la cama distintas posiciones. Le gustaba el sexo vaginal y anal. Le lamía con fruición la vagina y ella le devolvía el goce succionando su miembro. Ella tenía múltiples orgasmos con él. Se pasaban horas en la cama. Les encantaba verse reflejados en los espejos de las paredes del cuarto mientras hacían el amor. Cuando se sentían algo cansados se ponían a ver una película porno que muy pronto volvía a excitarlos. Después de esas tardes ella sentía que estaba en la gloria, renovada. Elegían distintos hoteles alojamiento según el tipo de decoración de los cuartos. Iban casi diariamente.

Ella estaba feliz. Le brillaban los ojos y su piel se veía tersa. Juan Carlos lo notó al volver de la oficina. Su mujer estaba en pleno affaire con Adrián. Cuando regresaba al departamento después de estar con él, lo abrazaba y le acariciaba el cabello. Tenía los senos duros. No le daba tiempo de terminar de cenar. Lo besaba, ponía su mano sobre el pantalón e iban juntos al dormitorio. Ella se entregaba a los orgasmos. La tarde pasada con Adrián le aumentaba el deseo. Juan Carlos estaba contento. Ella era así y por eso la amaba.

Cuando Adrián venía al departamento para dejar o buscar a Ana María, Juan Carlos se sentía incómodo. Ese hombre había estado haciendo el amor con su mujer o planeaba pasar el día con ella en un hotel. Era difícil no sentir celos. El era un hombre rico, admirado, pero no podía ser joven y atractivo como Adrián. Había fomentado la relación y ahora pagaba el precio. Lo hacía por su mujer. La situación era cruel para él. Sufría.

Con el paso de los días, sus sentimientos fueron cambiando. La envidia se transformó en curiosidad. Pensaba cómo sería Adrián con su mujer en la cama. Miraba el cuerpo del joven y reconocía que era hermoso. Sintió deseos de verlo hacer el amor con su mujer.

Le habló a Ana María y le dijo que lo sabía todo. En un principio ella lo negó, pero después lo aceptó. El le dijo que la comprendía. El era un hombre mayor, y ella era una mujer muy intensa. Quizá fuera lo mejor. Al otro día, cuando llegó el chofer, Juan Carlos lo hizo entrar a la sala. Le dijo que ya sabía lo que pasaba entre él y su mujer. Adrián no se animaba a mirarlo a la cara. Juan Carlos le puso la mano en el hombro, mostrando comprensión. "Lo que uno hace por deseo y por amor, está bien" – dijo – "La naturaleza nos hace sentir atracción hacia los otros, es humano". Era una frase rimbombante e intelectual, pero el muchacho lo miró agradecido. Juan Carlos dijo que ellos tres eran amigos, tenían buenos sentimientos, y que si su mujer estaba bien y él también, él no tenía nada que objetar. En ese momento Adrián lo miró, incómodo. El joven se sentía culpable. Juan Carlos se fue a leer a su escritorio y Ana María y Adrián salieron.

Al día siguiente Juan Carlos le dijo a su mujer que el momento más difícil ya había pasado. Los tres eran amigos, y ellos no tenían necesidad de ocultarse. Lo mejor sería que un día estuvieran los tres juntos. Le confesó que le gustaría estar presente cuando ellos dos hicieran el amor. Se pusieron de acuerdo y una tarde se reunieron los tres en el departamento y fueron al dormitorio. Ana María y Adrián se desnudaron y comenzaron a besarse y acariciarse. Juan Carlos se quedó de pie a un costado y observaba con interés, excitado. Al principio ella fue poco expresiva, pero luego mostró su erotismo. Adrián se comportó con naturalidad, como un hombre experimentado. Juan Carlos se empezó a quitar la ropa. Se acercó a la cama y los acarició a los dos. Besó a su mujer y luego le acarició la mejilla a Adrián. Ana María y Adrián se abrazaron e hicieron el amor. Llegaron al orgasmo y se tendieron en la cama a descansar.

Al otro día se repitió la escena. Adrián llegó por la tarde al departamento. Juan Carlos estaba en su escritorio. Lo recibió Ana María. Conversaron, tomaron una copa. Luego fueron al dormitorio. Juan Carlos entró al rato. Esta vez se animó a participar. Le besó el sexo a su mujer con pasión. Luego le acarició el miembro a él y lo guió hacia la vagina. Después que la penetró lo separó. Ellos le dejaron hacer. Introdujo otra vez la lengua en la vagina de su mujer. Le frotó el miembro a Adrián y se lo apoyó contra sus propias nalgas. Sintió que Adrián estaba muy excitado y jugaba con su ano. Su mujer no dijo nada. Adrián estaba tratando de penetrarlo. Le dolía. El otro se puso vaselina y logró introducirle el miembro. Le dolía mucho. No había tenido gran experiencia con hombres. Sintió placer. Pensó en el Marqués de Sade. Su mujer empezó a excitarse más y más ante la situación. El continuó introduciendo su lengua en la vagina. Finalmente se vinieron los tres al mismo tiempo. En reconocimiento se tocaron las manos. Se separaron y empezaron a sonreír. Luego rieron abiertamente. Habían logrado algo que no esperaban. Se sintieron liberados. Juan Carlos les dijo que quería que fueran amigos. La relación que tenían era demasiado práctica. El buscaba otra cosa. No sabía qué. Les ofrecía su amistad.

Empezaron a salir de paseo los tres juntos. Iban a los restaurantes, al teatro, a los conciertos. Juan Carlos dejó de ir al trabajo por varios días. Una tarde se apareció en la oficina con Ana María y Adrián. Sus empleados notaron que estaba pasando algo raro y se intercambiaron miradas burlonas. Juan Carlos se dio cuenta y no le importó. Lo tenía sin cuidado lo que pensaran de él. Se sentía libre. Estaba empezando a entender a Sade, cuando hablaba de libertinaje.

Juan Carlos conversó con su mujer y Adrián. Les confesó que los quería mucho, eran especiales. Sabía que era un hombre mayor, tenía cincuenta y cinco años y ellos aún no habían llegado a los treinta. Estaba pensando en el futuro de ellos. Quería que vivieran bien, aún cuando él ya no estuviera. Le pidieron que no hablara así, él tenía muchos años por delante. Juan Carlos les dijo que convenía prever. El dinero no era todo, pero sin él uno estaba a merced de los demás.

Ana María se sintió muy incómoda con el diálogo. Ella era la esposa, no sabía por qué lo incluía también a Adrián en ese tipo de conversaciones. Pensó que la relación entre Adrián y Juan Carlos estaba creciendo. No fuera que Adrián tratara de convencerlo de que le dejara parte de su fortuna. No le gustaba que se acostaran y Adrián sodomizara a Juan Carlos. Ella era posesiva y era normal que sintiera celos, Juan Carlos era su marido. Había hecho mucho por ella, y le estaba agradecida. No quería que nadie lo usara o se aprovechara de él. Hubiera preferido que todo lo que pasó hubiera ocurrido en secreto. Le gustaba engañar a los hombres, acostarse con varios, sin que los otros lo supieran. En la situación presente sentía que había perdido control de la situación y que era su marido el que manejaba todo.

Juan Carlos los invitó a tomarse una semana de vacaciones juntos e ir todos al casino de Mar del Plata. A ella no le gustaba el juego, pero dijo que los acompañaría. Se quedaron en el hotel del casino. No era temporada alta. La mayoría de los que se hospedaban en el hotel eran los jugadores regulares, clientes del casino, que amaban con pasión el juego y gastaban su dinero sin culpa. En su mayoría eran hombres. Se pasaban el día en el casino. A Juan Carlos y Adrián les gustaba el punto y banca, el póker y la ruleta. Ana María se ponía vestidos largos muy hermosos y joyas caras y se quedaba sentada en la sala del casino mientras jugaban. Estaba soberbia. Todos la admiraban. Les dijo a Juan Carlos y a Adrián que se aburría. Iba a ir a tomar algo al bar del hotel y a caminar un rato por la ciudad. Les pidió que no se preocuparan y que siguieran jugando. Juan Carlos se disculpó: estaban tan concentrados en el juego que no podían parar. Iban perdiendo, por supuesto, pero no les importaba.

Ella fue al bar del hotel y pidió un trago. La gente del bar le resultaba interesante. Los observó con atención. Había pocos jóvenes. El promedio andaba por los cuarenta años. Varios eran más viejos. Estaban bien vestidos y se notaba que tenían dinero. Se veían pocas parejas. Dos mujeres jóvenes, muy llamativas, se sentaron en la barra del bar. A las once de la noche un hombre como de cuarenta años se acercó a hablar con ella. La invitó a un trago, conversaron y rieron. Ella lo encontró atractivo. Sus pocas arrugas le parecían eróticas. El hombre le dijo que era deportista y le gustaba navegar. La miró con sensualidad y puso la mano sobre su falda. La invitó a su habitación y ella aceptó. Hicieron el amor con pasión, el hombre le encantaba. Pasó el tiempo sin que se diera cuenta. Ella se entregó a sus orgasmos. De pronto miró la hora: eran las tres de la mañana. Pensó que su marido habría regresado a la habitación y se asustaría si no la veía. Le dijo al hombre que se tenía que ir. Se empezó a vestir. El otro se levantó y ella vio que ponía algo en su cartera. Le dio un beso de despedida y salió. Fue a su cuarto. Entró y estaba vacío. Su marido y Adrián aún estaban jugando. Revisó su cartera y encontró una suma generosa de dinero que había dejado el hombre con quien se acostó. Comprendió que había pensado que era una prostituta o una "acompañante" VIP. La situación le divirtió. Guardó el dinero. Se lo había ganado con su trabajo, se dijo. Se rio.

Al otro día salieron los tres a caminar por la playa. Decidieron almorzar en el puerto. Comieron mariscos y bebieron un vino excelente. Después de comer regresaron al hotel. Juan Carlos y Adrián se fueron al casino. Ella se quedó en la habitación. Sabía lo que quería hacer. Se puso un vestido rojo ajustado. Estaba hermosa. Bajó al bar. Pronto se le acercó un hombre. Le dijo que le gustaría subir con ella a su cuarto. Le respondió que cobraba. El otro aceptó. Hicieron el amor por dos horas. El hombre le pagó lo que habían convenido y regresó a su habitación. Guardó el dinero, se bañó y se cambió la ropa. Se puso un vestido negro muy escotado. Regresó al bar. Al rato subió con otro hombre. Este quedó muy conforme con su "servicio" y le pagó más de lo que le había pedido. Era una mujer bellísima, le dijo. Ana María se sintió halagada y feliz. Volvió a su cuarto a guardar el dinero y bañarse. Al rato bajó otra vez al bar. Consiguió un tercer cliente. Este era más joven y fuerte, tenía un gran miembro y deseaba sodomizarla. Ella no quiso, pero él dobló la cantidad de dinero y ella aceptó. Después de esto decidió irse a dormir, estaba agotada. La experiencia le había gustado, se sintió feliz. Juan Carlos y Adrián aún no regresaban. Guardó bien todo el dinero y se acostó.

Al día siguiente se despertaron todos pasado el mediodía. Adrián se acercó a su cama y empezó a besarla. Se le subió encima y le hizo el amor. Su marido, en la cama de al lado, miraba. Cuando terminó Adrián, vino su marido. Ella se sentía un poco cansada por la rutina del día anterior, pero no dijo nada, se dejó hacer y fingió que gozaba. No quería que ellos se dieran cuenta.

Fueron a pasear por la ciudad, comieron y volvieron al hotel. Adrián y Juan Carlos estaban obsesionados con el juego. Fueron al casino. Ella bajó al bar. Vio a un grupo de tres hombres de negocios cuarentones que la miraban. Estaba hermosa. Se acercaron y se sentaron a conversar con ella. Le propusieron subir todos juntos a un cuarto. Lo hicieron. Una vez allí le dijeron que querían estar los tres con ella. Se pusieron de acuerdo en el precio. Se quitaron la ropa. Bebieron champagne y bailaron. Los tres le hicieron el amor, primero cada uno respetando su turno y luego todos juntos. Ella se sentía la mujer más querida del mundo. Por la noche, cansada, regresó a su cuarto para dormir. Abrió la puerta y escuchó ruidos.

Encendió la luz y vio a Juan Carlos y Adrián en la cama. Estaban desnudos haciendo el amor. Adrián estaba encima de su marido. Ella reaccionó con disgusto. No le habían dicho que ellos hacían el amor a solas. Se sintió desplazada. Tenía miedo de no gustarle más a su marido. ¿Y si se hacía homosexual…? Ellos le dijeron que estaban bromeando y era la primera vez que pasaba. Ella no les creyó. Resentida, esa noche le contó a Juan Carlos sus aventuras de los días anteriores con los hombres que se levantaba en el bar. Le dijo que esa tarde había estado en una orgía con tres juntos. Pensó que Juan Carlos iba a retroceder molesto o pedirle que no lo hiciera más. Pero Juan Carlos no sólo no se disgustó, sino que le dijo que le parecía un juego interesante. ¿Por qué no iban a pagarle? El sexo podía ser un trabajo. Adrián asintió.

Se pusieron de acuerdo para el día siguiente. Ella debía volver al bar y buscar a los tres hombres, e invitarlos a subir con ella. Juan Carlos y Adrián estarían en el dormitorio cuando entraran. Ella así lo hizo. Les dijo a los tres hombres que no les cobraría nada, que quería repetir lo que habían hecho la tarde anterior por puro placer. Subieron a su cuarto y al abrir la puerta vieron a Juan Carlos y a Adrián. Ella les dijo que eran unos amigos y no participarían en su relación sexual. Estaban allí para mirar. Los hombres se sintieron incómodos y se negaron a hacer nada. Juan Carlos se presentó y les dijo que él les pagaría para poder ver la fiesta. Los otros no dijeron nada, y Juan Carlos aumentó la cantidad hasta que aceptaron. Luego se podían jugar ese dinero en el casino, bromeó. Se rieron. Los tres se desnudaron y comenzaron una orgía con Ana María. Ella estaba luminosa. Primero la besaron y luego la poseyeron de distintas maneras. Uno se vino entre sus pechos y otro en su boca.

Juan Carlos y Adrián miraban. Juan Carlos estaba fascinado. Se sentía muy excitado. Le dijo a Adrián que quería penetrarlo. Adrián no quiso. En la relación siempre había sido el activo. Juan Carlos le dijo que no le ofrecía dinero en ese momento para no ofenderlo, pero que tenía un terrenito que había pensado iba a ser suyo. Adrián aceptó. Se quitaron la ropa, fueron a una de las camas y Juan Carlos lo penetró, mientras los hombres le hacían el amor a Ana María. Adrián gritaba de placer y Ana María también. Se cruzaron las miradas. La escena era bella, el goce intenso. Finalmente llegaron al orgasmo y quedaron felices, tendidos en las dos camas. Uno de los hombres dijo que tenía algo especial, y sacó un sobrecito con cocaína. La preparó sobre un libro, separó porciones con una tarjeta de crédito, usó un billete arrollado como canuto para aspirar y la pasó a los demás. Ana María aspiró dos rayas, estaba muy cansada. Había trabajado ardientemente todos esos días para hacer gozar a los demás y ella también había gozado. Le pasaron la coca a Adrián y a Juan Carlos. Adrián aspiró una línea y Juan Carlos dudó. Les dijo que hacía mucho que no se drogaba. Había tenido épocas difíciles en el pasado. Un hombre le dijo que tuviera confianza, era sólo para consagrar ese momento tan especial. Juan Carlos aspiró la coca y se quedaron todos relajados, en silencio. Después brindaron con champán, se besaron y se despidieron.

Al día siguiente regresaron a Buenos Aires. La relación con Adrián había crecido. Juan Carlos, en broma, los llamaba sus "hijos". Eran dos jóvenes especiales. El era un hombre que había vivido todo. Estaba cerca ya de la vejez, aunque no lo aparentaba y hacía lo posible por ocultarlo. Volvieron a sus ocupaciones. Adrián iba de paseo con Ana María, hacían el amor. La relación entre ellos, sin embargo, no era tan buena como antes. Ana María no podía gozar con él como lo había hecho en el pasado. Después de haberlo visto hacer el amor con Juan Carlos ya no le parecía un hombre completo. Ella estaba un poco cansada de la situación. Empezó a mirar a otros hombres. También sentía miedo de que su marido la abandonara. Ella no tenía tanto mundo como él. Su marido mantenía la mayor parte de sus cuentas en nombre propio.

Dos semanas después Juan Carlos les dijo que quería pasar unos días con ellos fuera de Buenos Aires. Les propuso alquilar una casa en una isla del Tigre. Estarían alejados de la gente, en medio de la naturaleza. El amaba el río. Podrían profundizar esa amistad que sentían. Tendrían tiempo para dialogar. Llevaría algunos libros, en particular uno, que quería compartir con ellos, y un poco de cocaína y marihuana, para crear un estado mental adecuado.

La semana siguiente se subieron al BMW y partieron hacia el Tigre. Llegaron a la isla en una lancha, que dejaron amarrada en el muellecito. La casa era hermosa y no había ninguna otra construcción a la vista. Estaban aislados. Bajaron de la lancha las provisiones. Llevaban para preparar distintos tipos de comida y varias botellas de vino fino. Juan Carlos había traído sus libros. Para él, esos días en Tigre eran un retiro espiritual. Lo necesitaban. Hicieron el amor pero, sobre todo, leyeron. Por la noche cenaban, bebían vino y conversaban. Después de comer escuchaban música y fumaban marihuana. Y por último, leían.

Las lecturas se centraron en *La filosofía en el tocador*, el famoso libro del Marqués de Sade, el libertino francés. Juan Carlos lo había leído por primera vez cuando era joven y, después de su casamiento con Ana María, se había convertido en su libro de cabecera. Adrián no lo conocía. Ana María había escuchado a su marido hablar del Marqués, pero no lo había leído. Durante esos días en Tigre Juan Carlos leyó con ellos y discutió la obra del Marqués. No era difícil de leer. *La filosofía en el tocador* era un diálogo entre dos maestros libertinos, Dolmancé y Madame de Saint-Ange, y su joven discípula, Eugenia. Los acompañaba Le Chevalier, hermano de la Madame, y Agustín, un criado de la casa. Al final de la obra llegaba Madame de Mistival, madre de Eugenia.

En la obra, los maestros instruían a la joven Eugenia, una adolescente virgen de 15 años, sobre los placeres de la vida sexual. Los libertinos organizaban orgías y actuaban para educar a la discípula. El Marqués hacía hablar a sus personajes mientras participaban en las escenas de amor. Explicaban lo que estaban haciendo y cómo se sentían. Además, y esto era lo más interesante, el Marqués los hacía reflexionar sobre el amor, la sociedad y el libertinaje. Se justificaban y criticaban a su sociedad. Defendían la libertad y denunciaban los atropellos que se cometían contra la naturaleza. Su sociedad acorralaba al ser humano, vulneraba sus instintos, los demonizaba. El ser humano libre era considerado un criminal peligroso, como bien lo sabía el Marqués, que había pagado su osadía libertina con treinta años de cárcel. Lo habían condenado basándose en difamaciones, sin probar adecuadamente los delitos de que lo acusaban. Lo internaron en la vejez en un asilo, como si fuera un demente. Lo castigaban por la insensatez de sus obras, y por la crueldad y pornografía que desplegaba en ellas. ¿Había acaso otro escritor que hubiera sufrido de esa manera por tratar de ser libre, y vivir naturalmente su sexualidad, y expresar sus instintos en toda su crudeza? Juan Carlos lo admiraba porque había sido un libertino valiente que no había aceptado callarse, había luchado contra todos y lo había pagado, paradójicamente, con la pérdida de su libertad. Un libertino, un hombre que amaba la libertad, encerrado en prisión por crímenes que seguramente no cometió.

El crimen había sido su literatura, condenada por la moral social hipócrita y represiva, y por la Iglesia. En el fondo, insistía Juan Carlos, era un mártir y un santo, y el 1º de diciembre de cada año debería celebrarse como el día de la libertad de expresión del escritor. Ese día del 2014 se cumplía el segundo centenario del fallecimiento de Sade en el Asilo de Charenton, donde murió, sin haber recuperado la libertad, a los 74 años. Lo que más apreciaba del libro Juan Carlos, además de sus escenas eróticas, eran los diálogos filosóficos, las sencillas y contundentes explicaciones que daba Sade para defender la libertad del hombre y celebrar su naturaleza, que lo había dotado de instintos y de la capacidad artística para crear con ellos situaciones de placer. Gracias a esa capacidad estética el hombre era un iluminado. La sociedad lo limitaba, lo castraba, y su sexualidad lo liberaba. Era necesario rebelarse. La libertad sexual sería el símbolo de esa rebelión.

Ana María y Adrián escuchaban a Juan Carlos maravillados, como si él fuera el verdadero Sade. Eran dos jóvenes relativamente poco educados, que habían sobrevivido gracias a su belleza física, a su picardía y a su astucia. En ese momento comprendieron el valor de su experiencia y le quedaron agradecidos. Juan Carlos leía con morosidad y deleite los diálogos. Luego le pidió a Adrián que lo reemplazara en la lectura, quería él también tener el privilegio de escuchar al Marqués. Adrián leía bien y tenía buena voz. Más tarde Adrián invitó a Ana María a leer los personajes femeninos. Adrián leía los personajes masculinos y ella los femeninos. El diálogo del Marqués fue cobrando vida. Cuando llegaron a los largos parlamentos filosóficos de Dolmancé le pidieron a Juan Carlos que leyera. Juan Carlos leía y cada tanto se detenía para analizar las ideas, y parafrasear los argumentos del Marqués sobre la sociedad, la naturaleza y los instintos del ser humano. Les gustaba cómo Juan Carlos les explicaba la noción sádica de libertad, que para ellos, limitados en su vida, era algo nuevo, muy distinto a lo que antes habían entendido. El Marqués creía en la libertad absoluta. Había que reconocer los propios instintos, y dar un salto peligroso en la propia naturaleza humana: experimentar la crueldad, contra sí y contra los otros, sentir terror y llegar al éxtasis. "Sadismo" y "masoquismo" se unían en las escenas del Marqués. La palabra filosófica recobraba su brillo y su fuerza, para iluminar al hombre en un momento de oscuridad.

Se sintieron bien. Aprendieron muchísimo y Juan Carlos se sintió justificado. Creía que realmente les estaba dando algo. Posiblemente, una lección de vida. A él también le pasaba una cosa especial. Tenía una fuerza espiritual nueva. A su edad los ardores carnales ya no le eran tan importantes como la palabra sagrada, que rescataba al hombre de su miseria humana. Por momentos sintió miedo a la muerte, y se alegró de estar con esos dos jóvenes. A su modo, sabía que lo amaban.

Adrián comentó que muchas veces se había sentido mal con la vida que llevaba, y que, gracias al Marqués, había entendido que lo que hacía no era malo. El amaba el placer. Ellos sufrían la crueldad de los que los juzgaban y los despreciaban porque no se sometían a sus leyes mezquinas. No les reconocían la libertad individual. La sociedad era miserable, tirana y sólo quería esclavizar al ser humano.

Ana María dijo que ellos no eran personas comunes, eran libertinos. Había una fuerza que los llevaba a actuar como lo hacían. La búsqueda del placer sin miedos, sin compromisos.

Volvieron los tres renovados a Buenos Aires. El "retiro espiritual", como lo llamaba Juan Carlos, había tenido un profundo efecto en ellos y los había transformado.

Juan Carlos regresó a su empresa. Empezó a entender que habían pasado muchos años y se estaba cansando de su trabajo. Odiaba la rutina, y aunque sus empleados hacían la mayor parte de las tareas, le quedaba a él juzgar y tomar las decisiones importantes, lidiar con los bancos, invertir el capital sabiamente. Se daba cuenta que su fortuna había aumentado regularmente con el paso de los años, y tal vez fuera el momento de vender su inmobiliaria, invertir el dinero en el extranjero, aumentar su capital financiero y vivir de sus rentas.

Pocas semanas después Adrián tuvo un problema serio. Lo llevaron preso. En un bar nocturno de ambiente homosexual, le había ofrecido a un policía encubierto tener sexo a cambio de dinero. Aparentemente, en su tiempo libre actuaba de taxi-boy. Juan Carlos fue a la policía, donde el Comisario le dijo que le habían iniciado un sumario, y la situación era complicada. Juan Carlos, que conocía al Comisario, le dijo que era un muchacho algo alocado pero bueno, era su chofer y que él se encargaría de que no volviera a suceder. Finalmente el Comisario entendió, aceptó la cantidad del soborno que le propuso Juan Carlos y retiraron los cargos. Volvió con Adrián a su departamento, le dijo que se quedara tranquilo, que no se metiera en problemas y que si le hacía falta dinero se lo pidiera a él. Le propuso que dejara la pensión donde vivía y se alquilara su propio departamento, él lo ayudaría. Necesitaba ser independiente y pensar en su futuro. Era un muchacho inteligente y él quería ayudarlo. Adrián le agradeció y le hizo caso. Juan Carlos era como un padre para él. Adrián no había conocido a su padre, se había criado con su madre y el gimnasio había sido su casa y substituido a su familia. Pero con los músculos no se podía dominar el mundo. Le hacía falta pensar en un futuro económico estable.

Ana María también cambió. Estaba fastidiada de la situación con su esposo. Ya no lo aguantaba. Le cansaba. Ya no quería acostarse con él. Era un viejo. Tampoco le gustaba más acostarse con Adrián. A pesar de sus músculos, lo veía femenino. Ana María empezó a salir sola a los bares otra vez, como antes de conocer a Adrián. Llamó a Marita, que seguía viviendo con el banquero en San Isidro, pero no perdía su costumbre de ir a los bares y hacer sus levantes. Se encontraban en las barras de Las Cañitas, donde iba gente rica. Un día Marita vio a un amigo y se lo presentó. Era un hombre cuarentón, muy rico según Marita. La atracción entre Ana María y él fue inmediata. Empezaron a verse todos los días. El tenía un departamento en Recoleta. Martín, así se llamaba, admiraba a Ana María. Era la mujer más hermosa que había visto. Su cuerpo, sus curvas, su piel, su pubis, sus pechos, eran perfectos. Además era sensual, tenía una mirada cautivante. Estaba hecha para el amor. Ya no quedaban mujeres así en Buenos Aires. Era apasionada, su sexualidad era desbordante. Se encontraban todas las tardes y se quedaban juntos hasta medianoche. Bebían champagne, a veces aspiraban una raya de cocaína y hacían el amor sin descanso, como atletas del sexo. Juan Carlos notó de inmediato sus tardanzas. También veía que ya no quería acostarse con él, lo evitaba. El fin de semana dijo que se iba a Morón, a casa de su madre. Juan Carlos entendió que salía con alguien. Estaba en lo cierto. Se pasó el fin de semana en Montevideo con Martín.

Martín se enamoró perdidamente de ella y empezó a pedirle que dejara a su marido. Ana María no sabía qué hacer. Martín era rico, tenía una compañía financiera. Era el negocio ideal, sus inversiones se multiplicaban constantemente. Tenía relaciones con políticos que confiaban en él. También conocía a gente en el mundo de la droga que necesitaba blanquear sus capitales. Un negocio excelente. Era viudo, su mujer había muerto en un accidente automovilístico. No tenía hijos.

De pronto Ana María sintió deseos de formar su propia familia. Martín era un hombre cariñoso. Le confió que le gustaban los chicos. Le dijo que quería casarse. Ya no podía esperar. Hasta decidieron fijar el día de la boda. Sería en un country de Pilar y se irían de luna de miel a Hawái. Fueron juntos a comprar los anillos. Ella eligió un anillo de platino con un diamante enorme, y una diadema de zafiros azules con un diamante en el centro. Parecía la bandera argentina. Pero, antes de continuar con los preparativos, tenía que hablar con Juan Carlos. No sabía cómo decírselo. El probablemente lo sospechaba. Juan Carlos estaba muy enamorado de ella y quedaría destrozado. Finalmente, juntó valor y habló con él. A Juan Carlos se le llenaron los ojos de lágrimas, se abrazó a sus piernas y le pidió que no lo dejara. Le dijo que si lo dejaba se iba a matar. Ana María sufría también. A su modo lo quería, no deseaba hacerle daño. Nunca estuvo verdaderamente enamorada de él, como tampoco estaba totalmente enamorada de Martín. No creía que fuera bueno para las mujeres enamorarse perdidamente. Era necesario pensar en su conveniencia. Había nacido pobre. Martín le ofrecía todo lo que ella quería y necesitaba. Lo importante era que el hombre estuviera enamorado y le pusiera todo a sus pies. Como decía Marita, con su sabia picardía: "Es a ellos a los que se les tiene que parar, una puede hacer la plancha."

Juan Carlos comprendió que tendría que resignarse. Ya se recuperaría, ya encontraría otra mujer. Arreglaron el divorcio. Ella le dijo que le diera sólo lo que le correspondía, habían estado casados seis años. Martín era un hombre rico. Juan Carlos le pidió que se llevara el BMW. No quería que lo tuviera nadie más, era su auto. Arreglaron un porcentaje sobre el total del capital acrecentado en los últimos años. El le haría una transferencia a su cuenta. Juan Carlos lloró por última vez delante de ella y se divorciaron.

Adrián fue el único que entendió la situación en que estaba y trató de ayudarlo. Ahí Juan Carlos se dio cuenta que Adrián lo quería. Era un hombre tierno. Lo buscaba para hacer el amor, pero Juan Carlos lo rechazaba. No sentía nada por Adrián, sólo amistad. La relación había sido parte de un juego entre los tres. Juan Carlos lo había empleado para entretener a su esposa, y para alejarla del peligro de los bares y los levantes casuales.

Adrián había cambiado. Le dijo a Juan Carlos que le interesaban más los hombres que las mujeres. Se sentía mejor con los hombres. Estaba buscando una pareja permanente, un hombre un poco mayor que él, que lo comprendiera y lo quisiera. El entendía que Juan Carlos estaba en otra cosa, que veía los juegos con él como una aventura, y no podía comprometerse seriamente.

Juan Carlos entró en un ciclo depresivo que no sabía cómo controlar. Después de la confesión de Ana María y el arreglo del divorcio, se ausentó de su oficina por muchos días. Empezó a llamar a chicas de una agencia de modelos que servía a empresarios VIP para que vinieran a su departamento. Llegaban chicas hermosas, la mar de simpáticas. Bien seleccionadas. Hacía el amor con ellas. A una, que era estudiante de abogacía y se ganaba la vida con ese trabajo, le pidió que regresara. Pero sentía un gran vacío. Mientras hacía el amor con las modelos se le aparecía la imagen de Ana María, su cuerpo escultural y perfecto. No podía terminar si no pensaba en ella. Reemplazaba la imagen de la chica con la que se acostaba por la imagen de Ana María. Cuando habría los ojos veía que estaba abrazado a una diosa, que para él era como una muñeca. No sabía cómo superarlo.

Decidió vender su empresa. Llamó a su contador y le informó de su decisión. La inmobiliaria tenía un muy buen valor de llave por la buena actuación en el mercado a lo largo de más de dos décadas. Contaba con activos importantes. Le aconsejó incluir en la operación de venta una parte de las propiedades y retener un veinte por ciento como bienes de renta. Calcularon el capital acumulado de la empresa. Una parte estaba en bancos en Bahamas, bien protegido, y no pagaba impuestos. El resto en propiedades distribuidas en Capital Federal y Provincia. Su contador le sugirió que una vez que se concretara la venta transfiriera el dinero a un banco de Estados Unidos. En Argentina el respaldo del dólar siempre era importante. Si las cosas iban mal, podía irse a vivir a Miami. Era el refugio de los ricos de Latinoamérica. Le aconsejó que se comprara un departamento allá para fijar residencia y operar regularmente, y justificar sus depósitos de capital. No iba a tener ningún problema. La suerte siempre lo había acompañado. Tomaría cierto tiempo encontrar un comprador. Puso a su gerente a cargo de todo y le pidió que no lo llamara si no era indispensable. Decidió no ir más a la oficina.

Seguía extrañando a Ana María. Cuando se fue, había dejado olvidada ropa en su placar. El cada tanto sacaba las prendas, se acariciaba el rostro con ellas y las besaba. Su imagen se le había instalado en la mente. Era una obsesión. A Adrián ya no lo aguantaba. Juan Carlos no quería abandonarlo a su suerte, se sentía responsable por él. Venía todas las tardes a su departamento para acompañarlo. Le dijo que le gustaría ayudarlo, y le preguntó qué negocio quisiera iniciar por su cuenta. Adrián le dijo que su sueño había sido siempre tener un bar. Ahora que conocía la movida homosexual de Buenos Aires, podía poner un bar para el ambiente. Juan Carlos le dijo que quería verlo feliz: le facilitaría el dinero. Le pidió que buscara un local. Luego agregó que no necesitaba más de sus servicios. Le dijo que no viniera más por las tardes. Si necesitaba algo de él lo llamaba.

Se quedó completamente solo. Su depresión fue en aumento. Le señora que venía a limpiar tres veces por semana lo encontraba desaseado, sin afeitarse y muchas veces maloliente. Había restos de comida en todas partes. Se hacía enviar diariamente la comida de un restaurante cercano. La mujer le dijo que si quería podía venir todos los días a atenderlo, pero él le contestó que no hacía falta. Empezó a beber. Primero vino francés, y luego whisky. Se sentía mal. Lo llamaba a Adrián para que le consiguiera droga. Este le trajo coca y marihuana varias veces. Luego le avisó que no le iba a traer más coca, era por su bien, no quería que se enfermara. Juan Carlos estuvo de acuerdo, no quería caer en la drogadicción. Quedaron en que continuaría durante un par de semanas más, para no cortar de golpe. Se sentía muy mal. No podía olvidarse de Ana María. Su recuerdo lo torturaba.

Se refugió en la lectura. Creyó que podía ayudarlo. Releyó *Cicatrices* de Saer y *El túnel* de Sábato. Saer sabía interpretar las situaciones más extremas y Sábato había entendido la angustia del hombre. Leyó otra vez a Camus. Releyó a Voltaire, amaba su humor. Llegó un momento en que ya no aguantaba su propia depresión. Quería salir de ese estado.

Cuando era joven escribía poesía. Pensó que quizá, si volviera a escribir, eso lo ayudaría. La escritura era una forma de catarsis. Escribió poemas y se sintió mucho mejor. Empezó a beber menos. Evitaba drogarse. Se dijo que la escritura era la mejor droga. Veía cine en su computadora. Decidió mirar todas las películas de Rohmer. Se aficionó sobre todo a "El rayo verde". Rohmer era un moralista y un filósofo. La combinación lo seducía. Rohmer entendía las limitaciones espirituales y la fragilidad mental del ser humano.

A veces sentía que le estallaban los nervios. Sabía que necesitaba ayuda sicológica, pero se resistía. Se había sicoanalizado de joven durante diez años y no quería volver a sufrir. Sólo deseaba estar bien, recuperar la alegría y la felicidad que sentía cuando estaba con Ana María. Ella era su vida. ¿Por qué la había dejado ir? Quizá hubiera podido retenerla. Se dijo que hizo lo que pudo. Le trajo a Adrián para que no se alejara de él y lo abandonara. Pero al final lo dejó igual. Estaba solo, viejo, vencido, sin nadie que lo ayudara. Ni Adrián ni la sirvienta podían hacer nada por él. Y probablemente tampoco un sicólogo.

Empezó a sentir miedo de perder la razón. Decidió escribir una obra de teatro para exorcizar toda esa maldición. La tituló "La filosofía en el tocador", como el diálogo erótico-filosófico de Sade. En la obra contaba la historia suya con su mujer y con Adrián. Al principio eran felices. Adrián parecía ser la solución perfecta para el aburrimiento de su mujer. Iban al casino, ella hacía orgías, se prostituía para divertirse. Finalmente se encerraron en una casa para leer *La filosofía en el tocador*. Esto los iluminó, los elevó. Entendieron la importancia de la libertad humana absoluta. Rechazaron la culpa. Acusaron a la sociedad de castrar al individuo. En la obra Adrián convencía a Ana María que estaba viviendo con un viejo que no tenía futuro. Decidieron robarle y escapar juntos. Cuando el viejo, o sea él, se sintió abandonado, cayó en un estado depresivo. No aguantó más. Tomó una sobredosis de barbitúricos para suicidarse.

Se dio cuenta que ese final bien podía ser el suyo si no se recuperaba. No quería suicidarse, pero tenía miedo de caer en la tentación. Ya no aguantaba el sufrimiento. Estaba mal. Se decidió y fue a hablar con un siquiatra. Le explicó todo lo que había pasado. El siquiatra, una eminencia, decidió internarlo en una clínica. Le dijo que era temporal. Lo medicó, le dio antidepresivos. Todas las tardes recibía la visita de un sicólogo que le hablaba y le hacía preguntas sobre su vida. Una vez a la semana venía el siquiatra. Lo examinaba y le hacía completar tests. Le dijo que no presentaba signos de demencia. Se estaba recuperando.

En la clínica tenía su propio cuarto. Estaba cómodo. Nadie lo molestaba. La clínica estaba en una antigua mansión. La casa tenía un bello jardín arbolado donde los pacientes podían caminar. Se había llevado varios de sus libros y leía todo el día. También tenía una computadora. Entraba en Internet, leía los diarios. A veces llamaba por teléfono a Ana María, pero no le contestaba. Siguió pensando en ella, ya sin esperanza de volver a verla.

Escribía poesía. En sus poemas aparecía repetidamente la imagen de dios. Estaba pasando por una fase mística. Había algo que le faltaba en su vida. No sólo Ana María. La literatura que leía era obra de escritores profesionales. No parecían tener verdaderas convicciones. El necesitaba otra cosa, encontrar un sentido trascendente. Llegó a esta conclusión un día que tuvo un sueño. Este sueño se volvió recurrente y se transformó en una pesadilla. En el sueño, un hombre vestido de blanco caminaba por un desierto. Miraba alrededor suyo y no sabía dónde estaba. Se había perdido. Se echaba en la arena y se abandonaba. No tenía voluntad. La muerte se aproximaba. El llamaba a dios, pero no venía. En ese momento se despertaba, aterrorizado.

Comprendió que necesitaba acercarse a dios para no estar solo, como el personaje del sueño, en el momento de su muerte, y darle sentido a su vida. Era un hombre viejo, había conocido el amor, el erotismo, la decadencia. Había conocido el poder que daba el dinero. Había comprado todo lo que había querido: cosas, personas. Pero ahora, que se iba acercando la etapa final de su existencia, estaba solo. Se dijo que era un cobarde, que después de haber gozado de la vida sentía miedo. Necesitaba a dios. Se preguntó qué era dios, y respondió que una espiritualidad más grande. La poesía no le alcanzaba. Necesitaba orar, meditar, necesitaba una guía espiritual.

Habló con su médico. Le dijo que estaba mejor, se sentía bien viviendo en la clínica. Ya no necesitaba salir a la calle. Ese cuarto lo protegía. Pero deseaba cambiar a un sitio en que tuviera guía espiritual.

Empezó a investigar las posibilidades de ir a vivir a un convento. Averiguó sobre las diferentes órdenes de Buenos Aires. Había un convento de dominicos en Capital que parecía ideal para él. Fue a hablar con el director del convento. Era un sitio muy agradable. Vio las celdas. No permitían teléfonos ni computadoras, pero era posible llevar libros y escribir. Para convencerlo de su sinceridad le enseñó al director su poesía. Era una poesía mística, que clamaba por la presencia de dios. El padre quedó conmovido al leerla. Le dijo que iba a pedir permiso al jefe de la orden para que pudiera vivir un tiempo con ellos, aún siendo laico. Lo presentó a la comunidad de hermanos. El le dijo al director que era un hombre rico, y no quería ser una carga para el convento. Iba a contribuir generosamente con la institución. Estaba pensando donar una parte de su fortuna a la orden. Los ojos se le iluminaron al hermano, pero le dijo que el dinero no era todo en la vida. Que la verdad estaba en dios. Juan Carlos le dijo que estaba de acuerdo. El también había llegado a esa conclusión y por eso estaba ahí.

Juan Carlos se fue a vivir al convento. Se acomodó en una celda. Llevó con él una buena cantidad de libros y sus cuadernos. Estaba dispuesto a buscar algo que le faltaba. El secreto estaba en el corazón del hombre, se repitió. El corazón del hombre era tierra de nadie, no tenía dueño. El quería conquistarse. Descubrir a la divinidad en él y en el mundo. Se dio cuenta que había encontrado un lugar para él y allí podría ser feliz.

Las huelgas salvajes de Villa Constitución

En mayo de 1964 comenzaron las huelgas en Villa Constitución. Primero pararon los obreros de Acindar, y pronto los siguieron los de Marathón, Metcon y Villber. Ernesto Galván, uno de los héroes de nuestra historia, trabajaba en Acindar desde hacía tres años. Entró poco después de terminar el servicio militar en Rosario. Tenía veinticinco años y era peronista. Su padre, Juan, también era obrero de Acindar. La fábrica tenía más de mil obreros. El padre y el hijo no se encontraban necesariamente en el trabajo, estaban en secciones diferentes. En realidad, había más cosas que los separaban. Su padre era Radical, siempre había defendido al irigoyenismo y a Balbín. Su partido había ganado las elecciones presidenciales en 1963. El viejo Illia estaba en el poder y, aunque Juan prefería al chino Balbín, defendía su gobierno. Los radicales decían que iban a salvar al país. No había demasiados obreros radicales en la fábrica, eran casi todos peronistas, y a los radicales los trataban de "contreras" y "acomodados".

Juan Galván había nacido en Rosario. Tenía 55 años. Se fue a vivir a Villa Constitución cuando se casó con Elisa. El padre de Juan también había sido Radical, de los de Irigoyen. Cuando llegó el peronismo, en los cuarenta, Juan ya era un hombre de más de treinta años. Perón se llevaba bien con el ala radical de FORJA, que lo apoyó, pero formó su propio partido. Juan siguió siendo Radical, como su padre. Si bien le interesaba la política, no era un militante activo. Estaba apegado a la rutina de la vida diaria. Cuando abrió Acindar en Villa Constitución estuvo entre los primeros seleccionados para trabajar en la nueva fábrica. En Argentina no había otra igual. Era la fábrica de acero más moderna del país.

Su esposa, Elisa, era una mujer paciente y bondadosa. De jóvenes se llevaban bien. Pero Juan fue cambiando y, en los últimos años, la relación se había vuelto distante. Era un hombre más bien osco, no le gustaba hablar mucho. Cuando volvía de la fábrica escuchaba la radio y se ponía a leer el diario. Compraba "La Capital" de Rosario. Para él era algo así como la Biblia. Lo leía cada día, al menos media hora. Era lo único que leía.

En la pequeña ciudad había un comité del Partido Radical. Lo manejaba el almacenero Rodena. Cada tanto Juan iba al almacén a visitarlo y jugaban al truco. Una vez al año, por lo menos, hacían un asado e invitaban a las esposas. Era como un club de barrio. Los militares, que perseguían a los peronistas, habían sido tolerantes con los radicales. Y en esos momentos, con Illia en el poder, Juan sentía que al final les había tocado volver al gobierno.

Villa Constitución había crecido y en esa época pasaba los 20.000 habitantes. Estaba muy cerca de Rosario. Los villenses tenían su mundo. Elisa, la mujer de Juan, había nacido y vivido siempre en Villa Constitución. Había conocido a quien sería su marido en los bailes de carnaval del Club Provincial de Rosario en 1933. Tenía 23 años. Se pusieron de novio y se casaron en 1937. Ella quiso quedarse a vivir en Villa. Allí estaban sus padres, y Rosario le parecía demasiado grande. Juan no había sido su primer novio, pero sí el que más había querido. En 1939 nació Ernesto, y en 1941 Rosa, su hija.

Por las mañanas trabajaba en una panadería para ayudar a su marido. Su madre le cuidaba los chicos. Tiempo después Juan le dijo que ya no hacía falta que siguiera trabajando. En Villa Constitución se vivía con muy poco. Con lo que él ganaba era suficiente para mantener la casa. El padre de Elisa siempre les traía verduras de su huerta. Juan conseguía huevos baratos y embutidos caseros en las chacras. Alquilaban una antigua casa chorizo de tres piezas. Los chicos ocupaban una pieza grande, ella y su esposo otra y la tercera les servía de sala para las visitas. Comían por lo general en la cocina y los fines de semana Elisa ponía la mesa en la sala. Al atardecer, después del trabajo, se sentaban en el patio a charlar y tomar mate. Los chicos, a veces, llevaban la mesa de la cocina al patio para hacer allí los deberes.

Su hija fue la primera que se casó, a los 20 años. Su hijo tenía novia, pero por el momento no planeaba casarse. Era una relación reciente. Cuando su hija le anunció su casamiento, se dio cuenta lo mucho que había engordado con el paso de los años. No le entraba ningún vestido. Su marido le dijo que no le importaba que estuviera gorda, la quería igual. Hacía mucho tiempo que Elisa y su esposo no tenían una buena vida sexual. Se habían ido olvidando del amor. Más les gustaba el compartir. Siempre escuchaban radio juntos. Ella amaba los radioteatros. El le prometió que pronto le iba a comprar un televisor.

Elisa casi no se enteró de todos los cambios que habían ocurrido en el país: la caída de Perón, el gobierno de Aramburu, el de Frondizi, el de Illia. La política mucho no le interesaba. Ella estaba dedicada a su familia. En Villa Constitución había bastante trabajo, allí tenían como ganarse el pan. Ernesto, su hijo, era un muchacho inquieto. Había terminado la secundaria, pero no quiso estudiar en la universidad. Prefirió trabajar en Acindar con su padre. Su familia era una familia obrera. Su hija se había casado con un obrero de Marathón, y ella también trabajaba allí, en las oficinas de la fábrica. Villa era una ciudad enteramente proletaria: el puerto, el ferrocarril, las fábricas.

Ernesto había empezado a militar en el peronismo a los dieciocho años. Fue durante 1957, en plena Resistencia. El General había ordenado que empezaran los ataques contra el régimen militar. Villa era uno de los cuarteles obreros de la resistencia popular. Los militantes empezaron a poner "caños" en Rosario, en Villa Constitución y en San Nicolás. Era el corredor industrial más importante del país. La represión no se hizo esperar. Operaban en la clandestinidad y todas las reuniones eran secretas. Tenían que cuidarse mucho. Había infiltrados de la patronal y policías que espiaban. Ese ambiente peligroso y clandestino le atrajo a Ernesto. Tenía espíritu de aventura. Le gustaba ser obrero. Idealizaba a los compañeros más militantes. Eso lo fue distanciando de su padre, a quien consideraba un conformista.

Se reunía con los muchachos para leer las cartas que enviaba Perón. Tenían un ejemplar de *La fuerza es el derecho de las bestias*. Después les mandaron *Los vendepatria* de Venezuela. Se encontraban por las noches para leerlo. El jefe del peronismo en Villa Constitución era Antonio López. El había dirigido la Unidad Básica desde antes del golpe de 1955 y estuvo preso a la caída de Perón. Luego lo reincorporaron a la fábrica y organizó a los peronistas en la clandestinidad. Era un hombre viejo, que había nacido con el siglo, y en 1964 se acercaba a la jubilación. Pero conservaba todo el fuego y la mística de viejo luchador. Era un gran orador y había leído mucho. Era un hombre feo, muy flaco, narigón, no muy alto, pero tenía carisma. Cuando hablaba, algo en él se transformaba. Cuando él leía las cartas y las órdenes secretas de Perón se hacía un silencio religioso. Había nacido para líder. Ernesto lo admiraba.

Pasaron cosas en el Peronismo: después de la traición de Frondizi, los militantes empezaron a pedir que el General regresara al país clandestinamente. Era absurdo que su líder estuviera en España. El pueblo lo reclamaba. Villa Constitución, decía Antonio, tenía puesta la camiseta peronista. Los militantes de los otros partidos eran minoría. Había pequeños comités de radicales y comunistas. Los domingos, los peronistas se reunían para escuchar los partidos de fútbol (eran casi todos "canallas" centralistas, y unos pocos de Newels) y hablaban de política. Se rumoreaba que la CGT planeaba una huelga general. Después se dijo que la cosa era más seria. El General había ordenado la toma de fábricas en todo el país. Parecía una locura, pero los peronistas podían hacerlo. El gobierno de Illia era débil. Los militares y la iglesia lo digitaban a gusto. Todas las fuerzas gorilas se habían unido para atacar al pueblo. Los peronistas leían las columnas de Jauretche, que delataba a los cipayos y a los vendepatria.

Finalmente en mayo de 1964 comenzaron las movilizaciones que culminarían en las tomas de las fábricas. Los militantes de Acindar empezaron a agitar a sus compañeros. A las nueve de la mañana leyeron un comunicado del General Perón, que afirmaba que los vendepatria se habían apoderado del país, y que el gobierno no representaba al pueblo. El pueblo, dijeron, era peronista, y estaba proscripto por los gorilas, igual que su jefe. Reclamaban el regreso de Perón al país, y la renuncia del gobierno ilegítimo. La Confederación General del Trabajo de Villa Constitución exigía libertad política plena para el Peronismo, y el fin de la proscripción.

Un obrero pidió la toma del establecimiento y todos aprobaron. Un grupo se dirigió a las oficinas del personal jerárquico y les anunció que la fábrica estaba tomada. La CGT respaldaba el paro nacional. Todas las fábricas y establecimientos comerciales del país se estaban plegando a la medida. Ordenaron apagar los hornos, a pesar de las quejas de los ejecutivos, que amenazaban con llamar al Ejército. Establecieron piquetes de guardia en las puertas de acceso para evitar que entrara la policía.

Ernesto formaba parte de la comisión interna de la fábrica. Juan, su padre, se encontraba manejando una grúa en el muelle de Acindar sobre el Paraná, cargando láminas de acero en un barco, en el momento en que apagaron los hornos. Al enterarse, decidió no sumarse a la protesta. El era radical y ese paro trataba de desacreditar a su partido, que estaba en el poder. Era un sabotaje de Perón contra Illia. Salió de la fábrica y se dirigió a su casa. Llegó furioso. Su mujer, al verlo así, trató de calmarlo. Decía que estaban locos y que los iban a fajar. Si no liberaban pronto la fábrica, iban a empezar los tiros. Su mujer preguntó por su hijo. Juan le preguntó a su vez si no sabía "lo que era Ernesto". Su mujer le dijo que qué quería decir. "¡Peronista, tu hijo es peronista! ¡Yo soy radical", gritó Juan, "y tu hijo es un contreras!" Elisa le dijo que iba a la fábrica a ver lo que pasaba. Su esposo le pidió que no fuera, era peligroso, iba a llegar la policía y el Ejército, pero no le hizo caso. Se abrigó bien y salió.

En el camino encontró a otras mujeres que caminaban hacia la fábrica. Pronto se formó una columna. Al llegar vieron que la policía se había estacionado frente a la puerta principal, que estaba cerrada por dentro. Las mujeres hablaban entre sí. Decían que la ocupación iba a durar sólo unas horas. Un delegado salió y le dijo a la policía que la toma terminaba a media noche, y el turno de la noche podría entrar a trabajar. Dijeron que los empleados jerárquicos estaban seguros. Los estaban custodiando. Pronto les iban a dar un comunicado. Después de un par de horas Elisa decidió volver a su casa y regresar más tarde. Tenía frío y eso iba a durar todo el día.

Llegó a su casa y preparó algo de comer. Decidió llevarle comida en una ollita a su hijo más tarde. Su esposo le dijo que no la iba a necesitar, seguro que los que decidieron la ocupación habían calculado todo. Volvieron a discutir. Después de comer se acostó un rato. Quería estar preparada para lo que pudiera ocurrir. Si tenía que quedarse toda la noche frente a la fábrica se iba a quedar. Regresó al anochecer. Al llegar, vio los fuegos que habían encendido los familiares que aguardaban afuera de la fábrica en unos tambores vacíos para calentarse. Decían que adentro estaban negociando. Uno tenía una radio portátil. Las radios de Rosario informaban que había más de 500 establecimientos industriales tomados en el país. Todo era parte del plan de lucha peronista. El Ministro del Interior hizo un llamado a la concordia. Dijo que las ocupaciones eran ilegales y que si los trabajadores no desocupaban rápidamente los lugares de trabajo se los iba a echar sin indemnización y se iban a hacer juicios penales contra los cabecillas. Advirtió que si dañaban las máquinas en los establecimientos fabriles cometerían un delito contra la propiedad y los responsables serían apresados y juzgados.

A las doce de la noche se corrieron rumores de que se iban a abrir las puertas para que salieran los obreros. Habían llegado refuerzos policiales de San Nicolás y de Rosario, y un batallón de infantería rodeaba la fábrica. Los delegados dijeron a la policía que la salida iba a ser pacífica y que hicieran espacio y no provocaran a los obreros. Todas las mujeres y familiares aguardaban con ansiedad. Había tanquetas y carros hidrantes y los policías estaban muy nerviosos. Abrieron las puertas y empezaron a salir las columnas de obreros. Todo iba bien hasta que cantaron "La Marcha Peronista". Apenas escucharon "Los muchachos peronistas/ todos unidos venceremos", los policías presionaron el cerco contra ellos. Se produjo un forcejeo y empezaron los insultos. Los policías daban bastonazos. Algunos obreros estaban armados con palos y empezó la pelea. El Ejército no se metió. Los obreros se defendían a palazos y trompadas. Elisa y todos los que miraban retrocedieron. De pronto, de lejos, Elisa vio a su hijo. Gritó llamándolo, pero era imposible que la escuchara. Junto a otros compañeros se enfrentaba a la policía. Una tanqueta lanzaba chorros de agua contra ellos. Los policías trataban de separar a los trabajadores de su grupo, los esposaban y los metían por la fuerza en un blindado. De pronto un policía se acercó a Ernesto y le pegó un palazo fuerte. Ernesto cayó al suelo. Elisa lo vio todo. Estaba sin aliento. Entre dos policías lo llevaron arrastrando a un celular. El camión hidrante avanzó hacia la gente que miraba para que retrocediera. No querían testigos. Los vecinos se fueron mezclando con los obreros que lograban escapar. Se fueron retirando. El Ejército avanzó en orden lentamente contra la multitud para despejar el lugar. No debía quedar nadie en las inmediaciones de la fábrica. Trabajadores y familiares caminaron hacia el centro de la ciudad. La policía cerró las puertas de ingreso de Acindar. Adentro sólo quedó el personal jerárquico. Pronto partieron los celulares con los presos hacia la comisaría.

Elisa no sabía qué hacer. Habló con las otras mujeres. Tenían que encontrar ayuda. Había que liberar a los presos. Una señora le dijo que a esa hora no podían hacer nada, convenía aguardar hasta el día siguiente. La señora le pidió su dirección, su hijo también estaba preso. Apenas supiera algo pasaba a avisarle. Elisa llegó a su casa de madrugada. Su esposo la esperaba en la puerta. Estaba muy nervioso. Le dijo que Ernesto se lo tenía bien merecido, y que no se preocupara, que no le iba a pasar nada. Elisa se puso a llorar. Nunca hubiera pensado que su esposo pudiera ser tan bajo. Se fue a acostar al dormitorio de su hijo, no quería estar cerca de su marido.

A la mañana temprano la señora con la que había hablado la vino a buscar. Dijo que había una reunión a la que podían asistir. Fueron al centro de la ciudad y entraron en una mueblería. En el fondo había un grupo considerable de personas reunido. Estaba hablando un hombre muy flaco, de nariz prominente. Era Antonio. Elisa, al verlo, se sintió impactada. Antonio levantó su mano derecha con el puño cerrado y su voz, de un calibre perfecto, sonó como un metal bien templado. "Somos peronistas", dijo, "la toma de la fábrica ha sido un éxito". La patronal y el gobierno, explicó, eran impotentes ante la protesta de los obreros. "Nosotros somos el trabajo", decía, "y sin nosotros la sociedad se hunde". La CGT estaba liderando la lucha. Perón había dado todo su apoyo a la actual comisión directiva. Muy pronto iban a liberar a los que estaban presos, y el comité de la fábrica no iba a permitir que se echara a nadie. Elisa se acercó a él y se presentó, dijo que era la madre de Ernesto. Antonio había oído hablar de ella a su hijo. Le apretó la mano con cariño y comprensión, y la miró a los ojos. En ese momento Elisa se sintió bien.

A la noche liberaron a los presos. Eran cerca de sesenta. Contaron que les habían pegado "para que hablaran". Querían saber los nombres de los cabecillas. Todos contestaban que el líder era Perón, y que todos los problemas se iban a acabar cuando levantaran la proscripción contra el peronismo y el General volviera al país. Elisa abrazó a su hijo. Estaba orgullosa de él. Los compañeros rodearon a Antonio. Cuando vio a Ernesto, Antonio lo abrazó. "Tu madre es una valiente", le dijo. Elisa y su hijo fueron a su casa. Al entrar el padre empezó a criticar a Ernesto, le dijo que eran unos locos. Ernesto no le contestó. Pronto se fueron a dormir todos. Al otro día regresaron al trabajo. La fábrica otra vez estaba operando a pleno.

Ese fin de semana la hija y su marido vinieron a visitar a sus padres. Los dos habían estado en la ocupación de su fábrica, Marathón. La novia de Ernesto vino también a la casa. Era una muchacha tímida y acababa de terminar la escuela secundaria. Se pusieron a hablar de lo que había pasado durante el paro y la ocupación. Juan estaba malhumorado y participó poco en la conversación. Todos sabían lo que pensaba. Para él estaban saboteando al gobierno. Elisa le dijo a su hijo, en voz baja, que la próxima vez que se reuniera con sus compañeros le avisara, ella también quería ayudar. Ernesto se puso contento. El lunes le informó que se reuniría con los militantes de la Unidad Básica clandestina esa noche en la mueblería. Quería ir con ella.

Madre e hijo fueron a la reunión. La presidía Antonio. Ernesto le dijo que su madre simpatizaba con las luchas obreras y quería colaborar con el Movimiento. Antonio le agradeció su presencia y le advirtió que había cierto peligro. "No tengo miedo", respondió Elisa. "Quiero ayudar a mi hijo". Antonio le pidió un número telefónico de contacto y Elisa le dio el de su casa. En la reunión hablaron de la Resistencia. Antonio informó sobre la toma de fábricas en Rosario. Después leyeron un mensaje de Perón y discutieron las estrategias a seguir. Finalmente se despidieron y madre e hijo regresaron a su casa.

Dos días después Antonio la llamó por teléfono. Le dijo que necesitaba una persona que fuera a buscar unos volantes a Rosario. Le preguntó si se animaba y podía contar con ella. Elisa le respondió que sí. El sábado le anunció a su esposo que iba a visitar a su hermana a Rosario, y que volvía por la noche. Tomó el colectivo y se bajó en el barrio de Tiro Suizo, al sur de la ciudad. Fue a la dirección que le indicó Antonio y le dieron una caja con volantes. Elisa agarró la caja y se fue a tomar el colectivo de regreso. Abrió la caja y leyó lo que decía el volante. Hablaba de la Resistencia, del Plan de Lucha y citaba palabras de aliento de Perón. Terminaba con el saludo peronista: Perón Vuelve. Había que continuar la lucha.

Al llegar a Villa Constitución, Antonio la estaba esperando en la parada del colectivo que venía de Rosario. Le entregó la caja. Antonio le agradeció y la invitó a tomar algo. Entraron en un café. Antonio le contó cosas de su vida. Le dijo que era viudo, y que había empezado a militar en el 45. En el 55 lo habían encarcelado durante varios meses. De joven había querido ser cura, pero su destino era ser obrero. Se sentía bien ayudando a los otros. Elisa le dijo que a ella también le gustaba ayudar. "Somos almas gemelas", le respondió Antonio. Se despidieron, y Antonio le dijo que le iba a hablar pronto.

Esa noche Elisa se sintió extraña, y no sabía por qué. Se durmió, y tuvo un sueño que, al otro día, al recordarlo, la hizo avergonzar. En el sueño era joven, y su marido le estaba haciendo el amor. Era la noche de bodas. Pero la cara de su marido no era la de Juan, sino la de Antonio. Lo reconoció por la nariz, y por la dulzura de la voz. Miró lo que tenía entre las piernas, y vio que su miembro era muy grande, a diferencia del de su marido.

A la mañana siguiente se levantó con buen ánimo. Le habló con tacto a su esposo, que estaba de mal humor. Juan había discutido con su hijo y se había quedado con bronca. Le dijo a Elisa que, si Ernesto no iba a respetarlo, que se fuera de la casa. Elisa se puso a llorar. Esa noche, durante la cena, padre e hijo volvieron a discutir. Elisa le rogó a Ernesto que no le faltara el respeto a su padre.

El plan de lucha continuaba en el país. Los peronistas estaban tomando fábricas en varias provincias. Illia, en un discurso radial, llamó a la concordia y a la unión entre los argentinos. Ernesto dijo a su madre que, mientras no regresara Perón, no iba a haber paz en Argentina. A la semana siguiente hubo varias explosiones en Rosario. La policía dijo que eran atentados con bombas caseras hechas con caños, y responsabilizó a los peronistas. No hubo que lamentar víctimas.

Antonio volvió a comunicarse con Elisa un día jueves. Su hijo y su marido estaban en el trabajo. Antonio le preguntó si lo podía acompañar a Rosario a buscar "material". De paso, podían charlar. El había pedido el día en la fábrica por "razones de familia", volverían antes de la noche. Se encontraron en la estación de colectivos. Apenas se vieron, empezaron a hablar como viejos amigos. Elisa se fue vestida con cierta elegancia. Llevaba un tapado negro que disimulaba su gordura y se maquilló los ojos. En el viaje conversaron poco de política. Antonio le decía cosas graciosas, estaba contento. Empezaron a reírse como dos jóvenes. Llegaron a Rosario y tomaron un taxi al barrio Echesortu. Tocaron timbre en una casa de dos pisos. Los recibieron. Antonio presentó a Elisa como "una compañera". Les entregaron dos cajas con documentos. Salieron. Antonio invitó a Elisa a tomar algo en el centro.

Fueron al bar Manhattan. Ella pidió un remo y un Carlitos, tenía hambre. Conversaron. El le preguntó cosas de su vida. La miraba a los ojos y la trataba con ternura. Elisa se dio cuenta que se estaban enamorando y se sintió ridícula. Era una mujer vieja y estaba casada. Pensó que había vivido por más de veinte años con su marido y posiblemente no lo había querido. O el amor se fue terminando, y lo que pasó durante la toma de la fábrica fue el golpe de gracia. Ya no sentía respeto por Juan.

Fueron a caminar al monumento a la bandera y a la estación fluvial. Se apoyaron en una baranda para mirar el río. Allí Antonio la tomó de la mano, y ella no se la retiró. Después la besó. Elisa sintió que le estaba pasando algo maravilloso. Al regreso pasaron por la Catedral. Antonio quiso entrar. Le dijo que era muy católico, y que Perón también lo era. Le tomó la mano y rezó por ellos en voz alta. Le pidió a Dios que los comprendiera y los perdonara.

Varios días después volvieron a verse. Antonio le pidió que fueran a su casa. Sabía lo que significaba. Quería tener sexo. Se sentía ridícula. ¿Cómo iba a mostrar su cuerpo gordo y deformado? Pero fue. Antonio le sirvió ginebra. Pasaron al dormitorio. Hacía décadas que no estaba con otro hombre que no fuera su marido. Ella le pidió que apagara la luz. Se desnudó y se metió en la cama. De pronto sintió el cuerpo de Antonio encima del suyo. Tenía un gran miembro. Gozaba como un hombre joven. Era delgado y se mantenía ágil. Elisa sintió su nariz prominente acariciándole el rostro y después descendiendo a sus pechos. Le dio vergüenza y quiso retirarlo. Después él bajó a sus entrepiernas y ella cerró las piernas. Nunca se lo habían hecho antes. Se sintió una tonta y tuvo ganas de llorar. Con mucho esfuerzo se vinieron los dos. Después, cubiertos con las frazadas, encendieron la luz y se pusieron a hablar. Vio que Antonio tenía los ojos iluminados: era el amor. Le pareció buen mozo, y su nariz no tan grande. Se pusieron a hacer chistes. El le dijo que era linda, y ella le insistió que era gorda. "Yo soy demasiado flaco", dijo él, "no tengo más que piel y huesos". "A mí me gusta como sos", le respondió ella. Empezaron a acariciarse y a besarse. Ella se preguntó qué pensaría su hijo si se enteraba, creería que su madre era una cualquiera.

Esa noche regresó a su casa contenta. Pensó que esa situación era anormal, y no podía continuar por mucho tiempo. Su marido quiso hacer el amor y ella sintió repugnancia, pero le dejó que lo hiciera, no quería que se diera cuenta que estaba viviendo otra cosa. Elisa no tenía confidentes, ni verdaderas amigas, en Villa Constitución. Era un pueblo grande. La gente era mal intencionada y chismosa, sobre todo las mujeres. Algo dentro suyo le quemaba, necesitaba hablarlo con alguien, se sentía mal. No se animaba a decírselo al cura o a confesarse. La había conocido por años y conocía a su marido. No tenía cara para decírselo. Finalmente optó por tomarse un colectivo a irse a San Nicolás. Allí nadie sabía quién era. Entró en una iglesia y se confesó. Le dijo al cura que sentía mucha vergüenza, que no entendía lo que había pasado y que se sentía mal. El cura le aconsejó que dejara a Antonio. El matrimonio era de por vida. Debía resignarse. Ella le aseguró que ya no amaba a su marido. "El amor no es todo en el matrimonio", dijo el confesor. "Te ha dado hijos. Piensa en el amor de dios, que a la larga es el que cuenta."

Elisa regresó a Villa Constitución más angustiada de lo que había salido. Durante todo junio se vieron semanalmente con Antonio. El estaba enamorado, le ofreció irse a vivir juntos a Rosario. Se iba a jubilar en unos pocos meses. Elisa no aguantó más y decidió hablar con su hijo. Necesitaba que él lo supiera. Era el único que podía comprenderla. Ernesto la abrazó y le dijo que estaba contento por ella. Su padre no la merecía, y Antonio era un gran líder. Se hablaba de que lo iban a llevar a Buenos Aires para ocupar un puesto importante en el Comité Central del Movimiento. El General se estaba preparando para regresar al país. En unos meses más caerían los radicales, habría una revolución.

La relación con su marido se fue deteriorando. Una vez lo llamó cobarde, y Juan la abofeteó. Ella se puso a llorar, y su hijo se abalanzó contra su padre y gritó que si volvía a tocarla lo iba a golpear. Su padre dijo que él había sido un buen padre y un buen marido, que había hecho todo por su hogar, y ahora lo trataban como a un perro. El tenía ideales, creía en el gobierno radical.

Elisa pensó que en Villa había gente que se estaba dando cuenta o sospechaba de su situación. Antonio alquiló un cuarto en una pensión de Rosario, cerca de la Estación de Ómnibus. Empezaron a viajar y verse allá. El viaje demoraba una hora. Salía por la mañana y regresaba antes que terminara el turno de la fábrica de su esposo. Antonio pedía el día, sin goce de sueldo. Decía que tenía algunos problemas médicos. Y era verdad, tenía angina de pecho, su corazón estaba algo delicado.

Elisa se sentía bien. Comprendió que no había sido feliz en su vida antes. Juan y ella no tenían mucho en común. Lo único que le agradecía eran sus hijos, chicos maravillosos. Ernesto era la persona más noble del mundo. Pensó en separarse de su esposo. En escapar con Antonio, como si fueran adolescentes. Pero sabía que no se iba a atrever, su esposo la buscaría y le pediría que volviera, y ella sentiría lástima y regresaría con él. Ya era tarde para ellos.

A las dos semanas Antonio tuvo una descompensación cardíaca y lo internaron. La ambulancia fue a buscarlo a la fábrica y lo llevó al hospital. Ernesto lo fue a visitar allí. Estaba rodeado de dirigentes del partido. Ernesto le hizo un gesto, en señal de complicidad, dándole a entender que su madre le mandaba saludos, y a Antonio se le humedecieron los ojos. A los dos días había fallecido. Lo velaron en la funeraria de la ciudad. Hubo un desfile de militantes y dirigentes frente a su féretro. Elisa le pidió a su hijo que la acompañara, quería verlo por última vez. Fueron juntos. Los que rodeaban el féretro se hicieron a un lado cuando la vieron. Elisa le aferró el brazo a su hijo y se apoyó en él. Sintió que desfallecía. Luego volvieron a su casa y se puso a llorar amargamente. Su hijo no sabía cómo consolarla.

Durante los días siguientes casi no se levantó de la cama. Estaba deprimida y lloraba. Su esposo, que no se dio cuenta de nada, quiso llamar al médico, pero ella se negó. Finalmente logró levantarse.

A principios de agosto ya se sentía mejor. Un domingo su hijo invitó a su novia a almorzar con ellos. Querían darles una buena noticia: Graciela estaba embarazada y se iban a casar. Su madre lo abrazó emocionada. Le dio gracias a Dios. Juan abrazó a su hijo y después a su mujer. Se tomaron de la mano. "¿Viste Elisa que Dios es bueno?", le dijo. Elisa asintió.

Se quedarían solos en la casa. Quizá le conviniera buscarse un trabajo. Le gustaba la repostería. Le dijo a Juan que iba a preparar tortas para venderles a las esposas de los compañeros de la fábrica. Así se ganaría unos pesos. Juan le dijo que no era necesario. Ella le respondió que quería ser independiente y tener su propio dinero para hacerle regalos a su nieto. Al primero, y a los vinieran después. Ya era hora de que también su hija le diera nietos. Juan le dijo que a él le iba a gustar ser abuelo.

Esa noche durmieron abrazados. El quiso hacer el amor, pero ella no quiso. Le preguntó a su marido si él creía que en la vida había que resignarse. Juan le dijo que en cierto modo sí, cuando uno era viejo ya había vivido lo suyo. Ya no se podía empezar de nuevo. Pero a ellos, gracias a dios, no les faltaba nada.

El Gauchito Gil

Antonio Mamerto Gil Núñez nació en la estancia "La Trinidad", cerca del pueblo de Mercedes, o Pay Ubre, como él lo llamaba, el 15 de septiembre de 1844. Su padre, un gaucho oriundo del departamento de Goya, era peón de la estancia. Su madre, una china hija de madre paraguaya y padre correntino, había nacido en un pueblo cerca de la frontera con Paraguay. Era una mujer muy linda, de ojos negros y pelo lacio y renegrido, que se recogía en dos trenzas. Su padre se la llevó de su tierra a Pay Ubre, donde tenía trabajo. Era un hombre muy respetado en la zona. Se lucía en los rodeos, era buen jinete y arreaba con el silbido y el lazo en los terrenos más difíciles.

Antonio, que tenía la cara linda de su madre y ojos muy negros, se quedaba con ella en el rancho cuando su padre salía a trabajar. Su hermano mayor, que le llevaba seis años, lo acompañaba a los rodeos y las yerras. Su madre le hablaba a Antonio en castellano y en guaraní. El podía comprender la lengua indígena, pero no la aprendió a hablar bien.

1850 fue un año difícil en Corrientes. La guerra civil no terminaba nunca, se sucedían los combates, y los gauchos seguían a sus caudillos. No ir era de cobardes y de flojos. Los paisanos se preciaban de su coraje y no aguantaban una mancha en su reputación.

Su padre se fue a la guerra y no regresó. Les dijeron que lo habían muerto en un entrevero con los soldados de un comandante entrerriano. La madre quedó sola con sus hijos en el rancho de adobe. El patrón de la estancia, Don Indalecio Santamaría, cuando supo que el gaucho Gil no había vuelto de la patriada contra los entrerrianos, le pidió a su mujer que los ayudara, como correspondía. Don Indalecio protegía a su gente en momentos difíciles. Al hijo mayor, que era fuerte y hábil como lo había sido su padre, aunque joven todavía, le dio trabajo en su estancia como peón. Su señora, Doña Catalina, llevó a la china a trabajar a la casa. Ayudaba en la cocina y hacía la limpieza. Le dieron un cuarto en una vivienda vecina al caserón de la estancia para que se alojara junto a su hijito, con el personal de servicio. Su hijo mayor dormía en el galpón de los peones. Antoñito, que era un niño muy menudito y tranquilo, hacía mandados y ayudaba en lo que podía. Cuando no tenía tarea, jugaba solo en el corredor de la casa.

El casco de la estancia de "La Trinidad" era grande, trabajaban allí más de treinta personas, entre peones y sirvientes. Había también tres esclavos negros, un hombre y dos mujeres, que servían en la casa. La señora del patrón, que tenía tres hijos, hizo venir a una maestra de Corrientes para que les enseñara a leer y escribir. Por la mañana, después del desayuno, la maestra se sentaba con los niños bajo la enramada, y allí les hacía aprender el alfabeto, y les enseñaba a deletrear y a escribir. Antoñito miraba con curiosidad e interés. Doña Catalina, viendo esto, le pidió a la maestra que le enseñara también a él. Antoñito, que era despierto e inteligente, aprendió a leer y escribir con gran facilidad, antes que los otros niños. Estos le agarraron envidia y lo acusaban de todo tipo de cosas para que su madre lo castigara. Le decían que les robaba los dulces y les pegaba. La señora de la estancia no les creía y miraba al niño con simpatía.

En el 51 llegaron noticias del pronunciamiento de Urquiza. El dueño de la estancia era federal y la situación le preocupó sobremanera. Los unitarios conspiraban contra el país. Rosas había mantenido a los franceses y a los ingleses alejados de la frontera, acorralados en la ciudad vieja de Montevideo, durante muchos años. Don Indalecio era un estanciero próspero y se había enriquecido con la política de Rosas. Todos los años arreaba sus animales hacia el sur y los vendía en Buenos Aires a los saladeros, que preparaban charqui para los mercados de esclavos del Brasil. También tenía comercio de cueros, que embarcaba en el puerto de Corrientes. Hacia allá salían sus carretas cada tantos meses. El hombre se fue con sus peones gauchos a Buenos Aires, a defender a Rosas, siguiendo a un comandante amigo y no regresó en muchos meses.

Cuando volvió se supo que había caído mucha gente en la lucha. Rosas había sido derrotado en Caseros y se había ido del país. El General Urquiza, de Entre Ríos, había quedado al frente de la Confederación. Habían llegado al país muchos brasileños y otros extranjeros. Al poco tiempo, la maestra que les enseñaba a los chicos regresó a Corrientes. No vinieron más maestros a la estancia. A veces, la esposa del patrón, por la tarde, se sentaba en la enramada con los niños y les hacía leer la *Biblia* en voz alta. Si Antoñito estaba allí le pedía que leyera. El niño prefería el *Génesis* y el *Evangelio de San Juan.* Leía de corrido, con voz clara. A diferencia de los otros niños, casi nunca se equivocaba. Pronunciaba con cuidado, dándole a cada frase un énfasis especial.

La madre de Antoñito continuó trabajando en la cocina. Era una mujer atractiva y los gauchos la cortejaban. Le decían piropos y cumplidos, que ella no respondía. Finalmente aceptó a un enamorado, Juan Prieto, un gaucho rumboso que usaba aperos llamativos y se emborrachaba cada vez que había baile. Al hombre le molestaba que el niño estuviera siempre entre él y la mujer. Le dijo a la madre que Antoñito estaba muy apegado a sus polleras y que tenía que hacerse hombre. Ya había cumplido once años. El tenía un peón amigo que podía llevarlo al campo, para que aprendiera a trabajar con los animales y se hiciera gaucho.

Lo mandaron con Pancracio, un gaucho de pelo largo y vincha, que era famoso por su habilidad con el cuchillo. Pancracio se encariñó con Antoñito, le enseñó a amansar caballos, a arrear el ganado, a marcar, a carnear y a cuerear. También le enseñó a vistear. En esos pagos había que saber defenderse. Lo llamaba Gauchito en lugar de Antoñito. "¿Gauchito cuánto?", le preguntó alguien. "Gauchito Gil", respondió el muchacho y ya le quedó ese nombre.

Cada tanto el Gauchito regresaba a los pagos a visitar a su madre, que se fue a vivir a un rancho con el gaucho Juan Prieto. Una vez que llegó se dio cuenta que estaba embarazada, iba a tener un hermanito. El niño nació prematuro y murió enseguida. Su madre perdió mucha sangre en el parto y al poco tiempo moría ella también. El Gauchito amaba profundamente a su madre y la pérdida le causó un gran dolor. La enterraron en un camposanto en Pay Ubre. A los dieciséis años se había quedado huérfano.

Al tiempo el patrón envió a Pancracio con un encargo a Corrientes y el Gauchito se fue a trabajar como ayudante de un cazador que vivía en los esteros. Se llamaba Venancio. Cazaba aves y vendía sus plumas más finas, que eran muy apreciadas. Casi nadie, entre los gauchos, tenía fusil, que era un arma de los ricos. Cazaban con trampas y con bolas. El Gauchito se hizo un cazador diestro. Podía bolear a los patos en el aire. En los esteros andaban en canoa. Atravesaban grandes peces con lanza y los comían asados. Dormían en una choza de junco que se habían armado. El Gauchito se enamoró del paisaje, de sus sonidos y de las noches estrelladas. Venancio se había criado en la frontera con Paraguay y sabía poco castellano. Le hablaba casi siempre en guaraní. El Gauchito le entendía y le respondía en castellano.

A los dieciocho años el Gauchito decidió volver a la estancia. Le dijo a Venancio que quería andar por su cuenta y se despidió de él. Regresó a "La Trinidad", donde había crecido, y le dijo al patrón que estaba buscando trabajo. Poco después Don Indalecio lo llamó. Un amigo suyo había muerto en una batalla grande en el arroyo Pavón, en Santa Fe, y su esposa, que había quedado sola, necesitaba ayuda en su campo. Don Indalecio sabía que el Gauchito era un muchacho listo e inteligente. Le dio una carta y lo envió a "La Estrella", cerca de Mercedes.

La viuda lo recibió. Era una mujer de unos treinta años, hermosa, y de cuerpo algo grueso. Se llamaba Estrella, como la estancia. Su marido le había puesto ese nombre en honor suyo. Desde un primer momento el Gauchito le llamó la atención. Era un muchacho bajito, con cara de niño. Aparentaba menos edad que la que tenía. Después de hacerle algunas preguntas, le ofreció el trabajo. El capataz lo puso a cargo de una cantidad de animales. Era buen jinete y sabía seleccionar y apartar el ganado. Los arreaba a las aguadas y a los pastizales.

Un día, en un fogón, un gaucho grandote se burló de él. Los otros se rieron y el Gauchito se ofendió. Lo desafió a pelear y desenvainó su cuchillo. El grandote sacó el suyo y se trenzaron. El capataz se interpuso y los desarmó. Les dijo que en la estancia, por orden de la patrona, estaban prohibidas las peleas y los hizo azotar.

Los gauchos arreaban con el rebenque y el lazo. El Gauchito prefería las boleadoras. Como era bajo, se las ataba alrededor del pecho, en lugar de la cintura. Decía que le resultaba más cómodo. El capataz lo mandaba en persecución de las reses que escapaban y las inmovilizaba con un tiro de bolas. Una vez que estaban en el monte boleó a un jabalí. Los otros gauchos festejaron su hazaña. Comieron el jabalí asado a las llamas. Lo abrieron en dos, lo clavaron en una cruz de hierro, hincaron la cruz en la tierra, lo cubrieron con una montaña de ramas de espinillo que juntaron e hicieron una enorme fogata. Pocos minutos después extinguieron el fuego. La carne estaba a punto.

A los veinte años se dejó crecer el bigote para parecer más grande. Tenía un rostro bondadoso y ojos penetrantes. Muchos lo consideraban afeminado y lo miraban con sorna. Como buen correntino, respetaba las creencias de su tierra. Se hizo grabar en el esternón un tatuaje de San La Muerte a punta de cuchillo. San La Muerte lo protegía de las alimañas peligrosas cuando estaba en el monte y en los esteros. Había ocelotes, víboras y yacarés. Sus fieles creían que los protegía también de los peligros de la guerra. Las luchas civiles asolaban la región. Cada dos por tres venían a buscar gente para alguna refriega. El Gauchito no había ido a la guerra todavía, pero sabía que en algún momento le iba a tocar.

Por la noche, si no andaba lejos, en un arreo, regresaba a la estancia. Dormía en un galpón de techo alto, junto a los otros peones. Las noches de luna salía a contemplar el campo. A la patrona, Doña Estrella, le gustaba sentarse en el corredor de la casa. La mujer lo observaba y se empezó a interesar en él.

Algunas veces, cuando lo veía por las noches, la viuda lo llamaba para hablar. Le preguntaba por sus cosas. Cuando supo que sabía leer, le pidió que le leyera la *Biblia*. Lo hizo pasar a la casa y leyó a la luz de la lámpara. La escena se repitió con cierta frecuencia. Lo convidaba con cognac o ginebra. El Gauchito, que era muy tímido, hacía todo lo que ella le decía. Un día pasó lo inevitable. La señora, que lo deseaba, lo empezó a acariciar y lo besó. Después se lo llevó al dormitorio e hicieron el amor. El Gauchito era un muchacho tierno y apasionado. La mujer se enamoró de él. El Gauchito se dejaba hacer. Al tiempo ya casi no iba a dormir al galpón. Los demás peones lo empezaron a celar. Se dieron cuenta de que tenía tratos íntimos con la patrona.

Poco después llegaron a la estancia dos hermanos de Doña Estrella. Durante varios días el Gauchito no se acercó a la casa. Uno de los hermanos vestía uniforme militar. El otro usaba ropa de ciudad. Vivían en Corrientes. Días más tarde vino de visita el Capitán Alvarado. Era pretendiente de Doña Estrella y un hombre influyente, oficial del Ejército y Jefe de la Policía de Mercedes. Tenía como cuarenta años, era alto y de porte marcial. Era amigo del Gobernador y en la región le temían.

El Capitán empezó a venir seguido por las tardes. La señora le pidió una vez al Gauchito que les cebara mate, y allí pudo ver a todos de cerca. No sabía por qué los hermanos de Estrella habían ido a la estancia. Estaba preocupado, pensaba que quizá quisieran aprovecharse de ella, que era tan rica.

Cuando se fueron los hermanos la situación se normalizó. El Capitán la visitaba de vez en cuando durante el día y salían a pasear a caballo, o ella lo invitaba a almorzar. También les gustaba tomar mate juntos en el corredor de la casa. Pasaban tiempo solos en el interior de la vivienda, pero el Capitán no se quedaba por las noches en la estancia.

Doña Estrella estaba infatuada con el muchacho. Lo invitaba por la noche a la casa. Le gustaba bañarlo en una tina, perfumarlo y luego llevarlo a la cama y jinetear encima de él. El Gauchito era de piel blanca, sin vellos, y su cuerpo era más pequeño que el de ella. Doña Estrella lo acariciaba, jugaba con su bigote y le decía que lo quería. El Gauchito se fue enamorando de ella. Nunca había estado con una mujer antes.

Los otros peones miraban con envidia la relación del Gauchito con la patrona. Alguien hizo llegar al Capitán los rumores sobre las visitas nocturnas del muchacho a la viuda. Al tiempo regresó a la estancia el hermano militar de Doña Estrella. Se quedó allí varios días. Venía de la guerra. Los dos, aparentemente, hablaron de negocios. Después vino el Capitán. El Capitán lo mandó llamar al Gauchito. Le dijo que se venían malos tiempos, y que él iba a tener que internarse en el monte con un rebaño de ganado. Doña Estrella asintió. Había guerra y no querían que les confiscaran todos los animales.

El Gauchito, junto con otros peones, se llevaron los animales al monte. Allí vivieron por varios meses. Cuando volvieron a la estancia los recibió el Capitán Alvarado. No pudo ver a Doña Estrella. El Capitán le dijo al Gauchito que iba a vivir en un puesto algo alejado de la casa, y que no abandonara el sitio si él no lo autorizaba. El muchacho, que extrañaba a su amante, merodeaba por las noches los alrededores del casco. Intentó acercarse y dos policías que estaban vigilando se le echaron encima. Se cubrió la cara con el pañuelo, sacó el facón y les hizo frente. Hirió a uno y logró escapar. Al día siguiente el Capitán lo vino a buscar con dos policías y se lo llevaron detenido. Lo acusó de tratar de robar en la casa y de herir a un policía. El Gauchito negó que hubiera sido él. Lo hizo azotar y estaquear. Lo dejó un día tendido al sol. Doña Estrella, que se enteró, vino a pedir por él. Dijo que era un buen peón y que debía perdonarlo. El Capitán no quería entrar a competir con el muchacho. Le ordenó que se fuera lejos, que no volviera a la estancia. Era sospechoso de haber herido a un policía y si regresaba podía irle muy mal.

Estaban reclutando gente para la guerra contra el Paraguay. El Gauchito lo vio como una oportunidad para probarse. Era 1866, ya había cumplido veintidós años. Fue a Corrientes y lo destinaron a un cuerpo de infantería. La guerra se peleaba en los esteros y el Gauchito conocía ese tipo de terreno. La vida militar no era lo que pensaba. Había que pasarse mucho tiempo en el campamento, esperando órdenes. Se aburría. Se hizo de varios amigos. Eran casi todos gauchos como él. Los oficiales hablaban poco con ellos, venían de las ciudades del litoral.

Había un soldado que era diferente a los demás. Andaba siempre con una carpeta. La apoyaba donde podía y se ponía a dibujar. Hacía croquis y dibujos del campamento y los alrededores. También dibujaba a otros soldados, en diferentes posiciones. Ponía el lápiz delante de la vista para tomarle el tamaño a las cosas y calcular las distancias. Le decían Cándido. Peleó junto a él en la batalla de Sauce. En la batalla de Curupaytí lo hirieron mal y perdió el brazo derecho. El Gauchito lo vio cuando lo llevaban al hospital de campaña. El otro lo reconoció también. Le dijo que no iba a poder dibujar más ni pintar. El Gauchito le respondió que si realmente era pintor, iba a aprender a pintar con la otra mano. El muchacho lo miró agradecido.

Los porteños se quejaban por los rigores del clima. Hacía calor y humedad, y había muchos insectos. Los soldados se enfermaban. Tenían que luchar en las peores condiciones. Curupaytí fue una verdadera carnicería. Les dieron orden de avanzar por los esteros contra las posiciones del enemigo, pero no llegaban nunca. Los que morían quedaban semihundidos en el agua. Durante la batalla el Gauchito se extravió. Cuando llegó la noche se ocultó en un terreno más elevado y seco. Agotado se durmió. Lo despertaron ruidos de hombres que se acercaban. Hablaban en guaraní. Se dio cuenta que eran soldados paraguayos. Agarró su fusil y preparó la bayoneta para defenderse. Se quedó quieto. Los otros pasaron a varios metros de él y no lo vieron. Decían que eran hombres del Capitán Ayala y que los argentinos estaban casi derrotados. A la mañana pudo regresar a sus posiciones. La batalla se prolongó varios días más y, tal como decían los paraguayos, los argentinos perdieron.

Pero eran muchos. Pasaron los meses y la guerra se empezó a inclinar del lado argentino y sus aliados brasileños y uruguayos. Llegó a su Regimiento un oficial periodista. Era Capitán. Había combatido en Sauce y en Curupaytí, donde lo habían herido. Al Gauchito le llamaba la atención verlo leer y escribir. Un día se acercó a él para observar lo que escribía. El otro le preguntó si podía entender lo que decía allí. El Gauchito le dijo que sí, que sabía leer. El Capitán se sorprendió. Los gauchos eran casi todos analfabetos. El Gauchito le dijo que había aprendido a leer en la estancia de sus patrones, donde su madre era la cocinera. El otro se presentó, era el Capitán Mansilla y trabajaba para un diario de Buenos Aires, *La Tribuna*. Cumplía además funciones militares. Le preguntó si le quería ayudar. El Gauchito le dijo que sí. Le pidió que pasara en limpio los artículos que escribía. El Gauchito tenía una letra muy clara y perfilada. Escribía en una mesa de campaña, junto a la tienda del Capitán. Se pasaba horas trabajando y casi dibujaba cada letra. Mansilla le preguntó si había leído libros. El Gauchito le respondió que la *Biblia*. Mansilla le preguntó si algún otro. El Gauchito le dijo que no.

Se hizo inseparable del Capitán y lo seguía a todos lados. Mansilla le pedía que le leyera en voz alta los diarios que le llegaban de Buenos Aires. Estaba en contra del gobierno, no quería al Presidente y criticaba la dirección de la guerra. Las crónicas que escribía analizaban la situación con un tono negativo y pesimista.

Su Regimiento estuvo estacionado varias semanas sin moverse. Mansilla se aburría de la vida en el campamento. Por fin recibieron órdenes de adelantar sus posiciones. Todo el Regimiento marchó y se ubicaron más cerca del enemigo. Hicieron terraplenes para protegerse de las balas y cavaron trincheras. Mansilla tenía un gran sentido del humor y le gustaba hacer bromas y contar chistes a sus soldados. Las horas eran largas y no había mucha acción. Los paraguayos tenían pocas municiones y casi no disparaban. Era una guerra de nervios. Estaban siempre observando al enemigo y esperando.

Mansilla les propuso cargar a la bayoneta, pero el Mando superior se opuso. El Capitán regresó a su puesto furioso y se subió encima de los terraplenes. Empezó a agitar los brazos. Los paraguayos le gritaban cosas. Los argentinos respondieron. Algunas balas paraguayas picaron sobre las fortificaciones. Le pidieron a Mansilla que bajara, antes que lo hirieran. El empezó a reírse a carcajadas. Se bajó los pantalones y les mostró el culo a los paraguayos. Los soldados empezaron todos a reírse. Esa tarde terminó sin mayores incidentes. Mansilla había sido el héroe del campamento.

Días después avanzaron y desalojaron a los paraguayos de su posición.

Tuvieron que cargar de frente contra el enemigo. Hubo muchos muertos. El Gauchito vio como un soldado paraguayo se le venía encima. Logró hacerse a un lado y lo atravesó con la bayoneta. Mientras estaba expirando el paraguayo lo miró a los ojos. Era un muchachito de no más de quince años. El Gauchito le sostuvo la cabeza y el otro murió en sus brazos. Siguió peleando, pero esa noche no pudo olvidarse de la mirada del joven soldado moribundo.

La guerra siguió su curso. A su Regimiento de a poco lo fueron diezmando. Ya no quedaban ni la mitad de los hombres. Lo hirieron en un hombro y lo mandaron a la retaguardia. Lo atendieron y lo vendaron unas mujeres que hacían de enfermeras, hasta que recuperó las fuerzas. Cuando volvió al frente ya Mansilla no estaba, lo habían hecho regresar a Buenos Aires.

Al mes siguiente enviaron a su Regimiento a Corrientes y lo acuartelaron. Su unidad permaneció allí durante varios meses, hasta que terminó la guerra. Licenciaron a todos y les dieron unos pocos pesos para que volvieran a sus pagos. Cuando el Gauchito llegó a Pay Ubre se enteró que Doña Estrella, la patrona, se había casado con el Capitán Alvarado. Este se había retirado de la policía y ahora administraba la estancia. El Capitán recibió con desagrado la noticia del regreso del Gauchito. Sospechaba lo que había pasado entre él y su mujer.

El Gauchito consiguió trabajo en un campo. Atendía a los animales. Los llevaba a las pasturas y las aguadas. Tenía un buen caballo y salía a galopar por las tardes después del trabajo. Sintió tentación de acercarse a la estancia de Doña Estrella, pero no lo hizo. Le costó mucho adaptarse otra vez a la vida de peón. La guerra lo había cambiado. Tenía pesadillas por las noches. Veía los ojos del muchachito que había atravesado con la bayoneta y había muerto en sus brazos. Se despertaba angustiado.

Un día lo vino a buscar la policía al campo donde trabajaba. Era el año 1871. Le dijeron que no lo querían en el pago. Las cosas estaban difíciles, había muchos cuatreros y le convenía irse de allí. El Gauchito entendió, pero no hizo caso. Al tiempo se enteró de que en Corrientes se habían levantado contra el gobierno. El Jefe de la policía se presentó en la estancia y dijo que pronto llegaría un Comandante a buscar soldados para la guerra civil, y que se prepararan para luchar. El Gauchito sintió que no tenía nada que ganar y que realmente no quería pelear en otra guerra. Para él los hombres eran todos hermanos, aunque vivieran en distintas provincias o países. Esa noche tuvo un sueño. Se le apareció Cristo, rodeado de una luz blanca. Tenía un rostro de aspecto adolescente. El reconoció los ojos del soldado paraguayo muerto. Dios le habló en guaraní y le dijo que el hombre no debe derramar la sangre del hombre. Le pidió que rezara a San La Muerte para que lo protegiera.

Al otro día llegó una partida de soldados. El Comandante explicó que ellos eran azules liberales y estaban en contra de los autonomistas. Les ordenó que se alistaran, se los llevaban a todos a pelear. Tuvieron que seguirlos. Hicieron una gran redada en varias estancias sin preguntar a los peones de qué parte estaban. Los obligaron a ir con ellos. Los gauchos eran todos federales y colorados. Siempre habían visto a los liberales como enemigos. Dos compañeros le vinieron a hablar. Quedaron en huir esa noche y escapar hacia los esteros. No los encontrarían. El Gauchito conocía muy bien el terreno y sabía como vivir allí.

Se fugó con los otros dos. Eran desertores y tendrían que andar como gauchos fugitivos. Se perdieron en los Esteros del Iberá. En una isleta hicieron una choza y se quedaron a vivir allí. Uno de los gauchos, Francisco Gonçalves, era mestizo, hijo de padre brasileño y madre correntina, y el otro, Ramiro Pardo, criollo. Se pasaron muchos meses pescando y cazando en los esteros, esperando que terminara la guerra civil y hubiera paz.

Francisco llevaba en su montura una *Biblia*. No sabía leer. Cuando se enteró que el Gauchito sí sabía, le pidió que le leyera los Evangelios. Todos los días por la tarde leía un rato en voz alta y los otros escuchaban. Les interesaba sobre todo el relato de la pasión, cuando entregan a Cristo y lo crucifican. Decían que el mundo estaba lleno de traidores.

Había transcurrido un año por los menos, y el Gauchito se atrevió a dejar su escondite para buscar noticias. Enfiló hacia una zona poblada y se detuvo en una pulpería. El dueño le dijo que la guerra había terminado. Compró yerba y ginebra. Vio encima de unas barricas unos cuadernos impresos. Tomó uno y lo hojeó. El cuaderno decía *El gaucho Martín Fierro*. Estaba en verso. El pulpero le explicó que lo había escrito un periodista de Buenos Aires y lo vendía por unos pocos centavos. Se llevó uno. Le dijo al pulpero que era cazador y quería vender pieles y plumas. Le preguntó si se las compraba. Este mostró interés. El Gauchito prometió volver con una carga.

Regresó a los esteros. Sus compañeros de aventura quedaron encantados con la noticia del fin de la guerra. Podían dedicarse tranquilamente a cazar nutrias y garzas. Les gustó mucho el libro que trajo el Gauchito. De ahí en más lo preferían a la *Biblia*. Todas las tardes les leía unas estrofas del *Martín Fierro*. Ellos habían escuchado a los cantores payar en los fogones y en las pulperías. En las estancias siempre había una guitarra para el que quisiera improvisar. Pero nunca habían oído versos tan lindos. Le pedían que les leyera las estrofas una y otra vez. También discutían lo que el libro decía y se hacían preguntas.

Estaban de acuerdo que en el pasado los gauchos habían sido más felices que en esos momentos. Muchos paisanos tenían su campito, sus vacas y su tropilla. Trabajaban en las estancias y nadie los molestaba ni los perseguía. "Eran otras épocas - dijo Francisco - Eran tiempos de Rosas". El Gauchito recordó que el Capitán Mansilla siempre le decía que ya no quedaban criollos, y que por culpa del gobierno iban a desaparecer los gauchos. Después de la caída de Rosas habían venido malos tiempos. Francisco dijo que a su padre un Comandante le quitó la tierra. Al de Ramiro lo habían perseguido para sacarle la mujer. Lo mandaron a la frontera de Córdoba, a luchar en los fortines. Su madre se había ido a vivir con un Sargento y a él lo enviaron lejos a trabajar de boyero. Ya no volvió a ver a su madre.

A todos les gustó que Martín Fierro se defendiera. Era muy hombre. El ejército era una desgracia. Los oficiales eran unos ladrones que dejaban al gaucho en la miseria. Cuando el Gauchito les leyó los versos en que Martín Fierro desertaba todos se identificaron con él. Celebraron también la parte en que luchaba con la partida y el Sargento Cruz se ponía de su lado. Para ellos la amistad era algo sagrado, un gaucho no debía abandonar a otro gaucho, mucho menos si estaba en peligro.

Se quedaron juntos varios meses más. Cazaban aves acuáticas y guardaban las plumas; también atrapaban nutrias y otros animales salvajes y conservaban los cueros. Cada tanto el Gauchito iba a la pulpería con los tres caballos cargados. Volvía con dinero y con noticias. Se repartían el dinero y lo guardaban en el cinturón. En 1874 hubo una nueva guerra civil. Las aguas estaban revueltas. Sus dos compañeros pensaron que era un buen momento para tratar de regresar, mezclarse con la población y abrirse camino. La policía estaba entretenida y ocupada con la leva. El Gauchito prefirió quedarse un poco más y le pidió a Francisco que le dejara la *Biblia*.

El otro accedió. De todos modos, no sabía leer. Se despidieron. Los dos enfilaron hacia el sur de la provincia.

Antes que los gauchos Gonçalves y Pardo llegaran a Goya una partida los detuvo. Los acusaron de ser ladrones y cuatreros. No los juzgaron. Cuando supieron que eran desertores decidieron ajusticiarlos. Uno dijo que los llevaran a Goya y los mataran allá. Pero no quisieron tomarse el trabajo de llevarlos prisioneros. Los fusilaron al costado del camino. El Gauchito nunca supo que sus amigos habían muerto. Se quedó viviendo en su isleta, en los esteros. Se sentía bien solo. Desarrolló una intensa vida espiritual. Leía *El gaucho Martín Fierro* y la *Biblia*. Pasaba mucho tiempo meditando.

Por las tardes, cuando caía el sol y el cielo se teñía de rojo, se tendía en el suelo y se concentraba en un punto en el centro de su frente. Empezó a tener visiones. Conversaba con San La Muerte. Se le aparecía su esqueleto y le decía que lo protegía y velaba por él. El Gauchito contestaba que no tenía miedo de morir. El quería ver a Dios un día. Sintió que todo eso que pasaba era una preparación para otra cosa. En algún momento tenía que volver al pago que había dejado, y para ese entonces él sería otra persona. También se le apareció el adolescente paraguayo que había matado en la guerra. El Gauchito le prometió que ya no iba a derramar más la sangre del hombre. Finalmente, en 1875 se decidió a dejar su refugio.

Llevaba una cierta cantidad de dinero que había ahorrado con la venta de plumas y cueros. Iba muy prolijo. Se afeitó la barba con su facón y se dejó el bigote. Tenía un facón con mango de asta de ciervo, muy valorado. Iba con sus boleadoras atadas al pecho. Era un cazador consumado y no moriría de hambre mientras tuviera sus bolas. Se mantuvo alejado de los lugares en que había vivido o que antes frecuentaba. Cuando se sentía convencido de que no había pasado por esos pagos, se animaba a acercarse a los caseríos. Se detenía en el rancho de algún paisano y le pedía hospitalidad. Encontró que el campo estaba menos poblado que antes, había muchas taperas. No eran buenos tiempos para los gauchos. Llevaba con él su poncho rojo y cuando le preguntaban si era federal no lo desmentía. Decía que era, como todos los pobres, defensor de los gauchos.

Una vez se paró en un rancho y encontró una situación desoladora. Vivían en él un gaucho, su china y sus dos hijos. Un hijo estaba muy enfermo. Tenía una fiebre que lo consumía. Su cuerpo estaba lleno de llagas y bubones. Hacía días que estaba inconsciente, y esperaban que muriera esa noche. Movido por la compasión, el Gauchito se arrodilló frente a su catre y le tocó la frente. Luego dirigió su mano hacia las llagas y los bubones. Sacó la *Biblia* y se puso a leer el capítulo 9 del *Evangelio de San Mateo*. Cuando llegó a la parte en que Jesús sana a los enfermos, el niño moribundo abrió los ojos y se incorporó en el lecho. Los padres retrocedieron con miedo. El niño se puso de pie y pidió agua. Le trajeron agua, la bebió y dijo que tenía hambre. El padre carneó un cordero e hicieron un asado. Le pidieron al Gauchito que se quedara a pasar la noche en el rancho. A la mañana el niño tenía la piel bien, no quedaban rastros de las llagas y estaba sonriendo. El Gauchito anunció que seguía viaje. No lo querían dejar ir. No sabían qué darle. El hombre le dijo que se llevara un caballo ladero. El Gauchito andaba en un tordillo. Dijo que no le hacía falta, que se sentía contento de que el chico estuviera bien.

Se fue. No entendía bien lo que había pasado. Dios había intervenido. Había curado por su intermedio. Lo había aceptado como vehículo suyo. Le había dado un poder. Quedó obnubilado. Llegó hasta un bosquecito. Decidió quedarse allí por varios días. No cazó ni comió. Sólo bebió agua de un arroyo. Hizo ayuno por una semana. Se pasaba el día tumbado bajo los árboles, meditando. Leía la *Biblia*. Al atardecer salía a caminar. Espiritualmente fortalecido decidió seguir viaje. Pidió trabajo en una estancia. Le dieron una tropilla de potros jóvenes, algunos redomones y algunos sin domar, para que los amansara. Era buen domador. Escuchó una voz que le dijo que no los golpeara. Eran criaturas de dios, le entenderían si les hablaba. Decidió obedecer a la voz. No castigó a los animales. Les hablaba. Los caballos parecían entenderle. Les fue quitando las cosquillas y los miedos. Los abrazaba. Los animales se restregaban contra su pecho. Luego los montaba y los potrillos se comportaban como caballos mansos que hubieran sufrido la montura por mucho tiempo. Los hacía andar sin ponerles el freno. Les aplicaba una presión con las piernas en el costado y los animales obedecían. Un gaucho le preguntó dónde había aprendido eso, que si había vivido con los indios. Respondió que no, que él solo había aprendido. Después les puso el freno y dejó que los montaran otros. Los animales respondieron bien.

Siguió viaje y fue a otra estancia. Le ofrecieron trabajo de peón. Aceptó. Volvió a tener visiones. Una vez, junto a una aguada, se le apareció Cristo. Le dijo al Gauchito que era, como él, un cordero. Le pidió que no tuviera miedo, que él lo iba a recibir en su reino. El cordero estaba en el mundo para lavar los pecados y redimir al hombre.

Un día, cuando llegó a la casa del patrón, vio un carruaje que había venido de la ciudad. Preguntó a los otros peones qué pasaba. Había llegado el médico. La mujer del patrón estaba muy enferma, le dolía el costado. Tenía un ataque de apendicitis. A la mañana la sacaron al corredor de la casa. Todos se acercaron a verla. Tenía la tez amarilla. El médico dijo que no se podía hacer nada. Al llegar la tarde la mujer no hablaba, no podía tragar. El médico dijo que buscaran a un cura porque iba a morirse, que le dieran la extremaunción. Mandaron a buscar al pueblo a un vecino que se hacía pasar por cura y a veces celebraba misa. Mientras sucedía esto, el Gauchito quiso probar si Dios le concedía un favor. Se acercó a la mujer y empezó a rezar en silencio. Los demás no se dieron cuenta. Le pidió a Cristo que la salvara, y a San La Muerte que no se la llevara. Después de diez minutos la mujer abrió los ojos. Les dijo que había tenido una visión. Había venido del cielo una paloma blanca y había depositado gotas de rocío en su boca. Pensaron que deliraba. La mujer se incorporó en el lecho. Le preguntaron si le dolía algo. Dijo que no, que estaba bien, que no le dolía nada. Preguntó que por qué estaban todos reunidos allí y se levantó. El Gauchito se retiró al galpón donde dormía y le agradeció a Dios. Nadie entendió lo que había pasado, pero el Gauchito supo que había sido Cristo, que había intercedido y le había concedido su súplica.

Días después dejó su trabajo y se internó en el monte. Se detuvo bajo un árbol e hizo ayuno por una semana. Se preguntó qué significaba todo eso, que qué iba a hacer con su vida. Que por qué lo había elegido Dios y qué quería de él. Le dijo a Cristo que si él servía para lavar la sangre del pecado que se lo llevara, que él estaba en sus manos. Era 1877 y el gauchito estaba por cumplir treinta y tres años. Había vivido mucho tiempo escapando. El único amor que había conocido era el de la viuda. Había ido a algunas fiestas y bailes, pero raramente se acercaba a una mujer. En cada una veía algo de la que había sido su amada y retrocedía.

Finalmente decidió que era tiempo de volver a sus pagos. Quería visitar la tumba de su madre. Sabía que era peligroso, pero rezó, y pensó que Dios iba a decidir cuando fuera su hora. El 6 de enero de 1878 fue a Mercedes a las celebraciones de Reyes. Se dijo que quería ver a la gente, pero realmente lo que quería era saber algo de Estrella. Pensó que ella estaría ya grande, pero él la seguía queriendo. Fue a la misa, y después a la fiesta. Había empanadas y vino. Al rato empezó la guitarreada. El pueblo estaba animado.

Al atardecer fue al cementerio a visitar la tumba de su madre. Por la noche durmió en el camposanto, tapado con su poncho. A la mañana siguiente regresó al pueblo y se acercó a un almacén a tomar una caña. Quería enterarse de las novedades. De pronto sintió una mano que le sostenía el brazo. Se volvió y se encontró con la mirada del antiguo Jefe de policía y esposo de Estrella. "Sabía que iba a volver", le dijo. Le apuntó con una pistola y le ordenó que marchara con él. Fueron a la comisaría. "Enciérrelo", le dijo al Comisario. "Es un ladrón y un desertor". Pasó la noche en el calabozo. Pensó que esa quizá era la última noche de su vida.

La mañana del 8 de enero el Comisario lo sacó del calabozo y lo entregó a una partida que lo esperaba. "Llévenselo - le dijo al Sargento - Es un ladrón, un cuatrero y un desertor. Ya saben lo que tienen que hacer". El Juez de Paz estaba en la Comisaría en esos momentos y quiso interceder. "Si cometió un delito, hay que juzgarlo – dijo - Debemos someternos a la ley". El Comisario lo miró con sorna. "Si se creerá que es Avellaneda - se burló - Hay demasiado gaucho bandido en esta tierra". "Iré al Gobernador - respondió el otro - Basta ya de derramar sangre inocente. Los delitos hay que probarlos".

Los policías le ataron las manos y se lo llevaron. Cuando habían andado dos leguas el Sargento detuvo la partida. Desensillaron junto a un algarrobo. El Sargento lo hizo bajar y lo paró junto al árbol. Les dijo a sus hombres que prepararan los fusiles. "¿Por qué me vas a matar, Sargento? - preguntó el Gauchito - No he cometido delitos. Me persiguen injustamente. Vas a derramar sangre inocente". El Sargento le quitó la camisa y dejó su pecho desnudo. Apareció en su lado izquierdo tatuada la imagen de San La Muerte. Le apuntaron. El Gauchito los miró. Los policías bajaron las armas. Dijeron que no podían disparar contra San La Muerte, porque se condenarían. El Sargento, con rabia, tiró un lazo por encima de una de las ramas del algarrobo, le ató los pies y lo colgó, cabeza abajo. "No me mates Sargento, soy inocente - repitió - No le creas al Comisario. Hazle caso al Juez".

En ese momento el Gauchito tuvo una visión. Se le apareció un niño cubierto de vendas, que venía del cielo. Tenía los mismos ojos que el

Sargento. Comprendió que era su hijo. El Sargento sacó el cuchillo de asta de ciervo que le había quitado al Gauchito Gil y se preparó. El Gauchito se dio cuenta que había llegado su hora. Pensó en su visión. Dios quería decirle algo, le había mandado un mensaje. Al fin entendió. "Sargento - dijo - tu hijo se ha enfermado y se está por morir. Después que me hayas matado reza por mi alma. La sangre de un inocente sirve para lavar los pecados. Reza por mí y tu hijo se salvará. Invoca mi nombre y yo lo curaré. También te perdonaré a vos por derramar mi sangre, porque así lo quiere Dios. Invoca mi nombre y se hará el milagro".

El Sargento lo miró con burla y le dijo que no se preocupara, que su hijo estaba bien. Después de un tajo le abrió la yugular. El Gauchito se desangró rápidamente y expiró. Lo bajaron del árbol y lo dejaron a un costado. El Sargento no quiso perder tiempo en enterrarlo. Estaba preocupado por lo que éste había dicho sobre su hijo. Lo cubrieron con hojas y ramas. El Sargento ordenó a sus hombres que regresaran a la comisaría, que él tenía algo importante que hacer. Salió al galope hacia su rancho. Al llegar ya se olía la tragedia. Su mujer lo recibió llorando. Su hijo menor, de diez años, estaba muy grave. No podía respirar. Le dijo que se estaba muriendo. El Sargento comprendió todo. Se hincó de rodillas ante el lecho donde yacía el niño y se puso a rezar. Invocó al Gauchito Gil, y le pidió al difunto que le perdonara su crimen, y que su sangre inocente lavara sus pecados. Cuando se levantó, su hijo abrió los ojos y empezó a respirar normalmente. Llamó a la madre y le pidió que le trajera algo de comer. El Sargento agarró su caballo y volvió al galope hasta el algarrobo donde había quedado el cuerpo del Gauchito. Quitó las ramas que cubrían su cadáver y se abrazó a su cuerpo. Tomó el poncho rojo que le había sacado y cubrió el cadáver. Se arrodilló ante él y le pidió perdón. Con su facón empezó a cavar una sepultura al pie del algarrobo. Cortó una rama de espinillo e hizo una cruz. Besó la frente del Gauchito y depositó su cuerpo en la tumba. Colocó sobre su pecho los dos libros que había encontrado en su apero: la *Biblia* y el *Martín Fierro*, y cruzó sus manos sobre ellos. Ayudarían a su alma en el viaje. Lo cubrió de tierra, colocó la cruz y ató el poncho rojo en sus brazos. Hizo un fuego y con carbón escribió: "Gauchito Gil". Se persignó, montó en su caballo y regresó a su rancho.

Al llegar le confesó a su mujer lo que había ocurrido. Le dijo que había derramado la sangre de un inocente. Que Dios lo había castigado y enfermado mortalmente a su hijo. Que invocó la sangre del Gauchito y Dios lo perdonó y lo salvó. El Gauchito había hecho el milagro. La mujer le creyó. Era muy religiosa. Decidieron hacer una peregrinación a pie a la tumba del Gauchito. Trescientos metros antes de llegar al algarrobo, el Sargento empezó a andar sobre sus rodillas y a rezar. Su mujer caminaba a su lado, agradeciéndole al alma del difunto. Encendieron una fogata y se quedaron toda la noche junto a la tumba.

El Sargento regresó al día siguiente a su trabajo y les contó a sus hombres lo sucedido. Era gente de una fe profunda. Pensaron que si el Gauchito había hecho un milagro, podía hacer otros. Uno de ellos tenía a su madre enferma con manchas en la piel. Creía que era lepra. El agente fue con su madre a la tumba del Gauchito y se puso a rezar. Le pidió que la sanara. Dos meses después habían desaparecido las manchas. El Gauchito había hecho otro milagro. En Mercedes se corrió la voz de lo que había pasado.

El 8 de enero del año siguiente, al cumplirse un año de su muerte, el agente y su esposa decidieron visitar su tumba. No eran los únicos. Allí estaba también la familia del Sargento. Al rato empezaron a llegar otros. Se juntaron como unas treinta personas. Llevaban flores rojas y las depositaron sobre la tumba. El poncho rojo del Gauchito estaba todo desteñido y deteriorado por el agua y el sol. El Sargento clavó otro poncho rojo sobre el tronco del algarrobo, frente a la tumba. Después dirigió las plegarias. Le pidió perdón por haber derramado su sangre, y le rogó que los protegiera. Pidió que su sangre inocente lavara sus pecados. Después de eso comieron y bebieron, y esa noche regresaron a Mercedes, fortalecidos.

El Mesías de la Villa 31

Marcos Feinstein fue asesinado. Se encontró su cadáver en Barracas, en un descampado, cerca de la Villa 21. Le pegaron un tiro en el corazón. Antes de matarlo lo torturaron: presentaba marcas de quemaduras y golpes en el cuerpo. Había desaparecido de la Villa 31 de Retiro hacía más de una semana. Su novia, María Mendiguren, fue la que denunció su desaparición.

Marcos vivía en la Villa 31 desde hacía más de un año. Se había criado en Palermo, en una familia de clase media. Era drogadicto. Se estaba sometiendo a un tratamiento para dejar la adicción.

Los vecinos de la villa miseria aseguran que curaba con palabras, era un sanador. Acusan a una banda de la Villa 21 de Barracas del asesinato. Según ellos, lo secuestraron y se lo llevaron allá para que hiciera milagros. No se ha encontrado ninguna prueba fehaciente aún que permita determinar lo que pasó. No han aparecido testigos directos del secuestro. De seguir así no se sabrá la verdad y quedará todo en el misterio.

Lo llamaban el mesías, el enviado, y, si bien era judío, lo consideran un santo. Quieren construirle una capilla. Ya muerto, terminará transformándose, probablemente, en un mito o en un santo popular.

Soy periodista y en mi trabajo me pidieron que reuniera información sobre el caso. Lo que descubrí no cabía en una simple crónica policial. Por eso decidí escribir un informe más detallado, desde la múltiple perspectiva de sus actores. Entrevisté a las personas que lo conocieron y lo trataron. Mi principal informante fue María, su novia, mujer de gran sensibilidad y cultura, a pesar de su oficio, demonizado por la prensa amarilla. María está preparando una biografía de Marcos, a quien no conocí en vida. Ella me describió detalladamente su personalidad y me contó todo lo que había pasado. Basado en su testimonio escribí su historia. Con el padre Armando Santander, cura de la villa miseria, muy querido por los vecinos, hablamos sobre el judaísmo de Marcos y sus presuntos milagros. Todos ellos me ayudaron a comprender mejor este caso complejo.

Marcos, el Mesías

...Y me vine a vivir a la villa miseria. Al poco tiempo de llegar me enamoré de una chica, María. Era muy linda, se vestía con ropas buenas y me di cuenta en seguida a qué se dedicaba. No me ocultó la verdad. Yo, al principio, me consideraba un piola porque andaba con ella, pero después reconocí que estaba enamorado. No me gustaba que trabajara de prostituta, pero me la aguantaba.

No es muy difícil explicar por qué me vine a vivir aquí. Me iba mal en la universidad y abandoné la carrera de Letras. Mi viejo me pidió que me fuera de casa. Mi vieja se había muerto cuando yo era chico, de un cáncer, y mi padre cargó con la responsabilidad de criarnos. Me había encontrado drogado muchas veces y no sabía qué hacer. Creo que quería proteger a mi hermano menor, que me admiraba. Yo andaba siempre sucio y no trabajaba. Le robaba cheques, le falsificaba la firma y los cobraba. También compraba cosas con sus tarjetas de crédito. Mi viejo me dijo que ya estaba grande, que hiciera mi vida fuera de casa, que me buscara un trabajo. La casa ya no era lugar para mí. Me pidió que lo entendiera y lo disculpara. Es un pequeño empresario, muy moralista, y tenía vergüenza de su hijo. La colectividad me despreciaba, los paisanos ni me hablaban. Todos ayudaban a sus padres en sus negocios, lo único que les interesaba era el dinero. La verdad que no me comprendían.

Me fui a vivir a una pensión y traté de dejar la droga. Yo amo la literatura y me decía que el que ama la literatura no necesita drogarse. La poesía es un estimulante poderoso. Me sometí a un tratamiento para parar la adicción y, por un tiempo, dio resultado, pero después volví a reincidir. Una vez que uno la probó es difícil dejarla. Nos vence, es más fuerte que nosotros. Finalmente se me terminó el dinero y tuve que salir de la pensión. Después de andar varios días en la calle, terminé en la villa. Aquí es más fácil conseguir drogas y sobrevivir.

Mi casilla no estaba lejos de la de María. En la villa miseria la respetaban. Se llevaba bien con el jefe de una banda, el Cholo, y él la protegía. Me dijo que la había defendido de un tipo que amenazaba con matarla. Cada tanto se dejaba coger por él. Ella, como yo, había estudiado en Filosofía y Letras. Fue estudiante de Antropología. Amaba la literatura y el cine.

Me explicó que su trabajo no era difícil. Le desagradaba si el cliente era gordo, o estaba sucio. Muchas veces le tocaban tipos que estaban buenos y se la pasaba bárbaro. Se sentía bien viviendo en la villa miseria. Yo también. Me sentía protegido. La villa miseria, al principio, es un lugar intimidante, pero, una vez que estás adentro, aprendés a manejarte y te sentís seguro. Si uno se quiere ocultar, aquí nadie te encuentra. Es un laberinto y conocemos todos los pasadizos. Es un mundo aparte, una ciudad dentro de la ciudad.

Los de la banda del Cholo se dedicaban a robar autos y los vendían a los desarmaderos clandestinos de Villa Domínico. También robaban en casas: electrodomésticos, computadoras, y claro, dinero, pero ocasionalmente. Se especializaban en autos. Los villeros no se metían con ellos y, a su modo, los protegían. En la villa miseria no se admiten soplones. Aquí todos odian a la yuta.

Cuando los de la banda supieron que yo andaba con la flaca me empezaron a fichar. Ella no me daba plata. Los de la banda sentían envidia de nosotros porque veníamos del mundo de afuera y teníamos algo que ellos no habían podido tener: educación. Muchos fingían despreciarla, pero les hubiera gustado haberse educado. Yo y la flaca éramos una especie de recurso intelectual. El Cholo, el jefe de la banda, me dijo que él había dejado la escuela a los doce años, y que no entendía cómo nosotros podíamos haber estudiado pasados los veinte. No lo imaginaba. Para él éramos como turistas en la villa miseria. Nosotros nos sentíamos como espíritus viajeros o poetas malditos.

Yo me adapté a vivir en la villa. La gente era solidaria. Los vecinos sentían curiosidad y me preguntaban cosas. Se mostraban hospitalarios a su modo. Me preguntaban por mi familia. Querían saber por qué estaba ahí. Me convidaban con cerveza y algunos me invitaban con mariguana. Me confiaban sus problemas, y me contaban cosas que les pasaban. Algunas mujeres me consultaban cuando tenían problemas con los hijos en la escuela. Creían en los demás. Uno no tenía que demostrarles nada. No te juzgaban. Los domingos mis vecinas me traían empanadas. Empanadas norteñas, con papa, picante y mucho jugo. Una señora, cuando me veía muy mal, venía y me lavaba la ropa.

Un muchacho guitarrero me pidió algunas letras para sus canciones. Yo compuse una que se hizo popular en la villa, "La masacre", la habrán escuchado. Hablaba de la vida de los pibes chorros. Un grupo de cumbia después la popularizó. Eso bastó para que me admiraran. Decidí empezar un taller de poesía. Primero hablé con el cura. Le pedí que me dejara usar su casa, que estaba junto a la capilla, pero se negó. Después hablé con las madres del comedor infantil. Les gustó la idea y me dijeron que sí. Daba mis clases en su galpón los miércoles por la tarde. Por supuesto que no cobraba nada, mi interés era ayudar a la gente a entender y gozar la poesía. Para mí es el máximo tesoro de nuestra cultura. Al principio venían muy pocos. Los hombres tenían muchos prejuicios. Creían que la poesía era cosa de mujeres, o de homosexuales. No querían participar. Decían que no la entendían. Pero después la actitud cambió. Yo me senté con paciencia a trabajar con ellos y, al tiempito, ya había grandes exégetas, que podían leer a Vallejo y emocionarse. El libro favorito del taller era *Los heraldos negros*. Muchos de los alumnos, que oscilaban entre los quince y los veinticinco años de edad, se aprendieron poemas de memoria. Los favoritos eran "Los heraldos negros", "Dios", "Agape" y "Espergesia".

Yo les enseñé a reconocer la voz presente en el poema. Un día uno me preguntó cómo hacía el poeta para recibir esa voz. Yo le dije que no se sabía, ese era el gran misterio de la poesía. Otro me preguntó si él podía hacer algo para escuchar la voz. Pensaba que era poeta, escribía, pero aún no había sentido una voz. Le dije que no se podía hacer nada. El que no recibía la voz era un aprendiz de poeta, el verdadero era el que la recibía. Esa voz venía de afuera, y era como la voz de dios, una iluminación. Otro me preguntó si el poeta era como un profeta. Yo le dije que casi. Después de un mes empezó a venir al taller el Cholo, el jefe de la banda. Al principio pensé que venía a espiarme, pero luego comprobé que le interesaba la poesía. Tenía sensibilidad y leía muy bien. Su voz era grave y serena y transmitía gran emoción.

No muy lejos de mi casilla, como a doscientos metros, vivía el Padre Armando. Al lado de su casa estaba la capilla. Era relativamente grande, podían entrar sesenta personas sentadas. El Padre Armando había llegado allí hacía varios años. Era un cura villero. Los vecinos lo querían. Muchos de los que iban a misa y comulgaban eran malvivientes. El Padre sabía a qué se dedicaban, pero no los juzgaba. Yo creo que prefería rezar y pedirle a dios por ellos. En un principio desconfiaba de mí. Sabía que me drogaba y me había criado en una familia pudiente. Después me fue conociendo y cambió su actitud. Cuando empecé a curar gente, creyó que todo era una farsa. Yo mismo no entendía lo que pasaba. Después se fue convenciendo de la verdad y yo también.

La villa miseria era como un pueblo grande. Sus habitantes conocían bien sus pasadizos. El mundo de afuera les parecía inclemente y en la villa se sentían seguros. Yo venía de ese mundo de afuera, moderno y pujante. Yo, el cura Armando, María Azucena, o María, como la llamaban todos, éramos extranjeros en la villa. Eramos como turistas pasando una temporada, o eso pensaban ellos. Los villeros auténticos eran los pobres pobres. Muchos llegaban de los pueblos del interior, y de los países limítrofes. Parecía las Naciones Unidas. Había chilenos, peruanos, bolivianos, paraguayos. Uruguayos pocos, se creían mejores que los demás y preferían vivir en las pensiones de Constitución o San Telmo.

Los otros foráneos que entraban a la villa miseria eran los políticos. Se apoyaban en algún puntero para ir ganando influencia. Llegaban de distintos partidos, pero a los que les iba mejor era a los peronistas. Los pobres quisieron mucho a Perón y lucharon por su vuelta. Los viejos se acordaban de él, y los jóvenes habían oído las historias de sus padres. Los peronistas les consiguieron a algunos la escritura del terreno que ocupaban. También pusieron plata para la ampliación de la capilla y el equipamiento del dispensario médico. Ese dispensario le salvó la vida a más de un muchacho. Aquí hay peleas serias a cada rato. La gente es brava. La policía no entra. Nadie denuncia a otro cuando le roban o le pegan. Se defiende como puede y se venga, sólo o con amigos. Heridas de cuchillo o de bala es lo más común. En el dispensario los atienden y no les hacen preguntas, siempre y cuando la riña haya ocurrido dentro de la villa miseria. Cuando la persona fue herida afuera es otra cosa, sobre todo si se trata de heridas de bala. Ahí los del dispensario tienen obligación de dar parte a la policía. Casi nunca lo hacen, pero los que pasan por esa situación raramente van allí.

Hay algunos punteros que tienen bastante influencia, y distribuyen planes de comida. A los muchachos de la pesada los respetan. Tratan de mantener buenas relaciones con todos y tenerlos de su parte. Cada banda es como una pequeña empresa y le da de vivir a más de uno. El Cholo, por ejemplo, siempre le tira unos pesos al padre para la capilla. Cada vez que un robo va bien, le hace un buen regalo de dinero al curita. Este lo usa en el comedor de la villa miseria, que manejan las madres. Hay muchos pibes huérfanos. Así que entre todos nos arreglamos. De afuera recibimos poco. Si no robaran les iría mucho peor a los otros. El robo viene a ser como un impuesto. Como un impuesto de los ricos a los pobres.

Todos los días por la tarde los chicos y los no tan chicos juegan al fútbol en el potrero de la villa. Muchos sueñan con salir de aquí a algún club grande. A veces vienen representantes de los clubes, a ver si ven a algún pibe interesante, con promesa. Los punteros de la villa miseria crearon una timba alrededor de los partidos de los sábados. Corre bastante plata y el equipo tiene un buen director técnico. Se juega a las tres de la tarde. Siempre hay algún equipo de otra villa miseria que nos desafía, y se apuesta. Sé que muchos se juegan bastante dinero, y el que no paga, la liga. Hubo muchas peleas por culpas de estas apuestas. También amenazan a los jugadores. Tienen que cumplir, y defender el nombre de la villa. Si ganan les dan plata. Aquí hay que bancársela y ninguno es inocente. Aprendemos a defendernos. Sobrevivimos como podemos.

En la villa miseria la mayoría de la gente trabaja. Son peones, albañiles, sirvientas, vendedores callejeros, ayudantes de cocina, hacen de todo, mucho trabajo manual, mal pago. Por eso hay tanta pobreza. Aquí viven muchos miles de personas. Trabajan salteado, hacen changas, se las rebuscan. Las que más trabajan son las mujeres. Hay señoras con muchos hijos, y no les alcanza para mantenerlos. Siempre alguien las ayuda. Tratamos de que nadie pase hambre.

A la gente le gusta escuchar historias policiales. Por la noche, cuando se juntan en los bares de la villa miseria a tomar cerveza, los más bravos cuentan sus hazañas. Yo he escuchado muchas aventuras interesantes. Alguna vez las voy a escribir. Las mujeres cuentan historias de amor muy lindas. En la villa hay una mayoría de gente joven. Muchos niños.

Los callejones están muy sucios, la gente tira basura, pero uno se adapta. Yo estoy bastante contento. ¿Qué voy a hacer, volver a Palermo, rogarle a mi viejo que me perdone y me permita ser un buen burgués arrogante? Imaginate, soy judío, la colectividad se reiría de mí y harían una campaña para internarme en una clínica de enfermos mentales. Yo siempre quise ayudar a los demás, salvar a alguien. Tengo complejo de mesías.

Mis padres eran personas cultas. De chico yo me pasaba las tardes en la biblioteca y faltaba bastante a la escuela. Me gustaba leer. Siempre he leído mucho. Aquí en la villa miseria los libros se humedecen y se arruinan. Yo tengo un lector electrónico donde guardo cientos de libros que pirateo de internet. Tengo de todo y en varias lenguas, porque leo bien el inglés y el francés. El inglés me lo enseñó un tutor que me puso mi viejo, un americano de Boston. El francés lo aprendí por mi cuenta, leyendo y viendo películas francesas en video.

La Villa 31 ha progresado bastante. Ahora tenemos estación de radio y un pequeño periódico. A mí los chicos siempre me entrevistan, recito alguna poesía, a veces les leo cosas que escribo. Me piden opiniones de política, pero de eso no hablo mucho. Lo mío es la literatura. La literatura del dolor. Para mí es la más auténtica. La otra me gusta menos. Me parece falsa. La verdadera literatura no puede alimentarse de la felicidad. La felicidad es un sentimiento superficial. De aquí algún día saldrá un Baudelaire o un Rimbaud, hay mucho talento en bruto por cultivar. Yo con mi taller ayudo. Tenés que ver como analizan la poesía de Vallejo.

En mis clases de poesía leíamos el poema "Dios", que comienza: "Siento a dios que camina tan en mí …". Vallejo dice que va caminando por la playa y siente la presencia de Jesús a su lado. Jesús está triste, sufre "un dulce desdén de enamorado" y por eso, cree el poeta, "debe dolerle mucho el corazón". Cuando llegábamos a esa parte del poema alguno de mis estudiantes siempre se emocionaba, y se le saltaban las lágrimas. Les llamaba la atención que el poeta hablara con dios. Empezaron a ver la clase de poesía como una clase de religión. Yo se lo conté a María, mi amiga, y ella se quedó intrigada.

Desde que vine a vivir a la villa miseria traté de curarme y luchar contra la adicción. En el dispensario de la villa me daban pastillas de metadona para que fuera dejando de a poco las drogas. Quería ponerme bien y no terminar internado o muerto. Un grupo de guachos que se drogaban con cualquier cosa me venía a buscar, pero yo evitaba salir con ellos. Había días que empezaba a temblar porque no tenía nada para inyectarme, pero me la aguantaba. Mi relación con María empezó a ir cada vez mejor. Hacíamos el amor a la hora de la siesta. Ella se acostaba tarde por la noche y nunca se levantaba antes del mediodía. Yo trataba de no mostrar celos. No le preguntaba nada sobre su trabajo nocturno. Creo que me enamoré de ella porque hacía bien el amor, e imaginaba que me quería. Probablemente le gustaba, pero reconozco que María no es de las que se enamoran fácilmente de nadie. Es una mujer poco sentimental, aunque protectora y buena amiga. Me cuidaba. Tenía más dinero que yo, y me regaló una remera Lacoste celeste que me envidiaban y otras cosas lindas.

Un día le pegaron un tiro en el estómago a uno de la banda del Cholo. Era un muchacho flaco y alto, le decían el Lombriz. Me vinieron a buscar para que los ayudara. Les dije que había que llevarlo a un hospital para que lo operaran o se moriría. Era grave y en el dispensario de la villa no tenían los medios para tratar un caso así. No querían ir a un hospital, en el hospital llamarían a la policía y lo entregarían. Les sugerí hablar con el cura a ver qué se le ocurría. No les gustó la idea. En el tiroteo habían herido a un cana y los buscarían. La situación era desesperada. Yo me acordé de mi primo Sergio, que vive en Belgrano. Es médico, y el Cholo me dijo que lo llamara. Mi primo se sorprendió al escuchar mi voz. Le dije que tenía que verlo por algo muy delicado. A regañadientes aceptó. Fuimos con el herido a su consultorio. Mi primo es ginecólogo y se asustó al ver a los de la banda. Tenían una apariencia bastante siniestra. Le dije que no había tiempo que perder, estábamos jugados. Mi primo hizo poner al herido en una camilla. Había que sacarle la bala. Necesitaba operar. No podía hacerlo solo. Hacía falta un anestesista. Ellos se negaron a llamar a nadie. El Cholo le dijo que lo operara ahí mismo, como pudiera. Sergio, viendo que no había otra opción, se resignó y se preparó para sacarle la bala. Le trajo al herido un vaso con coñac y le pidió que se lo bebiera para relajarse. Después le metió un pañuelo en la boca y le dijo que lo mordiera. Entre todos lo agarramos y lo sostuvimos para que no se moviera. Cuando Sergio tocó la zona de la herida se retorció de dolor. Mi primo hizo una incisión donde había entrado el proyectil, introdujo una pinza como si nada y empezó a hurgar. El herido se desmayó. Al rato le había sacado la bala. Todo no duró más de quince minutos. Estaba orgulloso de mi primo. El muchacho había perdido bastante sangre. El corazón había aguantado bien, gracias a dios. Mi primo me dijo que estaba muy débil y podía sobrevenirle una infección. Teníamos que darle antibióticos y cambiarle el vendaje diariamente, a ver si se salvaba.

Lo llevamos de vuelta a la villa miseria. Volaba de fiebre. El Cholo y sus hombres lo escondieron en una casilla. Estuvo varios días delirando. Trataban de alimentarlo con caldo y pollo, pero vomitaba. Yo ayudaba y pasaba todos los días a cambiarle las vendas. Tenía miedo de lo que pudiera pasarme si se moría. Finalmente mejoró y se salvó y me quedé tranquilo.

Seguí con mi taller de poesía los días miércoles. Tenía varios estudiantes. Dos semanas después apareció en el taller el herido. Se lo veía débil aún. Ese día hablamos del poema "Dios" de Vallejo. Al final de la clase el Lombriz se acercó a mí, se arrodilló y me pidió que le diera la bendición. Le dije que me alegraba verlo bien, pero yo realmente no había hecho mucho por él, sólo había ayudado, era mi primo el que lo había salvado. No entendió razones, estaba alterado, tenía fiebre y le hice caso. Puse mi mano sobre su frente y lo bendije en nombre de dios. Sentía miedo y lo que menos quería era discutir con él. El Cholo y sus hombres son peligrosos.

Dos días después vi que en la puerta de mi casilla habían depositado un ramo de flores blancas. Le pregunté a María si sabía quién había sido, me dijo que no. En la próxima clase de poesía vi que tenía una estudiante nueva. Era una señora morena, aindiada, de más de cuarenta años. Al final de la clase se arrodilló ante mí y me dijo que era la madre del Lombriz. Aseguró que yo había curado a su hijo, le había salvado la vida. Le dije que había tratado de ayudar aunque no era médico. La mujer me dijo que era un santo, y me pidió que la bendijera. Yo le dije que no podía, no era católico. Igual que su hijo antes, la mujer no se movía, seguía arrodillada. Finalmente accedí y la bendije en nombre del padre.

Me estaban haciendo fama de sanador. El cura, que fue el primero que se dio cuenta de lo que pasaba, reaccionó mal. Les pidió a sus fieles que no vinieran a mi taller de poesía ni me visitaran, les dijo que yo no tenía nada que ver con Cristo. Desconfiaba de mí porque sabía que era judío.

A una vecina se le enfermó un bebé de un año. Vivía casilla por medio con la nuestra. Siempre hablaba con María, a su modo eran amigas. La mujer llevó al bebé, que tenía mucha fiebre y diarrea, al dispensario médico de la villa miseria, y después, por recomendación de la enfermera, fue al Hospital Argerich de La Boca. El chico presentaba una enfermedad extraña, los médicos no sabían bien qué era. La madre pensó que su hijo se le moría. Desesperada se lo dijo a las vecinas, y le pidió al padre de la criatura que por favor hiciera algo. El hombre, un albañil paraguayo, no sabía a quién recurrir. Me vino a hablar a mí. Y yo ¿qué podía hacer? De medicina no sé nada, lo mío es la literatura, la poesía. El albañil estaba muy nervioso y me pidió que le rezara. Le dije que sí, que le iba a rezar. Quería calmarlo. Al día siguiente volvió y me dijo que por qué no le había ido a rezar. Yo no le entendí bien, le aseguré que había rezado y había pedido por su hijo, pero el hombre deseaba que yo fuera a su casilla y rezara allí. Yo le dije que pidiera ayuda a otro, yo no podía hacer más. El hombre fue y se lo dijo a la mujer, y ésta a las vecinas, y al rato vinieron todas las mujeres a gritar enfrente de mi casilla. Prácticamente me arrastraron. Me llevaron ante la cuna del bebé, que no se movía y estaba muy pálido. Yo me arrodillé e improvisé una plegaria, le toqué la frente y le pedí a dios que le diera salud, lo curara y le dejara la vida. ¡Pido por su vida!, empecé a gritar, y las mujeres se arrodillaron detrás de mí y empezaron a gritar a coro.

Fue algo bastante impresionante. Sé que el cura se enteró después y no me extrañaría que me denunciara como un farsante que trata de curar sin estar habilitado. Las mujeres gritaban cada vez más. En medio de esa algarabía el nene abrió los ojos y nos miró con sus ojitos afiebrados. No sé cómo, pero al otro día el bebé se despertó bien, parecía que ya no tenía fiebre y empezó a comer. También se le detuvo la diarrea. Por la tarde empezaron a llegar mujeres frente a mi puerta, se arrodillaban y encendieron velas. Yo no quería salir, no sabía qué decirles, y me daba miedo que se produjera un incendio y nos muriéramos todos quemados. Las mujeres dejaban las velas sobre el barro del callejón. Se quedaron a rezar, algunas apenas si movían los labios y otras decían en voz alta el padre nuestro. Al otro día había pasado todo. Recogí las velas a medio consumir que habían quedado tiradas enfrente de la casilla. Me habían dejado cosas de regalo: latas de comida, botellas de cerveza y otros comestibles.

Esa noche me vino a hablar el cura, me dijo que me estaba burlando de su religión, que yo era judío y me hacía pasar por cristiano. Le expliqué que lo que ocurrió no era culpa mía, no había sido mi voluntad, me habían obligado a ir a la casilla donde estaba el chico enfermo. No había invocado al dios cristiano, sólo había pedido en voz alta por la vida del bebé. Me dijo que me cuidara, y me preguntó qué hacía un judío viviendo en la villa, seguro que yo tenía parientes en buena posición y con dinero. Le respondí que había tenido un problemita y mi estadía allí era temporal. Al final me entendió. Se dio cuenta que yo no tenía malas intenciones. Cambió su actitud, y al tiempo casi nos hicimos amigos. Quería realmente a los pobres, era un cura villero. Me dijo que en Argentina nadie entendía al pueblo, excepto algunos peronistas, y que el pueblo estaba en la villa miseria.

- El único que se compadeció de los pobres fue Perón - me dijo - Algo tenía de santo ese hombre.

Yo asentí, simpatizaba con el viejo. Había leído *La hora de los pueblos*, me parecía un muy buen ensayo. Le dije que Perón escribía bien. El cura me dio la razón y dijo que casi nadie lo leía, que los supuestos intelectuales ni siquiera sabían que las obras completas de Perón tenían 35 tomos.

- En este país lo que falta es justicia - dijo.

Durante varios días me dejaron tranquilo, pero a la semana siguiente se enfermó otro chico y, como los villeros no les tienen confianza a los del ambulatorio y en el hospital hacen poco y nada por ellos, otra vez me vinieron a buscar. No era nada grave, sólo tenía un poco de fiebre. Los vecinos creían que yo podía interceder ante dios y ayudar a que los escuchara y les concediera favores. Una señora me dijo que yo era como un santo. Le respondí que era judío y mi religión no aceptaba la santidad. En todo caso podía ser un profeta.

- ¿Un profeta? - preguntó la mujer.

- Sí, alguien que anuncia el futuro - respondí.

- Como un mesías - dijo ella.

- Más o menos - respondí yo.

El chico se puso bien en pocos días. Otra vez aparecieron las velas frente a mi casilla y me empezaron a llamar "el mesías".

Después le tocó al hijo del Cholo: se enfermó y casi se muere. La madre no confiaba en mí y no quería que viera a su hijo, pero el Cholo me lo trajo igual. Recé por él y el pibe se salvó. Después de eso empezó a llegar cada vez más gente. Un día me trajeron a un señor que no caminaba y que, según decían, era paralítico. El señor se fue caminando y se corrió la voz que yo lo había sanado. Muchos querían darme dinero, pero yo no lo aceptaba. Venían también de otras villas miserias, mi fama se iba extendiendo. La gente empezó a ponerse exigente. Creían que era infalible. Empecé a sentir un poco de miedo, recibí varias amenazas. Me decían que si el enfermo no se curaba yo la iba a pagar. Pensaban que yo tenía un poder, y en algún momento lo iba a usar contra ellos.

Traté de convencer a María de que nos fuéramos de la Villa. Yo quería que ella dejara su vida de prostituta, temía que se contagiara de sida. Le dije que podíamos empezar juntos en otro lado. Pero ella se resistía. Decía que yo en la villa miseria tenía una misión que cumplir. Yo había recibido un don de dios. Era verdad que sanaba. Yo nunca lo pedí, ni me sentía con méritos. Si dios me dio esa facultad, es porque él me escogió. ¿Y qué dios, el judío o el cristiano? Para mí no hay diferencia, dios es uno solo, pero la gente de la villa miseria es cristiana y tenía una fe impresionante...

María, la novia

Marcos para mí era un genio. Lo admiraba. Yo andaba mal, hundida, tenía que sobrevivir trabajando de prostituta. Llegué a esa situación como tantas otras minas en Buenos Aires. Por amor. Me enganché con un chabón que estaba metido en la falopa. Uno la prueba y después cagó. No hay manera de pagarla, hacía la calle y ni así. Marcos me ayudó, para mí fue providencial y yo se lo agradezco a dios. Encontrarlo fue lo más grande de mi vida. No me enamoré de él como una mujer se enamora de un hombre. Fue algo distinto. Yo no había sido una persona religiosa hasta que lo conocí a él. El sufrimiento me hizo entender la fe. Los pibes de la universidad se burlan de la religión. Es que somos hijos de la enciclopedia: Voltaire, Rousseau y Diderot están vivos en los pasillos de Filosofía y Letras. Igual que Marx, que no entendía nada del mundo del espíritu, de la locura de los poetas y de los amantes. Cuando una sale a la calle le pasan cosas, y cuando hace la calle ni te cuento. Ahí la razón no sirve para nada, ahí entendés que el ser humano está hecho de impulsos y de instintos. La razón te enseña a separar a la gente en categorías, y eso no sirve para vivir. Vivir es nadar en la tormenta, mantenerte a flote como sea. Para vivir hace falta… vida, no razón. Como dirían en la villa, hacen falta huevos. Coraje, ganas de vivir. En suma, amor. Se reirán porque yo pronuncio esta palabra. Pero todas las putas que conozco buscan una sola cosa: amor. Hacen la calle porque no tienen trabajo y la calle paga bastante bien. Tienen hijos, madres ancianas y les falta un hombre trabajador. La mayoría de ellas llegaron ahí por falta de amor, son mujeres que se sienten mal, una porquería y creen que un día alguien va a venir a rescatarlas de la inmundicia… Casi nunca lo encuentran… Yo, que soy más afortunada que muchas (tengo a Marcos), empecé a buscar la salvación en dios… Algunos se reirán…pero me van a entender el día que anden en la falopa…y se sientan cada vez más hundidos, dentro de un pozo sin fondo, que te va chupando poco a poco. Sentís que vas a ahogarte en un agua espesa … y vos querés… ¡vivir! Vivir, ésa es la piedra de toque, el resto son pavadas, boludeces.

Yo estudié antropología porque me gustaba la gente rara. Desde piba me interesó viajar. Leía libros de geografía y de viajeros que habían visitado países de Asia y del Africa negra. Una vez fui con mi viejo a Jujuy y eso me cambió la vida. Nos quedamos en Tilcara. Mi viejo conocía a un filósofo que vivía allí. Era un tipo de lo más original, hijo de alemanes. Había sido discípulo de Kusch. Le gustaba Heidegger y creía en la poesía y el espíritu. Yo era una adolescente, y no entendía qué podía hacer ese hombre en ese pueblo perdido en la Quebrada de Humahuaca. El paisaje me fascinó y la gente me parecía salida del paisaje. Había una correspondencia evidente entre la tierra y la gente. Nunca había sentido algo así antes. De ahí en más empecé a interesarme en lo telúrico, en el espíritu de la tierra. Sentí que en nosotros estaba presente la tierra, el paisaje. Los pobres dejaron de darme miedo.

Mi viejo es profesor en la universidad, enseña historia, y los historiadores siempre están tratando de averiguar lo que pasó. A mí me interesaba más bien interpretar cómo era la gente, sus sentimientos. Empecé, a los quince años, a leer libros de antropología. Después entré en Filosofía y Letras. En la universidad conocí a Héctor, que para mí era un dios. Era un tipo muy melancólico, y me fascinaba. Se deprimía y empezaba a tomar pastillas. Cuando las pastillas ya no le hacían nada se inyectaba, y yo, que lo amaba, hacía todo lo que hacía él. Así nos hundimos los dos. Yo iba a los bares a levantar tipos para sacar algo de plata y poder comprar drogas. Era un círculo sin salida. Un día los padres lo encontraron muerto en su cuarto. Se inyectó de más y tuvo un paro cardíaco.

Yo me fui de mi casa y me perdí en el mundo de las drogas. Entré a trabajar tres días por semana en un prostíbulo de la calle Esmeralda. El resto de la semana estudiaba. Después empecé a trabajar cinco días y dejé la universidad. En el prostíbulo tenía varias amigas, muy interesantes. Muchachas del interior, del Uruguay, de Paraguay. Todas muy lindas. Una de ellas vivía en la 31 y vine a vivir con ella aquí, era cómodo y céntrico. En la villa era fácil conseguir drogas y me la daban de fiado cuando no tenía para pagar. Ella después de varios meses se volvió a Paraguay. Yo la extrañé, me estaba enseñando guaraní.

A los pocos meses llegó Marcos. Era un tipo simpático. No me resultaba atractivo, pero yo a él sí. Le gustaban las putas. Tenía problemas para coger. Era solitario y muy tímido. Creo que le daba miedo la gente. Leía mucho, sobre todo poesía. Le gustaba también el ensayo. Nunca lo vi leyendo novelas. Su espiritualidad era increíble. Para él la poesía era como el pan de cada día. La respiraba. Me dijo que era judío y su papá era muy estricto, y lo había echado de su casa cuando descubrió su adicción a las drogas. Había estudiado Letras.

Éramos dos almas gemelas. Al principio, creíamos que estábamos en la villa miseria por un tiempo, unas vacaciones prolongadas, y que después volveríamos a nuestros barrios y a nuestra buena vida...cuando estuviéramos bien...pero eso no pasó. Es difícil salir de la villa. No se puede volver al pasado. Nos fuimos hundiendo y perdimos la voluntad. En la villa miseria nos sentíamos seguros, nadie nos juzgaba y hasta nos tenían admiración.

Cuando me vine a vivir aquí me molestaba la suciedad de los callejones, el barro cuando llueve, pero me la aguantaba. Después me fui interesando cada vez más en la gente y hasta pensé en escribir un libro sobre la villa miseria y sus habitantes. Los porteños de clase media no los conocen, los deprecian, los demonizan, los consideran bárbaros. Ellos son peores que los villeros, con sus prejuicios y su egoísmo. Sentí que se estaba repitiendo la vieja historia del siglo diecinueve, cuando los jóvenes liberales acusaban a los gauchos, a quienes Rosas protegía, de ser criminales y bárbaros. Después, durante los gobiernos liberales de Mitre y Sarmiento, los políticos y la policía corrupta perseguían a los gauchos, que, como Martín Fierro, se iban a refugiar con los indios. No les quedaba otra. Eran carne barata. Ya habían dado al país todo lo que éste necesitaba: peones rurales y brazos para la guerra. Para el trabajo ya no les hacían falta. Trajeron extranjeros a cultivar la tierra. Los echaban de sus campos como si fueran perros. Les robaban lo poco que tenían, les destruían las familias. Ni hijos les dejaron.

Como las chinas gauchas, o mejor, las cautivas, yo me estaba convirtiendo a la barbarie, me iba haciendo gaucha, o mejor cautiva, y sentía cada vez más que esta gente era auténtica y nuestra clase media era cipaya, extranjera. No entendían a los pobres, no los querían entender, porque se creían superiores. Nosotros nos escondíamos en la villa miseria porque la sociedad mercantil en la que nos habíamos criado nos despreciaba, por diferentes, por inadaptados, y ya no teníamos lugar en ella. Nos escapábamos de la vulgaridad de la clase media, descansábamos del peso de haber sido criados para repetir la historia de nuestros padres, y de aquellos que se habían vuelto nuestros enemigos.

Marcos andaba casi siempre drogado y no se daba cuenta de lo que pasaba alrededor suyo. Había leído mucho, la literatura era su mundo, no diferenciaba bien la fantasía de la realidad. El me decía que todos los poetas estaban un poco locos. Escuchaba voces que le hablaban. Yo le preguntaba de qué le hablaban, y él me decía que le hablaban de dios.

- ¿Cómo a Vallejo, el poeta? - le pregunté.

- Como a Vallejo - me contestó.

Una vez me contó un sueño que me impresionó mucho. Se le apareció un hombre joven y risueño que lo miraba con simpatía. Mientras le hablaba sacó un cuchillo, y con la punta del cuchillo se empezó a hacer cortes en su mano izquierda. Se hacía cortes prolijos, de forma geométrica y un centímetro de profundidad. Ponía mucha atención y cuidado. Parecía no sentir dolor, como si se tratara de la mano de otro. Marcos lo observó y vio que tenía varias cicatrices en las manos, las muñecas y la cara, de otros cortes que se había hecho antes. El hombre estaba calmo y lo miraba sonriendo. Marcos, asustado, le preguntó por qué se hacía eso. El otro respondió, sin darle mucha importancia, que era "déjà vu". Marcos no le entendía bien. Le preguntó de nuevo y el otro repitió la misma frase, siempre sonriendo. Ese fue el final del sueño. Tratamos de interpretarlo. Marcos hablaba bien el francés. "Déjà vu" significaba que estaba viendo algo que ya había pasado antes, se trataba de la repetición de una experiencia anterior. Le dije que me parecía un sueño de castración. El estuvo de acuerdo. Era judío y en su religión el ingreso del niño en la familia depende de la castración ritual. Marcos fue expulsado de su comunidad por el padre. Sentía culpa y por eso su angustia de castración. Yo creo que él trató de fundar otra comunidad, fuertemente espiritual, en la villa miseria, para compensar esa pérdida. Esta nueva sociedad se reunía alrededor de la poesía. Su libro sagrado era *Los heraldos negros*. El sujeto central de ese libro es la relación del ser humano, condenado a sufrir, con su dios.

No sé donde Marcos esté ahora, en algún lugar en el cielo, lo más probable es que vele por nosotros, porque nos amaba. Espero que construyamos pronto la capilla, para que podamos rezarle y tenerlo siempre aquí presente. A través de Vallejo, Marcos se acercó a Cristo. Yo conversé esto con el cura, y él también lo cree. Me dijo que Marcos había entendido el mensaje de Cristo y sabía que era el verdadero dios. Yo he estudiado mucho las culturas del noroeste, ellos identifican a dios con la tierra. En la villa miseria igualmente triunfa la tierra con su gente. Para muchos la villa es la barbarie, pero yo creo que es una Argentina que contiene su propia verdad. La clase media no puede entenderla porque es egoísta y no siente caridad. Por eso estigmatiza a los villeros. Nos han condenado a vivir así. Y si dios mandó a Marcos para que enseñe y cure, es porque nos amaba y buscaba liberarnos de nuestra esclavitud.

Yo me quedé a vivir aquí porque me sentí bien entre los pobres. Soy una rebelde, siempre lo fui, y Marcos también. Pero él sufría más que yo, entiendo por qué, sufría por los otros. Por eso le gustaba Vallejo, que es el poeta del dolor. Cristo era un rebelde, que criticó a los sacerdotes corruptos y a los mercaderes de las sinagogas. Yo soy anticapitalista, y no creo en la familia, prefiero ganarme la vida como prostituta, es lo más sincero y honesto que puedo hacer. La familia es una institución morbosa, esclaviza a los hombres. Ellos vienen a mí para sentirse reconocidos. Vienen humillados. Yo los escucho.

¿Fue Marcos un santón? Sí, lo fue, porque lo elevó el pueblo. No bajó de los altares, subió a ellos de la mano del pueblo de la villa miseria. Son los villeros los que lo bautizaron con su agradecimiento. Son ellos los que lo reconocieron. Dios lo eligió a él para hacer milagros. Yo, antes de conocerlo, era una drogadicta autodestructiva que una vez se había paseado por los pasillos de Filosofía y Letras. Después que él llegó a la villa empecé a pensar en dios seriamente. Dios no ha muerto: se equivocó Nietszche, y también Marx. Al pueblo lo drogan, lo envenenan, pero la religión no tiene la culpa. Lo envenenan de odio los que lo explotan, los que lo obligan a vivir de manera subhumana. Por eso vino Perón, él único político argentino que supo pensar el problema de la barbarie en el mundo actual. De no haber sido por Perón, en este país hubiéramos tenido una guerra civil. Es el único que supo acercarse al pueblo. Cuando él llegó había dos argentinas: las masas pobres y la oligarquía. La clase media era una clienta de la oligarquía. El nos enseñó a pensar en el pueblo. El populismo está salvando a Latinoamérica. Yo en el fondo vine a la villa miseria para humanizarme, hastiada de la clase media y la familia fascista. No quise reproducirla. Prefiero ser puta, rebelde e independiente. ¿Los villeros? Son mis iguales, vamos a salvarnos juntos.

Cholo, el ladrón

Cuando Marcos llegó a la Villa 31 todos se reían de él. Era un tipo flaco, pálido, de nariz ganchuda. Se lo veía cobarde, apocado, sin ánimo para nada. Muchos lo miraban mal para provocarlo, querían demostrarle que eran superiores a él y se hacía el desentendido. No sabíamos por qué había venido a la villa miseria. Pensamos que era un infiltrado de la policía, pero después vimos que se drogaba y comprendimos que no era cana. Entraba y salía de la Villa y andaba siempre con un libro en la mano. En un primer momento pensamos que era puto. Una vez un muchacho de mi banda lo paró y le preguntó que qué libro llevaba. En la villa miseria el único libro que tienen los adultos es la Biblia, o algún libro que les pasó el cura. Dijo que era un libro de poesía y empezó a recitar un poema. Nos reímos de él, pensamos que estaba loco. Después anunció que iba a dar un taller de poesía. ¿Quién iba a asistir a un taller de poesía en la villa miseria? En un principio fueron una o dos mujeres. Les gustó y hablaron bien de él. Invitaron a sus maridos para que las acompañaran. En seguida se popularizó. Tuvo tanto éxito que se le llenó de gente y hasta yo fui un día, llevado por la curiosidad, y a mí nadie me puede tratar de flojo o de cobarde: soy el jefe de una banda reconocida y no le temo a la muerte, me la jugué muchas veces. Es que teníamos muchos prejuicios contra la poesía, creíamos que era cosa de maricas y mujeres. Yo nunca había leído poesía. A mí me gustaba la cumbia villera, que habla de las luchas de nuestra gente. Aquí todos odiamos a la yuta, no hay quien no tenga algún pariente muerto por la policía o preso, ellos son nuestros enemigos.

La primera vez que fui al taller pensaba que nos iba a dar una charla sobre algún poeta argentino y en lugar de eso se la pasó todo el tiempo hablando sobre la voz, y dijo que el poeta escuchaba voces, y que nosotros cuando leíamos poesía teníamos que sentir esa voz en el poema. A mí me hizo levantar y pasar al centro de la clase, y me pidió que leyera un poema de un libro que me entregó. Me dio una vergüenza bárbara, yo soy el jefe, ¿qué hacía ahí entre mujeres leyendo en voz alta? A Marcos le gustó mi voz, y dijo que leyera pausadamente, era un poema de Vallejo que después me aprendí de memoria, "Los heraldos negros". Lo leí una vez y me preguntó si escuchaba la voz, si entendía de qué hablaba el poeta cuando decía "hay golpes en la vida, tan fuertes, yo no sé…". Yo le dije que sí, que lo entendía, porque sabía lo que era sufrir. La cuestión que me hizo repetir la lectura en voz alta dos veces más, y al terminar la última lectura, en la parte que dice "golpes como del odio de dios, como si antes ellos, la resaca de todo lo sufrido, se empozara en el alma…yo no sé…" ya no me salía la voz de la angustia y me empezaron a brotar lágrimas de los ojos y no pude seguir. Marcos se dio cuenta de lo que me pasaba, vino y me abrazó fuerte. Todo el grupo del taller estaba transfigurado y tenía un nudo en la garganta.

Después de eso ya nunca más pensé que los poetas eran maricas; están más allá de nosotros y nos traen sentimientos del otro mundo; están, creo, cerca de dios, su espíritu nos llega y no podemos evitarlo. Marcos me dijo que yo lloraba porque era una persona de fe y había sufrido, que no tuviera vergüenza. No entendí bien lo que quería decir con "persona de fe" en ese momento, pero después lo fui comprendiendo. Sé que soy un delincuente, tengo las manos sucias de sangre. Sin embargo, soy capaz de jugarme por los que quiero, y una vez le salvé la vida a María.

Yo pasaba frente a la casilla de ella y oí gritos pidiendo ayuda. Abrí la puerta y vi lo que estaba pasando. Un hombre corpulento, en calzoncillos, estaba castigando a María con un cinturón que tenía una hebilla grande. María estaba acurrucada en su cama, desnuda y tenía todo el cuerpo lastimado y marcado por la hebilla. Gritaba y se cubría la cara. El hombre se volvió hacia mí y me hizo frente. No lo conocía, no era de nuestra villa miseria, quizá fuera de la 21, con la que habíamos tenido ya varios encontronazos. Los de la Villa 21 se creían más bravos que nosotros, nos trataban de villeros Gucci, porque vivíamos en Retiro. El hombre era mucho más grande que yo, que soy bajo y no muy fornido. Me dijo que me fuera o que iba a cobrar. Yo no le tengo miedo a nadie, y los grandotes no me asustan. Lo insulté y lo desafié. Saqué del bolsillo mi navaja y la abrí. El grandote había dejado su campera sobre una silla, vi el bulto de un revolver y pensé que lo iba a agarrar, pero no, era un guapo de ley y sacó una navaja. Me quería enfrentar de igual a igual. A mí me hirvió la sangre, pero sé que nunca se pelea, cuando la vida está en juego, con la cabeza caliente. Soy de los que mantienen la sangre fría en los peores momentos, y eso me ha salvado la vida muchas veces. El hombre vio que yo era más joven y más ágil que él y se me vino encima para probarme. Me hice a un lado con facilidad y le tire un tajo que le dejó una marca fina de sangre en su costado. El grandote se la tomó en serio, vio que se la tenía que ver con alguien experimentado. Fue a la silla donde estaba su campera, le quitó el revólver y se la envolvió en el brazo izquierdo. Yo seguí las reglas también, no soy un taimado y me gustan los hombres de coraje. Vi una toalla grande sobre la mesa y me la envolví en el brazo. Ahora estábamos parejos.

María miraba la escena con horror, no se animaba a moverse de la cama. Los dos nos balanceábamos en nuestras piernas y nos movíamos con cuidado. El hombre tiró un puntazo hacia María que se hizo un ovillo en la cama, y le dijo que en cuanto me arreglara a mí ya iba a saber quién era. La trató de guacha y de puta y le gritó que le iba a abrir la panza. Yo no dije nada, para qué. Allí se trataba de matar o morir. El hombre no era de los que corrían, ni yo tampoco. Se me vino encima e hizo brillar su navaja frente a mis ojos. Inteligente, la empuñaba como un cuchillo. Los argentinos no peleamos a la española, para nosotros la navaja es como un facón pequeño. Han pasado muchos años desde que los gauchos recorrían Buenos Aires, pero lo llevamos adentro, en el instinto. El hombre me adelantaba el antebrazo envuelto en la campera y se preparaba para entrarme con fuerza. Sus brazos eran más largos que los míos, yo procuraba mantener la distancia. Como era pesado, vi que si esa situación continuaba por un rato se cansaría y podía perder la concentración.

Empecé a hablar para distraerlo mientras me movía de un lado a otro. Pero el hombre sabía pelear y no se descuidaba. Se me vino al humo y yo retrocedí sin mirar y trastrabillé. Sin saber cómo, de pronto estábamos los dos en el suelo, el hombre encima de mí. Yo le sujeté el brazo armado, pero era más fuerte que yo. El tenía mi brazo derecho bien agarrado y los dos forcejeábamos. Creí que había llegado mi momento final, pero algo pasó. María, que estaba aterrada en la cama mirando todo, se levantó de golpe, agarró la silla, la levantó y la descargó con fuerza en la espalda del grandote. Sus músculos se aflojaron, yo me deslicé a un costado y me coloqué encima de él. De un tajo le hice soltar su arma. Después le acerqué mi navaja a su cuello. El hombre hacía morisquetas y me mezquinaba el cogote. Con sus manos quería sacarme el brazo. Yo le empecé el hundir la navaja filosa en la piel. En seguida llegué a la yugular. Se le revolvían los ojos. Se aflojó todo y la sangre empezó a salir a borbotones. Lo había degollado, el hombre estaba muerto. El piso de la casilla era de ladrillo, y le habían pasado una capa fina de cemento encima. Tenía varios agujeros y por allí se escapaba la sangre.

Me levanté, todo ensangrentado. María vino a mí, me abrazó y se puso a llorar. "Me salvaste la vida - me dijo - ese tipo me iba a matar". "Y vos la mía - le respondí - si no me lo sacabas de encima soy cadáver ahora". Llamé a los muchachos de mi banda y quedamos en tirarlo esa noche en el Riachuelo, frente a la Villa 21. Así lo hicimos, lo llevamos en un auto robado. El grandote no tenía documentos. Martín le cortó el dedo y le quitó un anillo grande de oro que llevaba. Pedro, de un tajo, le abrió la panza y le sacó los intestinos para que no flotara. Subimos encima del puente ferroviario y lo dejamos caer. Vimos cómo se hundía en el Riachuelo.

Después de eso María siempre me venía a ver, o me pedía que fuera para su casilla. Ahí hacíamos el amor. Estaba agradecida, y me dijo que si quería podía darme parte de lo que ganaba. Yo le dije que no era gigoló, robaba autos, no necesitaba sacarle plata a una mujer indefensa para vivir. Soy criollo le dije. La cuestión que nos veíamos seguido, pero yo no estaba enamorado de María. Hacía el amor muy bien, tenía un cuerpazo, pero eso era todo. Al tiempo me empezó a aburrir. Cuando supe que Marcos estaba enamorado de ella me fui apartando. Marcos era mi ídolo. Primero, porque me invitó al taller, y yo, que soy un bruto, empecé a sentir la presencia del espíritu en la poesía. Y después, por lo que pasó con mi hijo, que casi se muere. El lo salvó.

Le voy a contar cómo nos dimos cuenta que Marcos podía curar. Un día en un robo llegó la cana y nos empezaron a tirar. Contestamos el fuego y herimos a uno. Pudimos escapar porque teníamos un auto rápido, pero el Lombriz se llevó un balazo en el estómago. Volvimos a la Villa 31 con el herido y lo mandé llamar a Marcos. No lo queríamos llevar a ningún hospital porque nos venderían. Le dije a ver qué se le ocurría para salvarlo. Lo miró bien, estaba mal herido, y propuso llevarlo a lo de su primo, que era médico. Este lo tuvo que operar en seco, sin anestesia, le hizo un corte y le sacó la bala. Regresamos con el herido a la villa miseria y lo escondimos en una casilla. Estuvo con fiebre y delirando varios días. Marcos lo cuidaba, le daba antibióticos, lo llamaba a su primo por teléfono y seguía sus indicaciones. El Lombriz sobrevivió. Marcos se la jugó.

El Lombriz pensó que no se salvaba de ésa, y que le debía la vida a Marcos, más que a su primo. Decía que Marcos tenía un halo especial y que lo había sanado con su presencia, con su aura. Cuando le cambiaba las vendas sentía una mejoría inmediata. Yo, al principio, pensé que divagaba el Lombriz, pero la herida le sanaba rápidamente. Un día, antes de venir Marcos, yo vi que estaba roja e inflamada. Al rato llegó él, limpió la herida con alcohol, y cuando se fue la herida estaba bien, la cicatriz ya casi ni se notaba. Yo no sabía a qué atribuirlo. El Lombriz era un tipo raro, se la pasaba rezando. En mi banda no hay gente común, yo los recluté porque les vi condiciones. A lo mejor el Lombriz tenía un santo que lo protegía, pero él decía que había sido Marcos. El Lombriz es temerario, se pensaba que no le podían hacer nada, que era invulnerable a las balas. Para tirar se paraba y exponía el cuerpo, por eso es que lo hirieron. Es un tipo con fe.

Yo también tengo fe. Le podrá parecer raro. Yo estuve encerrado dos años. En la cárcel es donde vi más gente creyente. Allí todos rezan y hablan con dios. El encierro y la miseria enseñan mucho. En la villa miseria la fe nos mantiene vivos. Aquí no tenemos futuro. Estamos más cerca de dios que los otros, él es el único que puede protegernos y perdonar todas las cosas malas que hacemos. Yo no quería ser ladrón, de chico soñaba con ser cantante. Mi madre siempre me pedía que anduviera derecho, pero me dejé arrastrar y después fue tarde. Cuando me pusieron un arma en la mano y gatillé ya estaba de este lado. Me hice jefe porque tengo talento para eso. Sé mandar, tengo la cabeza fría y los demás me respetan. Ayudo y me juego por los míos. Jamás abandono a uno en las malas.

Marcos no se sentía bien. Le habían dado un tratamiento para dejar la droga, pero la adicción era demasiado fuerte. Tomaba un pastillerío de anfetaminas baratas y de vez en cuando aspiraba coca. También se inyectaba ácido. Después de eso le empecé a conseguir coca de calidad que no le cobraba y él me agradecía. Se quedaba encerrado en su casilla por días, soñando.

Asistí varias veces a su taller de poesía. Leíamos muchos poemas sobre el dolor, sobre dios, sobre el amor, y las cosas que decía se me quedaban en la cabeza. Una vez soñé que se me aparecía Cristo y me miraba con ojos doloridos. Tenía un rictus especial en su boca, como de goce o éxtasis, y me extendía sus manos ensangrentadas. Yo sabía que ésa era la sangre que yo había derramado y él me quería salvar. Yo no decía nada, y comprendía que me había perdonado.

El Lombriz corrió la voz de que Marcos era sanador. La gente empezó a llevarle sus enfermos. Marcos no entendía bien cómo pasaba lo que pasaba. Era un hombre lleno de dudas. Yo pienso que Dios estaba velando por nosotros, y lo eligió para ayudarnos. No sé por qué lo eligió a él. Creo que no estaba preparado. Yo vi como sanaba. El quedaba consternado después de cada sanación. Le llevaban chicos y ancianos enfermos. Les tocaba la frente, les hablaba, y al día siguiente estaban bien. Un día llegó un señor rengo con muletas, Marcos pensó que se había caído, y puso su mano sobre su frente. El hombre apoyó el pie bien y empezó a caminar. Marcos le preguntó a su acompañante que qué le había pasado, y le dijo que estaba paralítico desde los diez años. El hombre se fue caminando, llevando las muletas en la mano. Yo sé que es cierto porque yo había visto muchas veces a ese hombre en la villa y conocía a su familia. Siempre pedía limosna en la estación de trenes.

Los blancos no nos entienden a los villeros. Creen que somos gente sin corazón. Piensan que porque robamos y andamos en cosas malas (aquí hay mucha droga, prostitución), somos bárbaros, gente sin fe. Pero no, somos como ellos o mejores. Tenemos más fe nosotros que ellos. Ellos no saben lo que es sufrir. Uno puede matar, yo lo he hecho, pero no por eso soy peor que ellos. Matar no es difícil, y luego de matar uno empieza a sentir una culpa que lo lastima, y le remuerde la conciencia. Lleva uno siempre esta culpa, nadie puede estar orgulloso de haber matado.

Yo había tenido un hijo hacía dos años con una piba de la villa miseria, una piba joven, de 16 años. Parecía más grande, porque estaba fuerte. Todo el mundo me la envidiaba, tenía unos pechos hermosos, y caminaba con gracia, moviendo las caderas. No era tan linda de cara, pero yo la quería bastante. Ella vivía en una casilla con su papá y su hijo. Yo les pasaba dinero. Cada vez que me iba bien en un robo, les llevaba algo. Ella me venía a ver seguido a mi casilla con el pibe, y se quedaba durante la noche. Le puso de nombre Juancito, y tiene mi cara, no puedo negar que es hijo mío.

Un día Elena, la madre de mi pibe, me dijo que Juancito había pasado toda la noche con fiebre, vomitando. Tenía miedo que se muriera. Quería llevarlo al hospital. Le dije que no valía la pena, que Marcos lo curaría. Ella no quería, le tenía desconfianza. Al final lo llevó al hospital y le hicieron exámenes. No le encontraron nada, pero la fiebre no cesaba, no podía comer, tenía diarrea. La verdad que se estaba muriendo deshidratado. No sé si lo habría agarrado algún parásito. Aquí en la villa miseria el agua es mala. Las mujeres hacen cola en las canillas públicas y la llevan a las casillas en baldes. Cuando falta, la municipalidad la trae en camiones cisternas. Muy pocos tienen agua corriente en la Villa 31.

Juancito lloraba, le dolía mucho el estómago. Elena estaba desesperada, y yo también, porque amo a mi pibe. Para mí es lo más grande que hay. Al otro día lo llevé a lo de Marcos. Me arrodillé frente a la casilla y lo empecé a llamar en voz alta. No sé por qué lo hice, algo me decía que estaba bien así. La gente que pasaba me miraba sin acercarse. Me tenían miedo. La puerta se abrió y apareció Marcos. Enseguida entendió. Le puso una mano en la frente a Juancito y se puso a rezar. Levantó los ojos al cielo. Los vecinos se fueron acercando y nos rodearon. Marcos me toco la cabeza y dijo, llevátelo, está curado. Todos se arrodillaron en silencio. Yo lo llevé a mi casilla y me quedé todo el día con él. La madre vino a la tarde y Juancito respiraba con naturalidad. Al día siguiente estaba bien, se reía, se levantó y se puso a jugar. Fui a la casilla de Marcos, me hinqué frente a su puerta y le di las gracias a dios. Marcos salió, le dije que mi hijo estaba salvado y que pidiera lo que quisiera, que yo le debía la vida de mi hijo. La gente miraba asombrada. Marcos me dijo que no le debía nada, que no había sido él el que lo había salvado sino dios, y que me fuera tranquilo. Así lo hice. En la noche los vecinos pusieron velas frente a la casilla de Marcos. Varias señoras se arrodillaron frente a su puerta y rezaban en voz alta. Al rato pasó el cura, miró la escena con disgusto, pero no dijo nada y se fue en dirección a la capilla.

Durante los días siguientes le llevaron enfermos de distintas edades. Su popularidad se fue extendiendo fuera de la Villa 31. Muchos sabían que curaba. El milagro más grande que hizo Marcos, como ya dije, fue sanar a un paralítico. También le trajeron a un bebé muerto para que lo resucitara, pero no lo logró.

Con la llegada de los extraños empezaron nuestros problemas. Muchos nos envidiaban y nos deseaban el mal. Los de la 21, sobre todo. Pensaban que nos creíamos mejores, porque ellos vivían junto al Riachuelo, en la basura, y nosotros en Retiro. La verdad es que éramos todos iguales, todos pobres y miserables. El que no nació en la pobreza, como Marcos, se vuelve pobre aquí. Somos como sub-hombres, mitad hombres, mitad animales. Solamente dios puede elevarnos, y por eso creo que nos eligió y nos mandó a Marcos, como prueba de que nos ama.

Yo algunas veces he pensado en meterme a predicador o hacerme cura, aunque parezca mentira. Una vez hablé con el padre de la villa miseria y se lo planteé. Le dije que había cometido muchos delitos, y le pregunté si Cristo podía perdonarme. El me respondió que Cristo perdonaba a los que tenían fe, pero que ser cura era muy complicado, había que estudiar mucho, y yo había ido muy poco a la escuela. Me dijo que mejor ayudara a la gente, que diera dinero al comedor para los chicos cuando pudiera, cosa que siempre hago.

Nosotros sabíamos que los de la villa miseria 21 estaban preparando algo contra nosotros. Escuchamos rumores de que querían llevarse a Marcos, esconderlo, para que hiciera milagros para ellos. Al final lo secuestraron y ahora está muerto. Fueron ellos los que lo mataron, estoy seguro. Nos la van a pagar. Ya no tendremos otro Marcos. El padre me dijo que no nos venguemos, que dios no quiere más muertes, que mejor le construyamos una capilla con su nombre, en su memoria. Yo no me resigno. Lo secuestraron los de la banda del Alto, me lo dijo el Lombriz, y por lo menos el jefe la tiene que pagar. La capilla la vamos a construir, porque la gente de la villa miseria no lo olvida y será bueno ir a rezarle ahí. Ahora muchas señoras del vecindario venden estampitas de Marcos vestido de santo, con una túnica blanca. Juntan dinero para el altar. Dios mandó a un muchacho judío entre nosotros y nos dio muestra de su grandeza. A nosotros no nos importa que fuera judío. Era Cristo el que lo guiaba. El padre me dijo que eso prueba que dios nos ama. El sabe que Marcos curaba, le consta que hacía milagros. Cree que Marcos fue el vehículo divino mediante el cual se manifestó la voluntad de dios.

El cura de la villa

Marcos es un caso raro. Yo hace años que me vine a vivir a la villa miseria. Tuve que convencer al Obispo, un hombre muy político, para que aceptara mi pedido de traslado a la capilla de la Villa 31. Me decía que yo era un cura joven, con talento, y que haría una buena carrera en la curia, que había muchas posiciones importantes esperando para un cura como yo. Pero yo lo que quería era estar junto a los pobres en la villa miseria. Siempre creí que la pobreza redime, y vuelve mejor a la gente. Era un poco idealista e inocente, debo reconocerlo. Al tiempo de estar aquí me empecé a horrorizar de las cosas que veía. Al principio yo no quería tranzar con nadie, pero el que no negocia y se cree mejor que los demás aquí no sobrevive, ni siquiera siendo cura. Había algunos hippies que se habían venido a vivir a la villa. Eran jóvenes de clase media. Yo les llamaba los "exiliados". Eran marginados, casi todos drogadictos, gente con problemas mentales, como Marcos. Escapaban de algo, de la buena sociedad creo. Preferían vivir en la mugre. En el fondo eran como yo.

Yo buscaba a dios cerca de los pobres. Los exiliados buscaban otra cosa. ¿Qué? En el caso de Marcos creo que buscaba su salvación en el arte, en la poesía. Para él la poesía representaba algún tipo de verdad trascendente. No era un muchacho particularmente religioso. La poesía era lo único que le interesaba. Creía que el mundo de la literatura era autónomo y brillaba allá arriba, con una fuerza espiritual propia. Le gustaba meditar y no hacer nada, era una especie de gurú perdido en la basura de Sud América. Los que le pusieron "Mesías" de sobrenombre creo que acertaron. Se engañan los que lo quieren considerar santo. Sí creo que dios lo eligió para manifestarse entre los pobres. Aunque al principio me resistí con rabia e incredulidad, que dios me perdone. Aún me resulta extraño aceptar este caso. Porque dios lo eligió a él, un muchacho judío bastante común. De no haber sido por su drogadicción no hubiera venido a la villa miseria. Su relación con María era enfermiza: María es una prostituta. Yo luché para que dejara esa vida y saliera de la Villa 31, pero aún no lo logré. Insisto en que este caso es un gran misterio: Marcos era un muchacho de clase media, que le gustaba la literatura, como a tantos otros. Ahora que lo asesinaron los demás le atribuyen virtudes imaginarias. Era uno de esos jóvenes que se creen superiores porque han leído unos pocos libros. Me consta sin embargo que sufría, y quizá eso pueda redimirlo. Quisiera que nos fuéramos olvidando de todo esto y la vida volviera a lo que era antes.

Marcos se metía en problemas. Lo tuve que defender. Un día me mandó a llamar el Obispo, y me preguntó cuál era mi relación con el judío impostor que curaba. Yo le dije que ninguna, que era un pobre muchacho drogadicto. Me preguntó si le ayudaría a denunciarlo por mala práctica de la medicina, para que lo llevaran preso. Yo le dije que sería un gran error hacer eso, porque los villeros lo querían y lo creían un santo. Le demostré que sólo era un pobre tipo trastornado, y que no había motivos para preocuparse. No le hacía mal a nadie. El Obispo me preguntó si realmente curaba, si yo pensaba que curaba. Me quedé en silencio.

- ¿Ud. lo vio curar? - insistió el Obispo.

Bajé la vista y le respondí que sí.

- ¿Cómo cura? - me dijo.

Le expliqué que decía unas palabras y le ponía la mano en la frente a los enfermos. Me preguntó si sabía dónde lo había aprendido y si recibía dinero por lo que hacía. Le dije que no sabía dónde lo había aprendido, pero que no cobraba, aunque muchos le llevaban cosas, comida y botellas de cerveza. Le conté lo del paralítico, porque todos hablaban de eso. El Obispo me dijo que no era posible. Yo le respondí que el Cholo, amigo de Marcos, lo había visto.

- ¿Y quién es el Cholo? - me preguntó el Obispo.

Le dije que era un ladrón muy conocido en la Villa.

- ¿Y Ud. le cree a los ladrones? - me censuró.

La cuestión que el Obispo se disgustó conmigo, quería que lo vigilara y consiguiera más información. Pero yo no estaba en la villa para ser vigilante. No es mi trabajo. Mi misión es ayudar a los pobres, acercarlos a Cristo.

Para el que nunca vivió en una villa miseria es difícil entender esta situación. La villa miseria es como un pueblo, como una aldea dentro de la ciudad. Aquí los pobres se sienten protegidos, la policía no entra fácilmente. Para los que viven en la villa, la ciudad es un territorio peligroso. Es el lugar donde se ganan la vida en condiciones penosas. No es que la villa miseria sea un lugar fácil, pero la gente es bastante solidaria, gracias a eso sobreviven. Se ayudan todo lo que pueden. Hay mafiosos que operan dentro de la villa, es cierto, pero son una minoría. No se puede acusar a todos por los delitos de unos pocos.

Los de la pandilla del Cholo cambiaron mucho después que conocieron a Marcos, y terminaron reverenciándolo. No quiero decir que sean buenas personas o que sean inocentes. Son unos delincuentes. Pero Marcos ayudó a que se acercaran a dios. No puedo negarme a que construyan una capilla aquí y la nombren San Marcos. María cree que Marcos verdaderamente amaba a Cristo. Su argumentación no me resulta muy convincente. Dice que fue Vallejo el que le enseñó el verdadero sentido del cristianismo. A mí nunca me lo manifestó de manera directa, aunque hablamos muchas veces.

Yo estoy disgustado con esta situación y si esto no cambia pediré al Obispo mi traslado. Yo he practicado la caridad cristiana viviendo entre villeros. No he venido a la villa a hacer política. Reconozco que Marcos era compasivo como un cristiano y amaba a la gente, pero no me consta que quisiera convertirse al cristianismo. A la gente de la villa poco le importa lo que él era o quería, lo vieron curar. María dice que dios curaba a través de él. Fue un elegido de dios. La verdad que esto nos crea un verdadero problema doctrinal. Todo hubiera sido más fácil si hubiera sido católico. Encima lo asesinan, y todos lo consideran un mártir. Quizá María, que lo conoció mejor, debería testificar ante el Obispo. Si cree que se había convertido al cristianismo, debe demostrarlo.

Facundo, el puntero peronista

En un principio no me interesaba la política. En la villa miseria me hacía respetar y me tenían miedo. Me había hecho fama de guapo. Yo era el que organizaba los partidos de fútbol. Aquí se juega al fútbol por plata. Organizamos partidos contra equipos de otras villas miserias. Se apuesta fuerte. Tenemos muy buenos jugadores, y no permitimos que los clubes grandes nos los roben. Si se los quieren llevar, tienen que pagarnos. Tenemos nuestra propia barra brava. Yo soy el jefe. Lo máximo para nuestros muchachos es entrar un día en Boca. Aquí somos todos boquenses, igual que los de la Villa 21. Yo soy el que nombra al director técnico todos los años. Al director técnico se le paga un buen sueldo y ocupa gratuitamente una casilla de material en la villa.

Los de la Unidad Básica de Retiro se fijaron en mí y me vinieron a hablar. Querían que hiciera de puntero y llevara a votar a la gente en las elecciones. Me dijeron que tenía liderazgo y debía aprovecharlo para ayudar al pueblo. Lo primero que hice fue recaudar fondos. La política depende de la plata, y si uno no demuestra que tiene apoyo local ni siquiera puede abrir la boca. Yo hablé con los jefes de las bandas de narcotraficantes y de ladrones que tenían a la 31 como "base de operaciones". Algunos colaboraron por compromiso y otros, como el Cholo, que me aprecian y son amigos míos, apoyaron la idea de que me metiera en política.

La banda del Cholo se dedica al robo de vehículos. Los entregan en los desarmaderos fantasmas de Villa Domínico y les sacan bastante plata. Hacen buen negocio. La policía ha agarrado a varios de sus hombres, que están presos, pero ellos siguen, no tienen miedo. Eso es típico de esta Villa: los de la 31 somos valientes. A mí me llaman Facundo, pero mi verdadero nombre es Alberto. El cura me empezó a llamar Facundo y el nombre me quedó. Dice que me parezco a Facundo Quiroga, que soy bravo como él. Todo empezó un día que se organizó una pelea barrial a cinco rounds contra un tipo de la Villa 21 que decía que era invicto y nunca le habían ganado. Yo peleé por la 31 y lo molí al otro, le di tantas piñas que lo dejé medio tonto. Me había entrenado mi vecino, que de joven fue boxeador profesional. En esa pelea se apostó fuerte, y con lo que gané viví varios meses sin hacer nada. Los de la Unidad Básica fueron a ver la pelea y fue allí que me conocieron.

En la villa miseria operaban otros partidos, sobre todos los comunistas y los de Macri, pero los peronistas tenían mayoría. Los de la Unidad Básica me eligieron a mí porque necesitaban un buen puntero, ya que el viejo Nuñez, que era el puntero anterior, había caído preso por robar material para la construcción de un depósito del gobierno. Garabito, uno de los líderes de la Básica de Retiro, me llamó a su despacho. Lo había impresionado el respeto que me tenían en la villa miseria, y cómo me relacionaba con las bandas. Me prometió bastante. Me dijo que me podían conseguir escrituras de varios terrenos de la villa, y que yo iba a recibir una parte en su venta. Ya eso era algo serio y tenía futuro. Me imaginaba propietario de varios terrenos. Hice una reunión con la gente influyente de la villa miseria. Llamé a los jefes de las bandas y a los comerciantes que tienen puestos, mercaditos, almacenes, panaderías. Tuve un apoyo unánime, y enseguida empezó a correr el dinero.

Formé nuestra propia Unidad Básica en la 31. Me nombraron Presidente. Recaudábamos una cuota de los miembros y repartíamos planes. Los vecinos que no tenían trabajo nos pedían ayuda. A cambio yo los llevaba a todas las manifestaciones que hacía el Partido. El jefe del distrito me llamaba y me decía: hoy cortamos la 9 de Julio, hoy vamos a la Plaza de Mayo, hoy apoyamos a los camioneros que hacen un paro y nosotros, siempre solidarios, allí íbamos. Cuando hacíamos actos en la villa miseria el jefe del distrito de Retiro venía a apoyarnos. Nos había prometido que iban a pavimentar las calles principales y nos iban a poner cloacas. Parece que va a tomar un poco de tiempo, pero, a la larga, lo van a hacer. Los peronistas lo podemos todo. Somos un partido invencible.

Yo me crié en el Chaco y sé lo que es sufrir, lo que es pasar hambre. Vine a Buenos Aires de adolescente. Primero viví en un conventillo con mis viejos en La Boca. Después me escapé de mi casa y me vine para la villa miseria. Siempre hacía changas. Yo no robaba. Un político me dio trabajo de guardaespaldas, porque yo no le tenía miedo a nadie. De chiquito ya me gustaba pelear. Me agarraba a piñas con todos los pibes en el pueblo. Me tenían miedo y ya ninguno quería pelearme. A veces les decía que se animaran, que si me ganaban les pagaba. Pero no se tenían confianza. Mis piñas eran como pedradas, les dejaba toda la cara arruinada. Para pelear lo más importante no es la fuerza, es la determinación. El no achicarse. Eso uno lo aprende de los criollos. El no bajar la cabeza. Aquí en la Villa 31 hay mucha gente así. El Cholo es uno, ese pibe va a llegar lejos. ¿Ud. Sabe que canta cumbias? Marcos le enseñó a escribir canciones y poemas. Es un tipo simpático y tiene alma de romántico. Algún día va a formar su propio grupo musical y ganará dinero con la música.

Pensé en invitarlo a trabajar conmigo en la Unidad Básica, proponerlo como consejal, pero no me conviene meter ladrones. Me pudriría a la gente. Si alguna vez deja de robar, antes de que lo encierren o lo maten, va a poder hacer carrera en la política. Tiene voluntad, tiene instinto. Andar en la política no es fácil. Dicen que los políticos aprendemos, pero no es cierto. Nacemos para esto. Yo me convencí al poco tiempo de meterme en la política que esto era lo mío. No lo sabía, pero yo nací político. Me gusta estar con la gente, dirigir. Antes quería dominar, hoy prefiero ayudar. El cura me aprecia, y también las mujeres del comedor para chicos. En la villa miseria somos mucho mejor de lo que se creen, somos solidarios, si no, no podríamos sobrevivir.

Pero Ud. me preguntaba de Marcos. Perdone que me haya ido por las ramas. Lo que pasa es que puedo agregar poco. ¿Qué quiere que le diga? Ya todo el mundo sabe de Marcos. Yo no puedo afirmar ni negar. Darle mi opinión sí puedo: todo lo que se dice de él es cierto. Vino aquí por la droga, estaba perdido. Pero después que conoció a María, cambió. Ella lo salvó. Ella hacía la calle para traerle plata y comprarle anfetaminas. Ella ponía el cuerpo para que él estuviera ahí tirado. Ella también se drogaba, pero menos. El tenía un vicio fuerte. Se pasaba los días perdido, tirado en la puerta de su casilla, todo sucio, sin comer. Miraba a la gente como si viera pasar fantasmas. María, con la ayuda del cura, lo metió en un programa de metadona para sacarlo de la droga. Yo no sé si María lo quería como mujer, ella es mucha mujer para él, yo creo que se había encariñado porque lo veía débil, era como su hijo, lo protegía, le tenía lástima. También lo admiraba porque era poeta.

Cuando empezó a dar clases de poesía se hizo famoso. Le sacaba la gente al cura, ya nadie quería ir a la capilla a estudiar la Biblia. Las mujeres preferían ir a la clase de poesía. Decían que sus poesías siempre hablaban de dios. Yo fui a una, invitado por ser el jefe de la Unidad Básica. Leyó la poesía de un tal Vallejo, y la verdad que sí me impresionó. El poema hablaba de un muchacho que se enamoraba de una chica, y decía que ella se había crucificado a él, se abrazaba a él como a una cruz. Cuando él leía había gente que lloraba, eso es lo que más me impresionó. Yo nunca vi llorar a nadie en la capilla, pero en esa clase de poesía lloraban.

Entonces empezó todo eso de las curaciones. Un día hirieron gravemente a un hombre del Cholo. Cuando balean a alguien de la villa miseria nos arreglamos como podemos. A veces las enfermeras del dispensario médico ayudan. Si los llevamos a un hospital público fuera de la villa miseria los denuncian y van presos. El Cholo fue a pedirle ayuda a Marcos y éste llevó al herido a lo de un primo de él que era médico. Le sacó la bala, pero así y todo se estaba muriendo. Parece que Marcos empezó a rezar y el herido se salvó. Ud. sabe cómo es en la villa, las noticias corren. Después, una señora llevó a su hijo, muy enfermo, para que lo curara, y el chico se recuperó. De allí en más fue como un reguero de pólvora. También curó al hijo del Cholo. Ya la gente hacía cola para traer sus enfermos, y hasta lisiados. El no cobraba nada ni aceptaba dinero, pero le traían regalos. Si era comida se la daba a las madres del comedor. Ahí se armó lío con el cura, que la verdad le tenía envidia. Después se hizo amigo de él, y lo aceptó, porque él también empezó a creer en Marcos. El único que no creía en Marcos era Marcos, en el fondo nunca dejó de ser un drogadicto, aunque ya no se drogara tanto. Tenía la cabeza medio volada. El poder a él le venía de afuera. Era como si una mano mágica, un ángel, lo hubiera tocado. El no era más que el instrumento. Como era judío al principio nadie se animaba a decir que era santo. Le decían el mesías. Pero después que curó al paralítico, que se fue caminando, ya todos decían que era santo.

Empezó a venir gente de afuera para que los curara, y eso fue lo que nos perdió. De no haber sido por eso hoy no estaría muerto. Los que no son de esta villa miseria nos quieren ver sufriendo, cuando estamos en la mala disfrutan, y si algo bueno nos pasa buscan la manera de jodernos. Eso es lo que ocurrió con los de la Villa 21 de Barracas. La verdad es que somos rivales. Un partido de fútbol entre ellos y la villa nuestra es como una final de Boca y River. Cuando supieron que teníamos un santón que curaba empezaron a enviar gente a ver si era cierto, y después se organizaron para robárnoslo. Ya sabe cómo fue, lo secuestraron. A los pocos días lo encontraron muerto. El Cholo dice que sabe quién lo mató. Se habrá negado a quedarse a vivir con ellos en la 21, o a lo mejor lo pusieron a curar y allá no pudo. Quizá sólo podía curar aquí, era un don que dios le había dado sólo para que sanara en la Villa 31.

El cura me preguntó si yo iba a colaborar para construir una capilla en la villa, que se va a llamar San Marcos, en honor a él. La gente quiere enterrarlo allí, para que se lo pueda adorar como se debe. Yo estoy de acuerdo y le dije que sí. Nos hace falta un santo nuestro. El cura me aseguró que Marcos había tenido una transformación profunda, un día hablaron de Cristo y le dijo que creía en él. No sé si será cierto, da lo mismo, ya nadie va a convencer a los de la Villa 31 que Marcos no es un representante de Cristo en la tierra.

Sergio, el padre de Marcos

Me mataron a mi hijo mayor. Para mí es el final de todo, ya la vida no tiene sentido. Fracasé como padre, no me lo voy a perdonar nunca. Me quedé viudo cuando mis hijos eran chicos, los crie lo mejor que pude. Marcos era un pibe tranquilo, tímido. Le gustaba mucho ir a la sinagoga conmigo. Yo nunca fui un individuo muy creyente, soy un judío liberal, pero siempre respeté mi religión y asistía a los servicios con mi familia. De joven era sionista. El rabino de mi sinagoga me aprecia. Tengo casi sesenta años. Mi generación fue muy rebelde, queríamos hacer la revolución. A los veinte años apoyé a los Montos, habían unido el nacionalismo al marxismo, pero después que murió Perón sufrimos una derrota terrible, fue una carnicería. Los dirigentes no habían entendido bien al pueblo argentino. Yo dejé la política, me metí en el negocio de mi viejo, soy un buen judío, ayudo a la comunidad.

Mi colectividad ha padecido lo indecible, entendemos el dolor humano. Yo no condeno a mi hijo. Me dicen que renegó del judaísmo, pero sé que no es cierto. Que le gustara Cristo no me extraña, ¿a quién no le gusta? Enseñaba el amor y la compasión, que es lo que todos necesitamos. Los judíos vivimos esperando que nos liberen. Para mí Cristo no era el verdadero mesías. Que ahora llamen mesías a mi hijo me resulta ridículo. La gente de la villa miseria es muy fantasiosa. Y que lo consideren un santo me parece una barbaridad. Aseguran que sanaba, no lo sé, ¿no estaremos retrocediendo y volviendo otra vez a la barbarie?

Este país es algo curioso, siempre nos debatimos entre la civilización y la barbarie. Yo elijo la civilización, por eso de joven era revolucionario. Marx sabía que la sociedad iba a seguir evolucionando. Un día todos seremos libres. En ese mundo, las luces, la razón, la historia, van a ser más importantes que la religión. María, la novia de Marcos, asegura que en la villa se hizo muy religioso. María es una mujer de oficio dudoso, no la considero honesta. ¿Qué hace viviendo en la villa miseria? Sus padres son ricos. Dicen que está escribiendo un libro sobre Marcos y que defiende la idea de que era un santo. Lo único que falta es que mi hijo, un judío que nunca renegó de su religión, resulte canonizado.

María se contagió de la barbarie de la Villa 31. Ella influyó en Marcos. Lo fueron cambiando. Sarmiento no decía civilización o barbarie, él decía civilización y barbarie, en este país conviven las dos cosas. Yo nunca lo acepté, yo apuesto por la civilización, como muchos argentinos. Mi hijo descreía de los valores de la sociedad moderna y se fue a vivir a la villa miseria. ¿No habrá sido la influencia del populismo peronista? Exaltan al pueblo de manera desmedida, y... ¿qué es el pueblo? ¿Yo no soy pueblo acaso?

En un principio yo le eché la culpa a la droga por todo lo que le pasaba a Marcos. Le pedí que se fuera de casa...no podía aceptar que mi hijo fuera un vago y un drogadicto. Siempre me robaba plata, compraba cosas con mis tarjetas de crédito falsificando mi firma. Se la pasaba encerrado en su cuarto. No quería trabajar. Le gustaba leer, eso sí, es herencia de familia. Siempre hemos sido buenos lectores, intelectuales, como gran parte de la comunidad judía. Para nosotros la educación es lo más importante. Por eso no puedo aceptar la barbarie de la villa miseria, que los peronistas fomentan.

Marcos se fue a vivir allí porque en el fondo me odiaba... Quiso castigarme porque lo eché de casa. ¿Pero... que iba a pasar con mi hijo menor si él no se iba? Hice lo que pude para que dejara la droga. Había sido un buen estudiante de letras. De chico quería ser escritor. Lo mandé a un sicólogo después que murió la mamá, pero me decía que no lo entendía. Lo cambié a otro psicólogo de la colectividad. Tampoco quiso seguir. Nunca encontró un analista que le viniera bien. El psicoanálisis lo hubiera salvado. Lo interné en una clínica para que lo desintoxicaran, pero se escapó y volvió a drogarse.

Cuando se fue de casa siempre temí que un día pudieran encontrarlo muerto. El mundo de la droga es un infierno. Y en la villa miseria se fue a juntar con María, también drogadicta, un alma gemela a la suya. Estudiante de antropología. Su familia es de la oligarquía de Barrio Norte. La han negado completamente. Para ellos María está muerta. Lo de la droga podría pasar, pero saben que es puta, todo el mundo lo dice. Y vivir en la villa miseria es lo último que podía hacer.

Me dijeron que María odiaba a su madre. Ese es el origen del problema para mí. Yo creo que Marcos también me odiaba. No sé por qué, siempre hice todo lo que pude por mi familia. Se volvieron contra sus padres, como si fuéramos unos monstruos fascistas. Así somos los argentinos, nos rebelamos contra la autoridad, no importa cómo sea. Somos un país adolescente, pero… ¿por qué me tocó a mí pagar este precio? ¿Por qué a mí? Perder un hijo, es lo peor que podía pasarme. Que dios me perdone, pero no lo entiendo.

Una visita al zoológico

Robertito Vicuña, o Tito, como le llamaban, vivía en la Villa 31. Tenía quince años. Sus dos mejores amigos, la Garza y el Rulo, eran algo menores que él. Andaban siempre juntos. Eran despiertos y los otros chicos de la Villa los respetaban.

Un puntero de la Villa, de apellido Merlo, fue un día a ver a Tito. Quería hablarle sobre algo importante. Tenía un trabajo para él y sus amigos. Se trataba de robar un animal del zoológico de Buenos Aires. Ya estaba todo arreglado con el director del zoológico, a quien conocía. Era una operación que traería buena ganancia. El director iba a dejar por la noche la puerta principal sin llave para que pudiera entrar el camión jaula. Tito tenía que meterse en el zoo con los otros pibes y maniatar a los dos serenos. Le iba a dar a él una pistola por cualquier cosa. Después de maniatarlos, tenían que vigilar por si venía la policía. Se iban a comunicar con el conductor del camión por celular. Le prometió a Robertito 5.000 pesos. Era mucha plata. Con eso se podría comprar unas zapatillas Adidas nuevas y ropa sport de marca. Era un trabajo fácil, le dijo el puntero. A los otros dos pibes les daría 1.000 pesos a cada uno. El iba a ser el jefe. Era también el responsable. No se tenía que equivocar. Tito le preguntó al puntero qué animal iban a robar. Merlo lo miró a los ojos con rabia. Lo agarró de la camisa, lo atrajo hacia sí y casi lo levantó del suelo. Era un hombre alto y gordo. Le dijo que de eso se iba a enterar a su debido tiempo. Ellos debían mantener la boca bien cerrada. Tenían que andar derecho, porque a él nadie lo agarraba de gil. Tito lo conocía bien y no dijo nada. Todo el mundo le tenía miedo a Merlo. Decían que debía una muerte y había sido en mala ley.

Habló con sus amigos y estuvieron de acuerdo en hacerlo. La operación sería el martes por la noche. El día señalado salieron para el zoológico. Esperaron cerca de la entrada. Era septiembre y hacía bastante calor. Se sentía muy mal olor. A las diez de la noche se acercaron a la puerta y probaron de abrirla. Tal como les había dicho Merlo, estaba sin llave. La empujaron y cedió. Entraron. Tito iba adelante y el Rulo y la Garza lo seguían. Eran algo más bajos que él. El Rulo era un pibe de piel oscura y cabello ensortijado. La Garza era muy delgado y parecía que no pisaba el suelo cuando caminaba. El zoológico tenía poca iluminación. Las luces molestaban a los animales.

Avanzaron con cuidado, escudándose detrás de los troncos de los árboles. Pronto llegaron al sector de las jaulas. Hacia un costado, junto a la jaula del león, vieron a uno de los guardianes. Estaba revisando la cerradura de la jaula. Tito se acercó despacio por atrás y le pegó un golpe en la cabeza con la culata de la pistola. El guardián dobló sus rodillas. El Rulo le puso cinta adhesiva en la boca y la Garza le cubrió la cabeza con una bolsa de trapo. Después entre los tres le ataron los pies y las manos, lo arrastraron y lo escondieron tras un árbol.

Rastrearon al otro guardián. Estaba cerca de las jaulas de las víboras. Tito dijo en broma que podían meterlo dentro de la jaula y los pibes celebraron la idea. Sería una broma formidable. Tito se acercó por atrás y le pegó un culatazo. Después repitieron la operación que habían hecho con el primero: lo amordazaron, le cubrieron la cabeza, lo maniataron y lo escondieron. Tito sacó el celular y llamó al número que le habían dicho. El camión llegaba en unos pocos momentos, le avisaron. Fueron a la puerta de entrada y abrieron los portones. Enseguida apareció el camión. Entró. Los chicos cerraron los portones. El camión avanzó. Ellos lo siguieron a pie. Después de 200 metros se detuvo y bajaron el chofer y su acompañante. Sin decirles nada se acercaron a una jaula. Era la jaula del tigre blanco, el animal más valioso del zoológico.

Tito enseguida entendió: iban a robar el tigre blanco. "La que se va a armar cuando se sepa", pensó. El chofer observaba la jaula con cuidado. La caja del camión estaba cubierta con lona. El chofer y el acompañante la destaparon. Apareció una jaula con barrotes de hierro. El chofer aproximó la parte de atrás del camión a la puerta de la jaula del tigre. La idea era abrir la jaula y hacer pasar al tigre a la jaula del camión. El chofer y su acompañante trajeron un soplete y empezaron a cortar la cerradura de la puerta de la jaula. La fiera adentro se había acurrucado en un rincón, estaba preparada para defenderse. Finalmente abrieron la puerta y el chofer acopló la caja del camión a la puerta de la jaula. El tigre tenía que pasar de una jaula a la otra. El chofer con una pistolita eléctrica le largó una descarga. El animal chilló de dolor, se levantó y en dos zarpazos escapó a la otra jaula. Había sido fácil. El chofer separó el camión de la jaula del zoológico y su ayudante cerró la puerta con un gran candado. Cubrieron la jaula con la lona. Toda la operación había durado media hora.

Los pibes fueron hacia el portón del zoológico, lo abrieron y el camión salió. Después se fueron ellos caminando, como si no hubiera pasado nada. En calle Santa Fe se tomaron el 152 y volvieron a la Villa. El puntero Merlo los estaba esperando. Ya sabía que todo había salido bien. Les dio el dinero y les dijo que tuvieran cuidado, y se hicieran ver lo menos posible por varios días. Robertito le devolvió la pistola, guardó su plata y se fue a dormir. A la mañana siguiente tenía escuela. Estaba en segundo año del secundario. Iba al Nacional No. 3 de San Telmo. Era buen estudiante. Quería ser ingeniero y construir puentes. Así decía.

Al otro día el noticiero anunció que habían robado el tigre blanco del zoológico. Acusaban a una banda de ladrones del Uruguay. No se sabía dónde podía estar el tigre. Especulaban que el secuestro podría haber sido ordenado por un conocido narcotraficante, que coleccionaba animales salvajes y tenía su propio zoológico al aire libre en una estancia de su propiedad en La Pampa. También había rumores de que podía haber funcionarios implicados en el robo.

Por la tarde Tito volvió del colegio y se encontró con los otros dos pibes, que estudiaban en una escuela de educación especial en la Villa. Fueron al centro a ver ropa deportiva. Tito se compró las zapatillas que tanto quería y un juego de remera y pantalones Adidas. Después fueron a los coreanos de 11 para que la Garza y el Rulo se compraran ropa de imitación, no les alcanzaba para los originales.

La policía informó todos los días del progreso de la investigación. Era un escándalo. No podía ser que desapareciera un animal tan importante. Entrevistaron al director del zoológico por televisión. Dijo que la investigación avanzaba rápidamente y la policía confiaba en identificar pronto a los ladrones. A la semana encontraron al tigre en un circo de Salta. Le habían pintado las franjas blancas del cuerpo de color amarillo, para disimular. Un trabajador del circo denunció el fraude. La policía agarró después al camionero que lo había transportado y lo empezó a apretar. Lo tuvieron dos días a pura paliza en la Jefatura, por traficar con animales salvajes. Al final cantó. Dio el nombre de su acompañante, un familiar suyo, a quien detuvieron, e implicó en el robo al puntero de la Villa 31 y a unos "pibes" que lo habían ayudado.

Cuando fueron a la Villa a buscar a Merlo ya se había escapado. Después fue un patrullero a la escuela de la Villa y hablaron con la maestra. Le preguntaron si había observado algo raro en el comportamiento de los pibes y si sospechaba de alguien. La maestra dijo que no, eran sólo chicos. Cuando el patrullero salió de la escuela unos estudiantes le tiraron piedras y le astillaron el parabrisas. Un agente se bajó para correrlos, pero se escaparon rápidamente por los pasadizos de la Villa. Los reputeó y los otros estudiantes de la escuela empezaron a silbar a la policía y a decirles que se fueran.

Dos semanas después el tigre volvió al zoológico y Tito y sus dos amigos fueron a verlo. Robertito posó frente a la jaula, y el Rulo le sacó una foto con un celular que Tito había robado hacía varios días a una turista norteamericana que se descuidó en La Boca. Después dieron una vuelta por el zoológico, se detuvieron frente a la fosa de los elefantes y salieron. No habían hecho más de cien metros por Av. Santa Fe, cuando vieron venir a un pibe como de catorce años con unas zapatillas Adidas nuevas rayadas a colores. Fue mirarse los tres y actuar. Robertito hizo como que le preguntaba algo. El chico se detuvo. La Garza se le puso atrás en cuclillas y Tito lo empujó. El chico se cayó de espaldas. Se le abalanzaron. Tito lo apretó contra el suelo para que no se moviera y el Rulo le sacó las zapatillas. El Rulo y la Garza salieron corriendo. Robertito se levantó y le empezó a dar patadas en la cabeza. El pibe gritaba. "No grités, la concha e'tu madre", le dijo, y se fue corriendo por donde se habían ido los otros pibes.

Diez minutos después se encontraron frente al monumento a Sarmiento. Los tres se pusieron a mirar al gran viejo. Les impresionó la estatua del maestro Rodin. Se probaron las zapatillas. Eran del número de la Garza. A Tito le quedaban chicas, y al Rulo grandes. La Garza les dio veinte pesos a cada uno como compensación. Se fueron caminando hacia Libertador. La Garza y el Rulo iban adelante agarrados de los hombros, como hermanos. Doblaron por Libertador hacia el centro. Tito miraba con interés la fachada de los edificios que daban a la Avenida. El Rulo encontró un trapo viejo sucio tirado en la banquina. La Garza vio una lata de durazno vacía dentro de un contenedor de basura y la agarró. En un bebedero de la Plaza Alemania la llenó de agua y mojaron el trapo. Se pararon en el semáforo de Scalabrini Ortiz y Libertador. Allí, cuando cambió la luz y se detuvieron los autos, Robertito se adelantó a un Mercedes Benz y le empezó a limpiar el parabrisas con el trapo sucio. El conductor empezó a gritar, diciéndole que se fuera. La Garza se acercó a la ventanilla y le pidió por favor que les diera algo. El hombre les tiró un billete de diez pesos, furioso, y Tito dejó de limpiar. Cambió el semáforo. Los tres se fueron a la vereda y se empezaron a reír. Hubo otro cambio de luces y repitieron la operación. Cuando juntaron lo suficiente se metieron en un taxi y le dijeron al conductor que los llevara a Retiro. El hombre les pidió que se bajaran y Robertito insistió que los tenía que llevar. Le mostraron el dinero. El taxista finalmente arrancó. Se sintieron como tres reyes andando por Avenida Libertador.

Cuando llegaron a Retiro se bajaron. El Rulo y la Garza dijeron que iban a entrar en la estación de trenes para pedir monedas. Ya eran las siete y pronto iba a oscurecer. Tito les dijo que él se iba a su casa. Al otro día tenía una prueba de matemáticas y quería estudiar. "Un día voy a ser ingeniero", les dijo. "¿Te vas a dedicar a construir villas miserias?", se burló el Rulo. Robertito siguió su camino y entró en la Villa 31. Miró en el celular su foto junto al tigre blanco. Anduvo por las calles de tierra hasta llegar a su casilla. Su madre estaba mirando televisión. Era un nuevo teleteatro que había empezado hacía poco, "El puntero". Una parte transcurría en una villa miseria. A Doña Esperanza le encantaba sentir que ellos también podían ser personajes en los teleteatros. La gente rica, que siempre los había despreciado, empezaría a verlos tal cual eran. Le preguntó a su hijo qué quería comer. Robertito le dijo que milanesa con puré. La madre empezó a preparar la comida. Tito agarró sus libros, se sentó a la mesa de la cocina y se puso a hacer la tarea y a estudiar para el examen del día siguiente. Doña Esperanza no podía ocultar su satisfacción. Estaba orgullosa de su hijo.

Ensayos

Pablo Neruda y la poesía de vanguardia

Los poetas más destacados de las Vanguardias de España e Hispanoamérica de los años veinte del pasado siglo - García Lorca, Vallejo, Neruda – crearon en su poesía un nuevo efecto estético (al que Amado Alonso llamó el « trovar clus » de la poesía oscura contemporánea) independizando el significado de su referente y negando su potencialidad simbólica (negación que constituía una reacción contra el pasado Modernismo) (Alonso 9).[1] Peter Bürger, en su ensayo sobre las vanguardias, denomina a las obras vanguardistas «obras de arte inorgánicas» (las juzga en relación al arte anterior, al que considera «orgánico») y señala que en la obra de arte inorgánica las partes se emancipan de un todo que las contiene. Esas partes no son «necesarias» ni esenciales y el principio de construcción que subyace en toda creación artística se vuelve el acontecimiento estético más relevante (Bürger 80). Ante la negación de una significación clara, el lector experimenta sorpresa o «shock» y reacciona con asombro. Bürger cree que el desarrollo del Formalismo como método de análisis literario se debió al interés de los críticos en encontrar un procedimiento capaz de dar cuenta de ese principio de construcción que ponía en primer plano el arte vanguardista. El Formalismo se estableció como un método opuesto a la búsqueda hermenéutica de sentido, respaldada en una interpretación hegeliana de la historia, que había predominado durante el siglo XIX. Pero ha de llegar un momento, considera Bürger, que, en virtud de su evolución dialéctica, los procedimientos opuestos alcanzarán una síntesis y los

---

[1] Esta reacción de las Vanguardias contra el Modernismo hispanoamericano (nuestra peculiar síntesis del Parnaso y el Simbolismo) los llevó a la negación de la poética modernista. Los poetas vanguardistas rechazaron la preceptiva tradicional, sus leyes rítmicas y estróficas; evitaron la música verbal impuesta por Darío y sus seguidores; no respetaron las estructuras formales utilizadas por los modernistas; subestimaron el empleo de la rima y emplearon el verso libre.

críticos estudiarán las obras de arte vanguardistas integrando ambos métodos de análisis, el formal y el hermenéutico (Bürger 82).

El carácter oscuro o hermético del texto vanguardista, entiendo, no nos autoriza a desistir escépticamente de una lectura interpretativa en favor de una lectura puramente formal o estructural, que es la que de manera inmediata parece exigir ese tipo de texto. Tenemos el «deber», si se me permite la exigencia, de no renunciar al mundo y entender cómo el texto vanguardista significa, aceptando que, aunque sus elementos se mantengan en oposición y conflicto, el lenguaje artístico debe permitir al lector, en algún momento, concebir una unidad. Para ver si esto es posible trataré en este ensayo de analizar e interpretar uno de los poemas vanguardistas más herméticos de Neruda, «Walking around», de su segunda *Residencia en la tierra* 1931-1935, explicándolo dentro de la nueva lógica poética y código de lectura que instauran las Vanguardias. Transcribo a continuación el poema:

Walking Around

Sucede que me canso de ser hombre.
Sucede que entro en las sastrerías y en los cines
marchito, impenetrable, como un cisne de fieltro
navegando en un agua de origen y ceniza.

El olor de las peluquerías me hace llorar a gritos.
Sólo quiero un descanso de piedras o de lana,
sólo quiero no ver establecimientos ni jardines,
ni mercaderías, ni anteojos, ni ascensores.

Sucede que me canso de mis pies y mis uñas
y mi pelo y mi sombra.
Sucede que me canso de ser hombre.

Sin embargo sería delicioso
asustar a un notario con un lirio cortado
o dar muerte a una monja con un golpe de oreja.

Sería bello
ir por las calles con un cuchillo verde

y dando gritos hasta morir de frío.
No quiero seguir siendo raíz en las tinieblas,
vacilante, extendido, tiritando de sueño,
hacia abajo, en las tripas mojadas de la tierra,
absorbiendo y pensando, comiendo cada día.

No quiero para mí tantas desgracias.
No quiero continuar de raíz y de tumba,
de subterráneo solo, de bodega con muertos,
aterido, muriéndome de pena.

Por eso el día lunes arde como el petróleo
cuando me ve llegar con mi cara de cárcel,
y aúlla en su transcurso como una rueda herida,
y da pasos de sangre caliente hacia la noche.

Y me empuja a ciertos rincones, a ciertas casas húmedas,
a hospitales donde los huesos salen por la ventana,
a ciertas zapaterías con olor a vinagre,
a calles espantosas como grietas.
Hay pájaros de color azufre y horribles intestinos
colgando de las puertas de las casas que odio,
hay dentaduras olvidadas en una cafetera,
hay espejos
que debieran haber llorado de vergüenza y espanto,
hay paraguas en todas partes, y veneno y ombligos.

Yo paseo con calma, con ojos, con zapatos,
con furia, con olvido,
paso, cruzo oficinas y tiendas de ortopedia,
y patios donde hay ropas colgadas de un alambre:
calzoncillos, toallas y camisas que lloran
lentas lágrimas sucias. (Neruda 33 - 4)

Una primera lectura del poema, si bien no nos permite entender con
claridad lo que ese yo poético que atraviesa el texto quiere decir verdaderamente,
nos comunica al menos su «estado de ánimo», expresado como un intenso

cansancio, e insatisfacción y hastío ante su actual condición de ser. Notamos que muchas de las imágenes que crea el poeta aluden a un espacio urbano reconocible: «las sastrerías», «los cines», «las peluquerías», «establecimientos y jardines», «subterráneo», «bodega», «cárcel», «ciertos rincones», «ciertas casas húmedas», «hospitales», «zapaterías», «calles», «las casas», «oficinas», «tienda de ortopedia», «patios». En unos casos estas imágenes son parte del enunciado de una acción ejecutada por el sujeto poético, como: «entro en las sastrerías y en los cines», «Y me empuja a ciertos rincones, a ciertas casas húmedas», «cruzo oficinas y tiendas de ortopedia», y, en otros casos, son términos de una comparación o metáfora donde el nombre que designa el espacio adquiere un valor calificativo, adjetival, que contribuye a definir al sujeto poético, como por ejemplo: «no quiero continuar…de subterráneo solo, de bodega con muertos, aterido», «me ve llegar con cara de cárcel». En esta última, el lector puede asociar «cara de cárcel» con sus significados alusivos, y pensar que tiene una cara triste, una cara que de algún modo hace pensar en una cárcel. Los términos de comparación de metáforas como «bodega con muertos» o «cara de cárcel», son palabras que difícilmente se relacionarían en la lengua corriente, y tratan de demostrar la originalidad del poeta, su capacidad de invención (valores artísticos idealizados por las vanguardias) e impresionar al lector, asombrándolo con el atrevimiento de sus asociaciones.

La concepción de la metáfora que subyace en la labor artística de las vanguardias supone que los términos de asociación tienen que ser extraños e inusuales y renovarse siempre, ya que repetir términos, como hacían los modernistas con sus «cisnes» y «princesas», gastaría la metáfora, restándole fuerza poética. Para los vanguardistas el poder principal de la metáfora es su capacidad de provocar asombro, desfamiliarizando al lector con los objetos que designa, mostrándole aspectos inusuales, nuevos de los mismos.

Además de esta serie de objetos propios del espacio familiar urbano, encontramos designados elementos del mundo natural que se combinan con otros creados por el hombre: «cisnes de fieltro» relacionados a «agua de origen y ceniza»; y «pájaros», «intestinos», «ombligos» con «dentaduras», «puertas», «cafetera», «espejos» y «paraguas». La yuxtaposición de cosas naturales con objetos creados por el hombre forma asociaciones arbitrarias cuyo carácter ilógico remeda el mundo onírico, lo subconsciente. Este desorden termina transformándose en un nuevo «orden» poético que caracteriza a las vanguardias.

El método de designación del poeta tiende a indefinir el mundo que nombra y otorga a los objetos una identidad poética que, en la mayoría de los casos, no tiene relación con la función de esos objetos en el mundo real; es una poética no realista, una poética fantástica donde el mundo se ve transformado por el proceso psicológico que sufre el poeta. Éste expresa su subjetividad presentando numerosas imágenes irracionales que muestran por dentro el proceso subjetivo mientras está sumido en él. El sujeto poético no se distancia de sus emociones ni intenta mostrarlas objetivamente, su intención es expresar lo confuso y traumático de un proceso y comunicar un estado psicológico alterado, de alienación, donde expone su lucha interior, su insatisfacción. Notamos la presencia de fuerzas que amenazan fragmentar el yo; en ese trance no puede designarse a sí mismo de manera inequívoca y clara, sino sólo de manera indirecta y alusiva, creando un lenguaje artificial y metafórico, combinando en las imágenes, como vimos, objetos naturales y objetos hechos por el hombre, que le permiten expresar la alteración radical que vive en el mundo contemporáneo.

El lector siente una viva simpatía ante ese estado de ánimo de desazón y sufrimiento que le comunica el poeta y se identifica con él. El poeta está volcando su subjetividad y su psicología íntima en el texto sin la mediación de un proceso racional de objetivación y explicación del conflicto. Su arte tiende a apropiarse de un proceso vital y expresarlo en su crudeza, en estado «natural», por medio de collages hechos de materias no ordenadas jerárquicamente según el papel que desempeñan en la experiencia social, sino yuxtapuestas y sin orden. Los elementos que integran el collage, muchos de ellos útiles en la vida práctica, como «dentaduras», «espejos», adquieren una función puramente estética al conformar un nuevo objeto mixto, heterogéneo, de naturaleza e identidad indefinida, sin finalidad real. El collage se transforma en el ejemplo máximo vivo de la creación poética autónoma.

Cuando en el poema vanguardista «inorgánico», que se distancia de la representación natural del mundo, el sujeto poético habla de sí, evidencia un proceso de intensa catarsis en el que no puede designar, nombrar su mundo, valiéndose de palabras comunes y familiares, sino que tiene que inventar un lenguaje poético inédito y metáforas especiales que le permitan designarlo alusivamente, indirectamente, mostrando su naturaleza no familiar, extraña, sorprendente. Muchos de los objetos que aparecen designados en las comparaciones y metáforas componen «cuadros» con imágenes visuales que parecen transposiciones de las creaciones de los pintores experimentales surrealistas, como Dalí; el poeta trata de crear un efecto similar con sus imágenes, como cuando dice que «los huesos salen por la ventana» del hospital, y los «horribles intestinos» cuelgan de «las puertas de las casas» que odia. Estas imágenes no son «bellas» en el sentido que los poetas modernistas entendían la belleza, no responden a un criterio estético de perfección, armonía y equilibrio, sino que son inquietantes, desagradables y comunican al lector una cierta sensación de horror.

El yo poético sugiere una travesía (también denotada en su título en inglés, «Walking around», que significa caminar sin dirección fija) por un espacio onírico y trata de comunicar la presencia de sentimientos íntimos de muerte y autodestrucción, y su deseo de «descansar». En esta travesía el yo poético comete o sugiere la posibilidad de cometer acciones irracionales o absurdas que tienen un toque humorístico y desacralizador, como cuando dice que le gustaría «asustar a un notario con un lirio cortado / o dar muerte a una monja con un golpe de oreja». Estas acciones tienden a mostrar el carácter no convencional y disconforme de la personalidad del poeta, que se rebela contra el orden de un mundo establecido, tratando de expresar lo irracional y absurdo de éste.

El mundo que experimenta el poeta vanguardista no es un mundo ordenado y significativo (como el que observamos en las obras de modernistas y simbolistas) sino desordenado y caótico, y el poeta tiene que expresar ese orden de alguna manera, indicando su «terrible belleza», que es un nuevo tipo de belleza. Notamos que el hombre alienado no es dueño de su mundo, no está en posesión de él, sino que siente que los objetos de su entorno adquieren una autonomía amenazante. El mundo exterior está cosificado y esa cosificación cualitativamente se extiende a su mundo espiritual y sus sentimientos. Su subjetividad toma la apariencia de objetos devastados y fragmentarios, compuestos casi de sobras de otros objetos, donde la naturaleza orgánica se combina con los utensilios fabricados por el hombre. El poeta emplea una gran cantidad de metáforas, como cuando dice que no quiere ser «raíz en las tinieblas», ni estar en «las tripas mojadas de la tierra», y habla de que el día lunes «arde como el petróleo» y aúlla «como una rueda herida»; estas metáforas diversifican los significados del poema, abriendo sus posibilidades alusivas, nombrando un mundo «otro»; el sujeto poético habla de sí mismo presentándose en su anomalía y en su radical extrañeza e individualidad, de manera que todo, hasta la forma de hablar sobre sí y el mundo, debe ser inventada.

«Walking around» es un ejemplo del arte inventado por los vanguardistas. El arte vanguardista crea un efecto estético nuevo en que el lector no percibe en el poema un mensaje claro sino la evidencia de un mundo fragmentado que se comunica como tal en su fragmentación y extrañeza, y que le permite evocar, intuitivamente, su experiencia en el mundo contemporáneo. Para el lector el texto vanguardista no produce un sentido último ni se agota en un solo significado, sino que es un productor de sentidos plurales.

En el nuevo tipo de mimesis poética que crean las Vanguardias, el objeto poético en el que se combinan imágenes improbables por asociación discontinua se convierte en el fundamento del estilo individual de los poetas: la poesía para ellos se expresa como un arte combinatorio que reformula la base material de la realidad. En esta poesía la palabra poética recupera su sentido mágico y ritual y su vinculación al mundo onírico. Los lectores de las vanguardias valoramos la poesía no por su significado último, ni por sus símbolos, sino por la emoción insólita que nos produce el contacto con ese mundo poético enigmático y poco inteligible.

El efecto estético vanguardista revolucionó el arte de la primera mitad del siglo XX y su tradición permanece activa y alcanza hasta nuestros días, ya vecinos al fin de siglo. Muchos de los desarrollos estéticos posteriores no fueron tan revolucionarios ni provocaron cambios tan profundos en la historia del arte como este efecto estético vanguardista. El realismo socialista de la década del treinta, tan importante en las letras hispánicas, reintrodujo en la poesía procedimientos realistas y romántico-sociales decimonónicos de representación que habían caído en el desprestigio; Pablo Neruda, en su obra *Canto general*, 1950, llevado por sus ideas socialistas, abandonó el formalismo e irracionalismo de su obra vanguardista y dio a su poesía un sentido racional y social. El *Canto general* es una obra poética descriptiva y narrativa, de base histórica, de acuerdo a los objetivos del arte realista social. No obstante, en sus descripciones históricas incluyó atrevidas metáforas vanguardistas, tratando de reconciliar los aportes de ambas estéticas, consideradas opuestas y antitéticas. [2] El poeta, quizá sin proponérselo, mostró al crítico un camino a seguir, sintetizando tendencias, aunque, según Bürger, la crítica aún no había logrado en 1974 integrar formalismo y hermenéutica en su interpretación del texto vanguardista (Bürger 82).

El arte de las Vanguardias, con su estética de ruptura y su peculiar lenguaje poético, consiguió reflejar las contradicciones del hombre contemporáneo en un momento social de crisis en que éste luchaba y se debatía sin conseguir alcanzar su ansiada liberación. Los poetas vanguardistas, en su esfuerzo por comunicar lo «incomunicable», dieron forma a un efecto poético que ha contribuido al desarrollo de la consciencia artística de nuestro tiempo y cuya estética se ha constituido en la tendencia artística más representativa de la modernidad.

Bibliografía citada

Alonso, Amado. *Poesía y estilo de Pablo Neruda*. Barcelona: Edhasa, 1979.
Bürger, Peter. *Theory of the Avant-Garde*. Minneapolis: University of Minnesota Press, 1984. Primera edición alemana 1974. Trad. de Michael Shaw.
Neruda, Pablo. *Antología*. Santiago: Editorial Nascimiento, 1957. 3ra. Edición ampliada.

---

[2] En los movimientos artísticos posteriores a la década del cincuenta notamos una tendencia a volver sobre procedimientos vanguardistas, con un arte que podemos calificar de neovanguardista; así lo vemos dentro de la narrativa en obras como *Rayuela* de Julio Cortázar, en las novelas de Severo Sarduy y en gran parte de la producción poética contemporánea, que parece repartirse entre el realismo social (Roque Dalton), el neovanguardismo (Lezama Lima) y la poesía crítica que recupera técnicas textuales decimonónicas modernistas, como la intertextualidad, tal como observamos en la poesía de Carlos Germán Belli. No sabemos cómo ha de ser el arte del futuro siglo XXI, pero sí es evidente que las Vanguardias han dominado nuestro siglo, como el Romanticismo dominó el siglo XIX, y que nuestro arte de hoy vuelve sus ojos nostálgica y críticamente hacia el pasado. Muchas de las tendencias textualistas y formalizantes de hoy tienen semejanza, por su orientación, con la búsqueda de perfección de los simbolistas franceses y los modernistas hispanoamericanos, aunque, debemos reconocerlo, nuestra poesía contemporánea carece de la riqueza y la trascendencia internacional que tuvo la brillante poesía postromántica decimonónica.

Darío: su lírica de la vida y la esperanza

En 1905 se publica en España *Cantos de vida y esperanza* de Rubén Darío. El libro, junto con *Prosas profanas*, 1896 y 1901, contiene la producción poética más destacada e influyente de su carrera literaria. Darío le encargó la preparación de la publicación a su joven amigo y admirador Juan Ramón Jiménez, como lo ha estudiado con detenimiento José María Martínez ("Para leer *Cantos de vida y esperanza*" 27). Este libro sobre la vida y la esperanza es también un testimonio del dolor y la duda que asaltó al poeta durante aquellos años. Ese estado espiritual de Darío encontró su reflejo en el estado espiritual por el que atravesaba la patria que sintió más cercana entonces: España.

Cantos de vida y esperanza, como todo libro de poemas no concebido como obra orgánica, es heterogéneo, y recogió lo que Darío consideraba su mejor producción de la época (Zimmermann 193-6). Si bien incluyó algunos poemas anteriores a 1901, fecha de la segunda edición de *Prosas profanas*, con sus "Adiciones", el grueso de los poemas fue escrito entre 1901 y 1905. Durante esos años ocurrieron cambios importantes, tanto en la vida de Darío como en el mundo hispánico. Primero, la desastrosa guerra de 1898 entre Estados Unidos y España terminó la etapa colonial e imperial española en el nuevo mundo, y llevó a ésta última a replantearse el valor y sentido de su historia, y su destino como nación. Sus escritores, particularmente los miembros de lo que se ha llamado la Generación del 98, iniciaron un proceso de análisis espiritual de sus circunstancias, y se preguntaron por el ser español. Darío fue a España enviado por el diario *La Nación* de Buenos Aires en 1898, y parte de su tarea era observar este proceso y escribir sobre él. Muchas de las crónicas que publica sobre la vida y la cultura española las recoge en sus libros de ensayos: *España contemporánea*, 1901 y *Tierras solares*, 1904. Paralelamente, reflejará sus preocupaciones por la situación española en poemas como "A Roosevelt", 1904, indignada respuesta en defensa de la hispanidad ante la arrogancia imperialista del presidente norteamericano, y en su "Letanía de nuestro señor don Quijote", escrita para la conmemoración del tercer aniversario del *Quijote* en 1905.

Darío y España

De 1898 en adelante Darío vive en la península ibérica por períodos relativamente cortos, estableciendo su residencia más permanente en París, desde donde viaja a España y otros países de Europa, llevado por sus actividades como periodista corresponsal de *La Nación* de Buenos Aires y diplomático, ya que en 1903 es nombrado Cónsul de Nicaragua en París (Torres 937-40). Espiritualmente se mantiene muy cerca de España: ve en París a poetas españoles, como Manuel Machado, y se ha unido a una mujer de Ávila, Francisca Sánchez, que le dará tres hijos, de los cuales solo uno sobrevivirá (Torres 493-96). La madre patria es el centro de la hispanidad, a la que Darío se propone seducir y conquistar con su talento y su poesía. El crítico español Juan Valera había sido uno de los primeros en aplaudir su arte original e innovador, cuando publicó *Azul*... Al visitar España en 1892, como miembro de la delegación de su país, Nicaragua, para la celebración del cuarto Centenario del Descubrimiento de América, había conocido a muchos de sus escritores, entre ellos José de Espronceda y Ramón de Campoamor, glorias del romanticismo español. Frecuentó los salones de Emilia Pardo Bazán y Juan Valera, autores reconocidos y críticos de peso en esos momentos; visitó al erudito Marcelino Menéndez y Pelayo y se hizo amigo del orador y político Antonio Cánovas del Castillo (*Autobiografía* 71-92).

En este segundo viaje que iniciara en 1898 conocerá y frecuentará a un grupo diferente de escritores: los jóvenes innovadores, los nuevos prosistas y poetas: Valle Inclán, los hermanos Machado, Jacinto Benavente, Juan Ramón Jiménez, Francisco Villaespesa, entre otros (*Autobiografía* 124-5). A pesar del apoyo que recibiera de los jóvenes su poesía sólo sería aceptada por una minoría en España, y Darío nos dice, en su "Prefacio" a *Cantos de vida y esperanza,* que había encontrado la expresión poética "anquilosada" al llegar allí (333). Andrés González-Blanco, que escribiera un excelente estudio crítico de más de cuatrocientas páginas sobre la obra del poeta para la publicación de las *Obras escogidas* en 1910, cuenta que los principales diarios españoles no aceptaban publicar su poesía durante los primeros años del nuevo siglo, aunque sí aparecían sus colaboraciones en las revistas de sus jóvenes amigos, como *Helios* de J. R. Jiménez y *Alma española*, dirigida por Azorín ("Estudio preliminar", volumen 1: CXCIX-CCII). En 1910 la situación había cambiado, comenta el crítico, la poesía de Darío parecía haber triunfado definitivamente en el gusto del público español y *El imparcial* y el *Heraldo* de Madrid publicaban sus poemas.[3]

En cada lugar en que había vivido Darío había sabido crear relaciones de compañerismo y amistad con escritores y artistas, particularmente en Chile, donde publicó *Azul...* en 1888, el libro que iniciara el período de su reconocimiento por críticos destacados como gran poeta del mundo hispánico, y en Argentina, donde publicó *Prosas profanas* en 1896, sobre el que el joven crítico y filósofo José Enrique Rodó, destinado a ser la gran voz continental en defensa de la hispanidad, escribiera en 1899 un ensayo excelente (Rama 105-7). En sus crónicas directamente, e indirectamente en su poesía, Darío observó estas sociedades en las que vivió y trabajó, y reflexionó sobre su grado de modernidad y el estadio de su cultura. El poeta asimilaba con facilidad las influencias más diversas de lugares y de personas. Su relación con estas sociedades no era sencilla: si bien Darío admiró la vocación de modernidad de estos países, criticó en ellos todo lo que consideraba vulgar y antiestético.

Darío fue a vivir a grandes ciudades, especialmente las capitales, islas de modernidad en un período de grandes cambios. Tanto Chile como Argentina se contaban entre los países más progresistas de Hispanoamérica durante esos años. Triunfaba el positivismo, que celebraba a la sociedad mercantil. El poeta fue testigo del crecimiento urbano de Santiago y Buenos Aires, que de "grandes aldeas" se habían convertido en centros cosmopolitas, algo que él no había podido experimentar en Centro América, cuya sociedad aún no había logrado salir de un estado pre-capitalista

---

[3] Dice González-Blanco: "Si hace poco todavía...¡en 1904!, Rubén Darío sólo tenía un grupito de admiradores y amigos, los cuales se quejaban, y con razón, del silencio de la prensa respecto a las idas y venidas del poeta. Mucho hemos adelantado en cinco años, puesto que este espacio de tiempo ha debido de transcurrir para que los grandes rotativos (*El Imparcial* y *Heraldo* de Madrid...) publicasen poesía del lírico de Nicaragua. Así se ha conseguido que lo que hace poco era exclusivo patrimonio de una capillita y de un cenáculo trascienda hoy al gran público... (CCI-CCII)".

de desarrollo. Las relaciones sociales en Centro América respondían a una dinámica muy diferente que la que encontró en Sur América. En Nicaragua la vida cultural se desarrollaba alrededor de círculos muy limitados, controlados por las familias de la oligarquía. No contaba con grandes ciudades ni centros cosmopolitas comparables a los de Chile y Argentina. En Sur América Darío pudo trabajar para grandes diarios, como *El Mercurio* de Chile y *La Nación* de Argentina, que eran líderes del periodismo hispanoamericano (Arellano 25-32). 1898 cambió la historia de los países de lengua hispana. Estados Unidos se perfiló como un poder amenazante para Latinoamérica y la reacción no se hizo esperar. En 1900 Rodó publicó *Ariel,* que serviría para canalizar todos los temores de la juventud ante el avance imperialista, e inició una reacción "espiritualista" contra el "materialismo" yanqui (Castro 87-90). Hispanoamérica buscó definirse como una "potencia" espiritual y cristiana, "latina".

Darío fue reconocido y aceptado por los jóvenes poetas de Buenos Aires, no todos ellos argentinos (como no lo era el boliviano Jaimes Freire) ni capitalinos (como no lo era el provinciano Lugones), como un creador único y una personalidad continental (*Autobiografía* 110-4). Pronto la poesía de éstos empezó a reflejar muchos de los hallazgos temáticos y formales del nicaragüense (Torres 416-7). Darío predicaba el individualismo y se decía posesor de una estética ácrata, que rechazaba este tipo de liderazgo, pero sus aportes y sus logros eran tantos que era imposible para los jóvenes poetas apartarse de su influencia. Todos los que lo conocieron, tanto en Hispanoamérica como en España, como lo indica Alberto Acereda en su estudio sobre la influencia de Darío en este país, se rindieron ante este superdotado de la lírica, y se mantuvieron fieles a esa amistad a lo largo de los años, reconociéndolo como el poeta mayor del Modernismo ("Rubén Darío en la poesía española del siglo XX" 46-9).

En su poesía de los años de Buenos Aires, profana, lúdica, despreocupada, burlona, encontramos el "espíritu" de esa ciudad en esos momentos optimistas en que la expansión económica, acompañada por una vigorosa transformación social, era aparentemente ilimitada. La poesía "modernista" argentina posterior a Darío se desarrolló en gran medida siguiendo sus ideas poéticas, aceptando la asimilación de los modelos franceses, mayormente parnasianos, que el nicaragüense había adaptado a las necesidades del idioma (Pérez 65-75). Su poesía "española", que escribiera en los años en que se mantuvo espiritualmente cerca de España, a partir de 1898, cuando fue enviado por *La Nación* a Europa, refleja un cambio de sentir fundamental en relación a la poesía de *Prosas profanas* (Martínez, *Los espacios poéticos de Rubén Darío* 32-7). Ese cambio fue una respuesta a la crisis espiritual profunda que Darío observó en España y que lo llevó a replantearse su poética en su ostracismo parisino.

Los poetas españoles que estuvieron cerca de él en esos años, como J. R. Jiménez y los hermanos Machado, observaron en su propia poética un proceso espiritual análogo al de Darío, como queda testimoniado en los libros mayores que escribieron en esa época: *Soledades, galerías, otros poemas*, 1907 de Antonio Machado; *Alma*, 1900 de Manuel Machado y *Elegías*, 1910 de Juan Ramón Jiménez. La clave de la "conversión" poética de Darío, tal como él la plantea en su nuevo libro, *Cantos de vida y esperanza*, fue un cambio interior profundo que dio a su vida un nuevo sentido cristiano.

Crítica e identidad

En el poema liminar que abre la primera sección del libro, titulada "Cantos de vida y esperanza", "Yo soy aquel que ayer no más decía..." Darío hace una presentación autocrítica de su papel como "modernista". Es una comparación entre el poeta que había sido al escribir *Prosas profanas* y el que era en esos momentos. El resultado es una autobiografía espiritual. Su poesía, dotada de imágenes exquisitas y de un lenguaje de una sonoridad sensual única en nuestra lengua, incorpora fácilmente el análisis intelectual, la crítica literaria y la meditación existencial. El poeta habitaba en "un jardín de sueño,/ lleno de rosas y de cisnes vagos..." Este era el período cuando "la torre de marfil" había "tentado su anhelo", imagen que muchos tenían de él, como vate "parnasiano" y escapista. Pero nos confiesa que esa imagen es errónea: él es un poeta que siente y sufre; en el pasado había ocultado su alma sensible que, sin embargo, había sido el motor de esa poesía que habían juzgado superficial.

El lector queda convencido de su sinceridad. Darío se muestra como poeta confesional y poeta del dolor humano. El artista, en esta etapa, es una especie de santo laico. Tan dedicado a su arte, se convierte a una nueva verdad: el arte es vida, es esperanza y es también sufrimiento. El centro de este arte es el hombre cristiano del nuevo siglo, el hombre moderno "latino" y "pan-latino" que tiene una sensibilidad diferente. El lenguaje de Darío es más directo, si bien no renuncia a la metáfora original y novedosa. Su verso se vuelve conceptual y explicativo. Habla de cosas presentes, reales, y no meramente de un mundo imaginario: los "cisnes" le sirven ahora para interrogar a la historia, no para huir de ella.

Darío adquiere en esos momentos una nueva conciencia de la temporalidad. Se percibe a sí mismo como un ser arrastrado por la vorágine del mundo, en circunstancias históricas graves que comprometen el futuro. El mundo hispánico parece estar indefenso ante la amenaza del imperialismo norteamericano. En la breve guerra de tres meses entre Estados Unidos y España en 1898, esta última pierde sus colonias. La derrota es rápida y absoluta y los hispanos comprenden que están a merced de los apetitos imperialistas del coloso del Norte. Rodó declara que los "latinos" son superiores porque representan una espiritualidad elevada y un sentido estético de la vida que solo los grandes pueblos pueden tener, y los norteamericanos, a pesar de su poder político y económico, son un pueblo materialista con un alma empobrecida (Castro 50-8).

Darío hace su defensa poética del mundo hispano en 1904, en su poema "A Roosevelt", en que el presidente imperialista norteamericano, el "Cazador" que había dirigido la guerra contra España para pasar después a ser presidente de su país por dos periodos consecutivos, aparece como el interlocutor al que apostrofa: "Eres los Estados Unidos,/ Eres el futuro invasor/ De la América ingenua que tiene sangre indígena/ Que aún reza a Jesucristo y aún habla en español" (360). Darío presenta al mundo hispanoamericano como un mundo ingenuo, donde reina la paz y la poesía. Lo une su lengua, su catolicismo y su identidad mestiza. Ese mundo está indefenso frente al "Cazador" imperialista, y sólo Dios puede protegerlo. El poema queda inscrito, como dice Darío en el "Prefacio" del libro, "...sobre las alas de los inmaculados cisnes" (334). El lector, sin embargo, sabe que el poeta está reflexionando sobre una situación histórica que acongojaba a todos. A pesar de su disculpa es un poema político, comprometido con la sensibilidad de la hora (Ordiz 149-53). La posibilidad de una invasión armada de Estados Unidos a los países hispanoamericanos se había materializado ya cuando este país tomara control de la vida de Puerto Rico y Cuba. ¿Dónde terminaría la osadía norteamericana? ¿Invadirían Centro América o quizá México, arrebatarían su soberanía a los países hispanos? El problema era demasiado grave para que un individuo como Darío, cronista cultural y gran poeta, además de diplomático, pudiera ignorarlo.

Para Darío, como antes para Groussac y Rodó, Estados Unidos representaba una forma moderna de la barbarie porque, a pesar de su poder político y militar, argumentaba, sus habitantes no habían podido desarrollar una sensibilidad especial hacia el bien y la belleza (Castro 80-83). En el poema que publica al año siguiente, en la sección de *Cantos de vida y esperanza* titulada "Los cisnes", y que posiblemente haya escrito también en 1904, "¿Qué signo haces, oh Cisne, con tu encorvado cuello...", Darío muestra a un mundo hispánico preocupado y angustiado, que se siente impotente ante la ambición norteamericana. Allí plantea otro aspecto del problema: ¿qué ocurrirá con la lengua? Pregunta Darío, "¿tantos millones de hombres hablaremos inglés?" (380). Se temía que Estados Unidos tratara de convertir a los países hispánicos de América en colonias suyas, y que forzara el uso del inglés, perdiéndose el patrimonio espiritual con el que todos los hispanohablantes se identificaban: la lengua hispana. La resistencia era difícil porque la península ibérica, como la describe Darío, era un poder decadente, caduco, había perdido el sentido del heroísmo, y ya no había "nobles hidalgos ni bravos caballeros" (380). ¿Qué quedaba entonces por hacer? Tener fe. Esperar. El poeta confía pasivamente la salvación del mundo hispano a una fuerza superior divina.

A pesar de su visión pesimista de la situación histórica, Darío mantiene su esperanza cristiana. Esta comunión de catolicismo y humanismo da al mensaje poético de Darío una inusitada vigencia. Es un mensaje cristiano y pacifista, expresado en los más altos términos estéticos. Darío considera más auténtica la vocación religiosa del pueblo hispano católico que la del norteamericano protestante. El pueblo al que los norteamericanos menosprecian tiene "sangre indígena"; ya se había preguntado en las "Palabras liminares" de *Prosas profanas*: "¿Hay en mi sangre alguna gota de sangre de África, o de indio chorotega o nagrandano? Pudiera ser, a despecho de mis manos de marqués..." (*Poesías Completas* 546). Darío, aunque se sentía un legítimo representante de la hispanidad toda, tenía que haber experimentado en carne propia, en su país, en

Chile, en Argentina, y en España, los prejuicios raciales implícitos en esas comunidades, subestimando a la persona de ascendencia indígena (González-Blanco CLXXXV-VI). La situación histórica había creado una conciencia fraternal entre los pueblos hispanos que no existía antes de la guerra con Estados Unidos, cuando España había estado luchando por años contra los independentistas cubanos, y se aferraba a su superioridad militar para frustrar los deseos de independencia de sus últimas colonias americanas. La derrota de España hizo que cambiaran los sentimientos de los pueblos hispanoamericanos hacia ella. De repente, en lugar de verla como una nación tiránica, descubrieron su aspecto "maternal": volvió a ser la madre patria, débil, necesitada, y los "hijos" hispanoamericanos compasivamente se le acercaron.

Pesimismo existencial y esperanza cristiana

Este sentido de la temporalidad, y de las limitaciones y la finitud de la vida, da un tono marcadamente patético a las poesías filosóficas "existenciales" de *Cantos de vida y esperanza*. Son un tipo de poesía nueva en la obra del autor. Su verso se aligera de imágenes y metáforas. Darío, tal como lo hacían los Simbolistas franceses, busca la "palabra justa", el vocablo perfecto que traduzca su sentir sin recargar la expresión. El núcleo del poema está en el concepto, en el pensamiento donde medita sobre el sentido de la vida. El poeta confiesa sus sentimientos y sus verdades más íntimas, revela su mundo interior. Habla de sí como de un ser angustiado, que se prepara a enfrentar el "otoño" de su existencia durante su "primavera". En 1905 Darío cumplía 38 años; se había abandonado al alcoholismo y siente que ha mermado su fuerza vital. La vida lo golpea con la pérdida del primer hijo que tiene con Francisca, y poco después con el segundo, Rubén, a quien apodó "Phocas" y le dedicó su poema "A Phocas el campesino"; el niño moriría en junio de 1905 (Torres 523-30).

Son muchos los poemas de este libro en que Darío habla de su sufrimiento, del acabamiento de sus facultades, y presiente el fin de su vida, que habría de ocurrir varios años después, aún siendo relativamente joven, en 1916, antes de cumplir los 50 años. Entre estos poemas, que son los que más atrajeron el interés de los lectores durante el siglo XX, se destacan, además del mencionado "A Phocas el campesino", "Nocturno", "Melancolía", "De otoño" y "Lo fatal". Unos años después de la muerte de Darío, las vanguardias traerían cambios radicales en el lenguaje poético. Los poetas vanguardistas, como Neruda y Vallejo, abandonaron el complejo sistema de versificación que había sido durante tantos siglos la forma fundamental de concebir la poesía en lengua hispana, para reemplazarlo por el versolibrismo. Esta nueva manera de escribir "tocó" estética y emotivamente a los lectores de principios de siglo XX. La crisis política se agudizó cada vez más en España hasta que se desencadenó la guerra civil, de la que los miembros de la Generación del 98, y los poetas modernistas amigos de Darío, como Juan R. Jiménez y los hermanos Machado, serían testigos y víctimas. Estos poemas "existenciales", que expresaban la angustia del hombre moderno, renovaron su vigencia en esas difíciles circunstancias.

Darío nos dice en esos poemas que el hombre es un ser para la muerte, y que luego de venir al mundo vivimos en medio de una agonía terrible. Toda empresa humana parece fracasar y perder su sentido. La juventud engaña al ser humano, le hace creer que la vida es bella: esos sueños son falsos, y pronto el adulto lo descubre. Así le aconseja a su hijo en "A Phocas el campesino": "Tarda en venir a este dolor a donde vienes,/ A este mundo terrible en duelos y espantos;/ Duerme bajo los Ángeles, sueña bajo los Santos,/ Que ya tendrás la Vida para que te envenenes...(420)". El hombre se ha transformado en su propio enemigo. Su hiperestesia se vuelve contra él, y le ocasiona dolor. Darío le pide al hijo que lo perdone porque le ha dado la vida (Jrade 110-12).

Para Darío ese sufrimiento no puede redimir al ser humano. Este es consciente de su "humano cieno" y descubre que va a tientas por la vida; dice Darío en el poema "Nocturno": "...el horror de sentirse pasajero, el horror/ De ir a tientas, en intermitentes espantos,/ Hacia lo inevitable desconocido y la / Pesadilla brutal de este dormir de llantos/ De la cual no hay más que Ella que nos despertará! (400)". Aún los sueños, la literatura y la poesía no logran mitigar el horror del mundo. La poesía se vuelve su mal. Ha llegado demasiado lejos, ya no puede volver atrás y ser un buen creyente, un hombre simple y sencillo. Dice el poeta en "Melancolía": "Ese es mi mal. Soñar. La poesía/ Es la camisa férrea de mil puntas cruentas/ Que llevo sobre el alma. Las espinas sangrientas/ Dejan caer las gotas de mi melancolía (437)." Se ha hecho demasiadas preguntas, la poesía se ha vuelto el instrumento de su búsqueda y ahora tiene que enfrentarse al vacío de la muerte.[4]

El hombre moderno, aún el cristiano, no parece tener una fe tan intensa en la otra vida como el creyente de épocas pasadas: lo corroe la duda y se llena de angustia (Acereda, "La modernidad existencial en la poesía de Rubén Darío" 156-60). El mundo moderno debilita y amenaza la fe religiosa. El yo se vuelve la base de su propia espiritualidad, y eso enfrenta al hombre con la inutilidad de la propia existencia. Y ese ser agónico se interroga: ¿valió la pena? ¿No hubiera sido mejor no haberse preguntado nada? El hombre contemporáneo, ¿ no sabe demasiado? El saber parece comprometer la salvación personal. La duda destruye toda certidumbre en Darío. Por eso es justo que haya cerrado este libro con el poema "Lo fatal", síntesis de su estado de ánimo ante la existencia en esos momentos. Declara: "...no hay dolor más grande que el dolor de ser vivo,/ Ni mayor pesadumbre que la vida consciente (466)." Y dice sobre el saber y el ser: "Ser, y no saber nada, y ser sin rumbo cierto,/ Y el temor de haber sido y un futuro terror.../Y el espanto seguro de estar mañana muerto,/ Y sufrir por la vida y por la sombra y por/ Lo que no conocemos y apenas sospechamos,/ Y la carne que tienta con sus frescos racimos,/ Y la tumba que aguarda con sus fúnebres ramos,/ Y no saber adónde vamos,/ Ni de dónde venimos...! (466)". El libro, que se abre con su autobiografía poética y espiritual, termina con esta meditación sobre el ser y el saber, que clausura el saber y le abre las puertas al ser, que bien puede ser infinito, inmortal... Cuando culmina la lucha entre el ser y el estar, el hombre queda a merced de la tentación de la carne y enfrentado al temor del más allá, entre Eros y Tánatos, entre el amor y la muerte. Y quedan sin responder las preguntas sobre el origen y la finalidad de la vida.

Cantos de vida y esperanza es también (particularmente sus poemas

[4] Declara Darío en *Historia de mis libros*, 1909, con respecto a estos poemas: "Ciertamente, en mí existe, desde los comienzos de mi vida, la profunda preocupación del fin de la existencia, el terror a lo ignorado, el pavor de la tumba...En mi desolación, me he lanzado a Dios como a un refugio; me he asido de la plegaria como de un paracaídas. Me he llenado de congoja cuando he examinado el fondo de mis creencias y no he encontrado suficientemente maciza la fe cuando el conflicto de las ideas me ha hecho vacilar, y me he sentido sin un constante y seguro apoyo (*Obras completas* I: 223)".

existenciales) un poemario sobre la agonía del cristianismo. Qué cerca está Darío de Miguel de Unamuno en esos momentos. Quien empezara a escribir con todo el artificio metafórico y gongorino de un gran renovador de la lengua, queda al final desnudo ante el idioma, confesando la agonía del ser frente al enigma de la vida moderna. El humanismo liberal no ha sido suficiente para Darío. No pudo ser ateo ni creer en la finalidad trascendente de la sociedad laica. Su vida "profana" de los noventa da lugar a la formidable crisis del principio de la nueva centuria. Para expresarla Darío ha tenido que reinventarse como poeta. Y se ha renovado auténticamente, siendo fiel a la tradición poética de su lengua hispana. Si en su poesía de los noventa, aparecía la lección de los grandes maestros franceses del fin de siglo, particularmente Verlaine, en su nueva etapa poética, tan cercana a la sensibilidad peninsular, Darío recoge en su verso la gran lección del renacimiento español: la poesía religiosa y mística de San Juan de la Cruz, la poesía conceptual de Quevedo, entre otros. Darío aúna la lección poética de los franceses con la sabia viva de su propio idioma.

Prosas profanas, 1896, 1901, y *Cantos de vida y esperanza*, 1905, son dos cumbres poéticas de la poesía de nuestra lengua y las dos obras mayores de Darío. Uno de los aciertos de *Cantos...* fue demostrar al lector que el cambio de lenguaje poético correspondía a una auténtica transformación humana. Y no sólo había cambiado el poeta: el mundo hispano había cambiado después del 98. En este libro nos encontramos con un Darío transido por el problema del tiempo, que siente el proceso agónico de la historia, con un filósofo del ser y la existencia. Nos confiesa su decadencia personal, su sufrimiento, sus tendencias autodestructivas. Aparece como ser espiritual y cristiano, que escribe sobre su experiencia personal, sobre su vida. Estoy de acuerdo con Alberto Acereda cuando afirma que Darío inicia la poesía moderna en España y que los hermanos Machado y Juan R. Jiménez escriben a partir del lirismo inaugurado por Rubén ("Rubén Darío en la poesía española..." 47). Para que esta hermandad poética fuera posible, Rubén había bebido antes profundamente del ser hispánico, se había compenetrado del drama y la crisis de España, y la había conocido y reconocido en sus viajes.[5] Gracias a esto pudo ser realmente un poeta de la lengua (a lo que aspiraba) y no meramente un poeta de su patria. Fue

---

[5] Sus artículos de *España contemporánea*, 1901 y *Tierras solares*, 1904, son el mejor testimonio de sus meditaciones sobre España.

el poeta de ese pan-hispanismo que se inaugura después de 1898, y va a crear en los habitantes del mundo hispánico una nueva conciencia de su identidad y del valor de su lengua.

Bibliografía citada

Acereda, Alberto. "Estudio crítico". *El modernismo poético. Estudio crítico y antología temática*. Salamanca: Ediciones Almar, 2001. 9-106.

----------. "Rubén Darío en la poesía española del siglo XX (Recuperación de un poeta relegado)". *Letras hispanas* Vol. 2 (1997): 46-60.

----------. "La modernidad existencial en la poesía de Rubén Darío". *Bulletin of Spanish Studies* Vol. 79, No. 2-3 (2002): 149-69.

Arellano, Jorge Eduardo. *Azul...de Rubén Darío Nuevas perspectivas*. Washington: OEA, 1992.

Castro, Belén. "Introducción", José E. Rodó, *Ariel*. Madrid: Cátedra, 2000. 9-135.

Darío, Rubén. *Azul...Cantos de vida y esperanza*. Madrid: Cátedra, 1995. Edición de José María Martínez.

----------. *Autobiografía*. México: Editora Latino Americana, 1966. 3era. edición.

----------. *Historia de mis libros. Obras completas*. Madrid: Afrodisio Aguado, 1950. I:193-224.

----------. *España contemporánea. Obras completas*. Madrid: Afrodisio Aguado, 1950. III: 13-373.

----------. *Tierras solares. Obras completas*. Madrid: Afrodisio Aguado, 1950. III: 847-1014.

----------. *Poesías completas*. Madrid: Aguilar, 1975. Edición de Alfonso Méndez Plancarte y Antonio Oliver Belmás. Undécima edición.

González-Blanco, Andrés. "Estudio preliminar". Rubén Darío. *Obras escogidas*. Madrid: Librería de los sucesores de Hernando, 1910. Volumen 1.

Jrade, Cathy L. *Rubén Darío y la búsqueda romántica de la unidad El recurso modernista a la tradición esotérica*. México: Fondo de Cultura Económica, 1986. Traducción de Guillermo Sheridan.

Martínez, José María. "Introducción". Rubén Darío. *Azul...Cantos de vida y esperanza*.

Madrid: Cátedra, 1995. 11-98.

----------. *Los espacios poéticos de Rubén Darío*. New York: Peter Lang, 1995.

----------. "Para leer Cantos de vida y esperanza". *Hispanic Poetry Review* Vol. 1, No. 2 (1999): 21-50.

Ordiz, Javier. "Martí, Rodó y la poesía social de Rubén Darío". Jacques Issorel, *El cisne y la paloma*. Perpignan: CRILAUP/ Presses Universitaires de Perpignan: 1995. 139-53.

Pérez, Alberto Julián. *Modernismo, Vanguardias, Postmodernidad Ensayos de Literatura Hispanoamericana*. Buenos Aires: Corregidor, 1995.

Rama, Ángel. *Rubén Darío y el modernismo*. Barcelona: Alfadil Editores, 1985.

Torres, Edelberto. *La dramática vida de Rubén Darío*. San José: EDUCA, 1982. 6ta edición.

Zimmermann, Marie-Claire. "El eclecticismo poético de Rubén Darío: heterogeneidad y unidad en *Cantos de vida y esperanza*". Jacques Issorel, *El cisne y la paloma*. Perpignan: CRILAUP/ Presses Universitaires de Perpignan: 1995. 193-212.

Una magnífica obsesión literaria:
Sábato frente a Borges

Jorge Luis Borges (1899-1986) fue el escritor argentino que más críticas y elogios recibió en la obra de Ernesto Sábato (1911- 2011). Entre los extranjeros, Sábato estudió y comentó al dominicano Pedro Henríquez Ureña, también amigo de Borges, al filósofo francés Jean Paul Sartre, y a los novelistas Fedor Dostoievsky y Franz Kafka.[6]

Sábato veía a Dostoievsky, el torturado y espiritual escritor ruso, como alguien relativamente marginal al mundo de la cultura europea del siglo XIX, que idealizaba y asimilaba a los escritores franceses, mientras buscaba su propia identidad rusa (*El escritor y sus fantasmas* 27). Valoró a Franz Kafka como figura existencial y creador de magníficas pesadillas, y lo asoció a Borges en sus análisis.[7] Pedro Henríquez Ureña fue para Sábato una figura paternal: lo conoció en el Colegio Nacional de la Plata, donde fue su profesor de lengua y literatura.[8]

Sartre, pensador existencial controversial, alternó, como Sábato,

---

[6] Ernesto Sábato, *Sartre contra Sartre*, 1968 y *Significado de Pedro Henríquez Ureña*, en E. Sábato, *Obras II Ensayos*, Buenos Aires, Losada, 1970 : 909-35 y 803-27; E. Sábato, *Apologías y rechazos,* Madrid, Editorial Seix Barral, 1979 : 53-77.

[7] E. Sábato, "La novela rescate de la unidad primigenia", en *El escritor y sus fantasmas*, 257-264; E. Sábato, *Uno y el Universo*, Buenos Aires, Editorial Sudamericana, 1948, segunda edición, 24.

[8] Escritor incomprendido y fiel a su destino, como Sábato. Ensayista vernáculo, cuya figura americana crece, a medida que pasa el tiempo, junto a las de otros pensadores de América, como Ángel Rama y Ezequiel Martínez Estrada. Mentor de Sábato, escritor novicio entonces, a quien introduce al grupo de la revista *Sur*; será quien lo lleve, casi casualmente, a la carrera literaria. Es curioso que Sábato haya sentido menos amistad hacia Martínez Estrada, destinado a ser uno de nuestros grandes ensayistas. Cuando lo conoció entabló una amistad con quien era en ese momento el poeta Ezequiel. Pero sus ensayos parecen haberle impactado menos. Quizá la ácida y conflictiva personalidad de ambos escritores haya sido un obstáculo para una relación

entre el ensayo y la literatura de ficción, y terminó negando sus propia creación novelística.[9] Sábato, si bien fue un escritor de apologías y rechazos, se mantuvo fiel a la novela, que forma, con el ensayo, en su obra, una unidad indisoluble.[10] Como Sartre, buscó proyectar su posición ética en su literatura, que fue adentrándose cada vez más en el mundo de la política. Crítico sincero de las ideologías, Sábato fue desde su primer libro, *Uno y el Universo*, 1945, un escritor desconforme, que cuestionó a la ciencia, a la literatura y a su sociedad.

Jorge Luis Borges creció en un ambiente culto muy distinto al de Sábato.[11] Se formó en la biblioteca paterna, en un hogar bilingüe castellano-inglés; empezó a escribir y traducir desde niño y ya a los veintitrés años era reconocido como uno de los escritores más innovadores de Buenos Aires.[12] Sábato sintió una misteriosa afinidad hacia Borges. En el otro extremo del espectro literario de su época, reconoció en Roberto Arlt a un hermano de su literatura, un escritor torturado, hijo de inmigrantes, como él mismo. Creyó

---

más serena. María Angélica Correa, *Genio y figura de Ernesto Sábato,* Buenos Aires, EUDEBA, 1971: 34-5 y 65-76.

[9] Además de Sartre, otro escritor existencialista francés que aparece repetidamente aludido en sus escritos es Albert Camus.

[10] Sábato, como Borges, dan al ensayo (y a las ideas) un papel central en su narrativa. La novela latinoamericana tiene una vieja tradición "ensayística". Ya la primera gran novela argentina, *Amalia*, de José Mármol, 1851, mantenía largas explicaciones ensayísticas. Sábato tenía grandes modelos en el género, dentro y fuera de la lengua hispana (fuera de nuestra lengua, el novelista de ideas que más parece haberlo impactado es Dostoievsky, que supo presentar a sus personajes dominados por cuestiones morales y filosóficas). Borges, en cambio, contaba con pocos antecedentes (el más importante, el creador del cuento moderno, Edgar Allan Poe): uno de sus mayores aportes al género fue el transformar el cuento en vehículo de ideas filosóficas. Esto tiene que haber impresionado profundamente a Sábato. En el desarrollo de su novelística, da a las ideas un papel cada vez más central. En su última novela, *Abaddón, el Exterminador*, 1974, el personaje "Sábato" mantiene largas disquisiciones con otros y consigo mismo, sobre cuestiones literarias, filosófica y políticas.

[11] Su padre, el abogado Guillermo Borges, conocía y amaba la literatura y escribió una novela, *El caudillo*, publicada en 1921. Destinó a su hijo al oficio de las letras (Rodríguez Monegal, *Jorge Luis Borges A Literary Biography,* New York, Paragon House Publishers, 1988 : 79-87).

[12] Logró una esmerada formación literaria, en parte autodidacta. Asistió al College Calvin, en Suiza, completando allí sus estudios secundarios, etapa de su vida crucial para su desarrollo intelectual y estético (Rodríguez Monegal 114-124).

que Arlt, en su intuitivo anarquismo, buscaba la liberación del hombre y su proyección metafísica (*El escritor y sus fantasmas* 43).

En los diálogos que mantuvieron Borges y Sábato en 1975, y que editó Orlando Barone, notamos que Sábato admira a Borges y ha leído y meditado bien su obra, mientras Borges no conoce la literatura de Sábato y parece no interesarle. Cuando le preguntan si lee literatura latinoamericana, Borges contesta que desde 1952 sólo lee la joven literatura de los antiguos escandinavos y los anglosajones. Cuando le piden que dé nombres de escritores latinoamericanos que admira, cita al escritor uruguayo de novelas gauchescas, amigo suyo, Enrique Amorim, autor de *El paisano Aguilar*, 1934, muerto en 1960 (Borges-Sábato, *Diálogos* 108). Sábato le explica que Barone quería saber si conocía a "alguno de los narradores latinoamericanos famosos de la actualidad" y Borges contesta que no. Esto no significa que siempre hubiera mantenido esa distancia frente a la literatura nacional y a la hispanoamericana: sabemos que, en sus primeros libros de ensayos, Borges estudió a sus compañeros de generación, y a los escritores más representativos de Argentina, entre ellos a los gauchescos, y a poetas relativamente menores, como Evaristo Carriego.[13] En 1955 Borges publicó un libro sobre Leopoldo Lugones, su "padre rechazado" : sintió frente a Lugones un complejo de culpa intelectual, cierta "ansiedad de influencia".

Sábato vive a Borges como una figura benéfica. Borges lo fascina. ¿Por qué? En parte, porque al conocerlo, el doctor en física Sábato era un hombre con una formación literaria limitada y la personalidad literaria de Borges fue una influencia enriquecedora. Se mantuvo fiel a este sentimiento toda su vida, aún después de 1955, cuando ambos se distanciaron por motivos políticos, durante el período que sucedió a la caída del Peronismo (Sábato, *Claves políticas* 57-58).

Borges había nacido para la literatura, lo supo desde siempre y cumplió con creces su destino; Sábato tuvo que realizar una intensa búsqueda de su vocación. A diferencia de Borges, descendiente de una familia de

---

[13] Los tres primeros libros de ensayos de Borges, *Inquisiciones*, 1925; *El tamaño de mi esperanza*, 1926; *El idioma de los argentinos*, 1928, muestran la notable versatilidad intelectual y curiosidad crítica del joven Borges. En *Evaristo Carriego*, 1930, Borges se presenta como un ensayista inventivo, que trata de entender a un poeta criollo tanto desde el punto de vista de la poesía popular, como de la historia de la ciudad de Buenos Aires.

antiguos patricios argentinos (bisnieto del Coronel Isidoro Suárez, soldado de la independencia, y nieto del Coronel Francisco Borges, militar de destacada actuación en la era post-rosista), quien nace y crece en Buenos Aires primero, y vive y estudia en Europa después, Sábato es hijo de inmigrantes italianos y nace en un pueblo de la pampa gringa: Rojas. Allí se cría en un hogar de once hijos varones. Su padre tenía un pequeño molino harinero.[14]

¿Cómo llegó Sábato al mundo de la literatura? Según él, por un avatar sicológico. Cuenta que el hermano que lo precedía murió al nacer y a él le dieron su nombre: Ernesto. La muerte de ese hijo generó en la madre una disposición especial sobreprotectora hacia Ernesto y su hermano más chico. Tenía temor de que algo les pasara, que se enfermaran y murieran. Creció rodeado de exagerados cuidados. Vivió encerrado en su cuarto, en lugar de disfrutar de los juegos al aire libre con los otros chicos (Correa 17-22). Esto le provocó una actitud introvertida, ensimismada, generó una neurosis especial que, cree él, se transformó en el misterioso nudo de su literatura. Se volvió meditativo y caviloso, encontró en la reflexión y en la fantasía un escape a su mundo limitado. Y descubrió los libros, las novelas. Y eso cambió su existencia para siempre. Nos cuenta que desde niño quería ser dos cosas: escritor y pintor. La vida, en un principio, lo llevó por otros rumbos.

Al terminar la escuela primaria, la familia lo envió a estudiar al Colegio Nacional de La Plata. No a la ciudad de Buenos Aires, la gran cosmópolis y capital de la nación, sujeto y objeto de la poesía ultraísta del joven Borges, sino a la ciudad capital de provincia que, sin embargo, le resultó enorme al angustiado adolescente pueblerino. Esa angustia original resultó ser para Sábato su principal estímulo literario. De alguna manera, Sábato había nacido para el existencialismo, no para el anarquismo o el comunismo, por los que se extravió en un primer momento. Sábato no necesitaba ser existencialista de escuela: su existencialismo es vivido desde dentro. Como

---

[14] En esto, su biografía tiene más puntos en común con la de Arlt que con la de Borges. Por eso, a diferencia de Borges, que siempre se burló y consideró ilusorias las tendencias o escuelas literarias de Florida y Boedo, que se desarrollaron durante la década del veinte, Sábato las tomó muy en serio, y creyó real la conflictiva interpretación del hecho literario que las separaba. Sábato no había tenido acceso de niño y adolescente a esa fabulosa biblioteca que había disfrutado Borges (J. L. Borges, E. Sábato, *Diálogos*, Buenos Aires: Emecé, 1976 : 16 y Harley D. Oberhelman, *Ernesto Sábato*, New York, Twayne Publishers, 1970 : 17-20).

Unamuno, fue un escritor agónico, y digo fue, aunque en el año 2003, Sábato, con sus más de noventa años, disfruta de salud y nos acompaña en este mundo pero, desde 1979, confiesa, se ha retirado casi totalmente de la literatura (supuestamente llevado por sus problemas de la vista, si bien recientemente ha publicado sus memorias, *Antes del fin,* 1998, y un libro de ensayos, *La resistencia*, 2000) y se ha entregado a la práctica de otra de sus grandes pasiones: la pintura.[15]

Su visión pobre, sin embargo, no es causa suficiente para dejar la literatura: no lo hizo Borges, estando prácticamente ciego. La razón real de este hecho debemos buscarla, más que en sus problemas de visión, en la conclusión efectiva de un ciclo literario. Después de *Abaddón, el Exterminador,* 1974, Sábato siente que no tiene sentido seguir escribiendo novelas. El escritor agónico y desgarrado está allí en *Abaddón...,* con su propio nombre. La entrega había sido absoluta. Con ese libro cierra su ciclo novelístico y "sale" de la literatura como escritor consagrado.

La vida de Sábato está signada por su búsqueda interior, que lo llevó del mundo de las matemáticas y de la ciencia al mundo de la literatura y la pintura. Unificando todo ese proceso el pensamiento, la filosofía: filosofía de la ciencia y filosofía de la existencia. Y la participación social y política: su compromiso con su sociedad y su tiempo. En 1983, un año antes que recibiera el importante Premio Cervantes en España por su obra literaria, fue nombrado por el gobierno argentino para encabezar la CONADEP (Comisión Nacional sobre la Desaparición de Personas), que investigó los crímenes cometidos por los militares del Proceso en Argentina durante la salvaje represión a la población civil, entre 1976 y 1978. Ya antes de eso se había enfrentado al Peronismo, y a los militares golpistas de la presunta Revolución Libertadora (Oberhelman 39-45). Mantuvo su militancia política partidaria durante una parte importante de su vida, pero para él la política no fue una carrera, sino una búsqueda: cuando

---

[15] Carmen de Carlos, "Ernesto Sábato: El mundo está podrido y eso es irreversible", *ABC*, Cultura, 12.6.1997. Esta actitud de Sábato, de iniciar un nuevo proyecto vital y artístico: la pintura, casi a sus setenta años, presenta un paralelo con Borges, quien, en su vejez, y ya estando ciego, comienza sus estudios de antiguas lenguas y literaturas escandinavas y del anglosajón. Ambos escritores comprenden de antemano que, por su avanzada edad, son tareas que dejarán inconclusas, o que no podrán desarrollar con la fuerza de un joven, pero son fieles a la necesidad de expresarse y de conocer.

cambiaron sus intereses éticos cambió su filiación política, abandonando sucesivamente sus simpatías anarquistas y luego su militancia comunista. Algo semejante ocurrió con la física y, hasta cierto punto, con la literatura: cuando Sábato sintió que ya no se sentía totalmente identificado con esas disciplinas, las abandonó (el caso de la física) o las marginó (la literatura). Sábato es un individuo capaz de iniciar y acabar un proceso de búsqueda. Por autocrítica. Lo más importante para él: su fidelidad a sí mismo, su sinceridad. Es evidente aquí su paralelo con el itinerario vital del genial Sartre. Primero el hombre, luego la ciencia, o el arte. Este humanismo vitalista lo define. Y aquí se separa claramente de Borges.

Sábato, si bien fue siempre un lector ávido, no asumió definitivamente su vocación literaria hasta la década del cuarenta. Fue entonces cuando lo llamó su antiguo maestro de la escuela secundaria, Pedro Henríquez Ureña, después de haber leído una nota que éste publicara en *Teseo* sobre *La invención de Morel*, de Adolfo Bioy Casares. Pedro Henríquez Ureña se ofreció a presentarlo a los escritores del grupo *Sur*, para ése entonces la revista de mayor prestigio literario de la Argentina (Correa 65-76). La primera nota de Sábato en *Sur* apareció en 1941. En ese entonces era un joven doctor en física. Había recibido su título en el Instituto de Física de La Plata en 1937. Ya había vivido una serie de experiencias fundamentales. Durante su adolescencia se había inclinado por el anarquismo, pero a partir de sus diecinueve años se volcó hacia el comunismo, convencido de las fallas ideológicas del anarquismo. Dedicó cinco años de su juventud a su militancia comunista, y tomó su militancia con esa pasión típica que rodea cada acto de su vida. En 1933, durante la crítica época del gobierno del General Justo, llegó al cargo más alto de la organización juvenil: Secretario General de la Juventud Comunista. En 1935 fue como delegado al Congreso Comunista de Bruselas. Entonces ocurrió algo que es casi un *leit motif* en la vida de ese santo laico que es Sábato: entró en una crisis de conversión y dejó el Congreso. Explicó así este proceso a María Angélica Correa:

> Yo iba en plena crisis, mi cabeza era un pandemonio, mis ideas estaban revueltas... La doctrina de Marx, tal como era aplicada, cada vez me resultaba más insatisfactoria; los procesos de Moscú se iniciaron en esa época, y la dictadura de Stalin se manifestaba ya en su siniestro poder; todo eso

me repugnó y me alejó...; en fin, el movimiento comunista se manifestaba cada vez más como un movimiento absolutista, y yo nunca he soportado las dictaduras ni el absolutismo (Correa 46-7).

No será la única situación de este tipo por la que atraviese. Desde su adolescencia, durante sus años de estudiante en La Plata, Sábato se había acercado al mundo de las matemáticas, que le atraía por su claridad racional. Algo de esa claridad existe también en las explicaciones juiciosas del materialismo histórico, del perfecto mecanismo de la lucha de clases que evoluciona dialécticamente en la historia de manera predecible, hasta que el hombre alcance su liberación. Esas explicaciones claras y racionales lo sedujeron a Sábato, pero no le resultaron suficientes. Y a ambas, la militancia comunista y las ciencias, las abandonó, en medio de una crisis personal. Pero antes de dejarlas las vivió con plenitud.

Ya dije que fue Secretario General de la Juventud Comunista y que militó cinco años en el Partido. Con la ciencia llegó aún más lejos. Mientras estaba en Europa volvió a despertarse en él su pasión por las matemáticas. A su regreso se volcó enteramente al estudio de la Física, hasta obtener, en 1937, su doctorado. Si su militancia comunista fue para él un proceso tormentoso y lleno de dudas, no lo fue menos su relación con las ciencias. Entre 1935 y 1945 se debatió dentro de ese mundo, en medio de luchas internas y vacilaciones. En 1938 fue becado a París para investigar en los laboratorios Joliot-Curie. Era el París de la preguerra. París le ofreció algo que no esperaba: pudo conocer, gracias a un amigo, el pintor canario Oscar Domínguez, a pintores y escritores del grupo surrealista (Correa 51-63). Así Sábato se introdujo en ese universo irracional y onírico, y la experiencia, tan alejada de las ciencias, tuvo en él un impacto enorme. De regreso a Buenos Aires, Sábato se entregó más a la literatura. Allí fue cuando, llevado por su maestro Pedro Henríquez Ureña, se relacionó con el grupo de *Sur*. Entonces conoció a Borges y a Victoria Ocampo, la culta y omnipotente directora de la revista. Asistió a las tertulias que organizaban Adolfo Bioy Casares y Silvina Ocampo en su casa en Buenos Aires (Correa 65-76).

Sábato, que contaba ya casi treinta años, si bien era un ávido lector de filosofía metafísica, de filosofía de las ciencias y había estudiado el historicismo dialéctico (como habría de demostrarlo algunos años después en su primer libro, *Uno y el Universo*, 1945), y era Doctor en Física y Profesor de Física en el Instituto del Profesorado y en la Universidad de La Plata, donde enseñaba teoría de los cuantos y teoría de la relatividad, se había movido hasta ese momento, con excepción de su experiencia surrealista y bohemia en París, dentro de un mundo de científicos, postergando su vocación literaria. Es de imaginar la fascinación que tiene que haber sentido el joven científico ante este brillante grupo de escritores profesionales, que llevaban a cabo una de las empresas literarias más osadas de la Argentina: la revista *Sur*. Su experiencia con la gente de *Sur* cambió radicalmente su vida. Fue aceptado dentro del grupo y pudo publicar en la revista. Ingresó en el complejo mundo de las letras, en el que su formación era limitada, de la mano de estos grandes lectores y escritores. El impacto mayor lo ejerció Borges, y Sábato confiesa que "sus huellas se ven claramente en mi primer libro" (Correa 75). *Sur* se convirtió en la universidad de letras que Sábato, perdido en el mundo de las ciencias, no había tenido. Y abrazó su vocación con la misma pasión con que antes viviera el mundo de las ciencias.

Correa indica que Sábato atesora, gracias a esas circunstancias felices, dos experiencias culturales fundamentales en su formación: su contacto con los surrealistas en París y su relación con las elites ilustradas de *Sur* (75). Es, en esos momentos, un joven científico que critica a las ciencias, que posee una sólida formación marxista y ha pasado por la dirigencia de la Juventud Comunista. Comprende que ya no puede vivir más dentro del mundo racional de las ciencias, que necesita cada vez más de la literatura como proceso vital. En 1943 pide licencia en su trabajo y se va con su familia a vivir a Carlos Paz, Provincia de Córdoba. Allí comienza a poner orden a muchas de sus colaboraciones para la revista *Sur* y va gestando su primer libro de ensayos, que publicará en 1945: *Uno y el Universo*.

Decide abandonar para siempre las ciencias. Decisión difícil para un hombre que tenía bajo su responsabilidad una familia y poseía ya un doctorado en Física, que le auguraba una situación de empleo cómoda. Sus credenciales literarias eran mínimas y sus perspectivas de éxito pobres, en esa Argentina anterior al Peronismo (una vez llegado el Peronismo al poder, haría difícil la situación de los escritores que no se plegaran al régimen). Pero Sábato, dotado de una fe ciega en su destino y en su misión humanista optó por seguir el dictado de su conciencia. Y aceptó todas las penurias económicas que sobrevinieron para poder escribir y dedicarse sólo a la literatura. La literatura, y dentro de ésta la novela, fueron para él pasiones absorbentes y dolorosas, que requerían toda su energía y su entrega estoica. En medio de ese conflicto existencial nació *El túnel*, 1948, su primera novela, que *Sur* editó y el público lector acogió con devoción. En Francia, el mismo Camus, lector de obras en español para la Editorial Gallimard, la recomendó para su traducción y publicación. Y Sábato, en unos pocos años, pasó de ser el vacilante discípulo de *Sur*, al reconocido y admirado autor de *Uno y el Universo* y *El túnel*.

Uno y el Universo fue mucho más que un primer libro. En él Sábato efectúa la catarsis del converso, que pasa del mundo de las ciencias, al mundo a veces fantasmagórico e irracional de la literatura. Al menos, de la literatura de Sábato. Porque Sábato concibe la literatura como un espacio artístico en que puede liberar sus fantasmas, como lo habría de expresar años más tarde en sus estudios literarios de *El escritor y sus fantasmas*, 1963. *Uno y el Universo* tiene un tono intelectual algo profesoral y pretencioso y, sin embargo, es tan argentino. Pasados algunos años Sábato lo repudiaría y, en la edición de sus obras que preparara la Editorial Losada en 1970, incluyó un "Prólogo" en que pide indulgencia al lector por ese libro con el que ya no se identifica, y en el que nota una cantidad de "errores", en particular su crítica negativa al Surrealismo y su actitud benigna hacia el Marxismo, con la que ya no está de acuerdo (*Obras II Ensayos* 11-13). Es el libro que está más cerca en el tiempo de su experiencia como científico, y allí se puede ver la desgarradora lucha interior del novelista en cierne. Dice de la ciencia: "El poder de la ciencia se adquiere gracias a una especie de pacto con el diablo: a costa de una progresiva evanescencia del mundo cotidiano..." y, el más lapidario juicio critico: "La ciencia estricta - es decir, la ciencia matematizable - es ajena a todo lo que es más valioso para el ser humano: sus emociones, sus sentimientos de arte o de justicia, su angustia frente a la muerte" (*Uno y el universo* 31-35).

En este libro aparece ya su preocupación, su obsesión por Borges. Digo obsesión, porque obsesivo es el modo de pensar de Sábato, como también lo es el de Borges: intenso, analítico, reiterativo. Sábato siente que tiene puntos en común con Borges, que se interesa en el pensamiento científico y los problemas matemáticos, ama la filosofía metafísica y se burla en sus ficciones del pensamiento lógico y racional. Tanto para Borges como para Sábato, la literatura y la filosofía *son un problema*. Frente a ese problema reaccionan de distinta manera: Borges, con la duda del escéptico, que irrita a Sábato, puesto que todo lo reduce a un juego intelectual donde, cree él, importa más lo brillante que lo verdadero; Sábato, con la fuerza del hombre de fe, del ser espiritual que busca un camino de redención y no lo encuentra, dejando al sujeto sumido en la más profunda angustia existencial.

Borges escapa de esa angustia, aparentemente, recurriendo al juego mental. Se escapa en la literatura. Allí Sábato se distancia de Borges. Para él, seguirá siendo fundamental no huir de la angustia personal, ni del mundo social, del aquí y ahora. Y vivir lo político. Así lo comprobamos en su extenso artículo de *Uno y el Universo* sobre el "Fascismo" (79-94). Si bien Borges criticó también el Fascismo, Sábato va más allá: su artículo es análisis político y es denuncia, y es sobre todo la interpretación de quien fuera un líder de la Juventud Comunista. Había abandonado en ese entonces el Partido hacía muchos años, notamos en su análisis el peso que tiene la experiencia política vivida: está en contacto con la realidad histórica, social, de su tiempo, de una manera vehemente, que se sostiene y se profundiza a lo largo de su vida.

Sábato critica a las ciencias y las acusa de insensibilidad hacia el hombre histórico, ético, hacia el mundo emocional y afectivo de los seres humanos. Borges parece querer escapar de la realidad política y social, y así lo notamos en su biografía: su paulatino distanciamiento de las preocupaciones de la vida contemporánea, que sí le importaron en su juventud, cuando estudiaba ávidamente la literatura de su(s) lengua(s) y, durante el Peronismo, al volverse una víctima del régimen. Pero luego de la Revolución Libertadora de 1955, antipopular y militarista, Borges se aísla cada vez más de la realidad política, su escepticismo abarca todo, pero particularmente esa realidad política y social. Sábato viajará en la dirección opuesta: hacia el análisis cada vez más efectivo y cuidadoso de ese mundo social nacional e internacional, como lo comprobamos en los libros de ensayos de su vejez: *La cultura en la encrucijada nacional*, 1976; *Apologías y rechazos*, 1979. En su última novela, *Abaddón, el Exterminador*, 1974, el mundo político contemporáneo irrumpe en la trama de la obra, mucho más que en su anterior *Sobre héroes y tumbas*, 1961, para llevar a un personaje, Marcelo, a vivir el horror de la tortura, la cárcel política y la muerte, que destruyó tantas vidas jóvenes en la Argentina de aquellos años.

La pasión y búsqueda de Sábato es también compasión hacia el mundo: por eso ese progresivo acercarse hacia el hombre y el abandono de las ciencias. Las ciencias, cree él, son inhumanas, no expresan lo íntimo, lo afectivo, y por eso las rechaza. En su valiente búsqueda y catarsis se iba a encontrar con el hombre desesperado de la sociedad contemporánea, iba a tocar el lado oscuro del corazón, el túnel, el mundo sumergido de la conciencia. Iba a viajar hacia el horror de la noche, hacia el espacio de las pesadillas tenebrosas de sus personajes, que resultan finalmente, en *Abaddón...*, ser las suyas propias (Roberts 40-48).

En *Uno y el Universo*, entre numerosos artículos de tema científico (como "Anteojo Astronómico", "Ciencia", "Continuidad de la creación", "Copérnico") y sobre literatura y lenguaje (como "Estilo", "Espejo de Stendhal", "Lenguaje", "Poderío del lenguaje", "Poesía"), incluye dos artículos en que estudia la literatura de Borges: uno titulado "Borges" y otro "Geometrización de la novela". En "Borges", Sábato habla de los elementos culturales dispares, esos "fósiles", con que Borges arma sus tramas. Su finalidad, reconoce, es tratar determinados problemas metafísicos en su literatura. Dice que "...en los relatos que forman *Ficciones* la materia ha alcanzado su forma perfecta ..."(*Uno y el Universo* 22). Pero luego se pone a discutir y a polemizar con Borges. Borges había sostenido en el prólogo a *La invención de Morel* que sólo las novelas de aventuras tienen una trama rigurosa, no las sicológicas, donde "la libertad se convierte en absoluta arbitrariedad" (22). Sábato argumenta que, con ese "rigor", se suprimen en la novela "los caracteres verdaderamente humanos".

Borges, reconoce Sábato, es un creador de laberintos, pero halla sus laberintos "geométricos" o "ajedrecísticos", lo cual produce una "agonía intelectual". Los laberintos de Kakfa, en cambio, "...son corredores oscuros, sin fondo, inescrutables, y la angustia es una angustia de pesadilla, nacida de un absoluto desconocimiento de las fuerzas en juego" (24). Sábato se identifica con los laberintos de Kafka y no con los de Borges, y de alguna manera está anticipando al escritor que será en *El túnel,* y luego, en *Sobre héroes y tumbas*. Sábato subestima la humanidad de los personajes de Borges, los llama "a-humanos". No quiere ser, como Borges, un individuo perdido en el fulgor de los juegos metafísicos y matemáticos. Metafísica sí, pero la de Kafka, la metafísica del horror, la soledad de dios, la angustia y la incomunicación vivida desde adentro.

Comentando sobre "La muerte y la brújula", Sábato dice que el detective Erik Lönnrot es "...un títere simbólico que obedece ciegamente...a una Ley Matemática" (24). Lo opone a los personajes de Kafka, que "...se angustian porque sospechan la existencia de algo...luchan contra el Destino..." (24). Volverá a hablar del mismo cuento en su artículo "Geometrización de la novela", en que afirma que la novela policial "evoluciona hasta la novela matemática" (103), pero en "La muerte y la brújula" Borges "da un paso más y la realidad se convierte en geometría" (106). En "Funes el memorioso", dice Sábato, Borges "hace álgebra, no aritmética". Luego comenta lo siguiente: "La escuela de Viena asegura que la metafísica es una rama de la literatura fantástica. Esta afirmación pone de mal humor a los metafísicos y de excelente humor a Borges...creo que todo lo ve Borges bajo especie metafísica..." (25). Agrega de que a sus personajes les falta pasión. Reconoce que "...la teología de Borges es el juego de un descreído y es motivo de una hermosa literatura" (26). Y se plantea la siguiente pregunta: "¿Le falta una fe a Borges?" (27). La pregunta es fundamental para Sábato, porque él no podría vivir sin una fe. ¿Cómo puede hacerlo Borges? Y termina el artículo llamándolo "genial", "grande", "arriesgado", pero también "temeroso", "infeliz", "limitado", "infantil"...para concluir, por si quedaran dudas de que la intención de su nota es rendir un sentido homenaje a Borges, nombrándolo "inmortal" (27).[16]

Sábato en ese momento está imbuido del mundo de las ciencias y Borges parece darle una clave: uno puede aproximarse a la literatura desde el plano de la metafísica y las ciencias. Considera a Borges demasiado frío, demasiado impasible para su gusto...(no así a Kafka, el otro inventor de

---

[16] En el prólogo de *Uno y el universo*, Sábato hace una afirmación sobre la identidad personal y el ser en el mundo, muy semejante a otra que enunciaría el mismo Borges, años más tarde, con parecidas palabras. Dice Sábato: "Uno se embarca hacia tierras lejanas, o busca el conocimiento de los hombres, o indaga la naturaleza, o busca a Dios; después se advierte que el fantasma que se perseguía era Uno-mismo." (13) Borges escribe en el epílogo de *El hacedor*, 1960, en su insuperable estilo: "Un hombre se propone la tarea de dibujar el mundo. A lo largo de los años puebla un espacio con imágenes de provincias, de reinos, de montañas, de bahías, de naves, de islas, de peces, de habitaciones, de instrumentos, de astros, de caballos y de personas. Poco antes de morir, descubre que ese paciente laberinto de líneas traza la imagen de su cara." J. L. Borges, *Obras completas 1923-1972*, Buenos Aires, Editorial Emecé, 1974 : 854.

pesadillas), pero, en esos momentos, Sábato está más cerca de Borges que de Kafka. Años más tarde, cuando logra "dar a luz" *El túnel,* notamos que ha recorrido un camino y se ha aproximado al mundo de las pesadillas kafkianas, en que los laberintos "...son corredores oscuros, sin fondo, inescrutables..." (*Uno y el Universo* 24). La lucha de Sábato, luego de *Uno y el Universo,* será tratar de alejarse de Borges y acercarse más a Kafka.

Borges reaparece "en persona" en la literatura de Sábato, en una de las escenas de *Sobre héroes y tumbas,* 1961. Iban sus personajes Bruno y Martín caminando por la calle Perú en Buenos Aires y ven a un hombre, ayudado con un bastón, que caminaba delante de ellos: era Borges. Bruno lo saluda y le presenta a Martín, diciendo como justificación: "Es amigo de Alejandra Vidal Olmos" (135). Supuestamente, Borges conocía a Alejandra. Los dos personajes siguen camino y Bruno inicia un diálogo magistral en que trata de aleccionar a Martín sobre Borges y la literatura nacional. Aquí Bruno, como *alter ego* de Sábato, defiende a Borges. Frente a los comentarios de Martín, de que había escuchado que Borges era "poco argentino", Bruno afirma que es "un típico producto nacional" (136). Según Bruno "...hasta su europeísmo es nacional". Consultado por Martín sobre si es un gran escritor, dice: "No sé. De lo que estoy seguro es de que su prosa es la más notable que hoy se escribe en castellano." Y agrega: "Pero es demasiado preciosista para ser un gran escritor" (136). El personaje reitera la admiración que Sábato manifestaba por Borges en *Uno y el Universo,* pero subraya ahora el barroquismo, el preciosismo de Borges. Antes había destacado, en cambio, su espíritu geométrico y matemático. Primera rectificación. Su preciosismo excesivo le restaría calidad literaria. Y va a haber una segunda rectificación, de gran importancia: Sábato descubre el sentimiento en Borges. Y ese sentimiento es expresión del "ser" nacional. Ya no lo ve meramente como un escritor frío, escapista; dice: "Hay algo muy argentino en sus mejores cosas: cierta nostalgia, cierta tristeza metafísica..." (136).

Sábato ha visto el otro lado de Borges. Ha entendido que la literatura no se puede escribir sin pasión, aún la literatura aparentemente más calculada. En los cuentos de Borges, cree, se revelan sus sentimientos. En *Sobre héroes y tumbas* Bruno dice que la literatura, para que sea válida, debe "ser profunda". Esta es una nueva dimensión que no veía antes: su profundidad. Resultado precisamente de la experiencia de la escritura de sus novelas.

Porque lo que da la profundidad es la dimensión del héroe. Y las novelas de Sábato son novelas de héroes, de personajes que luchan por concretar su destino, a cualquier precio. No interesa si ese destino es el crimen. El destino no se decide frente a los otros: se decide frente a uno mismo y frente a Dios. El destino, para Sábato, es trascendental, metafísico. Así lo siente Castel, el personaje de *El túnel*; así lo sienten Fernando, Alejandra y Bruno en *Sobre héroes y tumbas*.

Bruno va a hacer otra declaración en que Sábato coincide con Borges: nuestra literatura es indeleblemente argentina porque es nuestra, no porque cultivemos el color local o el argentinismo.[17] No podemos negar nuestro ancestro cultural europeo, pero hemos forjado una nueva identidad nacional, nos guste o no nos guste. Ser argentino es tan fatal como ser francés o ruso. Dice: "Nosotros...somos argentinos hasta cuando renegamos del país, como a menudo hace Borges" (137). El temido europeísmo es una falacia nacionalista. Bruno habla sobre *Don Segundo Sombra,* de Güiraldes, comenta que el libro es argentino por su temática gauchesca, y porque Güiraldes explaya en él su preocupación metafísica. Lo mismo ocurre con Arlt: "Es grande por la formidable tensión metafísica y religiosa de los monólogos de Erdosain" (137). Luego, Bruno encuentra al padre Rinaldini, que presenta sus objeciones nacionalistas a Borges, que Bruno, por supuesto, no comparte: "Un cura irlandés me dijo un día: Borges es un escritor inglés que se va a blasfemar a los suburbios - comenta Rinaldini - Habría que agregar: a los suburbios de Buenos Aires y de la filosofía." (138).

En *Sobre héroes y tumbas* Sábato se acerca a la literatura nacional y a la historia argentina desde la trama fantástica, imbuida de tensión metafísica.[18] Lo fantástico queda unido al sentido de lo nacional. También en *Abaddón, el Exterminador* lo político y lo literario estarán inmersos en lo fantástico. Lo fantástico no es mera evasión. Además de discutir extensamente cuestiones literarias y artísticas, particularmente el sentido de la novela en el mundo moderno, en *Abaddón, el Exterminador* elabora de manera novedosa la inclusión del personaje literario en la trama fantástica,

---

[17] Borges sostuvo un punto de vista similar en su ensayo "El escritor argentino y la tradición", incluido en *Discusión*, Buenos Aires, Emecé, 1955, segunda edición aumentada; J. L. Borges, *Obras completas*, 267-74.

[18] Lo metafísico, como en Borges, no necesita estar reñido con lo verosímil; es el substrato "profundo" y trascendental que alimenta la literatura.

que Borges había manejado con gran felicidad, particularmente en aquellos cuentos en que presenta a "Borges" personaje, como "Funes el memorioso" y "El Aleph" (121-142). En esta novela Sábato se transforma en "Sábato" y asume el protagonismo de la trama fantástica y el descenso al submundo (Lojo 85-9). Luego de *Abaddón...*Sábato considera que ha dicho todo... Por lo tanto, siente, siempre fiel a sí mismo, que es mejor cerrar su ciclo literario, y dedicarse de lleno a su otra gran pasión: la pintura, con el pretexto de que la visión pobre le impide escribir.

En *Sobre héroes y tumbas*, de 1961, Sábato estaba ya bastante alejado del Borges que había admirado en *Uno y el Universo*, en 1945. Durante esos años había recorrido un arduo camino artístico e intelectual. No sólo había conseguido transformarse en el escritor kafkiano de sus novelas, sino que también se había adentrado, aún más que antes, en el mundo de la política, que Borges había definitivamente recusado. Sin embargo, con actitud generosa, dice Bruno de Borges: "...pienso que a él le duele el país de alguna manera, aunque, claro está, no tiene la sensibilidad o la generosidad para que le duela el país que puede dolerle a un peón de campo o a un obrero de frigorífico" (137). Hasta ahí Sábato justifica a Borges, siendo él, sin embargo, un escritor que, por su militancia popular, sí ha sabido estar, en su momento, cerca de los peones y obreros. Algunos críticos, sin embargo, consideran el mundo narrativo de Sábato un mundo pequeño burgués, de intelectuales desclasados, donde los obreros que aparecen son personajes menores, que no están tomados muy en serio (Predmore 68-71). Pero Sábato no puede dar crédito a esta acusación, porque estos lectores ignoran algo que él considera esencial en su novela: la profundidad.

Para Sábato la gran literatura tiene que ser profunda y en los viajes al inframundo de sus novelas ha hecho entrar a sus personajes a las entrañas mismas de nuestro subconsciente. La travesía existencial de Alejandra y Martín, de *Sobre héroes y tumbas*, y la de "Sábato", en *Abaddón, el Exterminador*, reflejan, de manera desplazada y fantástica, a través de símbolos de dimensión mítica, el destino de los héroes que descienden a las profundidades para buscarse a sí mismos.

Sábato encuentra en Borges una falla: su excesivo distanciamiento vital, su falta de plenitud. Dice, acotando lo que comentaba, sobre que a Borges le dolía el país, pero no como a un obrero o a un peón de campo: "Y ahí denota su falta de grandeza, esa incapacidad para entender y sentir la totalidad de la patria, hasta en su sucia complejidad. Cuando leemos a Dickens o a Faulkner o a Tolstoi sentimos esa comprensión total del alma humana" (137). Borges carece de esa dimensión: la total inmersión en todos los aspectos del alma humana, incluidos los bajos y los sucios.

Vuelve a reflexionar sobre este problema en su próximo libro de ensayos, publicado dos años después de *Sobre héroes y tumbas*: *El escritor y sus fantasmas*, 1963. En una sección de preguntas y respuestas que definen su posición y sus intereses, habla de los grupos literarios de Florida y Boedo en la década del veinte, cuya vigencia, sabemos, Borges negó, considerándola una invención de la crítica literaria (J. L. Borges, E. Sábato, *Diálogos* 16). Considera que en esa época se manifestaron dos Argentinas: una Argentina inmigratoria se superpuso a una vieja nación semifeudal. Para Sábato, en esa disputa se enfrentaron sentimientos aristocráticos y plebeyos. Los hijos de inmigrantes, agrupados en Boedo, como Roberto Arlt, habían sido influidos por los grandes narradores rusos y los doctrinarios de la revolución; los hijos de la antigua aristocracia patricia, como Borges, reunidos en Florida, fueron influidos por las vanguardias europeas.

Para él, esta polarización de Florida y Boedo, de escritores patricios y escritores plebeyos, pierde toda vigencia después de la crisis de 1930, en que termina la era del liberalismo en la Argentina y se derrumban sus mitos, instituciones e ideas vigentes. Sábato, que contaba entonces 19 años, se forma en esa época de crisis, para hacer más tarde, como lo afirmó, "novela de la crisis". Por su extracción social, Sábato creció próximo al mundo popular con el que se identificaban los escritores de Boedo. Su militancia política reafirmó esa pertenencia. Pero luego, al conocer al grupo de *Sur*, en el que participaban descendientes de la flor y nata de la antigua aristocracia criolla, Sábato se acerca al otro mundo, al mundo de la literatura pura y, en particular, a Borges.[19] Después de 1930, dice, se profundizó la escisión: los de Boedo, se hicieron más socialistas y militantes, y muchos de los de

---

[19] No podemos negar que a Borges le apasiona también lo popular, como lo demuestra en su libro *Evaristo Carriego*, 1930, pero a diferencia de Sábato, que formó parte del pueblo, de la nación inmigrante que convivió con la argentina criolla, Borges fue espectador del suburbio, en los jardines de su casa de Palermo, protegido por "una verja con lanzas" y rodeado de "una biblioteca de ilimitados libros ingleses", como explica en el "Prólogo" a la edición aumentada de 1955 de *Evaristo Carriego* (J. L. Borges, *Obras completas*, 101).

Florida se aislaron en la torre de marfil. Pero emergió un tercer grupo, y éstos lograron llegar a una síntesis:

>...desgarrados por una y otra tendencia, oscilando de un extremo al otro, terminó por realizarse una síntesis que es, a mi juicio, la auténtica superación del falso dilema corporizado por los partidarios de la literatura gratuita y de la literatura social. Estos últimos, sin desdeñar las enseñanzas estrictamente literarias de Florida, trataron y tratan de expresar su dura experiencia espiritual en una creación que forzosamente los aleja de la gratuidad y del esteticismo que caracterizaba a este grupo, sin incurrir, empero, en la simplista doctrina de la literatura social que informaba al grupo de Boedo. A esta promoción de síntesis creo yo pertenecer. [20]

Sábato se ve a sí mismo como quien supera la dicotomía generada por las dos tendencias, Florida y Boedo. El procura seguir su conciencia, tratando de contemporizar ambas posiciones. Ha sido mal comprendido por los extremos, de lo cual se queja amargamente, tanto en sus ensayos (*El escritor y sus fantasmas* 45), como en las discusiones del personaje "Sábato" con los jóvenes en *Abaddón, el Exterminador*: para los marxistas, es un pequeño burgués, y para los pequeños burgueses, es un comunista (*Abaddón*...215-225). Sábato siente que los extremos se tocan. El aspira a crear la síntesis entre los extremos, a resolver la contradicción dialéctica de la derecha y la izquierda literaria en la Argentina, a través de su literatura existencial en que expresa "su dura experiencia espiritual" (*El escritor y sus fantasmas* 44). El existencialismo es para Sábato una literatura de síntesis y un nuevo tipo de humanismo. ¿Cuál es el compromiso del escritor entonces? El escritor, dice, "...tiene un solo compromiso, el de la verdad total" (45). Porque se define a sí mismo como un novelista, y no como un filósofo o un pensador, no tiene que expresar un pensamiento coherente y unívoco: el novelista "...expresa en sus ficciones todos sus desgarramientos interiores, la sumas de todas sus ambigüedades

---

[20] E. Sábato, *El escritor y sus fantasmas*, Buenos Aires, Aguilar, 1967, tercera edición, 43-4.

y contradicciones espirituales" (45).[21] Cuestionado sobre "el preciosismo" de Borges, Sábato responde que hay que reconocer en él lo que tiene de admirable y "rescatarlo de entre su preciosismo" (39). Pero la importancia de Borges para la literatura nacional es tal, considera, que: "Los que venimos detrás de Borges, o somos capaces de reconocer sus valores perdurables o ni siquiera somos capaces de hacer literatura"(40).

En *El escritor y sus fantasmas*, Sábato dedica un largo artículo, "Borges y el destino de nuestra ficción", a darnos su punto de vista sobre su interpretación del fenómeno borgeano. Es su última reflexión extensa y juicio sobre Borges. Si bien recurre a ciertas nociones expuestas previamente, como su idea de que, en "La muerte y la brújula", el cuento se convierte "en pura geometría" e "ingresa en el reino de la eternidad", tiene varias interpretaciones nuevas sorprendentes (248). Una de las más interesantes, para nosotros, es que busca quién es el escritor argentino al que Borges más admira, quien es su ascendiente literario más sentido. Esta curiosidad de Sábato es significativa, porque está creando una analogía entre Borges/Sábato y Borges y su figura admirada. Responde Sábato que ese escritor fue Leopoldo Lugones. A diferencia de él mismo, que se comportó frente a Borges como un admirador agradecido de su literatura, y reconoció su influencia, Borges, en su juventud, reaccionó agresivamente y con desprecio hacia Lugones. Sólo muchos años después, ya muerto éste, Borges va a reconocer públicamente la deuda que él, como todos los jóvenes ultraístas de su generación, tenía con Lugones. Le dedica un libro al estudio de su obra, *Leopoldo* Lugones, 1955, escrito en colaboración con Betina Edelberg, e invoca el espíritu del recordado escritor en el prólogo de *El hacedor*, 1960 (Borges, *Obras completas* 779).

Sábato señala el sentimiento de culpa que acompañaba a Borges; dice, comentando una frase de Borges, que calificaba el genio de Lugones de "verbal": "Sus críticas y sus elogios son meras variaciones de esa proposición, pero en conjunto su juicio trasluce sus propios y más recónditos sentimientos de culpa" (*El escritor y sus fantasmas* 242). Borges sintió ansiedad y quiso

---

[21] La Profesora Norma Carricaburo, en su estudio genético de *Sobre héroes y tumbas*, muestra el largo, angustioso proceso de elaboración de la novela, desde 1936 hasta 1961, en que la publica. Su gestación lenta es producto de sus contradicciones humanas y existenciales, y su desgarramiento espiritual, que lo llevan a sostener procesos de cambio que se reflejan en la escritura de la novela.

separarse de Lugones, para más tarde pedir disculpa y tratar, *post mortem*, de hacer las paces con él. Había otro escritor, Macedonio Fernández, a quien Borges sí reconocía y veneraba, aunque lo consideraba un pensador vernáculo desordenado que tenía pereza de escribir (Rodríguez Monegal, *Jorge Luis Borges A Literary Biography* 171-2). El genio de Lugones era verbal y retórico, como el de Borges: su filiación principal es con Lugones y, luego, en segundo lugar, con Macedonio. Aquí Sábato detecta una contradicción en la que él no cayó, porque en ningún momento renegó de Borges, y hasta podemos decir que fue uno de sus pocos defensores auténticos, en un país donde sus escritores y críticos hacían profesión denostándolo públicamente. Sábato se pregunta por qué Borges no escogió otros modelos literarios, en lugar de Lugones, como podrían haber sido Domingo F. Sarmiento y José Hernández. Llega fácilmente a una respuesta: Borges identificaba a Lugones con Flaubert y, ambos, fueron víctimas de una superchería literaria: su amor a la perfección, a la "mot juste". Y claro que éste es el mismo defecto que padece Borges y del que Sábato escapó.

Sábato explica que había dos Flaubert: el escritor preciosista, perfeccionista, obsesivo de la forma, y el autor de *Madame Bovary*, que se dejó llevar por su romanticismo reprimido, para llegar a una expresión más universal del sentimiento humano. Sábato rescata a este segundo Flaubert. Igualmente, dice, hay dos Lugones: el poeta formalista y modernista a ultranza de su juventud, y el poeta capaz de expresar sus angustias y tristezas humanas en la madurez (244). Sábato rescata al segundo Lugones. Entonces presenta su tesis de que igualmente hay dos Borges: el cuentista formalista, retórico y barroco, y el poeta, capaz de desnudar su corazón y mostrar las emociones más sublimes; para Sábato, es este segundo Borges el que quedará (252).

Borges, cree Sábato, ha llegado a la metafísica y a los juegos con el infinito llevado por su "temor", y encontró en el mundo platónico su liberación intelectual. Comprende que en esos juegos metafísicos, aparentemente fríos, se asoma el hombre, que Borges trata de dejar oculto, por timidez, por pudor. Primero describe cómo Borges escapa del mundo y se refugia en su "torre de marfil":

> Este mundo cruel que nos rodea fascina a Borges al mismo
> tiempo que lo atemoriza, y se aleja hacia su torre de marfil
> movido por la misma potencia que lo fascina. El mundo

platónico es su hermoso refugio: es invulnerable, y él se siente desamparado; es limpio y mental, y él detesta la sucia realidad; es ajeno a los sentimientos, y él rehúye de la efusión sentimental: es incorruptible y eterno, y a él lo aflige la fugacidad del tiempo. Por temor, por asco, por pudicia y por melancolía se hace platónico. (248-9)

Sin embargo, a este hombre asustado, que trata de escapar al dolor y defenderse de la realidad, algo le pasa: el hombre "que quiso ser desterrado" reaparece y se transparenta en sus escritos más cerebrales, con sus sentimientos y pasiones, siquiera tenuemente. Por eso Borges es un ser culpable y contradictorio: porque por miedo a sentir trata de negar su substancial humanidad. Explica Sábato:

Es que el juego posterga pero no aniquila sus angustias, sus nostalgias, Sus tristezas más hondas... Es que las encantadoras supercherías teológicas y la magia puramente verbal no lo satisfacen en definitiva. Y sus más entrañables angustias, sus pasiones, reaparecen entonces en algún poema o en algún fragmento en prosa..." (250)

Sábato detecta algo especial en el gusto de Borges por ciertos autores que no se parecen en nada a él, como Whitman, Cervantes y Pascal. En el fondo, cree Sábato, Borges añora su vitalidad, hubiera querido ser como ellos. Por eso, en sus últimos años, con sus estudios de épica escandinava y anglosajona, e idealizando a sus antepasados, Borges ha creado un culto a la vida y la fuerza que le faltan.

Sábato no cree en el mundo perfecto platónico, sino en el mundo de las pasiones humanas. Prefiere los héroes imperfectos de las novelas, que contrastan con la perfección formal y geométrica de los héroes de muchos cuentos de Borges. Dice:

...parecería que para él lo único digno de una gran literatura fuese ese reino del espíritu puro. Cuando en verdad lo digno de una gran literatura es el espíritu impuro; es decir, el hombre, el hombre que vive en este confuso

universo heracliteano, no el fantasma que reside en el
cielo platónico. Puesto que lo peculiar del ser humano
no es el espíritu puro sino esa oscura y desgarrada región
intermedia del alma, esa región en que sucede lo más grave
de la existencia: el amor y el odio, el mito y la ficción, la
esperanza y el sueño. (251-2)

Sábato critica a Borges, y cree trascender sus limitaciones, como
escritor y como pensador. Difieren en su actitud frente al mundo: mientras
Borges procura escapar, con éxito parcial, mediante su literatura lúdica, la
trágica condición humana, Sábato, la abarca y la abraza heroicamente. Su
existencialismo parece ser superior al escepticismo de Borges, y al idealismo
de su maestro: Schopenhauer. El existencialismo de Sábato es una pasión
por el aquí y ahora, que trata de abrazar al hombre total. Sábato no puede,
como Borges, ser un escritor de cuentos fantásticos que requieren una
trama ingeniosa y donde los personajes pasan a segundo lugar y son como
piezas de ajedrez de un juego simbólico. En las novelas de Sábato los héroes
asumen el papel central. Borges repudia la novela porque no se atreve a
acercarse a esos personajes de carne y hueso; Sábato abraza el género porque
toda su trayectoria vital es un alejarse del mundo platónico de las ideas
puras, para sumergirse en el angustiado corazón del hombre, su sociedad
y su organización política.

Sábato busca la novela total, la novela que abarque el mundo (*El escritor
y sus fantasmas* 257-64). A su modo la escribe en *Abaddón, el Exterminador*,
y en ella encuentra su acabamiento el novelista. En *Abaddón...* el Sábato
hombre se transubstancia en el "Sábato" escritor de ficción, a quien Bruno
visita en su tumba al final de la novela (526). El Sábato real, escritor de
novelas, muere para la novelística; el que puede vivir en la literatura es el
"otro" Sábato, personaje de ficción.

Tanto Borges como Sábato son capaces de recrearse en sus ficciones
como personajes: hay un "Borges", el "Borges" de "El Sur" y de "El Aleph",
y también hay un "Sábato": el "Sábato" de *Abaddón, el Exterminador*. Pero,
mientras Borges "renace" constantemente en el juego de su literatura,
Sábato "se suicida": luego de *Abaddón...*, reconoce cerrado el ciclo de su
literatura. Ha llegado al agotamiento, no tiene nada más que decir en el
género novela. De ahí en adelante, se dedicará a escribir algunos brillantes

ensayos y a pintar. Para Sábato, la vida ha completado su círculo: ha regresado a la vocación de su infancia. Será el pintor callado de Santos Lugares, que se justifique frente a los periodistas por su alejamiento de la literatura. Su vista está débil, pero...puede pintar! Justificación poco creíble. ¿Cómo explicar a los periodistas que el "Sábato" de ficción ha matado al Sábato novelista, y que sólo le queda pintar? (Fares 253-60).

Para qué repetirse: Sábato sabe que lo ha dado todo. Ha tratado de aprender una lección de su tiempo: la lección de la pasión y la vida, de la sincera búsqueda existencial de la verdad del hombre. Por eso siente que él ha superado la dicotomía de Florida y Boedo, entre escritores patricios y aristocráticos, por un lado, y escritores hijos de emigrantes, escritores populistas, por otro. Ha sido una suma de Arlt y de Borges: ha sido Sábato. Si Sábato empieza su carrera literaria muy cerca de Borges, sintiendo la presencia intelectual de Borges en *Uno y el Universo*, la concluye siendo Sábato, con total reconocimiento de su identidad y de su voz, así como de su aporte a la literatura argentina contemporánea, con una definida identidad de escritor y de pensador.

Borges ha sido para Sábato una obsesión que lo acompañó durante buena parte de su vida: en él se vio reflejado como en un espejo deformante. Borges fue su "otro", de quien se sintió cerca primero y distanciado en su madurez, como lo refleja en el artículo: "Borges y el destino de nuestra ficción". Sábato, el obsesivo Sábato, no vive en "juegos literarios", vive en sus angustias existenciales que tan brillantemente nos ha comunicado en sus novelas.

Bibliografía citada

Bloom, H. *The Anxiety of Influence A Theory of Poetry*. New York, Oxford University Press, 1973.

Borges, J. L., Sábato, E. *Diálogos*, Buenos Aires, Emecé Editores, 1976.

Borges, J. L. y B. Edelberg. *Leopoldo Lugones*, Buenos Aires, Troquel, 1955.

Borges, J. L. *Obras completas 1923-1972*, Buenos Aires, Editorial Emecé, 1974.

----------. *Inquisiciones*, Buenos Aires, Proa, 1925.

----------. *El tamaño de mi esperanza*, Buenos Aires, Proa, 1926.

----------. *El idioma de los argentinos*, Buenos Aires, Gleizer, 1928.

----------. *Discusión*, Buenos Aires, Emecé, 1955. Segunda edición aumentada.

Carlos, C. de. "Ernesto Sábato: El mundo está podrido y eso es irreversible", *ABC*, Cultura, 12.6.1997.

Carricarburo, Norma, "Estudio filológico preliminar". E. Sábato, *Sobre héroes y tumbas*. Archivo: Edición crítica de M. R. Lojo.

Correa, M. A. *Genio y figura de Ernesto Sábato*, Buenos Aires, EUDEBA, 1971.

Fares, G. "Sábato pintor: la mirada de la distancia", *Revista Iberoamericana* 158, enero-marzo 1992: 253-260, "Homenaje a Ernesto Sábato", dirigido por Alfredo A. Roggiano.

Lojo, M. R. *Sábato: en busca del original perdido*, Buenos Aires, Editorial Corregidor, 1997.

Rodríguez Monegal, E. *Jorge Luis Borges A Literary Biography*, New York, Paragon House Publishers, 1988.

Sábato, E. *Sartre contra Sartre*, 1968, en E. Sábato, *Obras II Ensayos*, Buenos Aires,

Losada, 1970, pp. 909-35.

----------. *Significado de Pedro Henríquez Ureña*, 1964, en E. Sábato, *Obras II Ensayos*, pp. 803-27.

----------. *El túnel*, Buenos Aires, Sur, 1948.

----------. *El escritor y sus fantasmas*, Buenos Aires, Editorial Aguilar, 1967, 3ra. edición.

----------. *Claves políticas*, Buenos Aires, Rodolfo Alonso Editor, 1971.

----------. *Obras II Ensayos*, Buenos Aires, Losada, 1970.

----------. *Uno y el Universo*, Buenos Aires, Editorial Sudamericana, 1948, 2da. edición.

----------. *Sobre héroes y tumbas*, Caracas, Biblioteca Ayacucho, 1986.

----------. *Apologías y rechazos*, Madrid, Editorial Seix Barral, 1979.

----------. *La cultura en la encrucijada nacional*, Buenos Aires, Editorial Sudamericana, 1976.

----------. *Tres aproximaciones a la cultura de nuestro tiempo*, Santiago de Chile, Editorial Universitaria, 1968.

----------. *Abaddón, el Exterminador*, Buenos Aires, Editorial Sudamericana, 1974.

----------. *Antes del fin*, Buenos Aires, Seix Barral, 1998.

----------. *La resistencia*, Buenos Aires, Seix Barral, 2000.

Oberhelman, H. D. *Ernesto Sábato*, New York, Twayne Publishers, 1970.

Predmore, J. R. *Un estudio crítico de las novelas de Ernesto Sábato*, Madrid, José Porrúa Turanzas, 1981.

Roberts, G. *Análisis existencial de Abbadón, el Exterminador de Ernesto Sábato*, Boulder, Society of Spanish and Spanish-American Studies, 1990.

Almafuerte y la poesía popular

Hubo en Argentina un poeta de poderosa originalidad en la segunda mitad del siglo XIX, al que la crítica literaria (a diferencia de lo que ocurrió con José Hernández) no favoreció demasiado: Pedro B. Palacios, Almafuerte (1854-1917). A pesar de esto, Almafuerte ha conquistado un lugar privilegiado en el corazón del público lector argentino. Se hicieron diversas ediciones de su obra (incluidas muchas ediciones "piratas" aparecidas mientras él vivía); la que yo manejo, *Poesías completas* de Editorial Losada, sigue la edición de Romualdo Brughetti, de 1954; es la quinta edición (la editorial adquirió los derechos de edición en 1990), apareció en junio de 1997, y a fines del mes de julio de ese mismo año, en menos de dos meses, ya estaba agotada. Y esto a varias décadas de haber sido escrita, tratándose de un género que usualmente no atrae el interés de un público lector numeroso, en un código literario poético diverso al contemporáneo, con un gusto distinto, y a pesar de la marginación crítica que ha sufrido la poesía de Almafuerte. ¿Qué pasa con Almafuerte? ¿Cómo explicarse su obra? [22]

---

[22] Culminado en 1880 el proceso de consolidación política de la nación, el gobierno encabezado por el General Julio A. Roca logró imponer su proyecto de desarrollo capitalista acelerado y de integración del país a la comunidad internacional (Botana 25-39). El proceso, que no escapó a las crisis capitalistas, pero se benefició de las expansiones económicas exitosas, creó un deslinde entre un antes y un después en la historia nacional. El proyecto liberal anterior, que habían defendido Echeverría, Alberdi, Mitre, Sarmiento y Avellaneda, se había consolidado. Las nuevas promociones de pensadores, los denominados positivistas, de filiación comtiana, los reivindicaron como intelectuales eminentes y padres de la segunda revolución política que hizo posible el país moderno, con un espíritu desarrollista y positivista *avant la lettre*. Los pensadores positivistas trajeron a la vida moderna su interés científico, y apoyaron una mayor diferenciación y especialización del trabajo intelectual (Soler 15-37). Este fenómeno se repitió en otros países latinoamericanos, como Uruguay y México.

Ese positivismo continuó tendencias presentes ya en el pensamiento de Domingo F. Sarmiento. Pensadores y hombres de ciencia (entre los que se destacaron Florentino

En un discurso que pronunciara dedicado a los estudiantes, en 1910, Almafuerte afirmó sucesivamente que había nacido demasiado tarde y

---

Ameghino, autor de *Filogenia,* 1884; José Ingenieros, con sus *Principios de psicología biológica,* 1910 y su notable *La evolución de las ideas argentinas,* 1918-20; sociólogos como José María Ramos Mejía, admirador de las concepciones de Lombroso y autor de *Las neurosis de los hombres célebres en la historia argentina,* 1878-82, *Las multitudes argentinas,* 1899 y *Rosas y su tiempo,* 1900), influidos por Comte, Darwin y Spencer, pensaron la historia y la cultura, la ciencia y la sociología, desde una perspectiva biologicista y evolucionista, materialista, que tendía tanto a la sistematización teórica de los fenómenos observados como a la descripción de los mismos. El movimiento, que se extendió al derecho y la economía, caracterizó el vital desarrollo intelectual de fines del siglo XIX y principios del siglo XX en Argentina.

Las ideas biologicistas, el análisis del comportamiento de la sociedad y la cultura, el estudio de la voluntad, que partía de las condiciones naturales y raciales y confiaba en la evolución y el mejoramiento de las sociedades y las razas, crearon un marco epistemológico nuevo para interpretar el sentido de la nacionalidad. La sociedad política y el Estado percibían estas ideas con simpatía, porque legitimaban su visión del futuro y las políticas de desarrollo que implementaban (Botana, *El orden conservador* 35).

En ese fin de siglo se consolidó el papel de la Universidad en la vida moderna, y se desarrollaron el periodismo, la educación y la crítica literaria (Barcia 145-167). Estamos ante una sociedad cuya cultura se diversificaba y se sofisticaba rápidamente, permitiendo un espectro mayor, más variado y representativo, de intereses culturales. Los poetas de orientación romántica, como Olegario V. Andrade, Carlos Guido y Spano, Ricardo Gutiérrez, convivieron con novelistas influidos por el Naturalismo, como Julián Martel y Eugenio Cambaceres, con folletinistas como Eduardo Gutiérrez, con ensayistas y memorialistas como Lucio V. Mansilla. Pocos años después, sería el auge de narradores criollistas como Fray Mocho y Roberto J. Payró, poetas modernistas como Leopoldo Lugones y el nicaragüense Rubén Darío, y de los creadores del nuevo teatro nacional, Gregorio de Laferrère y el uruguayo Florencio Sánchez. Fue el momento en que la crítica literaria trató de fijar el canon de la literatura nacional, y se discutió el valor del *Martín Fierro,* cuyo sentido épico trató de probar Lugones en *El payador,* 1916. Ricardo Rojas lo analizó en 1917, en su *Historia de la literatura argentina,* donde rastreó el origen épico y folklórico de la poesía gauchesca.

Dentro de esta compleja situación cultural finisecular podemos notar la sobrevivencia y continuidad de los dos polos de desarrollo literario que se habían mantenido durante el siglo XIX: el autóctono, el americano, que proponía géneros y estilos nuevos y profundizaba intuitivamente en lo popular, y el internacionalista, que creaba una literatura nacional adoptando los cambios y las transformaciones literarias producidas en la cultura europea, particularmente en Francia.

demasiado temprano. Se identificó con el papel del Evangelista en relación a Cristo: él era el anunciador de la llegada del hijo de Dios, pero no era Dios. Fundado en una concepción positivista, cientificista, evolucionista del hombre, Almafuerte afirmó que estaba por venir "...el gran poeta, el gran pensador, el gran cerebro americano...", pero que éste no podía ser él, porque "...cuando yo vine al mundo, la obra de mi raza, la tarea encomendada a mi raza, por los designios inescrutables de Dios, ya estaba concluida... De manera que yo llegué tarde, de manera que yo surgí a la vida como un gaucho holgazán, que cae a la tierra bien empilchado y jacarandoso, cuando ha cesado el trabajo y comienza la fiesta..." (*Obras Completas* 405).

Almafuerte se sentía un criollo nacido demasiado tarde, era de alguna manera un hijo de Fierro, uno de esos muchachos que en el final del *Martín Fierro* se separa de sus hermanos y su padre, buscando su propio destino. Ese destino era el reintegrarse al seno de la comunidad como una persona trabajadora y útil, a quien los gobernantes debían aceptar y reconocer, y tratar con la benevolencia que se espera del poder político para con la sociedad civil (benevolencia de la que, sabemos, no habían disfrutado los criollos - los gauchos - del pasado).

Al concluir la primera parte del *Martín Fierro*, 1872, muere, simbólicamente hablando, el gaucho matrero y libre, y en la segunda, 1879, nace otro tipo: el gaucho de una cultura rural en transformación, que solicitaba

---

El mundo literario que sobrevino a partir del Ochenta testimoniaba una realidad social rica y diversa. La narrativa naturalista, desde una perspectiva biologicista, evolucionista y materialista, describía las enfermedades psíquicas y físicas, y analizaba las razas y el ambiente. El Modernismo mantuvo una visión de mundo antimaterialista y antinaturalista, idealista, renegando de la vida cotidiana y condenado a la sociedad de las mediocracias. Los modernistas tenían una concepción elevadísima de la poesía, a la que, creían, sólo las elites hipercultas y de refinada sensibilidad, iniciadas en el aprendizaje de la literatura francesa post-romántica, podían apreciar en toda su complejidad.

La cultura finisecular fue una cultura variada, desintegrada, heterogénea, formada por la mezcla de aportes contradictorios, como la sociedad que le daba soporte. La masa de población local recibió el aluvión de las poblaciones migratorias europeas. A la fuerte tendencia cosmopolita de los autores modernistas, se opuso la tendencia nacionalista de escritores como Joaquín V. González, y del mismo Leopoldo Lugones, superada su primera etapa cosmopolita.

respeto y un lugar dentro de esa sociedad progresista, bajo el amparo de las leyes. Almafuerte simboliza ese tipo de criollo: el nacido en una sociedad en desarrollo, regida por las ideas del positivismo evolucionista. Continúa Almafuerte: "...una raza como la mía es una sub-raza más que una raza; y como tal sub-raza...no está destinada a realizar nada más...que una serie reducida de acontecimientos... Realizada su misión, producido el hecho histórico a que mi pobre raza estuvo destinada, ella tiene que sucumbir por aniquilamiento, por inadaptación..."(*O.C.* 405). Almafuerte se reconoce como parte de una "sub-raza" en transición y da una explicación sobre el por qué de la extinción del criollo libre, del gaucho mítico argentino. Fue aniquilado por el progreso evolutivo: se produjo el hecho histórico a que estaba destinado - luchar por la libertad de la patria y la defensa del territorio nacional - e, incapaz de adaptarse al nuevo régimen de vida (rápido crecimiento económico, urbanización creciente e inmigración explosiva), debía sucumbir como resultado de la evolución de la raza, para dar paso a un nuevo tipo de hombre.

Puesto que la multitud de jóvenes reunidos aclamaba a Almafuerte, insistió en que ese poeta de la nueva raza americana no era él: él sólo era el profeta que lo anunciaba. "La futura grande alma...que será el cerebro definitivo del hombre, aparecerá sobre la cúspide de los tiempos, cuando el cerebro de la nueva raza en gestación se haya formado..."(*O.C.*406). El poeta por venir sería el cantor del hombre nuevo. Ese hombre nuevo no podía llegar todavía. [23] En 1910, el espíritu poético no era lo suficientemente abierto, americano; era aún un espíritu limitado, encerrado en sí mismo.

Almafuerte se reconocía en el discurso evolucionista, biologicista, de los pensadores positivistas de fin de siglo. Estaba en una situación singular e inédita. Si bien se sabía un criollo de raza, no podía ser un gran poeta gauchesco (aunque en su juventud escribió poemas gauchescos - y uno de ellos, "Décimas", es de 1877, dos años antes que José Hernández publicara la segunda parte del *Martín Fierro* - y posteriormente escribirá varias milongas) porque la sociedad había "evolucionado" y el gaucho libre se había extinguido. A partir del ochenta, que es cuando Almafuerte escribió la mayor parte de su obra (sus mejores poesías son posteriores al

---

[23] Podemos imaginar, varias décadas después, que Almafuerte hubiera podido aceptar (si su espíritu se hubiera quedado junto a nosotros hasta ese momento) como un poeta representativo de América al Pablo Neruda de *Canto General*, 1950, como él altruista y comprometido con su tiempo.

noventa) surgieron nuevos protagonistas sociales: el inmigrante europeo, principalmente italiano y español, y el criollo argentino emigrado a las áreas en proceso de rápida urbanización. Se estaba gestando una sociedad urbana, prohijada por el rápido progreso material.

Almafuerte aceptaba su tiempo a regañadientes y con nostalgia, como todo hombre que cree que nació demasiado tarde y se siente privado de vivir los hechos heroicos que se cuentan del pasado.[24] El tiempo del heroísmo criollo había terminado, dando lugar a la formación de una sociedad de cambio, en que se estaba creando un tipo diverso de hombre. Almafuerte era consciente de ello y, a pesar de saberse criollo, y muy cerca, por su sensibilidad, de los héroes de la gauchesca, abrazó, llevado por sus sentimientos compasivos y cristianos, la causa de ese ser anónimo en gestación, a quien reconocía como un nuevo sujeto social: el "hijo" de las multitudes argentinas, la masa, la chusma formada de inmigrantes y criollos desplazados a las ciudades. A diferencia de Manuel Gálvez y Ricardo Rojas, que desconfiaban de los cambios sociales que podían traer los inmigrantes (los veían como amenazadores para la sociedad nacional y sentían que eran una fuerza disolvente para la unidad del idioma), Almafuerte los respetaba y admiraba, los veía como parte de su "chusma" querida: no diferenciaba, no quería diferenciar, a los criollos pobres de los extranjeros pobres.

Tenía un sentido abierto inclusivo (ni selectivo, ni elitista) del futuro nacional. La sociedad "decadente" del presente daría lugar a la sociedad "elevada" del futuro. Las generaciones por venir representarían lo más noble del ser nacional. El había nacido en una época de transición social. Vivía en un mundo desvalorizado. Su punto de vista coincidía con el del sociólogo positivista José María Ramos Mejía: no había que desconfiar de las multitudes, las masas populares argentinas. Eran ellas las que estaban forjando el país moderno (Ramos Mejía 12-13). Las masas no eran fuerzas oscuras destructivas. Llevaban dentro de sí el amor a la libertad y poseían una enorme voluntad de acción. Para Almafuerte, la fuerza de las masas

---

[24] Si bien la visión de mundo de Almafuerte reflejaba las contradicciones del país surgido con el roquismo, el poeta valoraba a los héroes liberales de las generaciones anteriores que forjaron la patria anti-rosista: Mitre y Sarmiento. Su admiración era paradójica, porque implicaba aceptar la visión sarmientina "antigaucha" y su crítica al criollo argentino, al que el sanjuanino consideraba indolente e incapacitado para la civilización.

populares y nacionales era incontenible. Por eso, él - Pedro B. Palacios - era un *alma fuerte*, para alentar poéticamente a las multitudes que necesitaban un líder, un "pastor", un "profeta". Buscaba transformarse en ese profeta, que las guiara a su liberación, y cantaba para alentarlas, para devolverles la esperanza.

Almafuerte no se preocupará en su poesía por la forma en sí: no era un poeta exquisito, ni un poeta meramente "romántico". No era un poeta culto "literario" en un sentido tradicional. Aquellos que lo conocieron testimoniaron que Almafuerte leía poco, y que su principal libro de cabecera era la Biblia, el libro de libros. Como Whitman, Almafuerte se inspiró en el aliento épico-religioso del versículo bíblico y, a semejanza del gran Baudelaire, se sentía atraído por las complejidades del mal y del pecado. Tenía la mirada fija en la salvación, en la redención del género humano. He mencionado a Baudelaire: esto no significa que Almafuerte lo tomara como modelo intencional. Sólo demuestra que Almafuerte fue un poeta indiscutiblemente moderno. No moderno como lo fueron los Modernistas. Almafuerte representa la otra modernidad: la modernidad positivista, desarrollista. Discutirá en su obra grandes problemas que preocuparon a los hombres del fin de siglo, como la falta de fe en el dios cristiano tradicional y la soledad del individuo frente a la creación.

Mientras los Modernistas se oponían al espíritu materialista del positivismo y buscaban un nuevo tipo de espiritualismo esteticista, en que el arte mismo reemplazara a la religión, Almafuerte quería religar al hombre nuevo en gestación, a la "chusma", consigo misma: por eso se autodefine como "madre", madre de la chusma (dice en "Confiteor Deo": "Por más que me comparo con todo el mundo,/ yo no doy con el tipo que bien me cuadre:/ soy el llanto que rueda sobre lo inmundo.../ ¡Yo he nacido, sin duda, para ser madre!" *O.C.* 285). Podemos imaginar a Almafuerte como una especie de espíritu antiarielista. El no clama por una sociedad de escogidos, de discípulos del espíritu elevado. Su sociedad no tiene por fin la belleza, sino el bien y la justicia. Pero mientras Rodó consideraba a las masas una fuerza ciega, que amenazaba al hombre "superior" modernista, de sensibilidad ilimitada, para Almafuerte las masas eran las protagonistas de una sociedad de trabajo. Rodó sentía repulsión hacia las masas, las observaba con disgusto y soñaba con elevarlas, cambiándoles su identidad. Reconocía a su cultura como una cultura occidental, cristiana y latina.

Reafirmaba los vínculos eurocéntricos con el viejo continente madre. Almafuerte, en cambio, creía en una cultura americana, la cultura que surgiría de esa chusma. La madre de esa chusma era él mismo. Por eso su profecía y su mesianismo. Estaba anunciando el advenimiento de esa chusma nueva argentina y americana de la cual él era madre. Esa chusma era nada más y nada menos que el pueblo argentino. Era un pueblo nuevo. Un pueblo radicalmente diferente al pueblo gaucho de José Hernández. Era el pueblo de criollos e inmigrantes urbanos.

Consecuentemente, Almafuerte emprende un "viaje cultural" en sentido contrario al de los modernistas. Si Darío, Jaimes Freyre y Lugones pensaban que París era el centro cultural del Modernismo y anhelaban viajar a la ciudad luz, Almafuerte cree en la diseminación de la cultura y hace su viaje americano hacia la periferia. Se desplazaba constantemente, de la ciudad de Buenos Aires a pueblos como Chacabuco y Mercedes, y a una ciudad, fundada recientemente por voluntad política, adonde acudían los inmigrantes: La Plata, nueva capital de la provincia de Buenos Aires. Almafuerte, como Borges luego, se desplazó hacia el suburbio. Hacia lo heterogéneo. Mientras los modernistas buscaban un eje y un centro, Almafuerte deseaba la dispersión. No necesitaba una cultura paterna ni se reconocía hijo de Europa o París, por la sencilla razón que no tenía miedo de ser madre. Es la madre de América o de una nueva Argentina: la patria criollo-inmigrante. El pueblo en gestación al que llama *su* chusma.

Si el viaje de Almafuerte hacia la cultura difiere, tanto en lo ideológico (Rodó), como en lo estético-poético (Darío), de los modernistas, también se aleja de los románticos (Olegario V. Andrade, Carlos Guido y Spano), precisamente en virtud de su espíritu popular. Almafuerte ha descubierto un sujeto poético y un público que los poetas románticos argentinos ignoraban: las masas, la chusma nacional argentina. Los románticos de la llamada "segunda generación romántica" eran poetas patricios, que se dirigían a su público lector liberal, elevado e instruido, con vuelo épico. Eran poetas ideólogos. Almafuerte le habla a un público totalmente nuevo y para esto se tiene que forjar un vocabulario poético original. No "importa" el lenguaje de los románticos europeos. Por supuesto que conoce y ama a Víctor Hugo. Como poeta "americano" y poeta "madre", Almafuerte crea su propio género, amasa su propio barro. Es un poeta hornero, que hace su nido.

¿Cómo hablarle a la chusma y llamarle, como lo hace, "chusma amiga"?

Dice en "Confiteor Deo": "Para mí las palabras siempre son bellas/ y siempre de cualquiera se saca fruto:/ la más vil, la más vana de todas ellas/ contiene la presencia de lo Absoluto./ Como las vibraciones de un necio ruido,/ ni Wagner ni Rossini me dicen nada;/ pero, si por acaso, gime un gemido.../ ¡me traspasa las carnes como una espada!" (*O.C.* 282) Se vale de un lenguaje radicalmente distinto al de los poetas cultos anteriores y contemporáneos, románticos o modernistas. Su concepción del uso de la lengua está más cerca de la de aquellos poetas criollos que lo precedieron: los gauchescos. Escoge el lenguaje más acorde con sus fines. Las palabras en sí son bellas porque dan frutos, pueden enseñar y comunicar.

El tipo de belleza que concibe Almafuerte no es la belleza contemplativa de los poetas cultos modernistas, no es una belleza preciosista. Es una belleza práctica. ¿Qué es lo que la define? La *acción*. Una acción cristiana y humanista. Si a un poeta modernista lo que más lo conmueve es *contemplar* una obra de arte, un cuadro bello o escuchar una composición musical del gran Wagner, a Almafuerte lo conmueve el gemido de dolor de otro ser humano. Crea aquí una conexión espiritual con el dolor y aún con el mal que no había logrado hasta ese momento la poesía argentina e hispanoamericana en lengua culta (la poesía popular gauchesca, especialmente el *Martín Fierro*, ya había llegado a estas profundidades). Habla *desde* el mal y en nombre de los doloridos y los castigados. Se vincula aquí, espiritualmente, con la gran labor poética de Baudelaire. Los poetas románticos argentinos hablaban desde el bien condenando al mal. Darío podía a veces confesar los aspectos perversos de su sujeto poético. Pero Almafuerte va más lejos: celebra el mal, canta al dolor con inmenso *vitalismo*. Es un héroe y un santo del dolor, se transforma en una lección de esperanza y un modelo para los vencidos, para la chusma moralmente acosada. Dice: "A mí no me consternan mis amarguras,/ a mí no me interesa mi propia vida:/ lloro mis admirables prédicas puras/ que pierden su prestigio con mi caída./ Yo soy el Indomado, soy un completo/ que se adora a sí mismo y en sí se absorbe:/ me basta mi profundo propio respeto/ bajo los salivazos de todo el Orbe" (*O.C.* 285). Podemos aún escuchar aquí las bravatas del criollo, del viejo espíritu gaucho incontenible. Es un ejemplo de valor moral.

Su poesía no consiente el sentimentalismo porque lo considera destructivo. Almafuerte tiene que dar la lección. Brughetti comenta que fue maestro de una generación de poetas populares, como Evaristo Carriego, quien, demostrándole su admiración, le pidió que prologase *Misas herejes*. Almafuerte rehusó hacerlo y Brughetti conjetura que fue por el excesivo sentimentalismo y el tono quejumbroso del libro (78-9). [25]

Almafuerte creó para su poesía una imaginería poética original y personal, que se adecuaba a la sicología del argentino, era una respuesta a la necesidad de las masas y la "chusma" local. Esta imaginería no es una elaboración libresca, sino el resultado de la observación de las pasiones argentinas que realiza un buen orador y poeta, naturalmente inclinado a interpretar los deseos de su público. Las imágenes grandilocuentes que encontramos en su poesía son más propias del discurso religioso y judicial que del poético. Proponen una original combinación de imágenes religioso-judiciales, donde el poeta se dirige a su público alternativamente como profeta, y como abogado defensor o como fiscal. A pesar de esta tendencia oratoria, la poesía de Almafuerte crea su propia norma poética. El poeta tiene por objetivo la persuasión del auditorio o del lector, para incitarlo al bien, e impulsarlo a superar su desvalimiento (puesto que el público principal al que se dirige es la masa pobre, la "chusma"). Los escritores románticos en Francia (particularmente Víctor Hugo) y en Argentina (Echeverría y Mármol, seguidores del maestro francés), y los románticos de la segunda generación, también habían tenido muy en cuenta el poder social de la oratoria para dirigirse a su público. [26]

Almafuerte era un poeta orientado a la palabra oral. En su juventud había sido profesor de declamación y de pintura, y como tal daba a sus imágenes un alto vuelo dramático, más que lírico. Creaba imágenes escultóricas y de gran fuerza plástica: esculpía, pintaba y hablaba a voz en cuello en su poesía. Su sujeto poético es la voz de la raza que defiende

---

[25] Borges habría de ser fiel a este modo de sentir: subestimó el tango-canción sentimental y lo consideró inferior a la milonga, por ser la milonga escuela de coraje inocente. Dijo Borges que su madre le había sugerido que escribiera un libro sobre alguno de los "grandes" poetas contemporáneos: Lugones, Ascasubi o Almafuerte. Él prefirió escribir un ensayo sobre Carriego, un poeta "menor" y casi secreto, siguiendo la línea de la poesía popular y evitando la corriente culta que representaba Lugones (Rodríguez Monegal 226).

[26] En el siglo XX, los poetas que creían en la poesía "comprometida" socialista y querían despertar en el hombre un afán de justicia e incitarlo a la acción, como Raúl González Tuñón, Pablo Neruda y Ernesto Cardenal, reconocieron el valor persuasivo y docente de la tradición retórica e incorporaron muchas de sus lecciones a su poesía.

a los oprimidos, a los parias, a los más bajos, porque cree en su poder de redención. Dice en el mencionado "Confiteor Deo": "Yo miro el Universo pasar delante/ como a pelusa tonta, sin que me asombre:/ soy profeta, soy alma, soy como el Dante.../ ¡Yo no siento más vida que la del Hombre!/ Por eso voy perdiendo todo mi jugo/ y al estómago ajeno voy por momentos,/ como el agua de todos, cual un mendrugo/ que cayese en el patio de los hambrientos./ Por eso los doctores, los eruditos,/ en su grave dialecto difamatorio,/ le cuelgan a mi fama motes malditos,/ la saturan de miasmas de sanatorio" (*O.C.* 282-3).

Muchos de los críticos y poetas contemporáneos a Almafuerte (adoptando un criterio estrecho de belleza), pensaron que su poesía contenía imágenes poco poéticas, o que sus versos eran defectuosos. Para Ricardo Rojas, por ejemplo, el idioma que usaba el poeta adolecía de "caídas", su versificación era pobre, su técnica y su gramática incorrectas, a pesar de lo cual le reconoció su inspiración y su pasión (Minellono 61). Darío aprobó la fuerza de sus versos y lo comparó al poeta social mexicano Díaz Mirón, pero por sentir que la oratoria era la costumbre que arrastraba el verso español, incapaz de matices y efectos sutiles, consideró que a Almafuerte era mejor no considerarlo poeta, y que quizá fuera algo más, un "vate" o un "hierofante" (Darío, "Carta al señor Bartolomé Mitre y Vedia" 13). Todos coincidían, sin embargo, en reconocer la fuerza de sus imágenes. Al mismo tiempo, se afirmó que sus imágenes, muchas groseras o desagradables y recargadas, tenían que resultar difíciles para un público no cultivado. Borges, tiempo después, respondió con acierto a dicha suposición, diciendo que al pueblo le gustaba el palabreo y los términos abstractos, la sensiblería del lenguaje, y que ese pueblo intimó tanto con la poesía gauchesca como con la poesía de Almafuerte (Borges, *Obras completas* 123). Se sabe, además, que Almafuerte prescindió del color local, y gustaba tratar en su poesía temas abstractos elevados y filosóficos (que no consideraba reñidos o ajenos a los intereses de la gente del suburbio), actitud que Borges, enemigo del color local, siempre aplaudió en la poesía gauchesca.

En las imágenes del poema "Confiteor Deo", Almafuerte escogió como términos de comparación procesos biológicos, como la digestión, que difícilmente pudiera considerar otra poesía contemporánea a la suya. El sujeto poético se compara a un mendrugo de pan que cae en "el patio de los hambrientos" y habla de ir perdiendo su "jugo" y tener que ir "al estómago ajeno", como "el agua de todos". En la estrofa siguiente dice que los eruditos le cuelgan a su fama "miasmas de sanatorio" (*P.C.* 93-4). Notamos el feísmo y el tremendismo de las imágenes: su noción de lo poético difiere de la de los poetas contemporáneos modernistas (el poema es de 1904), por cuanto no toma en cuenta el ideal de belleza armónica que éstos defendían. Almafuerte consideró a los modernistas poetas superficiales. De ellos dijo, en una de sus *Evangélicas,* que el Modernismo no era nada más que "... la saciedad, el hastío, la insensibilidad de las maneras conquistadas...; el instinto de que lo nuevo es más eficaz que lo ya conocido...; el resultado de haberse conseguido una facilidad tal para hacer belleza, que no se sienten, ni esa belleza ni el deleite de producirla" (*O.C.* 97). Para el poeta, los modernistas eran oportunistas que explotaban una fórmula exitosa, no les importaba la sensibilidad poética. Desde su punto de vista y su práctica poética esa opinión resulta justa.

Las imágenes que crea Almafuerte, de un realismo biologicista desconcertante, responden a la visión de mundo del positivismo finisecular. Positivistas como José María Ramos Mejía y José Ingenieros, influidos por las concepciones de Lombroso, observaban con atención el desarrollo del ser humano, en su naturaleza y en su historia (Soler 170-1). Este concepto biologicista y determinista de la trasformación de las razas, y el concepto de "degeneración", tanto de los organismos como de la vida espiritual, eran parte de un saber común en el horizonte cultural finisecular, como lo percibimos no sólo en las obras de Almafuerte, sino también en la novelística naturalista de Antonio Argerich y de Eugenio Cambaceres (Gnutzmann 88-100). Almafuerte emplea imágenes naturalistas que exhiben procesos de descomposición orgánica, como la digestión, o describen las enfermedades de aquellos que están hospitalizados y desprenden un hedor fétido. Estas imágenes formaban parte de un código de representación habitual en el imaginario popular de fines de siglo, tanto para sus clases estudiosas, como para el pueblo inculto.

La comunicación del poeta con su público lector fue excelente. Disfrutó de gran popularidad, si bien sólo publicó un libro en vida. Se lo conocía principalmente por sus publicaciones en periódicos y sus recitales poéticos. En esta época, en que aún no habían irrumpido en el mercado los medios mecánicos de reproducción de la voz y el canto - los gramófonos, la radio -, como lo harían pocos años después, las clases populares estaban más atentas a presentaciones en vivo de canto popular, declamación de poemas y espectáculos teatrales. Así lo testimonian la popularidad de los payadores, como Gabino Ezeiza, el éxito del mimodrama "Juan Moreira" de los Podestá y los sainetes criollos (Minellono 17). La rápida urbanización del país, particularmente en el área del litoral y Buenos Aires, crearon un público nuevo, de gusto idiosincrático, capaz de identificarse con la visión de mundo del naturalismo finisecular, y de disfrutar de ciertos aspectos del Modernismo, especialmente el empleo de imágenes recargadas o barrocas, de coloridos brillantes y formas plásticas excesivas, que agradaban a la gente.

Las composiciones más populares de Almafuerte, y que éste parecía apreciar más, y a las que corrigió con cuidado a lo largo de los años, como "Cantar de los cantares", "El Misionero", "Jesús", "La Inmortal", "Siete sonetos medicinales", "Confiteor Deo", "La sombra de la patria", y sus "Milongas clásicas", son poemas largos, narrativos algunos, que centran su efectividad en un núcleo de ideas que se repiten amplificadamente. Si bien el poeta prefería utilizar muchas veces palabras difíciles o cultas (dice por ejemplo: "Yo sé que mil carcomas roen de a poco/ las más equilibradas testas geniales..." *P.C.* 94, y "Yo sé que los heroicos, los inefables,/ ceden, como los reyes, a las lisonjas.." *P.C.* 95), reiteraba las ideas una y otra vez (en el poema citado repite "yo sé" en siete estrofas consecutivas), por lo que el lector, adaptado al imaginario naturalista, podía seguir el contenido sin dificultad.

Cierto vocabulario culto tenía que resultar un desafío para el lector común y aparecer como una prueba del valor intrínseco del texto mismo, que demostraba así su "riqueza", su valer. El lector o el auditor de Almafuerte sabía (recordemos que su palabra poética tenía una fuerte inflexión oral, y estaba orientada a un público que escuchara su recitado, o lo leyera como si alguien lo estuviera declamando en voz alta) que al final el poeta no lo iba a defraudar, y terminaría captando su idea, puesto que su poesía es poesía de ideas, es decir, poesía filosófica. Posee un filosofar cotidiano, fruto de las preocupaciones de un hombre común que se interesa por los demás, especialmente por los pobres y por los marginados, por los parias, por la chusma, a quien dirige su poesía y cuyas limitaciones trata de expresar en su filosofar.

¿Cuál es la filosofía que puede preocupar a un hombre común, a los marginados, al pueblo bajo, a la chusma? [27] La índole intelectual del pueblo argentino es bien conocida. Esto no sólo lo notamos en la temática de un poeta popular como Almafuerte, sino también en las letras de la música popular, especialmente el tango, de autores como Celedonio Flores y José Santos Discépolo (tan cercanos, por su imaginario y por el tremendismo y naturalismo de sus versos, así como por sus ideas sobre el mundo, a las preocupaciones de Almafuerte). Hablan del destino del hombre en una sociedad competitiva y cruel, y de su relación con un dios necesario, que parece abandonarlo en los momentos de mayor necesidad existencial. [28]

La inflexión oral, el tono que da Almafuerte a su voz poética en muchos de sus versos, nos trae a la memoria la manera en que José Hernández se valiera del canto payadoresco, en su *Martín Fierro,* para reforzar el sentido de legitimidad, de autenticidad, del personaje. El personaje de Hernández es el payador perseguido por la justicia; Almafuerte concibe como personajes a individuos como el "apóstol", de "El Misionero", o "el indomado", de "Confiteor Deo", que claman, que apostrofan y gritan. Los sujetos poéticos de Almafuerte confiesan su dolor ante un Dios injusto, y su rabia al ver a su pueblo avasallado. Se tienen que hacer oír, porque son los defensores de los silenciados, de las nuevas multitudes argentinas urbanas, que aún no tienen voz. La fuerza expresiva de un declamador que se exalte y gesticule, como un pequeño dios iracundo, podría comunicar la pasión de ese sujeto que quería crear Almafuerte en su poesía. Sujeto grave y lleno de enojo, que se parecía al mismo poeta, que, como tantos otros, recreaba en su persona su personaje poético imaginario. Era el personaje que él quería ser y de alguna manera era, como efecto de esa curiosa simbiosis que se da en el mundo del arte, entre el creador y su criatura. Hay curiosos testimonios sobre cómo trataba Almafuerte de dar a su vida una fidelidad ética que fuese reflejo de sus convicciones personales. Vivió marginado,

---

[27] Indicó Borges en su estudio de la gauchesca, que el pueblo apreciaba las tiradas filosóficas metafísicas de Martín Fierro en su payada con el Moreno (Borges, *O.C. en colaboración* 552-5).

[28] Dice Enrique S. Discépolo en el tango "Cambalache": "Siglo veinte, cambalache/ problemático y febril.../¡El que no llora no mama/ y el que no afana es un gil!.../ ¡Dale nomás!¡Dale que va!/ ¡Que allá en el horno nos vamo'a encontrar!/ No pienses más,/ sentate a un lao,/ que a nadie importa si naciste honrao./ Es lo mismo el que labura/ noche y día como un buey/ que el vive de los otros,/ que el que mata, que el que cura/ o está fuera de la ley" (Gobello 210-11).

asumiendo la vida del paria. Fue difícil para aquellos que querían ayudarlo a salir de la pobreza extrema el brindarle ayuda, prefiriendo él convivir con el pueblo bajo que idealizaba, su querida "chusma". [29]

En una de sus poesías más logradas, "Milongas clásicas", Almafuerte recrea, como Hernández lo había hecho antes, la voz del cantor, marcando la distancia que lo separaba del público de la gauchesca, e indicando su filiación con un nuevo público: el pueblo que se agolpaba en las urbes de la patria, en rápida explosión demográfica, formando la sociedad moderna de criollos desplazados e inmigrantes europeos. Dice así Almafuerte al comenzar la milonga: "Aquí me pongo a cantar/ con cualquiera que se ponga,/ la mejor, la gran milonga/ que se habrá de perpetuar./ Y voy a cantarte a ti,/ ¡Oh mi chusmaje querido!/ porque lo vil y caído/ me llena de amor a mí." (*P.C.* 135). Esta es también una memoria "higiénica" (como titulara a otra composición publicada en la edición de sus *Obras inéditas*), y se propone "curar" al "pueblo enfermo" (le dice a su "chusma" que le va a "curar" su corazón), noción de enfermedad social consecuente con su visión organicista del mundo. Almafuerte no era un luchador de la política; su misión era higiénica y religiosa: curar a su pueblo y salvarlo, como podían hacerlo un médico y un apóstol, o, mejor aún, un enfermero y un predicador.

Nuestro poeta creía en la beneficencia, en la ayuda a los pobres y a los oprimidos, principio criollo de hospitalidad y asistencia social que puso en práctica en su propia vida. Procuró asistir a todos aquellos que fueron a pedir su ayuda en su humilde vivienda, y llevó tan lejos su sentido "maternal" como para adoptar a cinco hermanos huérfanos, los hermanos Gismano, a los que crió y educó como a sus propios hijos (Brughetti 204). A pesar de su sentido del deber moral para con las masas, el poeta rechazó una participación activa en movimientos políticos organizados, con los que cooperó en momentos especiales. Distintos partidos políticos, como el Radical, el Socialista y el Anarquista, en diversas circunstancias, trataron de ganarse la adhesión del poeta (*O.C.* 412-23).

---

[29] Brughetti cuenta en su biografía de Almafuerte cómo sus amigos le crearon un puesto especial al poeta en la legislatura provincial, en La Plata, para que éste pudiera subsistir honorablemente, pero poco tiempo después de comenzar el trabajo el poeta lo encontró insoportable, y prefirió volver a la pobreza anárquica en la que siempre había vivido (119-20).

La filosofía de Almafuerte es de carácter ético. Su cristianismo y su compasión por los que sufren están revestidos de un sentido práctico, quiere incitar al pueblo a la acción. No discute la idea de Dios con criterio especulativo abstracto: discute la figura de Dios como fuerza moral del universo y como padre de la humanidad. Así, en "Jesús", el sacrificio del hijo de Dios está permanentemente dando un ejemplo moral a los desvalidos. Almafuerte cree que, para salvar al hombre, hace falta, primero, despertar en él su voluntad, el sentido de lucha. Considera que el hombre del pueblo, la chusma, está postrada, y para salvarla hay que ponerla en pie. Así lo manifiesta en sus magníficos sonetos "medicinales". En el que titula "¡Avanti!", dice: "Si te postran diez veces, te levantas/ otras diez, otras cien, otras quinientas..." (*P.C.* 251).

Por su culto a la voluntad, la posición de Almafuerte tiene puntos en común con las ideas de Nietzsche. Borges comentó al respecto que bien podrían ambos haber pensado lo mismo, sin que necesariamente el argentino copiara al germano, pero que Almafuerte lo nombra específicamente en su poema "Confiteor Deo", cuando dice: "Yo sé que mil carcomas roen de a poco/ las más equilibradas testas geniales:/ lleno está el manicomio de Nietzsches locos/ y de Cristos bohemios los arrabales" (*P.C.* 94). Borges argumenta que lo que identifica a ambos es que trataban de interpretar el mundo y al hombre desde una posición evolucionista (*El idioma de los argentinos* 34). Las nociones de voluntarismo social de Almafuerte, sin embargo, no necesitaban de una lectura filosófica rigurosa. La filosofía voluntarista de Almafuerte compartía tanto el credo progresista de los liberales argentinos de la Generación del 37 (particularmente Sarmiento y Mitre, a quienes él admiraba), como el biologicismo determinista de los positivistas (*Obras completas* 365-72). Almafuerte no fue un pensador filosóficamente original, pero fue capaz de proyectar sus ideas y sentimientos humanitarios, con talento y creatividad excepcionales, en su expresión poética.

Uno de los aspectos innovativos de ese sujeto poético, que más profundamente impacta en la memoria de los lectores argentinos, es su sentido agónico. El sujeto poético almafuertiano no sufre por la carencia de Dios, ni por creerse abandonado en el mundo; sufre, como Cristo (y quizá también como Nietzsche, el "crucificado") por amor al hombre, por amor al hombre derrotado, a su chusma. En sus "Milongas clásicas" se pregunta qué es lo que lo atrae a la chusma, a los parias, a los marginados, y conjetura: "O tu hedionda carnadura,/ me deleita y alucina,/ y me arroja en tu sentina/ mi pasión de la basura;/...O cansado de la cruz/ del dolor y la conciencia,/ me refugio en tu inocencia,/ fugitivo de la luz;/ ...O en el duro pedernal/ de mi pecho masculino,/ vibra un átomo divino/ de ternura maternal..." (*P.C.* 142). Su sujeto poético, exagerado y vociferante, es un padre tierno y una madre terrible que defiende a sus hijos débiles. Almafuerte es capaz de ambos registros emotivos: la fuerza y la ternura. Comunica con felicidad su cuidado a su público, especialmente a los lectores de escasa cultura, y aún a aquellos que no leen y escuchan su palabra en boca de un recitador, que son los receptores ideales a quienes dedica sus versos.

Es lógico entonces que los lectores educados y cultos sientan su poesía como algo extraño, que no se dirige a ellos. En realidad no se dirige a ellos. Almafuerte tiene en mente a otro tipo de auditor, a ese nuevo público inmigrante y criollo que aún no puede leer y al que su viva voz quiere alcanzar. Llega entonces con el tremendismo y el exceso barroco al que es afín la sensibilidad popular, para la que la literatura es un lujo y una fiesta. El pueblo nuevo ni se canta a sí mismo ni se defiende a sí mismo. Es un pueblo explotado y desvalido, y Almafuerte se imagina su paladín defensor y su cantor. Ese espíritu humanista de los antiguos criollos, a quien el poeta en su generosidad representa, le abre la mano amiga y fraternal a los inmigrantes. Almafuerte llegaría a crear una presencia indeleble en la literatura de fin de siglo. Juzgado con un criterio puramente estético, fue una voz poética menor, que supo dirigirse a las masas populares que pronto invadirían la escena política, económica y cultural en la nación. Continuaron su labor poetas como Evaristo Carriego, que se sintió también cantor de los humildes y de los barrios pobres. Pero los que realmente llevaron a una altura lírica la propuesta poética de Almafuerte fueron los letristas de tango.

La poesía popular "semiculta" que escribió Almafuerte - poesía dirigida expresamente al pueblo menos letrado y culto, a su querida "chusma", en proceso de conformar las masas populares nacionales de Argentina, a las que el poeta "anuncia" en un franco gesto anti-nietzschiano (las masas heterogéneas en lugar del superhombre): el pueblo argentino por venir - quedó separada de la poesía culta como consecuencia del complejo gusto poético que fue capaz de establecer el Modernismo. Luego de la poesía de Lugones y Darío - poesía exquisita y letrada, hiperculta, sofisticada, que a su vez creó "otro" tipo de público lector que tampoco había existido en Argentina hasta el fin de siglo (diverso al público lector de la poesía popular y al de la poesía heroica romántica): el lector sensible a las mínimas tonalidades expresivas y a las sutilezas del "estilo" individual del escritor - el gusto del público lector quedó definitivamente escindido. Nos encontramos, por un lado, con un público pequeño-burgués, elitista, el hombre socialmente establecido, educado y refinado de las clases medias urbanas que es capaz de consumir literatura "elevada": el poema difícil, el cuento, la novela, el ensayo literario. Por otro nos encontramos con un público proletario, obrero o lumpen, pobre, inculto, marginado, que lucha por subsistir en la sociedad y lee diarios populares, aprende la "filosofía" de la existencia en los cafés y escucha tangos. Almafuerte, generoso y visionario, se dirigió a ese pueblo nuevo. Para él intentó escribir la letra de un tango en 1901, "No puedo más", mucho antes de que se popularizara el tango con letra, y que dice, en un tono patético que caracterizaría luego a los tangos cantados por Gardel: "Yo tengo el corazón/ lleno hasta rebozar,/ de la pasión febril,/ de la pasión tenaz,/ que yo no sé por qué/ me has logrado inspirar,/ que yo no sé por qué,/ no me puedo arrancar!" (*O.C.* 336). Este tipo de literatura popular semiculta que escribió Almafuerte, y que continuó Evaristo Carriego, perdió parcialmente su vigencia al empezar a escribir sus letras de tango Pascual Contursi y Ángel Villoldo, Celedonio Flores y Enrique Santos Discépolo.

Gracias a los adelantos de la técnica (las grabaciones, la radio), el pueblo inculto pudo disfrutar de las creaciones de sus poetas populares, sin necesidad de una lectura directa o un declamador en vivo. Hoy los libros de poesía culta difícilmente se venden (los compran básicamente los escritores en cierne, que quieren aprender de los poetas el alto oficio literario), pero los discos que difunden las composiciones de los letristas y músicos populares se venden por miles, si no por cientos de miles y aún millones. La industria del sonido ha ayudado a devolver al pueblo lo que es del pueblo, la lírica ha recuperado la espontaneidad del canto. Nos hemos vuelto consumidores ávidos de poesía popular, que ya no responde necesariamente a parámetros estéticos (aunque no los desdeña), sino a las evoluciones del sentimiento de las muchedumbres.

Con Almafuerte la literatura vernácula llegó a su madurez poética y se transformó en "otra cosa". Almafuerte le pasó la voz a las masas populares, compuestas por inmigrantes, en un nuevo espacio: el urbano. El criollo se fundió con el inmigrante pobre. Aquí encontramos no sólo una transformación de la voz poética criolla sino una redefinición de lo nacional. Lo nacional tiene un nuevo espacio y un nuevo sujeto, así como una nueva política: la política popular y populista que encarnará Irigoyen (Romero, *Las ideas políticas en Argentina* 205). Nace lo nacional-popular moderno, que volvería a formar parte del debate cultural durante el peronismo.

Lo nacional posee dos registros o voces (pero sólo una es considerada "literatura"): la voz de la lírica culta y la de la poesía popular. La lírica culta se mantiene como la literatura por antonomasia de la pequeña burguesía nacional del siglo XX. La poesía popular sale del sistema literario, al que había ingresado precariamente, condicionalmente, con los autores gauchescos, cuando aún estaba en vías de constituirse la nación. Se autonomiza, recupera su voz como canto real y no mera entonación fingida y anunciada en el papel, para encontrar un espacio expresivo en los nuevos medios técnicos de conservación y reproducción de la voz: el disco y la radio. Producido este fenómeno, cantar en voz alta sobre la hoja de papel es innecesario. La poesía culta deja entonces de cantar: será poesía lírica intimista, como la poesía "oscura" de las vanguardias, o poesía política y épica, discursiva, que se apropia de las inflexiones de la prosa, en los versos realistas de los poetas socialistas.

La poesía popular criolla nació en Hispanoamérica con las luchas por la Independencia, a la luz del concepto de pueblo que amasaron las concepciones románticas; transcurrido el siglo, las transformaciones sociales y los ideales materialistas del evolucionismo positivista, cerraron el ciclo y las posibilidades de existencia del idealismo romántico. El sentido de lo popular cambió. Ya no sería más lo popular criollo, lo criollo se transformó en un substrato histórico nacional, entelequia que sostiene el mito del origen común del pueblo argentino. A partir de ese momento el flujo heterogéneo del aluvión humano de la nación moderna configura lo popular (que será constantemente redefinido por la dinámica social del espacio urbano), fuerza humana en movimiento que escapa a una definición precisa, pero cuya vigencia se comprueba por las pulsiones desatadas (racional y lógicamente inexplicables) que marcan constantemente la vida política y cultural de la nación.

Bibliografía citada

Alberdi, Juan Bautista. *Grandes y pequeños hombres del Plata*. Paris: Garnier, s/f.

Almafuerte (Pedro B. Palacios). *Obras completas Evangélicas-Poesías-Discursos*. Buenos Aires: Claridad, 1951.

----------. *Poesías completas*. Buenos Aires: Editorial Losada, 1997. Edición de Romualdo Brughetti, prólogo de Rubén Darío.

----------. *Obras inéditas.* Buenos Aires: Editorial Losada, 1997. Estudio preliminar, bibliografía y notas de María Minellono.

Anderson, Benedict. *Imagined Communities Reflections on the Origin and Spread of Nationalism*. New York: Verso, 1991. 2nd. edition, revised and extended.

Borges, Jorge Luis. *El idioma de los argentinos*. Buenos Aires: Seix Barral, 1994.

----------. *Obras completas*. Buenos Aires: Emecé, 1989. Tomo 1.

----------. *Obras completas en colaboración*. Buenos Aires: Emecé, 1979.

Botana, Natalio R. *El orden conservador La política argentina entre 1880 y 1916*.
Buenos Aires: Hyspamérica, 1986.

Brughetti, Romualdo. *Vida de Almafuerte*. Buenos Aires: Peuser, 1954.

Carrero, Elena. "El periodismo". Adolfo Prieto, editor. *Proyección del rosismo en la literatura argentina*. Rosario: Universidad Nacional del Litoral, 1953. 141-182.

Darío, Rubén. "Carta al señor Bartolomé Mitre y Vedia". Almafuerte, *Poesías completas...*11-23.

Echeverría, Esteban. *Dogma socialista de la Asociación de Mayo. Precedido de una ojeada retrospectiva sobre el movimiento intelectual en el Plata desde el año 37*. Buenos Aires: Editorial Perrot, 1958.

Franco, Jean. "La cultura hispanoamericana en la época colonial". Luis Iñigo Madrigal, compilador. *Historia de la literatura hispanoamericana. Época Colonial*. Madrid: Cátedra, 1982. Tomo 1. 35-53.

Gnutzmann, Rita. *La novela naturalista en Argentina (1880-1900)*. Amsterdam: Editions Rodopi, 1998.

Gobello, José, editor. *Letras de tangos Selección 1897-1981*. Buenos Aires: Nuevo Siglo, 1997.

Gutiérrez, Juan María. "Discurso en la inauguración del Salón Literario del 23 de junio de 1837". Adolfo Prieto, editor. *El ensayo romántico*. Buenos Aires: Centro Editor de América Latina, 1967. 29-41.

-----------. *Escritores coloniales americanos*. Buenos Aires: Raigal, 1957. Edición de Gregorio Weinberg.

Halperín Donghi, Tulio. *Una nación para el desierto argentino*. Buenos Aires: Centro Editor de América Latina, 1992.

Lugones, Leopoldo. *El payador*. Caracas: Biblioteca Ayacucho, 1991.

Minellono, María. "Estudio preliminar". Almafuerte, *Obras inéditas...9-90*.

Ramos Mejía, José María. *Las multitudes argentinas*. Buenos Aires: J. Lajouave y Cía. Editores, 1907. Novena edición corregida.

Rodríguez Monegal, Emir. *Jorge Luis Borges A Literary Biography*. New York: Paragon House, 1988.

Rojas, Ricardo. *Historia de la literatura Argentina*. Buenos Aires: Editorial Kraft, 1960. 9 tomos. Edición original: 1917-22.

Romano, Eduardo. *Sobre poesía popular argentina*. Buenos Aires: Centro Editor de América Latina, 1983.

Romero, José Luis. *Las ideas políticas en Argentina*. México: Fondo de Cultura Económica, 1956.

Sarmiento, Domingo F. *Facundo Civilización y barbarie*. Madrid: Cátedra, 1990. Edición de Roberto Yahni.

Soler, Ricaurte. *El positivismo argentino Pensamiento filosófico y sociológico*. Buenos Aires: Paidós, 1968.

Las peripecias del héroe en la literatura gauchesca

El *Martín Fierro* (*El gaucho Martín Fierro*, 1872; *La vuelta de Martín Fierro*, 1879) de José Hernández (1834-1886) cerró el ciclo de la poesía gauchesca que iniciara Bartolomé Hidalgo (1788-1822) con sus diálogos patrióticos y cielitos cincuenta años antes (Ludmer, *El género gauchesco* 17-33). José Hernández tomó al personaje serio-cómico del género, el gaucho de los diálogos patrióticos de Bartolomé Hidalgo y de los diálogos gauchi-políticos de Hilario Ascasubi (1807-1875), e hizo de él un héroe trágico. Antes que Hernández se decidiera a escribir sobre la triste vida de un gaucho perseguido, y como lo reconoció en su prólogo a *El gaucho Martín Fierro*, los escritores habían buscado hacer reír a su público a costa del personaje (105). El personaje, en las composiciones de Ascasubi, es casi siempre un sujeto cómico que participa de la vida política. Política pública. Con sus personajes los escritores del género o exaltan la política libertaria y patriótica del gobierno, como Hidalgo, o critican la tiranía de Juan Manuel de Rosas, o la política desacertada del General Justo José de Urquiza, como Ascasubi. Sátira política. El otro desarrollo del personaje, hacia la vida privada, cultiva lo costumbrista, como en el *Santos Vega* (1851 y 1872) de Ascasubi, y lo cómico-costumbrista, en *Fausto*, 1866, la parodia de la ópera de Gounod que concibiera Estanislao del Campo. Una voz diferente y excepcional, que Hernández reconoció de inmediato, fue la del uruguayo Antonio Lussich en *Los tres gauchos orientales*, 1872, publicada poco antes que *El gaucho Martín Fierro*. En carta del 20 de junio de 1872, fechada precisamente en el Hotel Argentino de Buenos Aires, donde escribiría en esos meses su *Martín Fierro*, le dice: "En versos llenos de fluidez y de energía, describe Ud. con admirable propiedad al inculto habitante de nuestras campañas; pinta con viveza de colorido los sinsabores y sufrimientos del gaucho convertido en soldado, sus hechos heroicos, los estragos de la guerra fratricida, y la esterilidad de una paz que no salva los derechos de las diversas fracciones políticas, cimentando el orden y la tranquilidad general sobre la sólida base de la justicia, del derecho y de las garantías para todos los ciudadanos" (Borges y Bioy Casares, editores, *Poesía gauchesca* II: 349). Hernández entiende que Lussich en su obra ha considerado al gaucho en la realidad de su sufrimiento, de su tragedia personal y política. Ha simpatizado con el gaucho, ha sentido compasión y simpatía hacia él, como lo haría el mismo Hernández en su obra. Este hecho contribuyó poderosamente a cambiar el género.

El escritor de la gauchesca trató de entender desde su perspectiva de individuo educado el mundo único del gaucho. Conocieron al personaje histórico íntimamente, ya que compartieron con él esperanzas y penurias, en los trabajos de estancia y en las guerras (Borges, *El Martín Fierro* 516-17). Tomaron estos escritores diversas actitudes frente a lo que experimentaban como diferencia: diferencia objetiva, social, de clase, y diferencia subjetiva, espiritual. Pero sólo Hernández va a tratar de entrar en la conciencia del gaucho, en un proceso de total empatía con éste.

Cuando Ascasubi publicó sus poemas gauchescos en Montevideo, vivía en una ciudad sitiada por el ejército de Rosas, comandado por el General Oribe. Sin embargo, había conocido la vida libre del gaucho y había sido él mismo un aventurero cuando muchacho (Sosa de Newton 22-3). También Hernández, criado en estancia, y Estanislao del Campo, oficial del ejército, estaban bien familiarizados con su forma de ser. Lussich había militado en la Revolución de las Lanzas, liderada por el caudillo oriental Timoteo Aparicio, poco antes de escribir *Los tres gauchos orientales* (Rama, *Los gauchipolíticos rioplatenses* 114-119). Eduardo Gutiérrez (1851-1889), hermano de Ricardo, el poeta autor de "Lázaro", continuará dándole vida al gaucho, con quien conviviera durante sus años como oficial de la Guardia Nacional, en sus folletines, a partir de la publicación de *Juan Moreira*, 1880 (Prieto, *El discurso criollista* 101). Gutiérrez traspone el personaje a la narrativa. Cerrado curiosamente por Hernández el ciclo de la poesía gauchesca, cuya interpretación del gaucho sella el destino del género, Gutiérrez iniciará el ciclo de la novela. El folletín popular recoge las peripecias del héroe gaucho, tal como las presentara Hernández en su *Martín Fierro*. El héroe gaucho anima los folletines de Gutiérrez y otros contemporáneos, y se extiende a la literatura popular y a la literatura culta con *Las divertidas aventuras del nieto de Juan Moreira*, 1910 de Roberto

J. Payró, *Los gauchos judíos*, 1910, de Alberto Gerchunoff, *El inglés de los huesos*, 1924 de Benito Lynch, y *Raucho*, 1917, y *Don Segundo Sombra*, 1926, de Ricardo Güiraldes. Después de la públicación de *Don Segundo Sombra* el género narrativo gauchesco conserva por algún tiempo su vigencia, Benito Lynch publica *El romance de un gaucho*, 1933, y el uruguayo Enrique Amorim *El paisano Aguilar*, 1934 y *El caballo y su sombra*, 1941, pero la obra de Güiraldes marca el apogeo de la novela gauchesca.

En *Don Segundo Sombra* Ricardo Güiraldes (1886-1927) nos presenta un gaucho transformado por el "progreso", que justifica su existencia de una manera nueva. Es un "tropero" que vive en una argentina modernizada, que hereda el espíritu (eterno) del gaucho. El ciclo narrativo no tiene un cierre o clausura comparable al de la poesía gauchesca, como tampoco lo tiene el ciclo teatral, en constante evolución y transformación (se inicia con el mimodrama de José Podestá, basado en la obra del mismo Gutiérrez, *Juan Moreira*, 1886 y lo continúan las obras criollas de Martiniano Leguizamón y Florencio Sánchez). *Don Segundo Sombra* canoniza al héroe en la literatura culta de una manera inesperada y con un éxito que traspone las barreras nacionales. Su libro pasa a integrar ese ciclo de la narrativa hispanoamericana denominado por los críticos "novelas de la Tierra". Estos reconocen a *Don Segundo Sombra*, 1926, como una de sus obras maestras, junto a *Doña Bárbara*, 1929, del venezolano Rómulo Gallegos y *La vorágine*, 1925, del colombiano Eustaquio Rivera (Alonso 38-78).

José Hernández en *El gaucho Martín* Fierro, 1872, había logrado una transformación radical del héroe de la poesía gauchesca, dotando al personaje de un nuevo sentido social, humano y político. Hernández tomó al personaje del gaucho, que había sido, en las obras de los poetas que lo precedieron, caricatura política y personaje cómico, e hizo de él un personaje trágico, provisto de una sicología individual, verosímil y poseedor de un *pathos* que refleja sus circunstancias y su historia (Halperín Donghi, *José Hernández y sus mundos* 281-344). Así lo anunció en su carta a José Z. Miguens, de diciembre de 1872, que prologó *El gaucho Martín Fierro*: "Me he esforzado, sin presumir haberlo conseguido, en presentar un tipo que personificara el carácter de nuestros gauchos, concentrando el modo de ser, de sentir, de pensar y de expresarse que les es peculiar, dotándolos con todos los juegos de su imaginación llena de imágenes y de un colorido, con todos los arranques de altivez inmoderados hasta el crimen, y con todos los impulsos y arrebatos, hijos de una naturaleza que la educación no ha pulido y suavizado" (105).

Hernández se propuso retratar un personaje creíble. Su objeto era: "... dibujar a grandes rasgos, aunque fielmente, sus costumbres, sus trabajos, sus hábitos de vida, su índole, sus vicios y sus virtudes..." (105). Asegura que ha tratado de "copiar" del original, de "imitar" (106). Su concepción es realista, busca captar al gaucho y su mundo tal como éstos son, aún con sus limitaciones e imperfecciones; retratar un tipo humano único, tanto en su forma de hablar como de pensar, en sus creencias como en su manera de ser. A esto se le suma un deseo de fidelidad costumbrista, pero desdeña hacer de las costumbres y hábitos de un pueblo el foco de la narración: el centro es el hombre, el individuo, y su drama social y personal. Su costumbrismo no es exteriorista, colorista, sino espiritual (la lengua, las creencias). Quiere presentar al gaucho íntimamente, mostrar su mundo, su cosmovisión (dice con respecto al lenguaje empleado, que busca imitar "...ese estilo abundante en metáforas, que el gaucho usa sin conocer y sin valorar, y su empleo constante de comparaciones tan extrañas como frecuentes; en copiar sus reflexiones con el sello de originalidad que las distingue y el tinte sombrío de que jamás carecen, revelándose en ellas esa especie de filosofía propia que, sin estudiar, aprende en la misma naturaleza..." [106]).

Hernández sentía necesidad de ser fiel a la naturaleza del gaucho en cuanto "tipo original de nuestras pampas" (106). Su respeto naturalista, su realismo, su conciencia costumbrista, no trataban de satisfacer los intereses de las corrientes literarias en boga en su tiempo. Curiosamente Hernández no parece haber ensayado trabajos literarios de envergadura antes del *Martín Fierro*, su experiencia se reducía a su práctica del periodismo, particularmente la nota editorial y el artículo o ensayo político (Pagés Larraya, *Prosas del Martín Fierro* 11-25). Pero Hernández tuvo cuidado en no subordinar su poema al género ensayístico: incorporó sutilmente sus ideas al discurso del personaje principal, sin dejar ver en su expresión esa transición que va de la descripción existencial al lenguaje analítico y crítico, favorecido por los ensayos periodísticos que se nutren de las ciencias sociales.

Su literatura es literatura de ideas que critica seriamente al sistema político vigente. Hernández critica al sistema presentando una historia trágica, llena de situaciones límites, introduciendo un héroe que vive épocas de crisis, y no mediante explicaciones directas o intromisiones del narrador, como lo observamos en la historia de Echeverría, "El matadero", cerca de 1839 y en la novela de Mármol, *Amalia*, 1851 y 1855. El gaucho Fierro comunica sus ideas en su propio lenguaje. Para crear esta voz Hernández recurre a la emulación del canto del payador gaucho. El canto con guitarra y la payada eran prácticas comunes en la campaña, y los gauchos tenían sus formas tradicionales de cantar (Lugones, *El payador* 64-98). El cantor cuenta cantando una historia gaucha, que suele ser la historia de su vida.

Hernández no adecuó la escritura de su obra a los cánones de las corrientes literarias cultas vigentes en su tiempo (romanticismo tardío, realismo, costumbrismo). En *El gaucho Martín Fierro,* 1872, reelaboró los recursos de composición que le ofrecía el género gauchesco, y en la segunda parte, *La vuelta de Martín Fierro*, recurrió a fuentes literarias tradicionales de la literatura española, particularmente la narrativa picaresca, como lo estudió Ezequiel Martínez Estrada (*Muerte y transfiguración de Martín Fierro* II: 249-278). En su creación domina el interés político y social extraliterarios. El autor no se puede ajustar al uso del género gauchesco tal como existía en ese momento, ni tampoco a los usos de la poesía culta, como lo habían hecho algunos años antes Echeverría en "La cautiva" y Obligado en "Santos Vega". El *Martín Fierro*, considerado una obra épica por Leopoldo Lugones y Ricardo Rojas, y novela por Jorge Luis Borges, tiene innegables elementos épicos en su composición (el comienzo de la *Ida...* y la invocación del cantor "a los santos del cielo", entre otros) y novelísticos (personajes de definido perfil sicológico, como Fierro, sus hijos y el Sargento Cruz) (Borges 559-64). El poema se centra en el mundo privado (y novelado) de los personajes, pero el mundo público, "la civilización" deshumanizante (la autoridad corrupta, los jueces arbitrarios, los funcionarios ladrones), determinan los acontecimientos de la vida privada de los gauchos. Los personajes sufren un progresivo proceso de marginación, hasta que tienen que escapar del territorio nacional, cruzan la frontera y se van a vivir con los indios.

Hernández cambia el sentido ideológico del argumento en la segunda parte de la obra, en que Martín Fierro regresa del territorio indio y cuenta cómo los personajes se han asimilado progresivamente al estado de cosas existente. Si bien Hernández se enfoca en la vida individual del personaje y su familia, la política del estado condiciona la relación de los personajes con su sociedad. El estado nacional es el culpable de la situación del gaucho, y su mano armada: su policía, sus soldados, así como sus jueces y sus legisladores, son el coro, el personaje colectivo contra el cual se recorta el destino y la suerte del gaucho. La aproximación al tema de Hernández es heterogénea, porque la situación del gaucho es única. Es una situación humana conflictiva y crítica, y el proceso de escritura acusa esa crisis.

Hernández busca, como periodista militante, una solución a los males de su sociedad. Su cura, sin embargo, es literaria. En *Martín Fierro*, Hernández apuesta a la gran literatura popular. Se demuestra a sí mismo, y a su público, que es un notable poeta. Su poesía no deja de sorprender al lector. Uno se pregunta sobre su aprendizaje como escritor. Es difícil aceptar el hecho que el periodista Hernández fuera capaz de escribir el poema sin aprendizaje poético previo (Leumann 135-143). O que su oído fuera tan perfecto como para reproducir el lenguaje gaucho en verso con originalidad sin par. Su creación de mundo es suya, aunque haya recurrido a la descripción de un tipo humano rural histórico. El personaje principal del *Martín Fierro* comparte con el autor su altura moral.

Hernández, tal como Lucio V. Mansilla en *Una excursión a los indios Ranqueles*, 1870, y luego Eduardo Gutiérrez en sus novelas, defiende la personalidad del gaucho, presentándolo como un tipo de grandes cualidades humanas, que ama su propiedad y su familia.[30] Hernández, Mansilla y Gutiérrez se habían familiarizado con la personalidad del gaucho durante sus campañas militares. El gaucho protagonista de *Martín Fierro* es un individuo valiente y peleador, cantor y matrero. Se transforma en el epítome de la voluntad de lucha y defensa de la libertad. *Don Segundo Sombra*, 1926, le va a dar una nueva versión al tipo: el gaucho de Guiraldes es trabajador, pacífico, prudente (Blasi 131-155). Es paternal. Ni Martín Fierro, ni Cruz, ni Juan Moreira pudieron cuidar de sus hijos. Los abandonaron contra su voluntad: fueron víctimas de las leyes injustas del estado. *Don Segundo Sombra* cambia esto: quien abandona a Favio es su progenitor natural, un rico estanciero que no lo reconoce como hijo sino

---

[30] Lucio V. Mansilla presenta en su libro la historia de Miguelito, el gaucho que, perseguido por la justicia, se fue a vivir entre los indios. Mansilla pone la historia en boca del mismo Miguelito, que se transforma en un narrador encuadrado dentro del relato, hablando de su propia vida en primera persona. Miguelito es un héroe serio y trágico en el relato de Mansilla, quien hace por medio del personaje una activa defensa de los derechos del gaucho (144-166).

en su lecho de muerte, declarándolo heredero de sus bienes. Favio es un hijo bastardo, y es el gaucho, su "padrino", Don Segundo Sombra, quien lo adopta y legitima, lo hace gaucho. Favio pasa de ser hijo de nadie, un pícaro pueblerino criado por sus tías, a ser hijo de gaucho. Gracias a este padrinazgo, Favio se vuelve gaucho.

El ser gaucho ya no es algo "natural" a principios del siglo XX : uno nace pueblerino y pícaro, y se hace gaucho, trabajador y "argentino". Lo "gaucho" ha pasado de ser una condición social trágica e irreversible, en Fierro y en Moreira, a una condición nacional esencial, voluntariamente elegida y asumida por el personaje. El gaucho de Güiraldes es un ser simbólico y mítico: su condición está arraigada en su naturaleza "profunda", en el "ser" del personaje (Alonso 79-91). El bautismo gaucho se transfiere a todo el ser nacional. Don Segundo es el padrino simbólico de Güiraldes, el escritor, y, de alguna manera, el padrino gaucho de todos los argentinos modernos, que nacieron una vez cerrado el ciclo de vida histórica del personaje. El gaucho se ha vuelto una parte esencial del ser nacional. Sus cualidad ideales ilustran lo que los argentinos quisieran ser: valientes, libres, determinados, independientes.

José Hernández considera que el gaucho es portador de una filosofía de la vida, una "filosofía propia que, sin estudiar, aprende en la misma naturaleza..." (*Martín Fierro* 106). Don Segundo, para Ricardo Güiraldes, es pura filosofía y sabiduría gaucha: es un sabio, un maestro, un filósofo de las cosas de la tierra que enseña con su ejemplo. Enseña a los argentinos la filosofía de la tierra que los argentinos urbanos y modernos, inmigrantes y desarraigados, "guachos", habían perdido; les enseña a encontrarse consigo mismos y reconocer su propia identidad en el gaucho. No en el gaucho histórico sino el gaucho esencial.

Juan Moreira es el gaucho (pobres son las pretensiones de su autor, Eduardo Gutiérrez, que casi se avergüenza de su gaucho de folletín) que mejor encarna el sentido de lo popular (Ludmer, *El cuerpo del delito* 227-30). Moreira no es reproducción natural del tipo humano, como Martín Fierro, ni expresión idealizada del ser gaucho, como el personaje de Güiraldes; tampoco es un personaje cómico (Gutiérrez ha aprendido su lección de José Hernández). Moreira es un bandido y un bravucón, un héroe de la literatura popular de entretenimiento, un hombre de la masa, un paisano, que crece en el imaginario social a medida que aumenta el entusiasmo de su público lector. Gutiérrez hace entrar a su héroe en el mundo de la novela en su condición más humilde posible: como héroe de folletín (Rivera I-V). Más que una novela, es un novelón. Juan Moreira es un bandido y el narrador un periodista que cuenta una historia policial, pero el personaje tiene una dimensión heroica especial. Su lucha a muerte, sin concesiones, contra el sistema, es un estímulo para el humillado y el vencido.

Güiraldes elevó las condiciones de su héroe: maestro, hombre de autoridad, padre nuestro. El narrador y personaje Favio es un niño pícaro huérfano que, después de conocer por azar a Don Segundo, lo sigue e inicia con éste un proceso de aprendizaje, gracias al cual asciende a la condición esencial de gaucho y luego, en la conclusión de la novela, después de recibir una herencia de su padre natural, se transforma en estanciero y escritor. Con Güiraldes el gaucho se hace estanciero y escritor. En esta relación Güiraldes aporta su propia experiencia vital: él es un rico estanciero que desea ser gaucho, que idealiza al gaucho, y se hace escritor. Don Segundo Sombra es una alegoría, invertida, de su propio destino. Güiraldes proyecta en el personaje su amor por el tipo nativo del país, el gaucho, y proyecta el deseo de todo un movimiento del pensamiento nacionalista finisecular (del que son epítome Leopoldo Lugones y Ricardo Rojas), de transformar al gaucho en el asiento, en la base simbólica de la nacionalidad (Sorensen Goodrich 147-166). Al mismo tiempo Güiraldes eleva el género literario: sale de lo popular e ingresa en la alta literatura, al asociar su novela con la novela de aprendizaje europea y con los procedimientos de la narrativa simbolista de fin del siglo XIX y principios del XX (Ara 25-49). La novela gauchesca ingresa en el circuito de la literatura internacional y da a su autor inmediata fama en todo el mundo literario.

El héroe de Eduardo Gutiérrez, *Juan Moreira*, pertenece a otro espacio, a otro mundo narrativo (Rojas II: 587-600). El de la literatura de entretenimiento, que hace poco caso tanto al modelo natural, que quería imitar Hernández, como al modelo cultural, del que se ocuparía Güiraldes. La literatura popular, remedio para el pobre, puede (cuando el escritor tiene la suerte de encontrar un héroe representativo de su espíritu de lucha) curar los sentimientos de inferioridad social del proletario, su humillación de clase, su impotencia, elevar su espíritu sojuzgado, prestarle la independencia y libertad que no tiene. Comunicarle su deseo vital de luchar y defender su identidad a cualquier costo. Ser testimonio compasivo de su sufrimiento y darle a éste valor y significado, trascendencia. El gaucho se transforma, en el folletín de Gutiérrez, en un individuo hermoso, temerario, sentimental, espectacular (ama pelear para su público), buen padre, buen amigo. Es una especie de actor ambulante que, llevado por su sino trágico, va de pueblo en pueblo, peleando en duelos, que tienen, a medida que se acrecienta su fama y progresa la narración, una asistencia más concurrida. Moreira, el gaucho Moreira, es un héroe heterogéneo y múltiple. Es un héroe sentimental que llora cada vez que se enternece, cuando tiene frente a él a su hijo, cuando encuentra un amigo querido, o extraña a su mujer y a Juancito. Un héroe familiar que no se va muy lejos del pago, aunque peligre y finalmente le cueste la vida, para estar cerca de su familia. Un héroe justiciero que condena a muerte inapelable a todo aquel que lo ofende o abusa de sus derechos. Un héroe trágico, que acepta su sino: la muerte inevitable, y la llama en lugar de temerle. Siente pesar por su vida, vive sufriendo y espera que la muerte lo libere de su pesar.

Gutiérrez no crea un personaje realista: crea un personaje superreal. El héroe popular hereda la fuerza, el vigor, la valentía del héroe épico. Es casi invencible. Pelea en nombre de su pueblo y de su grupo: los desheredados. Es un héroe público. Moreira (y no Fabio, el personaje de Güiraldes, que encuentra a lo largo de la novela varios padres: el padre simbólico Don Segundo, el padre natural, y el padre ancestral de todos los argentinos, con quien se identifica: el gaucho) es, simbólicamente, un huérfano, un gaucho sin padre. Los únicos personajes que tratan de ayudarlo son aquellos que le deben favores, como Valentín Alsina, de quien era guardaespaldas, y Marañón, a quien salva la vida. En su peor momento tiene sólo dos compañías posibles: su perro Cacique (su "policía") y su caballo, regalo del caudillo y político liberal Valentín Alsina. Llama a éstos "mi familia".

Moreira es un héroe que sufre, que tiene necesidades físicas: casi no duerme (solo a la hora de la siesta, unas pocas horas, bajo el calor del sol) y se acerca, cuando puede, a las pulperías para comprar comida para "su gente" (su perro y su caballo) y para sí. Le gustan (como a todos los gauchos) los bailes, el juego de cartas, las carreras, la riña de gallos, las apuestas de todo tipo. La ambición de los poderosos (como le ocurre también a Martín Fierro) lo perjudica y lo condena. La suerte muchas veces no le ayuda. Su destino es azaroso. Vive rodeado de peligros. El resiste con valentía. Es la lucha de uno contra todos. Su única defensa es la compasión y amistad de los lectores, los espectadores de su drama.

La novela reelabora el argumento de *El gaucho Martín Fierro*: Moreira es un gaucho bueno, cantor, pequeño propietario, muy querido en el pago, muy valiente. Jamás provoca a nadie. El juez empieza a castigarlo injustamente, le pone multas, lo manda al cepo, porque desea apoderarse de su novia, luego su esposa. Moreira resiste pasivamente, hasta que algo le colma la paciencia. Un italiano, Sardetti, niega ante el Comandante que debe dinero a Moreira, y éste lo castiga. Moreira jura vengarse. Este hecho cambiará totalmente su vida. Moreira resiste y finalmente mata a Sardetti. De ahí en más su vida será una constante lucha a muerte contra las partidas policiales que lo persiguen para castigarlo y los gauchos que lo desafían para probar que son mejores que él: las circunstancias, las injusticias, el abuso han hecho que se transforme en un gaucho malo.

Luego de vivir como gaucho matrero, resistiendo y peleando, se escapa a una toldería india para evitar la persecución armada. Su relación con los indios es distinta a la que mantuviera Martín Fierro: el gaucho malevo compite con ellos en astucia. Es aceptado entre los indios como el mejor. El cacique Coliqueo quiere hacerlo "capitanejo" y casarlo dentro de la tribu (136). Este es un grupo de indios "amigos" del gobierno, que reciben raciones. En *Martín Fierro*, cuando Fierro y Cruz cruzan la frontera se van a vivir con indios hostiles al gobierno, que salen en malón para robar y saquear las poblaciones. Fierro vive junto a ellos por varios años. El viaje de Moreira, en cambio, es para encontrar "refugio" en los toldos por unos pocos meses.

Moreira demuestra ser mejor jinete que ellos y el cacique indio le envidia su caballo y quiere comprárselo. Moreira les hace trampas a las cartas, les roba en el juego (roba a los ladrones). Finalmente los engaña, pelea con ellos, hiere a varios y escapa. Triunfa por encima de ellos y demuestra ser más salvaje (y mejor) que ellos. Ese es el único momento durante la novela en que Moreira roba; en las pulperías siempre tiene buen cuidado de pagar lo que consume. Es a él a quien tratan de engañar y de robar. Así ocurrió con Sardetti, el gringo a quien había prestado dinero de buena fe y quiso estafarlo. La venganza contra Sardetti marca el inicio de su vida de gaucho errante, de matrero, de hombre fuera de la ley. Se "desgracia" al matar a Sardetti. Le impone su propia ley: una puñalada por cada mil pesos robados. Es la ley popular. El gaucho Moreira se hace justicia vengándose. Jamás el gaucho provoca gratuitamente: él es el provocado, el humillado, el traicionado. Sólo después se venga. Su venganza es infalible (excepto al final de la novela, cuando se le escapa su compadre Gutiérrez, quien, con engaños, se había apropiado de su mujer y su hijo). Su justicia es una "justicia poética": el folletín compone lo que la práctica social ha destruido. Moreira siempre es el más fuerte. Durante la novela sus enemigos son cada vez más y vienen mejor armados, el gaucho crece ante las circunstancias adversas. Su personalidad fiera y combativa "remedia" los conflictos, propone una solución y una "cura" a los males que sufren los paisanos: Moreira los compensa por todos los daños materiales y morales recibidos de su sociedad injusta. El objetivo de Gutiérrez no es estético, su objetivo literario no es elevado: es una obra de literatura popular, su interés es ético.

La literatura popular es un remedio para los males del pueblo. El lector sin cultura literaria, que es su público natural, busca remedios morales en sus páginas: ilusiones que compensen su agudo sentimiento de inferioridad; venganza justiciera que los consuele de las injusticias que sufren y de la impotencia que sienten ante una ley que no los protege, sino que los ignora y los victimiza; afirmación de sus valores grupales: los hijos, la familia; catarsis compasiva ante el destino del héroe, que no puede vivir en esa sociedad después de haberse hecho justicia, porque no hay lugar para él. *Juan Moreira* satisface con generosidad estas expectativas del lector de las clases populares.

Martín Fierro, en cambio, mantiene una relación conflictiva y violenta con las otras subculturas que conviven con la cultura dominante en el territorio de la nación: provoca y mata a un negro y aprende en las tolderías de los indios lo inhumano de su forma de vida, su crueldad, su salvajismo. Fierro no puede ponerse por encima de sus circunstancias, Juan Moreira sí. Fierro vive defendiéndose, pero por lo general resulta víctima. Moreira triunfa por encima de sus circunstancias y jamás abandona su dominio, ni aún a cambio de su vida. Fierro tiene que exiliarse para sobrevivir, su vida es una vida de renuncias. La más grande y cruel es la renuncia a su nombre, a su identidad: su asimilación a la misma sociedad que lo había victimizado. Fierro se da por vencido, Moreira jamás. Prefiere morir y así lo dice, corteja y busca la muerte, y no le teme (162). Cuando Marañón le pide que escape a otros pagos, para salvar su vida, responde Moreira: "No puedo, mi patrón...Ya la vida me pesa y el día en que me maten, será el único día alegre que habré tenido. Si peleo no es ya para defender el cuero, como en tiempos en que podía vengarme. Ahora peleo sólo porque no digan que me han matado como un carnero; tengo que morir según mi crédito y ésta es la razón porque no me he dejado matar con las últimas partidas que me han venido a prender" (173).

A pesar de los juicios de Lugones, recorre más el espíritu de lo épico en *Juan Moreira* que en *Martín Fierro*. Moreira lucha por algo más allá de él: su mujer y sus hijos; y por sus amigos-patrones: el Sr. Marañón, y el Dr. Alsina, por quienes se haría matar.[31] Moreira se hace justicia, compone el mundo a su manera. Crea su propia ley, domina su territorio. Es sentimental y bello: constantemente el autor lo describe reflexionando, meditando y llorando, lamentándose de su suerte y del abandono en que vive, de la separación de sus seres queridos, particularmente su hijo Juancito, que es el centro principal de sus preocupaciones. Dice el narrador: "Moreira solía tener sus horas de melancolía profunda. Pensaba en su mujer y su hijo y solía pasarse encerrado varios días en una pieza, donde se le sentía llorar. En esa situación, nadie se hubiera atrevido a dirigirle la palabra, temiendo su enojo. Entregado a sus tristes meditaciones, Moreira no se mostraba hasta que su melancolía había pasado por completo" (84).

Su fuerza es sobrehumana: es un ser superior. La narración de Gutiérrez se concentra en la epopeya del héroe, en sus peripecias. Si bien la novela está basada en un drama policial real, y el narrador procede en un principio como un informante privilegiado, un buen periodista que cuenta la vida de un bandido, a medida que transcurre el folletín el personaje logra seducir cada vez más al lector por su fuerza melodramática. Gutiérrez crea una novela de personajes, y éstos son el centro de la trama y abarcan la totalidad del mundo representado. La vida del héroe tiene por objetivo colmar todas las expectativas del lector: sentimentales, heroicas, cognoscitivas. Todas,

---

[31] Moreira oficia de guardaespaldas del Dr. Alsina. Este pretende pagarle por su servicio y Moreira rechaza el dinero. El Dr. Alsina queda impresionado por este rasgo de nobleza y le regala el magnífico caballo que usa Moreira. Le dice el gaucho: "-Si alguna vez me cree útil, si mi cuerpo puede servirle alguna vez de defensa, mándeme avisar no más, patrón, que yo vendré, aunque sea del fin del mundo; disponga de mi vida sin embozo, porque desde hoy soy cautivo de sus prendas" (86).

excepto las estéticas, puesto que no entran en el interés del público lector de folletines, ni parecen haber formado parte de las preocupaciones de su autor, Eduardo Gutiérrez.

Hernández, en *El gaucho Martín Fierro,* se concentra fundamentalmente en el destino de Fierro, si bien el Sargento Cruz comparte por momentos el protagonismo de la narración. Hernández innova en el género gauchesco, que había sido hasta ese momento un género dramático, en el que prevalecían los diálogos cómicos, o relaciones cómicas de personajes gauchos. El destino de Fierro es trágico y el autor ahonda en las características psicológicas del personaje (Martínez Estrada II: 157-63). En *La vuelta de Martín Fierro* esto cambia y Hernández hace participar a todo un grupo de personajes, además de Fierro y Cruz: los hijos de Fierro, el viejo Vizcacha, Picardía, el hermano del Moreno. Transforma la narración del personaje Fierro, que sostenía casi toda la primera parte de la obra, en un cuadro dramático. Su descripción del mundo de los indígenas es devastadora: son crueles, brutales, inhumanos. Sus cuadros compiten con los de "La cautiva" de Esteban Echeverría en la presentación de la barbarie indígena (Echeverría 135-144). No ha aceptado en absoluto la lección antropológica humanitaria y polémica de Lucio V. Mansilla en *Una excursión a los indios Ranqueles,* 1870. Fierro no encontró alivio para sus males viviendo entre los indios, como uno podría haber supuesto, al terminar la primera parte de la obra. En *La vuelta...* descubrimos que cometió un gran error: allí, en los toldos de los salvajes, perdió a su amigo Cruz y observó los cuadros más brutales de crueldad humana posible, particularmente el mal trato a las mujeres y el asesinato del hijito de la cautiva. Al salir de las tolderías indígenas, después de cinco años, Fierro regresa a una sociedad parcialmente reformada. Visita sus pagos y allí se encuentra a un amigo que le dijo "...que anduviera sin recelo,/ que todo estaba tranquilo,/ que no perseguía el Gobierno,/ que ya nadie se acordaba/ de la muerte del moreno..." (248). Se entera que su mujer ha muerto en un hospital y se encuentra con sus dos hijos, que le contarán sus vidas.

Para Juan Moreira no hay cambio posible. Está dominado por sus instintos destructivos, y su destino es seguir peleando y matando. En los encuentros se comporta, más que como un gaucho acorralado, como un soldado valiente (como lo había sido el autor, Eduardo Gutiérrez), pelea contra grupos de policías armados o en duelos singulares. En Moreira sobrevive, por momentos, el espíritu guerrero caballeresco, como lo indica el narrador, después que el gaucho perdonara la vida al Capitán de una partida: "La acción de Moreira, la serenidad que había demostrado durante la lucha y su acto generoso al darle fin, habían dominado, cautivado a los paisanos, cuya influencia cede a la del valor y mucho más si tal valor va aparejado a sentimientos nobles y humanitarios. Muchos de aquellos paisanos se hubieran sentido capaces de pelear como Moreira, pues aquel hombre no era una excepción de su hermosa raza. Pero tal vez ninguno de ellos hubiera encontrado en su corazón tanta grandeza para no matar al mozo, y tanto dominio para despedirse de él con un ponchazo"(119).

Moreira es un valiente, y no teme al sacrificio, ni al dolor. Se sacrifica por algo más importante que su vida: su justicia, su venganza, su familia, su honor. Fierro, en cambio, se lamenta de su destino y desea sobrevivir. Se adapta a las circunstancias políticas del país para salvarse y cambia. Esto muestra la evolución literaria del héroe, su transformación sicológica. Fierro es un héroe de dimensión novelesca. Reconoce su realidad social, se autoanaliza con criterio realista. Moreira no: no cambia, sino que afirma su ser contra el devenir social. Nada hace vacilar su sentido de lo heroico. Poco significa para él perder la vida. Su vida, como la de tantos pobres, es un constante sufrimiento, un martirio, ve la muerte como una liberación. Moreira no cuida sus interes materiales, excepto su perro y su caballo extraordinario, envidiado por todos; no le importa demasiado su vida. Para Fierro, en cambio, es muy importante defender su vida. Al final de la segunda parte no trata siquiera de retener y defender a sus hijos. Lo único que puede ofrecerles son sus consejos, basados en sus propias experiencias.

Moreira se queda en su territorio, y sabe que eso a la larga le llevará a la muerte (escapar a Santa Fe o Córdoba, protegido por un caudillo político, era la vida). Lo hace para estar cerca de su hijo Juancito, y que los demás no le hicieran daño, temiendo su venganza. Moreira es temido. Es, en la acepción de la palabra, un caudillo territorial que lucha, de igual a igual, con la policía y el ejército, despreciando siempre cualquier ayuda: su individualismo es extremo, quiere ser hijo de sus propias obras. Fierro, si bien es propenso a bravuconear, y sabe defenderse, reconoce que no está bien pelear: provoca llevado por el alcohol y comete una gran injusticia al matar al negro.[32] Moreira jamás provoca porque sí: provoca para hacerse justicia o contra un enemigo superior, entrenado para pelear, como el cuerpo de policía o el ejército. Siempre está en control de sí mismo, de sus fuerzas. Acepta su destino. Fierro, en cambio, busca cambiar, se autocritica (ante el hermano del negro, con quien paya de contrapunto) y reconoce que tiene crímenes que ocultar al cambiar de nombre. Dice el narrador en el final de la segunda parte de la obra: "Después a los cuatro vientos/ los cuatro se dirigieron./ ...convinieron entre todos/ en mudar allí de nombre./ Sin ninguna intención mala/ lo hicieron, no tengo duda;/ pero es la verdá desnuda,/ siempre suele suceder:/ aquel que su nombre muda/ tiene culpas que esconder" (348-9). Hernández dispensa de sus culpas a la sociedad (el sospechoso de culpas es el gaucho), reconoce que la política liberal lo eximirá de sus yerros del pasado, y su personaje comparte esta visión reformista con él. Debe el gaucho tener educación, trabajo, propiedad, derechos, dice (350). Ese será el fin del gaucho y de su cultura. Hernández le da su ultimátum.

Pocos meses después, Gutiérrez lo resucita para la novela. Moreira es un gaucho de novela. De novela popular. Y Gutiérrez no le quitará al pueblo lo que le ha dado. No se arrepentirá de su personaje. Es más: colaborará con José Podestá, ayudando a fundar, de esta manera, el teatro criollo (Rojas II: 605-609). De ahí en adelante el gaucho mitificado admitirá dos destinos: el destino de claudicación, de asimilación, el destino liberal que le dio Hernández en *La vuelta de Martín Fierro,* y continuó Güiraldes en *Don Segundo Sombra;* o el destino inmortal de héroe impecable, hecho de la rabia de la voluntad popular, del espíritu de reivindicación y lucha del proletariado. Este último es el héroe de los ciclos populares que muere y renace, el héroe que sigue luchando, tal como lo presentó Gutiérrez en su *Juan Moreira,* y en las novelas que le siguieron: *Juan Cuello, Hormiga Negra, El tigre de Quequén* y *Santos Vega,* entre las más exitosas (Prieto 59).

Juan Moreira es un héroe paternal y paternalista, que se asocia a los

---

[32] Dice Fierro: "El hombre no mate al hombre/ ni pelee por fantasía./ Tiene en la desgracia mía/ un espejo en que mirarse./ Saber el hombre guardarse/ es la gran sabiduría." (347) En cambio, afirma Juan Moreira: "Mi vida...es pelear siempre con todas las partidas y matar el mayor número de justicias que pueda, porque ellos me han hecho todo el mal que he recibido en la vida, y por la justicia me veo acosado como una fiera dondequiera que me dirijo." (202)

caudillos y, como ellos, entiende que el orden social debe girar alrededor del poder del hombre fuerte. En la trama de la novela Moreira es siempre el personaje central. Las peripecias y aventuras de Moreira son una entretenida sucesión de desafíos y luchas. Hernández, en la segunda parte de su obra, hacía a su personaje principal compartir su protagonismo con sus hijos y otros personajes, transformando la autobiografía del gaucho Fierro en la biografía de varios gauchos, en un gradual proceso de disminución de la significación y el valor del héroe individual en la obra. Si en la primera parte del poema Fierro se enfrentaba con su sociedad, en la segunda se rinde y se somete a ésta, aunque no deja de abogar por los derechos del gaucho, solicitando para él el lugar que le corresponde en la nación moderna, como hijo a quien también debe abrazar el estado liberal.

Distinta será la visión del gaucho que nos dará Güiraldes, ya en los finales de ese ciclo narrativo de interés popular en el gaucho que se desarrolló en el siglo XIX, a partir de la publicación de las novelas de Eduardo Gutiérrez, y continuó en el XX. Con Güiraldes, la literatura culta y moderna, experimental, se apropia de su figura para legitimarla. En la versión del mundo rural de Güiraldes ya no aparecen indios, aunque el mismo Don Segundo es un hombre de piel oscura, y en la vida real, el gaucho que inspirara a Güiraldes, Don Segundo Ramírez, descendía directamente de antepasados indios por parte de madre (Previtali 21). La cuestión india ya no existía en 1926: en 1880 el General Julio A. Roca había tomado posesión en nombre del gobierno nacional del enorme territorio que ocupaban los indios: las famosas 15.000 leguas (Saldías III:131-138). En 1879 y 1880, fecha de publicación de *La vuelta de Martín Fierro* y de *Juan Moreira,* la lucha contra el indio formaba parte del imaginario de los gauchos y paisanos argentinos. En *Don Segundo Sombra,* en cambio, el campo es un lugar de trabajo pacífico (Ghiano 139-167). Se han perdido en él las condiciones originales que habían hecho posible la existencia del gaucho: la pampa libre, ilimitada, el rodeo de hacienda innumerable. La pampa, a principios del siglo XX, era un territorio cercado, dividido, alambrado, lo cual limitaba enormemente la libertad de movimiento. Había que utilizar caminos públicos o senderos internos, atravesando propiedades. En ese campo había estancias, establecimientos rurales donde se respetaba la ley (como se pone en evidencia cuando Fabio tiene una pelea a cuchillo en una estancia, y después de herir a su contrincante se va de la casa por haber ofendido a sus ocupantes [130-131]).

Fabio quiere ser resero y dominar los oficios de la vida campestre: arrear ganado, domar, curar animales, hacer riendas (Previtali 158-169). Todo lo aprende de Don Segundo, el gaucho que le enseña a trabajar. Fabio ve a Don Segundo, que es un paisano trabajador y pacífico, como un ser ideal. Don Segundo es muy independiente, osco, solitario, fiel a la amistad de Fabio. Este último idealiza a su padrino y lo eleva a un nivel simbólico. Don Segundo representa al gaucho y su herencia, sus valores, que son la base profunda del ser nacional argentino. Don Segundo confiesa que en el pasado había tenido sus pendencias, pero que nunca había matado a un hombre (163). Esto lo pone a gran distancia de los otros héroes del ciclo gauchesco, particularmente *Martín Fierro* y los héroes de las novelas de Gutiérrez, para los que la lucha a muerte es la base de su sobrevivencia, el principal acto de defensa del yo y de resistencia frente al sistema injusto. Don Segundo vive en una sociedad justa, en un campo pacificado, en un ambiente de trabajo en el que impera la ley. En esa sociedad el pelear no es necesario (excepto la lucha por la vida, por ganar el sustento) y el matar es un crimen. Tampoco Fabio mata, excepto al toro bravo que cornea a su alazán (117-119). La lucha contra el toro es un desafío individual, que se transforma en una versión bastante grotesca de un duelo a muerte. Fabio vence a la bestia, pero en la contienda se fractura un brazo. Está en constante proceso de aprendizaje y de cada experiencia saca lecciones afirmativas. Con su padrino aprende a domar, a arrear ganado, a "hacerse duro" (56). A diferencia de Martín Fierro y Juan Moreira, que viven en constantes situaciones de desilusión y desengaño, Fabio es un personaje que crece, que progresa (en el buen sentido "nacional" del término: renuncia a ser pícaro pueblerino para ser un gaucho sacrificado primero y un estanciero próspero después): es el epítome de la nueva Argentina, pocos años después del Centenario, permeada aún por el espíritu de progreso liberal que la domina, confiada en su prosperidad, orgullosa de sus logros.

El ambiente de trabajo permea obsesivamente el mundo de la novela. Güiraldes se detiene en la descripción del trabajo rural, duro, exigente, con morosidades de hablante lírico. Vierte en las descripciones su espíritu de poeta. Cincela la frase, seleccionando prolijamente las palabras. Cultiva originales metáforas e imágenes que dan a su narración una calidad literaria inusual. Güiraldes escribe en prosa artística, y elabora con cuidado los símbolos que sostienen el interés y la tensión de la narración: la lucha del gaucho contra la naturaleza, la personalidad emblemática de Don Segundo Sombra, la voluntad del muchacho de hacerse gaucho... Lo gaucho engloba todas las virtudes. Ser gaucho en 1926 ya no es una maldición, como lo era en 1872. El gaucho no tiene que sufrir los abusos y las injusticias. Es el asiento de la tradición y de todas las buenas virtudes nacionales. Es quien establece la continuidad del presente con un pasado heroico que modeló la personalidad de los argentinos.

La novela es tanto un homenaje lírico al espíritu (ideal) del gaucho, como un canto liberal al trabajo. El campo argentino ha progresado, es un campo rico, aunque el criollo no ambiciona bienes materiales. Güiraldes separa aquí la personalidad noble, desinteresada, del criollo, de la personalidad adquisitiva, posesiva del inmigrante, del extranjero. Homenajea y exalta en el criollo las virtudes de la patria: *Don Segundo Sombra* es un libro patriótico. El mundo del inmigrante, que aparecía en buena parte de la producción narrativa y teatral escrita durante los más de cincuenta años transcurridos entre la aparición de *El gaucho Martín Fierro*, 1872 y la novela de Güiraldes en 1926 (las novelas naturalistas de Eugenio Cambaceres, el teatro del uruguayo Florencio Sánchez, entre otros) y que tanto peso social y económico tenía en esos años de activa transformación nacional, queda excluido de *Don Segundo Sombra*. La novela es la otra versión de la patria, a contrapelo de la realidad social urbana que se vivía en Buenos Aires y en las grandes ciudades del litoral, transformadas por el influjo inmigratorio. Es la visión (oculta para el lector urbano) de la patria criolla, del mundo rural donde imperan el gaucho y sus valores.

Al final de la novela el pueblero que se hiciera gaucho, Fabio Cáceres, se vuelve rico hacendado y escritor. La oligarquía criolla, en la persona de Güiraldes, sella su alianza con el criollo, con el gaucho, que se vuelve la base de sostén de la esencia nacional: la argentinidad, y se señala a sí misma como la representante autorizada y auténtica del sentir nacional y de los valores de la patria. Se da a sí misma un lugar en la nueva argentina, donde se modela una patria inmigrante, europea, como defensora de la patria criolla, de las tradiciones nacionales. Fabio Cáceres, el niño pueblero pícaro que había "descubierto" a Don Segundo y había elegido hacerse gaucho con él, entendiendo que lo gaucho valía más que la vida pueblera, al saber que ha heredado la estancia, a la muerte de su padre natural, se siente un traidor, cree haber traicionado el destino de tropero que había elegido. Don Segundo lo saca de su error: un estanciero rico no es alguien malo ni distinto a ellos, simplemente es rico, le dice (173). Explicación simple y contundente, por la cual el paisano acepta su condición de clase ante el señor.

Hasta ese momento la vida en común de Don Segundo y de Fabio había sido movimiento: siempre estaban viajando, desplazándose de trabajo en trabajo. Seguían al ganado, eran ambulantes. Su única propiedad eran sus caballos y el dinero que ganaban con su trabajo o en las apuestas. Disfrutaban de su libertad y de su vida de reseros, nunca habían tenido problemas con la ley, siempre encontraban trabajo, y eran apreciados por su oficio. Fabio tenía educación letrada: había asistido varios años a la escuela del pueblo, antes de conocer a Don Segundo y decidirse a seguirlo. Una vez revelada su verdadera identidad de estanciero tiene que aceptar quedarse en la estancia de su tutor, hacerse sedentario. Como un gran sacrificio, también en esta etapa de su vida Don Segundo, su padre espiritual, lo acompaña. Fabio, el gaucho argentino, se hace amigo de Raucho, el hijo de su tutor, que era "un cajetilla agauchao", un joven lector y culto. Raucho lo introducirá a la lectura de la gran literatura moderna europea.

A diferencia de lo que observamos en *Martín Fierro* y *Juan Moreira*, la mujer está prácticamente ausente del mundo de *Don Segundo Sombra*. Omisión muy especial, puesto que al ser la novela una idealización del mundo rural en su momento de desarrollo y de trabajo, cuando el gaucho argentino finalmente parece haber logrado un lugar en esa sociedad (y es probable que Güiraldes quiera probarnos eso), no encontramos al gaucho viviendo en familia. Muy distinto era el argumento del *Martín Fierro,* que Eduardo Gutiérrez sigue de cerca en su *Juan Moreira,* en que el gaucho era, en un principio, un ser sedentario, establecido en su rancho con su mujer e hijos. Esos gauchos tenían que hacerse matreros para defenderse de la justicia abusiva, que quería quitarles su propiedad y su familia. Efectivamente, Martín Fierro y Juan Moreira pierden a sus esposas que aman mucho, y a sus hijos. Lo mismo le ocurre al Sargento Cruz. Siempre aparece un Comandante que quiere quitarles lo que aman: su seguridad, su propiedad, su familia. El único recurso es la rebelión y la venganza, puesto que ellos son impotentes para cambiar las leyes injustas. Y a su vez la justicia se venga de su rebelión, persiguiéndolos y tratando de apresarlos o matarlos. Sin embargo, Martín Fierro encontró su camino de regreso a una sociedad que lo rechazaba. No así Juan Moreira, que es por eso el epítome del gaucho rebelde y representa mejor el espíritu gaucho, en ese sentido, que Martín Fierro. Y, varias décadas después, cuando la pampa está pacificada, sin indios en pie de guerra, dividida en prósperas estancias, el gaucho no se interesa en formar familia. Tampoco tiene buena relación con las mujeres. Güiraldes indica la incomodidad de los gauchos, seres solitarios, oscos, ante el sexo opuesto, en bailes y en reuniones (67).

Don Segundo no tiene familia estable, y el narrador, que cuenta o sabe muy poco del pasado del personaje, no dice que hubiera tenido mujer e hijos. Las mujeres que aparecen en la obra son seductoras, poco sinceras, y causan conflictos y peleas. Fabio tiene una pelea a cuchillo con el paisano Numan, que por suerte no termina en una muerte, por culpa de las coqueterías de Paula. Al final, Paula lo "traiciona", desairándolo, por haber herido a su rival. Su amigo, Antenor, tiene un duelo con un forastero, por culpa de una mujer. Antenor lo mata, y es la única muerte que ocurre en la novela. Uno de los testigos del duelo aclara lo poco que valía la mujer; dice que pelearon: "...por una hembra que yo he conocido y que era una perra..." (164). Güiraldes nos presenta un mundo regido por valores y trabajos masculinos, en el que literalmente no hay lugar para las mujeres, excepto cuando Fabio se accidenta, y son las mujeres la que lo cuidan. Mujeres de servicio. Cuando las mujeres detentan autoridad, como sus tías, que lo tuvieron a cargo por varios años, la vida de familia se le antoja una prisión al personaje: las mujeres son beatas y no aportan nada a su vida. La mujer es vista como un peligro y una amenaza. Es quien puede privarlos de la libertad de movimiento del resero. No hay en la obra hombres que abusen de las mujeres, como lo hacían los Comandantes en las otras obras, ni indios brutales que las golpeen y las maltraten o les maten a los hijos. Tampoco aparece en *Don Segundo Sombra* la mirada compasiva del personaje-narrador frente al destino sufrido de las mujeres.

La sociedad de *Don Segundo Sombra* es una sociedad patriarcal, en que las tareas agrícolas se han transformado en un ritual de superioridad masculina, de prueba de resistencia, de destreza, de coraje pacífico. De proezas de a caballo. No hay en la obra conflictos políticos, como en *Martín Fierro* y en *Juan Moreira,* en que el problema del gaucho es un problema de mala política nacional, de arbitrariedad de la ley. Los accidentes que ocurren...son accidentes de trabajo, como el que sufre Fabio. Quien se resiste al triunfo completo del gaucho es la naturaleza y el ganado; el enemigo es el toro bravo que le hiere el caballo. El gaucho legendario Don Segundo Sombra se alía en el comienzo de la novela al pícaro adolescente pueblerino Fabio. Don Segundo, sin embargo, es sólo un resero. Es, en cierta forma, el "hijo" de Fierro, que se ha integrado a la propuesta de vida y de trabajo de la sociedad liberal, que le ha dado un lugar (especial) en su seno. Estos reseros son parte de un país rico, próspero y organizado. Don Segundo se ve a sí mismo como un ser folklórico: no es poeta como los gauchos de Hernández y de Gutiérrez, sino que cuenta cuentos gauchos y leyendas tradicionales, que se apoyan en mitos guaraníes y en la Biblia. Los personajes de estos cuentos maravillosos populares son gauchitos, paisanos, seres fantásticos. Güiraldes sitúa lo popular en un momento del pasado, con nostalgia. Don Segundo y Fabio, como Fierro y Moreira, gustan de reflexionar y meditar. La pampa los ha transformado en seres meditabundos. Es la madre de sus actitudes filosóficas. Porque el ser gaucho encierra una filosofía. Don Segundo es un filósofo solitario. Por eso no tiene familia. No la necesita. Ni la extraña. Para él lo importante es la reflexión y el soliloquio. Es parco, introvertido. No regala su saber. Tiene un solo discípulo al que se dedica: Fabio. A él le comunica el valor y el sentido de ser gaucho. Lo convierte a las cosas trascendentales de la patria.

Don Segundo Sombra es un libro poético. Su narrador emplea una prosa poética en muchas ocasiones en que quiere comunicar estados emocionales intensos. Güiraldes fue poeta y prefirió el poema en prosa al poema en verso, como lo testimonia su libro *El cencerro de cristal*, 1915. Volcó su experiencia literaria en *Don Segundo Sombra*. Las descripciones de la pampa y del trabajo ayudan al lector a formarse una imagen idealizada de ese mundo. La descripción lírica crea un halo de nostalgia y lejanía. El narrador-personaje, Fabio, idealiza la vida cotidiana, dotándola de un valor sublime. Güiraldes es un escritor consciente del valor de la palabra, busca la palabra justa.

Eduardo Gutiérrez escribía de una manera muy distinta a la de Güiraldes: a vuelo de pluma. En 1880, año en que apareció *Juan Moreira*, completó cuatro novelas. Sin embargo, Gutiérrez estaba muy lejos de ser un narrador desprolijo o descuidado. El ritmo de su prosa es ágil y ameno. El lector sigue su relato con interés y emoción. No trabaja la expresión como lo haría Güiraldes, educado en la escuela Simbolista, porque la efectividad de su modo de novelar no depende de la frase elaborada sino del interés de los hechos narrados. Sus maestros son los grandes escritores de folletines del siglo XIX: Sue, Dumas, Ponson du Terrail, quienes a su vez aprendieron su oficio de los grandes escritores románticos y realistas franceses (Rivera I). El narrador dirige la atención del lector hacia las escenas culminantes, que demuestran el valor del héroe, en particular los desafíos, las peleas contra las partidas, las escenas familiares, los soliloquios en los que el héroe se lamenta de sus desventuras. Gutiérrez no se detiene demasiado en la descripción de los paisajes. Su narración es de ritmo ágil, el transcurso temporal es fluido y se va acelerando a medida que se aproxima el desenlace, manteniendo el interés del lector. Crea constantemente situaciones de suspenso, en que si bien el lector sabe que el héroe saldrá vencedor, aguarda con interés el resultado del conflicto. La relación entre el drama de su mundo familiar (la separación de su mujer e hijo y el peligro que éstos corren) y su destino trágico (su decisión de vengarse por las injusticias sufridas y luchar hasta la muerte), forman un contrapunto entre la suerte del héroe, en constante deterioro, y el crescendo de la lucha, cada vez más encarnizada.

Moreira progresa hacia su sacrificio, y él lo sabe, dotando a la trama de fuerza patética y trágica. El héroe asume su sentido melodramático, entregándose a sus lamentos y quejándose de su destino, sin renunciar a su derecho a luchar. El héroe llora, se refugia en el cariño y la compañía de sus animales: el caballo y su perro "Cacique", trata de acercarse, con poco éxito, a su mujer y su hijo. El héroe resiste y lucha, las fuerzas que van a destruirlo se multiplican. Finalmente, cuando cae, en el prostíbulo "La Estrella", donde ha ido a pasar unos días de placer acompañado de su fiel amigo Julián Andrade, el sacrificio de Juan Moreira tiene fuerza existencial: se ha defendido denodadamente, luchando para vengarse y hacerse justicia, sin importarle el riesgo de su vida. Muere peleando, en su ley. El solo contra la fuerza pública. En el momento en que lucha el personaje deja de ser un héroe de la vida privada: se transforma en un representante de todos aquellos que sueñan con defenderse de las injusticias y castigar a sus ofensores. Moreira no es un defensor de pobres, no es un paladín de la justicia: es un vengador y un luchador incansable. Lucha contra la ley injusta y contra la fuerza del Estado opresor. Pero comete excesos, tiene instintos asesinos. No es un héroe ejemplar porque es un gaucho matrero. Pero cuando cae nos conmovemos, porque nos sentimos ante él como ante la figura del condenado a muerte que retrataba la literatura romántica: su vida es un canto a la libertad (Espronceda, "El reo de muerte" 28-30). El héroe se compromete consigo mismo y asume su diferencia hasta el final. El no es como los otros seres humanos corrientes: es más hermoso, más valiente, más diestro.

Gutiérrez no necesitaba, para desarrollar con éxito esta trama, utilizar otra prosa que la prosa comunicativa y llana de los narradores de novelas populares, de melodramas y folletines. Su arte depende de la concepción del personaje, de la manera como presenta a éste al público lector, del armado de la trama, del tiempo narrativo y del desenlace. Su éxito se debió a que había creado un héroe verdaderamente popular. Por eso, literalmente, el lector del pueblo siguió a los héroes novelescos de Eduardo Gutiérrez, haciendo posible numerosas ediciones de sus obras, en particular *Juan Moreira*. Gutiérrez supo crear una nueva relación entre el escritor de novelas y el público lector del país. Cuando ya Hernández había sacado al héroe de su ciclo de enfrentamiento y rebeldía para hacerlo regresar al seno de la sociedad liberal, Gutiérrez lo restituye al imaginario popular, y lo proyecta al mundo familiar de la novela y al teatro criollo (Prieto 56-63).

La trama de *Don Segundo Sombra*, de lento desarrollo, necesitaba en cambio de su lirismo, pues en el libro las aventuras del personaje se reducen a los episodios de su vida de resero, en la que predominan los intereses del trabajo, sin faltar momentos de recreación. Pocas cosas extraordinarias ocurren y no todas afectan a Fabio o a Don Segundo. El duelo a muerte entre Antenor y el forastero, por ejemplo, no los involucra, Don Segundo y Fabio sólo son espectadores y testigos. Güiraldes quiere atraer al lector culto, que es su público natural; no dirige el libro al lector del pueblo, ni mucho menos a los habitantes del campo, a quienes seguramente no parecerían interesantes los trabajos sufridos del tropero, que conocían tan bien. En su libro no hay héroes que personifiquen los anhelos populares de venganza y justicia. El narrador de *Juan Moreira* era un periodista de crónicas policiales, advertido del gusto del pueblo; en *Don Segundo Sombra* el narrador es Fabio, un pícaro pueblerino que después de hacerse gaucho junto a Don Segundo, se hace escritor junto a Raucho. Escritor y estanciero, miembro de la oligarquía terrateniente argentina. Es éste el que narra: un narrador interesado en el valor que el gaucho esencial tiene para la argentinidad, para el sentido de lo nacional, por el que su clase se preocupa. Fabio, también, aprende de Raucho, el "cajetilla agauchado", a amar la literatura. Escribe su visión del gaucho desde la literatura y para la literatura. Para los lectores interesados en la literatura, que sienten nostalgia por el gaucho, que buscan asentar el sentido de lo nacional en un símbolo, en un mito perdurable, que refiera la patria al origen perdido.

Hernández, en las dos partes del *Martín Fierro*, leyó al género gauchesco desde una perspectiva muy distinta a la que asumiría Güiraldes varias décadas después. Los escritores del género que lo habían antecedido, en particular Ascasubi y del Campo, habían visto al gaucho desde una distancia crítica. Como personaje popular de clase baja, lo consideraban un individuo cómico. Los lectores de la gauchesca, hasta ese momento, eran individuos de las clases cultas de las ciudades, que disfrutaban las sátiras políticas con personajes gauchos (como las composiciones de Hilario Ascasubi) y las sátiras literarias ingeniosas (como el *Fausto* de Estanislao del Campo). Hernández, como lo demostró Prieto, cambió la intención del género: lo dirigió hacia el lector popular, hacia el campesino, hacia el gaucho (Prieto 87-90). Su deseo era que el campesino se reconociera a sí mismo en el personaje y eligió la primera persona para contar su vida. Así, el personaje entra en la conciencia del gaucho. Descubre que la voz (literaria) del gaucho puede servir para alumbrar su conciencia (histórica), mostrar sus preocupaciones y su mundo mental (Dorra 95-105). Hernández busca fundirse en su personaje, como lo advierte en el prólogo a *El gaucho Martín Fierro* (105-107). Imita la forma de payar del gaucho, su lenguaje, aún su manera de pensar y de hilar las ideas, no siempre de forma lógica. Trata de hacer una copia "al natural" del tipo humano. Su sentido de observación fue más agudo que el de Hidalgo, Ascasubi, Lussich y del Campo. Necesitaba crear un personaje verosímil. El recurso a lo cómico había eximido a Ascasubi o a del Campo de esa necesidad. El éxito de la empresa de Hernández dependía de su habilidad para lograr un personaje gaucho creíble. Una vez alcanzado esto, el personaje tenía que entrar necesariamente en la trama novelesca. Y hacia allí lo dirigió Hernández. Entendió que el gaucho podía tener valor literario como personaje "serio" en la literatura, además de su sentido como personaje cómico, satírico, que habían desarrollado Hidalgo, Ascasubi y del Campo.

Ascasubi había demostrado un talento singular para la sátira política. Con sus personajes gauchescos creó un tipo de sátira política "criolla".

Hernández le dio un sentido nuevo a lo político: se identificó con su personaje, el gaucho, y se "comprometió" con él. No se ocupó de la gran política nacional, tal como lo había hecho Ascasubi al presentar, en *Paulino Lucero*, en su modo crítico y burlesco, las luchas contra la dictadura rosista, sino que describió la manera en que la política nacional afectaba al ciudadano del campo, al gaucho, que era en la mayoría de los casos un miembro marginado de la sociedad civil, a quien la mala política del gobierno había transformado en un paria. Hernández nos cuenta las peripecias que sufre la vida del gaucho como consecuencia de su relación con la ley (injusta) y el estado (opresor). Martín Fierro es un gaucho perseguido y castigado. Mantiene una relación pasiva frente a la política: la sufre, es su víctima. Logra mostrar que la ley y la justicia no tienen sentido para el gaucho, que queda excluido de la sociedad. La sociedad lo usa (injustamente) y luego lo margina. No le da derechos, ni libertad, ni educación. El gaucho no puede guardar su propiedad porque se ve obligado a escapar de la persecución del ejército (es desertor), de la policía (ha matado a dos hombres), de los políticos y los jueces (codician su voto, su mujer y su propiedad). Hernández muestra las consecuencias negativas de la vida política nacional: su gaucho ya no puede identificarse con las grandes luchas de la patria (como la asumían los gauchos de Hidalgo), ni luchar por defender la patria de la tiranía (como los de Ascasubi).

El gaucho, para Hernández, queda excluido de la patria: se ha abierto un abismo histórico y social entre el gaucho y la patria. El gaucho no forma parte de la nación, no puede vivir en paz con su familia: le roban su felicidad conyugal. Es un paria, uno de los excluidos de la sociedad liberal. Tiene que escapar y convivir con los indios del desierto, en la esperanza de que allá estará mejor que entre los "civilizados". En la primera parte de la obra, *El gaucho Martín Fierro*, 1872, Hernández acusa al gobierno y defiende al criollo. En la segunda parte, *La vuelta de Martín Fierro,* 1879, modifica su postura ideológica: el gaucho regresa del desierto, su vida con los indios ha sido un horror, todos sus hijos han sufrido igual (mala) suerte, pero las cosas "han cambiado" y deciden todos confiar en la sociedad, que parece ahora lista para recibirlos en su seno, a condición de que cambien "el nombre", su identidad, para ocultar "sus crímenes". Se arrepienten los gauchos, la sociedad no. Del momento en que Fierro y Cruz escaparon al desierto al momento en que regresaron a la "civilización" algo había pasado en la sociedad argentina, que sin haber reconocido sus faltas era capaz de aceptar a sus hijos negados. O fue Hernández quien modificó su forma de pensar y creyó que los crímenes del estado liberal ya no eran tan graves.

En 1872, cuando apareció *El gaucho Martín Fierro*, gobernaba el Presidente Sarmiento, su gran enemigo. Hernández había regresado a Buenos Aires después de haber participado el año anterior en la fallida revolución del General Ricardo López Jordán contra el gobierno de Sarmiento, y de haberse exiliado en la Banda Oriental del Uruguay luego de la derrota (Chávez 78-89). En 1879, cuando publicó *La vuelta de Martín Fierro*, gobernaba Avellaneda, asistido por su Ministro de Guerra, el General Roca. La situación política había cambiado hacia 1875: si bien las fuerzas políticas del antiguo federalismo, al que había apoyado Hernández, declinaban rápidamente, el Presidente Avellaneda mantuvo una política de conciliación nacional. En 1877 Hernández militaba en el Partido Autonomista; en 1879 el activo periodista militante compra la Librería del Plata y vive con su familia en su quinta de Belgrano, a las afueras de Buenos Aires; en 1879 es elegido diputado provincial en la legislatura bonaerense; sería reelegido en 1880; en 1881 es elegido senador provincial (Chávez 132-133). José Hernández ya podía participar abiertamente en la política institucional del país. En 1880 se resolvió la difícil cuestión de la Capital de la nación, designándose a Buenos Aires como Capital y federalizándose una parte de su territorio. Hernández apoyó la capitalización de Buenos Aires, sumando su voz a la de muchos liberales, en contra de las aspiraciones de los federalistas.

Si Hernández cambiaba sus ideas políticas, también cambiaba la política nacional. Ya habían sido superados los gobiernos del General Mitre y de Sarmiento, que habían combativo activamente las insurrecciones federales, en particular la del Chacho Peñaloza en La Rioja y la del General Ricardo López Jordán en Entre Ríos. En 1870 el General Urquiza había sido asesinado. El General Roca había dirigido en 1879 la Campaña del Desierto, destinada a tomar todos los territorios ocupados por los indios al sur del país; la exitosa campaña concluyó la cuestión indígena desde la perspectiva del gobierno nacional: los indios, que habían vivido en pie de guerra, tuvieron que someterse a la voluntad del gobierno, quien se apoderó de más de 15.000 leguas de terrenos que estos ocupaban. Al año siguiente el General Roca sería elegido Presidente de la Nación e iniciaría una nueva era político-administrativa de progreso concertado en la Argentina. El cambio de posición política de José Hernández, con respecto a la cuestión del gaucho, en la segunda parte del *Martín Fierro* fue el resultado de estos rápidos cambios ocurridos en la política nacional argentina y de los cambios ocurridos en la vida del poeta, quien pasaba a ocupar un papel activo en la política institucionalizada, y asumía una posición más liberal que la que había mantenido en 1872, después de haber militado en el levantamiento de López Jordán.

Al final de la primera parte del *Martín Fierro,* los gauchos Fierro y Cruz habían tenido que adoptar una solución desesperada, escapando a territorio indio, huyendo de la "civilización"; en la segunda parte Hernández hizo que Martín Fierro regresara del desierto, demostrando que la solución había sido peor que el problema, y al final de la misma encuentra otra solución para sus gauchos: separarse e integrarse al seno de la sociedad con nuevas identidades. El personaje recorre alegóricamente una trayectoria paralela a la del poeta, que en su rebeldía antisarmientina escapó al Uruguay, para después regresar a Buenos Aires, y ante el clima conciliatorio de la política de Avellaneda, integrarse a la vida política nacional con una posición política más moderada. Hernández cuenta los males de su sociedad, y a pesar del cambio de sus "soluciones" políticas, establece un puente de comunicación con sus lectores. Logró conquistar, nada menos, que al público lector de las campañas: el libro se leía en las estancias y en los pueblos (Prieto 52-5). Un fenómeno inaudito. Los gauchos leyendo. O en todo caso: interesados en que les leyeran (casi todos eran analfabetos) la vida de Martín Fierro.

Los campesinos se reconocieron en el personaje, lo encontraron verosímil, creíble. Se identificaron con el gaucho perseguido, valiente y cantor. Sintieron, seguramente, que les hablaba a ellos. Hernández logró captar efectivamente la manera de hablar, de sentir y de pensar del gaucho. Hecho extraordinario, pues aunque había vivido entre ellos en su niñez, era una periodista profesional y no un gaucho de la pampa. Su experiencia infantil tiene que haber sido decisiva para entender e interpretar el mundo espiritual del gaucho. Fue un aprendizaje efectuado desde "adentro" del mundo rural, y no desde "fuera", si no no habría resultado verosímil. Y luego, por supuesto, su don artístico, su don poético que le permite captar intuitivamente el mundo del campo y verterlo en creativas y sentidas imágenes. Hernández logra una gran hazaña literaria: cantar y contar como los gauchos. Los gauchos no hablaban "en broma", como los personajes de Ascasubi y del Campo. Tenían su sentido del humor, pero como cualquier grupo humano, se tomaban a sí mismos muy en serio. Vivían su vida y sufrían su destino. Hernández, en su trama, desenvuelve el drama de sus vidas. Encuentra, además, un argumento ideal: la historia del gaucho perseguido injustamente, contada por él mismo. Es la historia individual de Martín Fierro, pero refleja la suerte que sufrían muchos gauchos en la campaña. Demuestra el abuso de autoridad, al atacar la justicia a un ser desprovisto de poder, al que se le niegan sus derechos.

En Hernández, a pesar de su aparentemente escasa experiencia literaria antes de escribir *El Gaucho Martín Fierro,* se da un fenómeno especial: habiendo escuchado el habla de los gauchos y payadores, sus expresiones y sus metáforas, sus numerosas y originales comparaciones, y su "cantar" en verso, Hernández logra en el discurso poético una expresión sintética, conceptual, totalmente acomodada al asunto que trata. El empleo de la primera persona lo guió en la descripción mesurada y parca de ambientes y personajes, rasgo feliz del poema, que lo alejó del alegato costumbrista en que habían caído Ascasubi y del Campo. El criterio que rigió su decisión no fue estético, a pesar de haber logrado una gran obra literaria. Fue ético: la fidelidad al gaucho, en la cual insiste en su prólogo. Sin duda, que al serle fiel al gaucho histórico, también le fue fiel a su asunto poético. Esto último era algo secundario para el poeta, aunque no para nosotros, sus lectores. Hernández creyó haber logrado su éxito por el sincero compromiso moral que asumió frente al gaucho. Él cantaba opinando, no cantaba por cantar, como los cantores letrados. Sin embargo, no deja de admirar a sus lectores la delicada expresión en verso que logra el poeta, sus comparaciones felices. También nos conmueven los valores espirituales que demuestran los personajes: la compasión de Martín Fierro hacia su mujer y sus hijos, su sentido de la amistad, el diálogo del héroe consigo mismo, el compromiso que asume frente a su destino.

El poema narrativo depende tanto de la felicidad de su trama, como de la fuerza de su lenguaje. Hernández empleó en su obra un lenguaje estilizado de acuerdo a los usos coloquiales gauchescos.[33] El verso estilizado

---

[33] La prosa lírica que emplea en numerosas ocasiones el narrador de *Don Segundo Sombra* es una prosa experimental y vanguardista, escrita en un estilo bello y elevado, buscando adjetivos llamativos y metáforas originales. Gutiérrez en su *Juan Moreira* no necesita de una prosa artística y autoconsciente para hacer vivir a su personaje.

de Hernández no respondía a las corrientes literarias más influyentes en 1872, no es ni romántico, ni realista, ni folklórico: estiliza su lenguaje imitando la manera de hablar de los gauchos, es una transposición del modo en que cantaban los payadores (Rama 200-21). Su método de trabajo se parece más al que emplearían los escritores naturalistas varios años después.

Sabemos que los gauchos gustaban de contar y de cantar su vida, especialmente los gauchos malos, que mitificaban su persona; así lo testimonia Sarmiento en el *Facundo*, cuando habla del gaucho cantor (*Facundo* 92-93). El gaucho cantor no empleaba modelos cultos, era un cronista de sucesos de la campaña (Slatta 69-90). No es tan sorprendente entonces que Hernández, el periodista político, el cronista, haya sido capaz de este hallazgo: Martín Fierro hace una crónica de su vida, tal como lo hacían en la pulpería los gauchos cantores. Gran parte del encanto del poema surge de su carácter moderadamente testimonial; si el poema no hubiera sido una imitación bastante fiel de las narraciones de los "gauchos cantores", no hubiera interesado al público de la campaña como lo hizo. Hoy en día, puesto que el gaucho ya no existe más como tipo social, tendemos a atribuirle todo el mérito a la invención de Hernández; él mismo no hubiera admitido esto, como lo advierte en su prólogo (*Martín Fierro* 105-7). No hay duda que Hernández tenía muy buen oído. Su compromiso de periodista lo llevó a mantener una fidelidad naturalista hacia la materia del poema. Y captó el habla y la agonía del gaucho en el momento justo, transformando su obra en el canto del cisne. El gaucho, en su obra, canta antes de morir. Al final del *Martín Fierro* el gaucho ya casi no existe: se ha integrado al seno de la sociedad nacional, aprenderá luego a leer y trabajar, ha dejado de pelear. Si reaparece, sólo será como una sombra, como un mito, como un ser sumergido en la conciencia histórica nacional. Así lo rescatará Güiraldes en su *Don Segundo Sombra*. Allí ya no es el gaucho el que canta, sino que es un canto al gaucho, un canto al trabajo rural y a la patria liberal, a la que aplaude la oligarquía argentina. Don Segundo no canta, cuenta cuentos folklóricos, es un ser del pasado que rescata el narrador, Fabio, que no era un gaucho en el comienzo de la obra: era un pícaro pueblerino que quería hacerse gaucho y lo logró.

En *Martín Fierro* el gaucho canta por última vez: canta en la literatura. Al pasar a la literatura se pierde el canto que habrá animado la vida de los fogones. El *Martín Fierro* tiene la virtud - gracias a la fidelidad naturalista de Hernández, fidelidad de periodista genuino, de individuo acostumbrado a transcribir los hechos y las voces (había sido taquígrafo del Congreso federal en Paraná) y de militante político valiente y apasionado - de haber preservado, recreado por el autor, el espíritu de los singulares dones poéticos de los cantores gauchos. Muerto el canto del gaucho rebelde, nace la epopeya del héroe gaucho, tal como lo recoge Eduardo Gutiérrez para el pueblo y para la literatura popular. No para la gran literatura. Y con él se desarrolla el fenómeno de una literatura popular adaptada a los nuevos tiempos, de una literatura de masas para la nación moderna. Gutiérrez interpreta los anhelos de los nuevos argentinos: la nación de inmigrantes europeos que llegaban al suelo patrio y de hombres del campo que se desplazaban a las ciudades, para encontrar su lugar en un nuevo espacio aún por definirse: el conglomerado urbano latinoamericano, la ciudad en que conviven los barrios "bien" de las clases acomodadas y los inquilinatos, los "conventillos", de los pobres. Y les da a estos nuevos lectores aventuras, aventuras de personajes criollos, argentinos, que, como ellos, luchaban. Sus folletines reflejan la lucha por la vida, la lucha a brazo partido por sobrevivir. Sus personajes contagian a sus lectores con su valentía y sus ganas de luchar, expresan ese espíritu invencible de las masas populares, que no se arredran ante los obstáculos ni las derrota el sufrimiento, que en cada empresa que inician muestran coraje y capacidad de sacrificio. El espíritu del pueblo vive en Juan Moreira.

Juan Moreira abre un espectro nuevo de lectura: el de la novela nacional popular, la literatura criolla para masas. Nace separada de la otra gran vertiente, la literatura culta. Sólo el *Martín Fierro*, por las condiciones peculiares de su producción, había podido abarcar ambos campos, y se convierte en un fenómeno literario mayor, que ha transformado a su autor en el clásico preferido de la literatura argentina. *Juan Moreira* logró hablar al público no educado del país, al mismo público que asistiría poco después a las funciones del circo criollo de los hermanos Podestá, para presenciar la vida de Juan Moreira.

Las aspiraciones de las masas y la búsqueda simultánea de lo nacional llevaría a la literatura y a la cultura política argentina por un nuevo camino, que captaron bien, aunque mostrando alarma y exhibiendo sus prejuicios, los ensayistas y pensadores de fin de siglo, como José María Ramos Mejía,

Ricardo Rojas y José Ingenieros (Soler 41-66). Como ocurrió durante la época de la dictadura rosista, los intelectuales argentinos de fin de siglo sabrían interpretar el conflicto político nacional, si bien se encontraron con un presente intelectual muy conflictivo y diverso. Y a diferencia de los intelectuales de la Generación del 37, cuya obra precedió y anticipó la creación artística del Estado liberal, durante el fin de siglo el arte nacional antecedió la interpretación intelectual, de tal manera que estos ensayistas se encontraron con una nutrida obra cultural sobre la que meditar cuando se aproximaban los cien años de vida de la Nación Argentina.

Bibliografía citada

Alonso, Carlos. *The Spanish American Regional Novel. Modernity and Autochthony.* Cambridge: Cambridge University Press, 1990.

Ara, Guillermo. *Ricardo Güiraldes.* Buenos Aires: Editorial "La Mandrágora", 1961.

Blasi, Alberto. "Ricardo Güiraldes y la escritura de *Don Segundo Sombra*". Ricardo Güiraldes. *Don Segundo Sombra. Prosas y poemas.* Caracas: Biblioteca Ayacucho, 1983. 131-155.

Borges, Jorge Luis y Adolfo Bioy Casares, editores. *Poesía gauchesca.* México: Fondo de Cultura Económica, 1955. 2 tomos.

Borges, Jorge Luis, en colaboración con Margarita Guerrero. *El Martín Fierro* (1953). *Obras completas en colaboración.* Buenos Aires: Emecé, 1979. 511-565.

Chávez, Fermín. *José Hernández.* Buenos Aires: Editorial Plus Ultra, 1973.

Dorra, Raúl. "*Martín Fierro*: la voz como forma del destino nacional". *Dispositio* No. 40 (1990): 95-105.

Echeverría, Esteban. *El matadero. La cautiva.* Madrid: Editorial Cátedra, 1986.

Edición de Leonor Fleming.

Espronceda, José de. *Obras poéticas.* México: Editorial Porrúa, 1986.

Ghiano, Juan Carlos. "Dos libros representativos: *Martín Fierro* y *Don Segundo Sombra*". *Boletín de la Academia Argentina de Letras* Nos. 197-198 (1985): 119-167.

Güiraldes, Ricardo. *Don Segundo Sombra*. Buenos Aires: Editorial Losada, 1971. Trigésimo primera edición. Las citas textuales están tomadas de esta edición.

Gutiérrez, Eduardo. *Juan Moreira*. Buenos Aires: Editorial Universitaria de Buenos Aires, 1961.

Halperín Donghi, Tulio. *José Hernández y sus mundos*. Buenos Aires: Editorial Sudamericana, 1985.

Hernández, José. *Martín Fierro*. Buenos Aires: REI/ Cátedra, 1980. Edición de Luis Sáinz de Medrano.

Leumann, Carlos Alberto. *El poeta creador. Cómo hizo Hernández "La vuelta de Martín Fierro"*. Buenos Aires: Editorial Sudamericana, 1945.

Ludmer, Josefina. *El cuerpo del delito. Un manual*. Buenos Aires: Libros Perfil, 1999.

----------. *El género gauchesco. Un tratado sobre la patria*. Buenos Aires: Editorial Sudamericana, 1988.

Lugones, Leopoldo. *El payador*. Caracas: Biblioteca Ayacucho, 1991.

Mansilla, Lucio V. *Una excursión a los indios Ranqueles*. Caracas: Editorial Ayacucho, 1984.

Martínez Estrada, Ezequiel. *Muerte y transfiguración de Martín Fierro*. México: Fondo de Cultura Económica, 1948.

Newton, Lily Sosa de. *Genio y figura de Hilario Ascasubi*. Buenos Aires: Editorial Universitaria de Buenos Aires, 1981.

Pagés Larraya, Antonio. *Prosas del Martín Fierro*. Buenos Aires: Editorial Raigal, 1952.

Previtali, Giovanni. *Ricardo Güiraldes and Don Segundo Sombra Life and Works*. New York: Hispanic Institute in the United States, 1963.

Prieto, Adolfo. *El discurso criollista en la formación de la Argentina moderna*. Buenos Aires: Editorial Sudamericana, 1988.

Rama, Ángel. *Los gauchipolíticos rioplatenses*. Buenos Aires: Centro Editor de América Latina, 1982.

Rivera, Jorge B. "Prólogo". Eduardo Gutiérrez. *Juan Moreira*. Buenos Aires: Centro Editor de América Latina, 1993.

Rojas, Ricardo. *Historia de la Literatura Argentina. Ensayo filosófico sobre la Evolución de la cultura en el Plata*. Buenos Aires: Editorial Kraft, 1960. Tomo II: "Los gauchescos".

Saldías, Adolfo. *Buenos Aires en el Centenario.* Buenos Aires: Hyspamérica, 1988. 3 tomos.

Slatta, Richard. *Gauchos and the Vanishing Frontier.* Lincoln: University of Nebraska Press, 1982.

Soler, Ricaurte. *El positivismo argentino. Pensamiento filosófico y sociológico.* Buenos Aires: Editorial Paidós, 1968.

Sorensen Goodrich, Diana. "La construcción de los mitos nacionales en la Argentina Del Centenario". *Revista de Crítica Literaria Latinoamericana* No. 47 (1998): 147-166.

Operación masacre: periodismo, sociedad de masas y literatura

Operación masacre (1957-1977), de Rodolfo Walsh (1927-1977), es una obra cuyas peripecias de creación se entrelazan con la vida del autor de una manera ejemplar y trágica. Se inicia con las investigaciones que el periodista nacionalista Walsh realizara a partir de diciembre de 1956 sobre los fusilamientos de civiles ocurridos en la provincia de Buenos Aires, después del fracasado levantamiento del General Valle, el 10 de junio de ese año, y concluye, luego de un largo periplo, con la carta que Walsh, militante montonero, escribiera a la Junta Militar argentina el 24 de marzo de 1977, un día antes de su enfrentamiento con el Ejército y su muerte. [34]

Su elaboración definitiva abarca dos décadas de la vida de Walsh (de Grandis 1994:187-204). Durante este tiempo, las experiencias vividas lo llevaron a modificar sustancialmente sus ideas políticas, su interpretación de la historia nacional y del fenómeno literario. Vivió circunstancias históricas excepcionales y su investigación periodística, *Operación masacre*, luego de pasar por sucesivas correcciones y cambios, se integró a la literatura nacional como crónica y testimonio de una generación perdida (de Grandis 1992:306-7). [35]

---

[34] El editor de Ediciones de la Flor incluyó esta carta en la reedición de 1984, luego que la obra estuviera censurada y prohibida su publicación en Argentina durante muchos años.

[35] La generación de Walsh, en Argentina, frustrada ante la reacción autoritaria del Estado frente al experimento sindicalista y nacionalista del peronismo, y como respuesta a la situación política tiránica y represiva que observaban en Latinoamérica, se movilizó en la lucha revolucionaria contra el estado oligárquico, autoritario y burgués. Eva Perón, la joven actriz casada con el carismático militar nacionalista y populista Juan Perón; Walsh, el joven periodista que denunció la masacre del gobierno y luego se sumó al peronismo revolucionario; Guevara, el médico idealista

En esta obra Walsh analizó un episodio de la campaña represiva que el gobierno militar golpista, presidido por el General Pedro Eugenio Aramburu, desató contra militantes peronistas y simpatizantes, sospechosos de participar en el conato revolucionario de 1956, liderado por el General Valle. Inició su investigación, en la que lo asistió la periodista Enriqueta Muñiz, seis meses después del levantamiento del General Valle, cuando recibió una denuncia de Juan Carlos Livraga, uno de los sobrevivientes de la matanza que había tenido lugar en la localidad bonaerense de José León Suárez. Walsh pudo demostrar a la opinión pública que varios de los detenidos por la policía provincial, en un procedimiento de la noche del 9 de junio, habían logrado sobrevivir a los fusilamientos clandestinos ordenados por el gobierno el 10 de junio de 1956, en supuesto cumplimiento de la Ley Marcial decretada, y escapar (Ferro 1994:139-66). Esa ley facultaba al gobierno a fusilar sin juicio previo a individuos descubiertos en circunstancias sospechosas, o que estuvieran conspirando contra el Estado. Walsh denunció la responsabilidad del gobierno militar en esos fusilamientos irregulares, y lo acusó de haber cometido un asesinato y masacre. El gobierno encubrió el crimen, y el sistema de justicia sobreseyó a los culpables de la matanza, asegurando su impunidad.

El Estado nacional era responsable del asesinato de trabajadores desarmados, la mayoría de los cuales habían sido detenidos por azar. Walsh, que al realizar la investigación no era peronista, va cambiando su opinión sobre el Movimiento Peronista al observar cómo el peronismo había dado espacio en su política a la causa y a los intereses del pueblo.[36]

---

que se unió a la fuerza guerrillera de jóvenes cubanos nacionalistas y socialistas, y llevó su militancia a la lucha por la liberación en África y luego a Bolivia, donde trató de introducir focos armados para extender la revolución en Sudamérica, lucharon por la liberación del ser latinoamericano de aquellas fuerzas económicas y políticas que le impedían su desarrollo completo como persona en un ámbito digno y en una patria justa y soberana. Son hoy figuras simbólicas y necesarias para los jóvenes que tienen que renovar su fe en las posibilidades de regeneración y desarrollo de sus sociedades.

[36] Su militancia activa no la inicia hasta varios años después. En 1968 dirige el semanario peronista *CGT*, en colaboración con Horacio Verbitsky; entre 1970 y 1973 milita en las Fuerzas Armadas Peronistas (FAP), y a partir de 1973 en la organización armada Montoneros. Funda y redacta el diario de orientación montonera *Noticias*. Después del golpe militar de 1976 y de la muerte de su hija Vicki, también militante montonera, funda la Agencia Clandestina de Noticias (ANCLA) (Lafforgue 231-4).

Walsh desarrolló y profundizó en sus escritos creencias fundacionales de la historia cultural argentina. Pensó que la prensa y el periodismo debían defender al pueblo, y que el intelectual y el escritor tenían el derecho de tomar las armas para resistir y luchar contra el poder arbitrario de los usurpadores de su patria, fueran éstos extranjeros, o locales. En ese proceso, el hombre de la sociedad civil, que vivía pacíficamente, sometido a las leyes, de pronto se veía arrastrado por la violencia militar y espiritual que engendraba la situación. El mundo que lo rodeaba escapaba a su encuadre racional, y el hombre "nuevo" de esa sociedad quedaba a merced de fuerzas que no controlaba y amenazaban destruirlo.

El Ejército, en 1955, con el pretexto de salvar a la patria de un peligro moral inminente, se había arrogado el derecho paternalista de interrumpir el cauce democrático de la sociedad. La sociedad civil quedó sometida al arbitrio de la ley militar y sus códigos de convivencia se vieron profundamente alterados. El pueblo lo veía como una imposición tiránica, por cuanto lo que había interrumpido realmente el Ejército era un proceso político a través del cual un nuevo sector social emergente, el proletariado, estaba adquiriendo identidad, personalidad, objetivos propios, y tratando de entender su lugar en la sociedad contemporánea.

El General Perón, Eva Perón, Walsh, el Che Guevara y los intelectuales en que Perón se apoyaba para explicar sus ideas y justificar la actualidad de su defensa del patrimonio nacional, en particular Raúl Scalabrini Ortiz, condicionaron un nuevo y activo imaginario en la cultura argentina e hispanoamericana, durante las décadas del cincuenta y el sesenta. Los escritores de extracción liberal, como Ezequiel Martínez Estrada y Ernesto Sábato, criticaron, desde la perspectiva de la alta cultura intelectual, la transformación de su sociedad tras el ascenso del peronismo, y observaron con preocupación cómo los defensores del campo popular, vueltos algunos de ellos figuras emblemáticas, eran mitificados y endiosados por las masas (Jauretche 27-42). Los escritores más jóvenes, entre los que debemos mencionar a Ricardo Piglia, Manuel Puig, Osvaldo Soriano y Tomás Eloy Martínez, revisaron con lucidez y sentido crítico las propuestas del imaginario liberal después del Proceso, 1976 -1983, cuando los militares cometieron un brutal genocidio.[37]

---

[37] Argentina en 1977, año en que Walsh es asesinado, es un país aislado y fragmentado. La novela de Piglia, *Respiración artificial*, 1980, asimila, en su estructura y su temática,

La cultura de la sociedad argentina refleja sus divisiones y desequilibrios.[38] Muchos escritores han sido conscientes de esto e hicieron lo posible por superar la separación entre arte popular y arte de las elites. Walsh, a quien hoy conocemos y respetamos principalmente por sus crónicas e investigaciones periodísticas, escribió varios libros de cuentos.[39] En su diario personal habla de sus planes de escribir una novela, lo cual nunca pudo concretar. Sentía resistencia a hacerlo, por lo que el género representaba en la cultura burguesa (Link 99-102). En sus crónicas testimoniales pudo expresar las vivencias revolucionarias de su tiempo.

Operación masacre crea un fresco social único sobre la vida política argentina en los años que siguieron a la caída de Perón. Presenta una imagen distinta del pueblo argentino y de la camarilla militar que había usurpado el poder popular. El cuadro que hace Walsh de "Las personas", en la primera parte de la obra, nos muestra un pueblo trabajador que vive con sencillez. Son casi todos obreros y disfrutan de la vida familiar. Muchos militan en política. Son reconocidos en el barrio como gente de bien. Se han casado jóvenes, o están de novio; los casados tienen hijos, han cumplido con sus deberes familiares. Los jóvenes trabajadores son hijos de familia que viven con sus padres.

---

este aislamiento esquizofrénico del "ser" nacional durante le época del Proceso. El individuo tiene conciencia del fracaso de la revolución, y acepta lúcidamente un estado insufrible de cosas que amenazan la supervivencia del individuo en un mundo que no le da lugar y lo devora.

[38] Los periodistas y luchadores sociales, como Sarmiento, J. Hernández, L. V. Mansilla, Eduardo Gutiérrez, Almafuerte, los hermanos Discépolo, Arlt, Walsh, han ayudado con sus obras a conformar un imaginario de arte literario popular y social y a desarrollar nuevos géneros literarios; los escritores educados en las literaturas europeas, que conocían y creían en sus propuestas estéticas y buscaban transmitir sus innovaciones en el verso y la prosa, como Mármol, Cambaceres, Lugones, Borges, Sábato, Cortázar, Piglia, han creado una literatura culta eurocéntrica de gran nivel muy respetada por las elites educadas de Argentina y del extranjero. En Argentina, sociedad fragmentada, hay al menos dos literaturas nacionales: una de orientación popular y otra pensada y escrita para las elites cultas.

[39] Antes de publicar la primera edición de *Operación masacre* en 1957 había editado una antología de cuentos policiales en 1953; publicó un volumen de cuentos largos policiales, *Variaciones en rojo*, en ese mismo año, por el que recibió el Premio Municipal de Literatura, y en 1956 editó una antología del cuento fantástico. Posteriormente publicó los volúmenes de cuentos *Los oficios terrestres*, 1965 y *Un kilo de oro*, 1967.

Nos encontramos con una familia trabajadora nacional relativamente feliz, a pesar de las circunstancias políticas adversas. Los padres están orgullosos de los hijos, y éstos de sus padres. Sus sueños son continuar la historia familiar, dedicarse a los suyos. Sus placeres son grupales y típicos del gusto de la familia trabajadora en una época de rápida masificación de la producción y las costumbres: los deportes, las reuniones y actividades grupales. Casi todos, con excepción de los militantes, llevan una vida tranquila, previsible, de tardecitas de barrio. El futuro es el trabajo, que de por sí es rutinario. Son los hombres anónimos de su comunidad. No se destacan como individuos. Walsh hace una presentación costumbrista de cada uno de ellos: es una crónica cotidiana de seres casi anónimos. Será la catástrofe del crimen la que los saque de ese anonimato en que viven. Lo desconocido, la arbitrariedad, la injusticia, la muerte irrumpirá en sus vidas para arrancarlos de la certidumbre rutinaria de la existencia del trabajador, en la que todo se repite y pocas cosas nuevas pasan, y la vida tiene un carácter casi ritual, de sacrificio, productividad y celebraciones de grupo.

El periodista se mantiene muy cerca del pueblo trabajador, es parte de él. Es el héroe proletario de la comunidad letrada, para quien escribir es un oficio con el que se gana el pan y sirve a su sociedad. También escribe para denunciar anomalías e injusticias y decir la verdad. El pueblo trabajador y el periodista se complementan, son aliados, se educan mutuamente. En un principio el periodista estaba alejado de la situación política, ni siquiera era opositor al gobierno, jugaba al ajedrez en un café de La Plata y soñaba con ser un gran escritor de libros de literatura. Su afición era leer novelas policiales, que traducía para Editorial Hachette. La realidad, la guerra irrumpe en su vida cotidiana de repente. Dice Walsh en el prólogo a la tercera edición:

> La primera noticia sobre los fusilamientos clandestinos de junio de 1956 me llegó en forma casual, a fines de ese año, en un café de La Plata donde se jugaba al ajedrez, se hablaba más de Keres o Nimzovitch que de Aramburu y Rojas… En ese mismo lugar, seis meses antes, nos había sorprendido una medianoche el cercano tiroteo con que empezó el asalto al comando de la segunda división y al

departamento de policía, en la fracasada revolución de
Valle. (9).

Esa noche fue testigo involuntario de la insurrección, y hasta oyó
morir a un conscripto junto a la ventana de su casa. El periodista se resiste
a introducirse en lo que será una larga pesadilla para él y los fusilados
sobrevivientes, cuyos testimonios rescatará de las sombras. Dice, oficiando
de personaje en su historia: "Tengo demasiado para una sola noche. Valle
no me interesa. Perón no me interesa, la revolución no me interesa. ¿Puedo
volver al ajedrez?...Puedo. Al ajedrez y a la literatura fantástica que leo, a
los cuentos policiales que escribo, a la novela "seria" que planeo…y a otras
cosas que hago para ganarme la vida y que llamo periodismo, aunque no es
periodismo." (10-11)

Está consciente que está yendo más allá de lo que convencionalmente
se acepta como "periodismo". No es un simple reportero que se limita a
informar sobre los hechos: investiga una verdad oculta, reconstruyendo los
sucesos. Más tarde se erige en juez de los jueces: el acusado del crimen será
el Estado argentino. La violencia ha irrumpido en la realidad de su vida
y contaminado el mundo imaginario de la literatura. Los fusilados que
quedaron vivos empiezan a aparecer, como en una historia de terror. El
primero de ellos, Livraga, uno de los personajes principales de su libro, tiene
la cara deformada por una bala que le atravesó, destrozándola, la mandíbula.

Un año le lleva la investigación. Pasa de las preocupaciones del mundo
imaginario de la ficción, que lo mantenían ocupado, a reflexionar sobre la
realidad histórica que descubre. En ese proceso se ve obligado a cambiar
de identidad: en un momento deja de ser el periodista Walsh, para ser
Francisco Freyre y vivir escondido. Su seguridad peligra y portará revolver
y andará prófugo, transformado en detective al que le pueden imputar
un delito y tiene que ocultarse. A la historia, que vivirá un largo proceso
posterior de desarrollo, la escribirá "en caliente". El escritor se vuelve
protagonista, y participa en la acción. En un principio periodista algo
escéptico, será luego militante convencido de la causa popular.

El libro, que publica por primera vez en 1957, se transforma, pasados
los años, en una crónica de la resistencia armada de la juventud peronista
y un testimonio de la lucha contra la tiranía. El último texto, incorporado
por el editor después de la muerte de Walsh, es la carta dirigida a la Junta

Militar, que envía el día antes de su muerte, en la que denuncia tanto el genocidio de los militares contra el pueblo insurrecto, como el vaciamiento económico del país. El Peronismo, sostiene, luchó contra el imperialismo, al que se alían los gobiernos antiperonistas (210-2). La acusación de Walsh es una continuación de las denuncias de Perón mismo en sus escritos del exilio, y la de los militantes de FORJA que apoyaron a Perón: Scalabrini Ortiz y Jauretche.[40] Scalabrini, Jauretche y Perón polemizan con los enemigos políticos e intelectuales de la causa popular, y Walsh denuncia los fusilamientos y saca a la luz la historia oculta de los crímenes cometidos por el gobierno militar. Estos hombres son protagonistas de una historia nacional que no hace concesiones al imperialismo, ni a sus aliados internos.

Los obreros que retrata Walsh serán, poco después, las víctimas inocentes de los fusilamientos. Pertenecen a esa clase trabajadora a la que Perón dio identidad, como lo demostrará Jauretche en su polémica con Martínez Estrada.[41] Pocos años después, entre 1960 y 1961, Walsh y Martínez Estrada coincidirán en Cuba, cuando este último vaya a la isla a dirigir Casa de las Américas y Walsh a colaborar con la agencia antiimperialista de noticias (Lafforgue 233-4). Allí se encontrarán con otro revolucionario que había cruzado, en su lucha antiimperialista, las fronteras del nacionalismo y el populismo: Che Guevara. Están gestando una nueva historia americana, que tratará de unir nacionalismo y socialismo. Perón y Jauretche desconfiaron de esa alianza. Perón se distanció de Cooke, al inclinarse éste hacia la doctrina marxista (Goldar 7-17).

La lucha guerrillera no llegó a buen fin en Latinoamérica. Guevara muere en Bolivia. Los Montoneros serán ferozmente reprimidos y la

---

[40] En *Los vendepatria Las pruebas de una traición*, 1957, Perón se basó en los artículos que Scalabrini Ortiz publicara durante 1957 en la revista *Qué*, para atacar al gobierno de Aramburu y la gestión económica de Raúl Previsch. Perón transcribe textualmente una serie de artículos extensos en apoyo de su argumento y demuestra que el gobierno de Aramburu no está sólo agrediendo al peronismo: está traicionando a todo el país con su política entreguista. J. D. Perón, *Obras completas*, Tomo XXI: 11-160.
[41] Jauretche ataca a Martínez Estrada en *Los profetas del odio*, 1957, criticando el libro *¿Qué es esto? Catilinaria*, 1956, de Martínez Estrada, en que éste juzga la política del peronismo. Jauretche explica que Martínez Estrada se horroriza al ver el espectáculo de las masas movilizadas por el peronismo porque no entiende su carácter popular y las necesidades sociales del pueblo (A. Jauretche, *Los profetas del odio y la yapa*, 27-69). Su liberalismo lo lleva a tener una idea abstracta de la cultura.

insurrección de izquierda destruida en Argentina (Horowics 261-3). El peronismo sindicalista y popular, sin embargo, continuó su desarrollo y mantuvo su vigencia, transformándose políticamente, con un criterio realista y práctico que desafiaba las ideologías. El deseo de unión nacional, que es el que ha hecho a Argentina posible desde su formación como nación, termina imponiéndose frente a las crisis económicas y políticas, garantizando la supervivencia de la nación.

En su obra de 1957 Walsh reconoce al pueblo peronista y a las clases populares su protagonismo. El gobierno militar los reprime porque han entrado en la historia y les teme. Sabe que ese pueblo amenaza desplazar a la burguesía. El imperialismo los considera rebeldes, porque son militantes y resisten su dominación. Describe a la "familia" trabajadora como un núcleo social activo y responsable. Sus miembros son individuos guiados por el amor a sus semejantes, que disfrutan de placeres simples. El sueño de esta familia es realizarse en grupo, favorecer el porvenir de los hijos, ayudar a la comunidad. Quieren llegar a la vejez y sentirse satisfechos, viviendo junto a los seres queridos. En la vida de estos individuos no ocurren cosas extraordinarias, todo es común: no son personajes de novela. Son víctimas involuntarias de una historia nacional en que un sector de la sociedad se ensaña contra la clase trabajadora.

En cada semblanza Walsh crea un pequeño drama social. Esos son los hombres que van a ser fusilados. Unos morirán y otros lograrán escapar. Hace un resumen de sus vidas, y se detiene en aquella noche del 9 de junio, cuando van a la casa de Juan Carlos Torres a escuchar la pelea de boxeo de Lausse y jugar a las cartas. Muestra la humanidad y la inocencia de los personajes que animan la tragedia. Algunos no eran peronistas y estaban allí de casualidad; otros eran peronistas y, como parte del pueblo, militaban y resistían a la dictadura. Resistir el abuso del poder es un derecho legítimo de los gobernados y no un delito.

Observa a los personajes desde "fuera", con interés y compasión. Las víctimas del suceso ignoran lo que les va a ocurrir. Viven en un mundo familiar en el que irrumpirá lo extraño, el crimen, la muerte. El poder de la muerte los transforma en marionetas. El gobierno militar condena a sus hijos más desprotegidos y humildes. Estos tendrán que protegerse a sí mismos como se protegen los débiles: uniéndose frente al poder arbitrario, recurriendo a la solidaridad de su grupo.

El primero de los hombres que retrata es Nicolás Carranza. Walsh lo evoca en la noche del 9 de junio, en el momento de llegar a su casa. El hogar es la riqueza del humilde: allí están sus hijos que lo aman y a los que ama. El más pequeño tiene tan solo cuarenta días. Allí está su compañera abnegada, trabajando en su máquina de coser. Carranza se muestra preocupado, poco feliz. Era militante peronista y vivía prófugo. Empleado del ferrocarril, era uno de aquellos obreros a los que Perón y el peronismo habían dado identidad y transformado en habitante con derechos de su patria. La tiranía militar lo perseguía y hasta había apresado a su hija de once años para interrogarla sobre su padre. Crueldad y cobardía del gobierno, ensañamiento con la clase obrera: eso es lo que muestra Walsh. En la reconstrucción hipotética del último diálogo de Carranza con su mujer, imagina la preocupación de ella: le pide que se entregue, si al fin y al cabo no había hecho nada. Era la última noche que veía a su familia y que sus hijos veían a su padre: Nicolás Carranza será uno de los obreros arbitrariamente fusilados por el gobierno militar.

El próximo personaje, Garibotti, es amigo de Carranza, y como él trabaja en el ferrocarril. Su casa, como la del otro, es humilde y aseada; amueblada al estilo de las casas proletarias, expresa la sensibilidad y el gusto simple y popular de sus habitantes: grandes fotografías de la familia a colores, y una litografía de Gardel, el mitificado Morocho del Abasto, en las paredes. Tiene seis hijos, cinco son varones: es una casa de hombres fuertes. Garibotti trataba de mantenerse al margen de los "líos" sindicales. Se llevaba bien con sus hijos, especialmente con el que era guitarrero como él. En esa casa se canta y se toca la guitarra, el sentimiento popular ha dado sus frutos. La historia, que Walsh cuenta en el presente, culmina cuando viene Carranza a buscarlo y ambos salen, después de darle una justificación a la esposa. El reportero concluye la semblanza elucubrando de qué hablaron los amigos mientras caminaban hacia el departamento de Torres, donde escucharían la pelea. Imagina que Garibotti tuvo un presentimiento de que algo malo iba a pasar. Esa noche, la última de su vida, será fusilado junto a su amigo.

En sucesivas y breves crónicas Walsh presenta a los demás personajes del drama político que va a desarrollarse. En cada una destaca aspectos diferentes de la vida del grupo social al que pertenecen. Estas crónicas se transforman en una historia de la vida privada y familiar de esos humildes trabajadores. En la tercera, dedicada a Don Horacio di Chiano, el dueño de la vivienda, que sobrevivirá a la matanza, Walsh nos da una semblanza del hombre y del barrio de Florida, donde están los departamentos en que habitan di Chiano y Torres. Indica que es un barrio que ofrece "… los violentos contrastes de las zonas en desarrollo, donde confluyen lo residencial y lo escuálido, el chalet recién terminado junto al baldío de yuyos y de latas (31)". En ese barrio describe al "habitante medio" que es :

> …un hombre de treinta a cuarenta años que tiene la casa propia, con un jardín que cultiva en sus momentos de ocio, y que aún no ha terminado de pagar el crédito bancario que le permitió adquirirla. Vive con una familia no muy numerosa y trabaja en Buenos Aires como empleado de comercio o como obrero especializado. Se lleva bien con los vecinos y propone o acepta iniciativas para el bien común. Practica deportes – por lo general el fútbol --, conversa los temas habituales de la política, y bajo cualquier gobierno protesta sin exaltarse contra el alza de la vida y los transportes imposibles. (31-32)

Este es el héroe de la vida colectiva de la gran ciudad. Tiene aspiraciones comunes, es lo que un escritor pequeño burgués o un escritor respetuoso de las elites intelectuales llamaría un "mediocre"; sin embargo, Walsh lo observa con simpatía: para él representa al hombre anónimo del pueblo, al obrero, al trabajador. Es el habitante urbano de una sociedad en rápido proceso de masificación, un ser que aspira al bienestar. Es el trabajador idealizado por el peronismo, el obrero que va a trabajar todos los días, el buen argentino. Es digno, industrioso. Walsh lo justifica moralmente y lo rescata por lo que da a la sociedad. Para comprender al peronismo hay que entender a este hombre, el trabajador típico de los barrios de Buenos Aires. Contra él se dirigirá el sistema represor con ensañamiento.

Walsh eleva a los trabajadores a una altura casi mítica. Les da carnadura existencial, serán los mártires de la clase obrera.[42] Está creando un héroe

---

[42] Los seres que se sacrifican por su sociedad y son mitificados contribuyen a la regeneración social y forman parte del sustrato religioso del inconsciente colectivo. La sociedad se regenera a través de estos seres que entregan su vida a una causa.

distinto, que representa al pueblo peronista como sujeto colectivo. En su libro, además, emerge un héroe secundario guardián, que ayuda al pueblo y lo defiende de sus enemigos: el periodista altruista, que ama la justicia y la verdad, y entrega su vida por sus semejantes. Walsh será finalmente seducido por el mito heroico del revolucionario y el guerrillero, y morirá como militante montonero con un arma en la mano, al igual que su hija Vicky.[43]

Eva Perón, Perón, el Che Guevara, son los mitos que ha ido generando el pueblo para salvarse en medio de la descomposición social que amenaza su existencia. La cultura popular del siglo XIX se afianzó en el mito del gaucho rebelde. La del XX, en el héroe político que lucha sólo contra el sistema, el revolucionario, para rescatar a su sociedad de la injusticia. Evita fue una rebelde y una militante, Guevara un guerrillero revolucionario, Perón el líder de un movimiento de masas que cambió la vida política de su patria: héroes carismáticos, todopoderosos, que comunican al pueblo un sentimiento de libertad, expandiendo sus mundos limitados hacia nuevos horizontes.

[43] El mito del combatiente popular, el revolucionario heroico, recorre el siglo XX, y aparece en la literatura de los escritores nacionalistas, asociado al mito del gaucho, primero, para independizarse y "modernizarse" después, en la literatura y el cine testimonial de Walsh y de Solanas, en los discursos y crónicas de Evita y el Che. Ellos son los fundadores de una nueva visión del pueblo argentino, del hombre y la mujer de ese pueblo. Crean cultura a partir del contacto directo con las masas. Interpretan las ilusiones populares, generan una nueva fe redentora en el valor del ser nacional. Ese sentimiento se comunica a nuestra literatura culta que lo adapta y lo adopta.

Esos ideologemas están vivos ahora en nuestra cultura y habrán de transformarla en las primeras décadas del siglo XXI. Perón, Evita, el Che y Walsh son cada vez más parte de nuestro mundo nacional y nuestra literatura: las obras sobre ellos se suceden. No solo el Che sino también Evita han trascendido nuestras fronteras. Esta última se ha transformado en símbolo de la mujer libre, fuerte, luchadora. Junto a ella, ha crecido la imagen de las madres abnegadas y militantes de Plaza de Mayo, reclamando por la vida de sus hijos revolucionarios. Afirman el derecho substancial del pueblo a la resistencia armada contra la violencia ilegítima de la tiranía. Sus hijos fueron héroes y mártires, y sus secuestradores y torturadores, asesinos. Representan una gesta colectiva, sus hijos ya no son héroes individuales, forman parte de la resistencia heroica del pueblo.

La historia trágica argentina se ha vuelto un filicidio: los "padres" tiránicos les negaron a sus hijos el derecho de ser. También eran tiránicos los mentores de los guardianes del régimen militar: los poderosos señores de la oligarquía argentina y sus amos imperiales, que sabotearon la vida nacional. Frente a ellos, para decir la verdad, emergió un nuevo tipo de "artista" y de "intelectual". El artista es Walsh, el periodista

Luego de describir al hombre medio de ese barrio, hace una descripción física de sus calles y nos habla de Horacio di Chiano. Es uno de los pocos hombres maduros que aparecen como víctimas en el drama, la mayoría son jóvenes. Di Chiano es un hombre de 50 años que vive, hasta cierto punto, una situación social privilegiada, si se la compara con la de los otros: es de clase media, está satisfecho consigo mismo y con su familia, compuesta por su mujer y su hija. Es electricista en la Compañía de Electricidad. Regresa esa noche a las 20:45 a su casa, y en su viaje compra el periódico que informa de las noticias poco sorprendentes del día, cotidianas, previsibles. El mundo sigue su marcha, en otros países y en Argentina. El también va a ir a escuchar la pelea a la casa-departamento de su vecino, pero esa noche algo extraordinario va a pasar: a las 21:30, en Campo de Mayo, se inicia el levantamiento del General Valle que luego será brutalmente reprimido.

Cada personaje del drama aporta con su personalidad algún matiz especial. Giunta y Livraga son dos personajes que sobrevivirán y serán los más activos en los acontecimientos que suceden a la matanza: Livraga, el primero al que contactará el periodista, será el "fusilado que vive" mencionado en el "Prólogo a la tercera edición" (11). El Livraga que conoce Walsh es un hombre asustado, que lleva en su rostro deformado la marca de su *vía crucis*: el tiro de gracia que no lo mató, y le destrozó la mandíbula y la dentadura y le salió por la mejilla.

En la semblanza que hace en la primera parte del libro, nos presenta a Livraga en su vida familiar, un joven de 23 años que ha trabajado con su padre en la construcción y en ese momento es chofer de colectivos. Si bien el cronista señala que Livraga es un hombre del pueblo, de ideas "enteramente comunes", va un poco más allá que con los otros personajes, e indaga en su psicología. Dice que Livraga es "buen observador", pero acaso "confía demasiado en sí mismo"(49). Lo felicita por su coraje durante el peligro, y por el valor moral que muestra una vez pasada la tragedia, al

---

y Guevara, el viajero aventurero y el guerrillero; el intelectual es Scalabrini Ortiz, a quien Perón cita profusamente en sus libros del exilio, y es Jauretche, el militante de FORJA que entendió la misión política del peronismo. El político puede ser un héroe popular, como Perón, y la actriz de melodrama transformarse en actriz carismática de la política, como pasó con Eva Perón. La relación con el pueblo los fue cambiando; fueron actores de un drama colectivo que contribuyeron a gestar con sus iniciativas, sus sentimientos y sus ideas.

presentarse ante los tribunales para reclamar justicia. Elucubra si Livraga sabía algo de la revolución que iba a estallar, y su conclusión es que no hay prueba ninguna. Va a la casa de Torres porque lo invita su amigo Vicente Rodríguez, que es peronista y ha sido sindicalista, pero abandonó la actividad gremial después del golpe militar que derrocó a Perón. Rodríguez es un buen hombre, grandote, fuerte, carga bolsas en el puerto, y siente esa seguridad que tienen los hombres que se saben físicamente privilegiados. Walsh discurre sobre sus pensamientos antes de salir de su casa. Rodríguez será uno de los fusilados y se lleva sus secretos a la tumba. Frente a la muerte se muestra confiado el "gordo" Rodríguez.

Otro de los fusilados que vive y alcanza un protagonismo especial es Giunta, el segundo de los fusilados con el que logra hablar Walsh durante su investigación, y quien le dará datos sobre los otros sobrevivientes. Carlitos Lizaso es uno de los cinco fusilados que no escaparán a la muerte. Es hijo de un militante del Partido Radical que se volvió peronista y Walsh muestra particular simpatía por él. Aparece después en la casa donde va a comenzar la tragedia un misterioso militante peronista e informante, que se hace llamar "Marcelo". Este sabe lo que está ocurriendo, presiente lo que va a pasar esa noche y trata de llevarse a Carlitos con él, sacarlo de allí, pero otro compañero, Gavino, que también es peronista y fue en una época suboficial de gendarmería, tranquiliza a "Marcelo" y le dice que esa noche no va a pasar nada. Gavino se salvará de la muerte, pero no Carlitos Lizaso. El grupo escucha la pelea del campeón Lausse, que es corta y éste gana con facilidad. Antes que el grupo pueda salir del departamento llega la policía. Allí se interrumpe la narración de la primera parte del libro y empieza la segunda, "Los hechos".

En el relato sobre los hombres, en la primera parte, Walsh hizo biografías breves de cada uno de ellos para que el lector pudiera comprenderlos. En la segunda parte, el relato avanza a medida que se precipitan los sucesos que culminarán en el fusilamiento de los apresados en la casa-departamento. La progresión temporal, acotada por los comentarios y las suposiciones del periodista, crea suspenso. "Los hechos" presenta los sucesos de esa noche en que apresan a los trabajadores, las peripecias que viven hasta que los fusilan. A partir de ese momento culminante, cuenta la fuga de varios miembros del grupo que sobreviven y sus desventuras durante los días siguientes.

La segunda parte se inicia con el ingreso de la policía en la casa de

Torres al grito de "¿Dónde está Tanco?" (59), refiriéndose al General Tanco, uno de los líderes de la insurrección, en esos momentos prófugo. La policía, aparentemente, actuaba en base a un dato falso, creyendo que el General Tanco estaba en esa vivienda. Ante la sorpresa del grupo, no convencidos del error, los policías reaccionan con violencia y los arrestan. Torres y Lisazo escapan saltando una tapia, aunque a este último más tarde lo encuentran y lo apresan. La policía contó con el elemento sorpresa. Cuando identifican a Gavino creen que les va a decir dónde está Tanco y le introducen el caño de una pistola en la boca, pero éste no dice nada. El Jefe de Policía de la Provincia, Teniente Coronel (R) Fernández Suárez, dirige el operativo en persona. En ese momento son las 23:30 de la noche (la hora será muy importante en el relato y en el argumento denunciando la ilegalidad del procedimiento) y la policía se lleva a los detenidos.

Walsh, en las secciones que articulan esta segunda parte, intercala la narración de las vicisitudes que viven los miembros del grupo, desde que los llevan detenidos a la Unidad Regional de San Martín, con los sucesos políticos ocurridos durante la Revolución del General Valle. Revisa y corrige esta sección para la edición de 1969, cuando ya era militante de la izquierda peronista y podía ver los hechos de 1956 con una distancia crítica. Para él, la proclama del General Valle era sincera: sostenía que el país vivía una "despiadada tiranía", que lo retrotraía al "más crudo coloniaje", y se excluía de la vida política a la "fuerza mayoritaria" (65). Pero esa proclama, considera Walsh, no iba lo suficientemente lejos: sus demandas eran muy moderadas. Cree que la actitud de Valle muestra una debilidad intrínseca del peronismo de esa época: percibe los males del país, pero no sabe diagnosticar bien sus causas y "convertirse en un movimiento revolucionario de fondo" (66). Hace una breve historia del levantamiento, los sucesos en Campo de Mayo, Avellaneda y La Plata, la represión y los fusilamientos. Indica que la insurrección estaba teniendo lugar de espaldas al país, que no se había enterado de lo que ocurría, motivo por el cual tenía que fracasar. Ese día, el 9 de junio, terminó sin que el gobierno hubiera declarado todavía la Ley Marcial.

El cronista vuelve a la narración de lo que acontecía en la comisaría de San Martín. Todos los apresados se mostraban sorprendidos. Los policías que quedaron de guardia en el departamento de la localidad de Florida detuvieron a dos más, Benavides y Troxler. Este último, Troxler, militante peronista, será, junto a Livraga y Giunta, uno de los protagonistas más importantes del relato de Walsh. Troxler había sido oficial de la policía bonaerense, pero se rebeló contra los métodos de tortura que le obligaban a usar con los detenidos y abandonó el cuerpo.[44] Esa noche, el sargento que lo va a apresar lo reconoce. Más tarde, ante las ejecuciones, mantendrá su sangre fría (72).

A las 0:32 de la madrugada del día 10 el locutor de Radio del Estado leyó el decreto del gobierno que declaraba la Ley Marcial, en virtud de la cual la pena de muerte quedaba prácticamente legalizada en el territorio de la República. Mientras tanto, los presos se deshacían en preocupaciones. No entendían bien qué pasaba, sospechaban de sus compañeros de prisión y les preguntaban si andaban en algo. Rodríguez Moreno, el jefe de la seccional de San Martín, estaba nervioso frente a la situación. Tenía una historia sórdida, se lo había acusado de torturas en el pasado. Intimida y amenaza a los detenidos: quiere saber qué hacían en esa casa y las respuestas que recibe no le resultan satisfactorias.

A las 3:45 de la mañana la rebelión contra el gobierno disminuye su intensidad. Pero no hay señal de soltar a los presos. A las 4:45 Rodríguez Moreno recibe la orden de fusilarlos en un descampado. Libera a tres que habían sido detenidos por casualidad en las inmediaciones y procede a subir al resto de los condenados a un carro de asalto. Les dice que los traslada a La Plata. El comisario Cuello casi se compadece de Giunta, pero finalmente lo incluye. El convoy parte con doce presos y trece vigilantes. Los policías llevan fusiles máuser que sólo pueden disparar un tiro por vez, en lugar de ametralladoras, y gracias a esto varios condenados salvarán sus vidas. En la oscuridad de la noche, el convoy se desplaza por la carretera hacia un sitio que los presos no pueden determinar bien. Poco a poco intuyen que van a matarlos, particularmente Julio Troxler, que fue policía y entiende la situación.

Walsh narra minuciosamente este episodio, dándole singular intensidad. Es el momento anterior a la masacre. El convoy llega al basural de José León Juárez y se interna en sus inmediaciones. El periodista señala la torpeza del procedimiento, sugiere que algo en el subconsciente de

[44] Julio Troxler, como Walsh, se hará después revolucionario y pasará a la clandestinidad. Participó como actor en la versión fílmica de la obra de Walsh, dirigida por Jorge Cedrón, en 1973.

Rodríguez Moreno, una culpa secreta, un remordimiento, lo incitaba a fallar (92). Finalmente, el camión se detiene y hacen bajar a seis, buscan el lugar perfecto para fusilarlos. Dudan sin embargo, están inseguros. La camioneta que precedía al camión va detrás de los presos que caminan y los ilumina con sus faros. Estos sienten que les van a disparar y en su desesperación piensan en escapar, en correr. Les mandan detenerse y Rodríguez Moreno ordena al pelotón prepararse para disparar. Troxler, que se había quedado dentro del camión, esperando su turno, se abalanza contra los guardias y escapa, junto con Benavides. De pronto todos corren en medio de la noche, mientras los policías disparan buscando los blancos. El cronista describe como masacran sin piedad a los desafortunados que no pudieron correr. Livraga se salva de las descargas, lo creen muerto y le disparan el tiro de gracia en la cara, que no lo mata.

La narración se hace más lenta. Walsh titula a esta sección "El tiempo se detiene". Amplifica la escena, tratando de darle gran precisión gráfica. Es el momento culminante, en que caen asesinados los inocentes. Se pregunta qué es lo que sienten en ese instante, y prueba interpretaciones posibles. Consumado el crimen, declara: "La "Operación Masacre" ha concluido" (102). De ahí en más lo que va a contar son las increíbles peripecias que vivirán los sobrevivientes que lograron escapar. Nos muestra la humanidad de las víctimas, de esos trabajadores inocentes que son masacrados. Frente a éstos aparece, inhumana, siniestra, la policía, esa fuerza de supuesta contención social que debía garantizar su seguridad y que los engaña y los asesina. A los que escapan, los cazan sin piedad.

Walsh, como un documentalista, recorre el campo con el "lente" de su "cámara". Hace una reconstrucción de los hechos, utilizando los testimonios de los mismos sobrevivientes a los que entrevistó. Destaca los gestos de compasión y solidaridad que la gente del pueblo tiene para con los prófugos. Muestra la soberbia de los ricos, como el caso de la mujer que detiene su auto de lujo en el basural, mira los cadáveres y aprueba los asesinatos, sufriendo la ira de los pobres del lugar, que apedrean su auto (113).

La huida es una pesadilla para los sobrevivientes. Walsh describe con minucia cómo escapa Giunta, dramatizando el momento en que llega a la estación de trenes y ve que lo siguen y, una vez puesto en marcha el tren, tiene que saltar para salvarse. También Julio Troxler pasa al primer plano en esta parte. En rápidas y plásticas imágenes, el cronista muestra el coraje del militante peronista: Troxler vuelve a la escena del crimen para ver qué ha pasado con sus compañeros y no se va hasta comprobar que allí no han quedado sobrevivientes. En el camino encuentra a Livraga, ensangrentado y tambaleante, débil. Le han dado un tiro en la cara y su sufrimiento es enorme. Un oficial de la policía reconoce a Troxler y lleva a Livraga a un hospital.

Walsh era consciente que el suceso que estaba relatando era una crónica policial increíble que parecía una historia de ficción (Amar Sánchez 205-16). Presta particular atención a los títulos de las secciones, y a los cortes entre una y otra, buscando los momentos de mayor suspenso. Titula a una "El fin de una larga noche", a la siguiente "El ministerio del miedo", otra "Un muerto pide asilo". Da a la narración un clima de suspenso y misterio (Romano 73-97). Es un asesinato colectivo, pero destaca la individualidad de cada una de las cinco víctimas y de los sobrevivientes. En estos hombres resalta su coraje cívico y su heroicidad, frente a la cobardía y alevosía de la fuerza policial, que no escatima esfuerzos para completar su obra inconclusa. Sus escenas gráficas imitan el ritmo narrativo cinematográfico y tienen un fuerte impacto visual. Luego de consumados los fusilamientos, empieza a contar las historias paralelas de los que escapan, la resistencia que encuentran, cómo sobreviven y se ocultan.

El caso de Livraga es especial, porque está herido. Un policía lo lleva al hospital, donde lo atienden con cuidado. Los médicos llaman al padre y ocultan el talón de recibo de la Unidad Regional de la policía donde lo habían detenido: ese recibo era una prueba de que había estado preso en San Martín e iba a tener gran importancia en los sucesos posteriores. Del policlínico lo trasladan a la Comisaría Primera de Moreno, y allí empieza un largo y doloroso proceso para Livraga. Lo encierran en una celda, a pesar de estar herido, y le niegan atención médica; la herida se le infecta, no recibe alimentos ni agua. Walsh recrea, con crudo y plástico dramatismo, el sufrimiento del personaje, hundido en sus pesadillas; dice:

> Sobrevive prodigiosamente a sus heridas infectadas, a sus dolores atroces, al hambre, al frío, en la húmeda mazmorra de Moreno. Por las noches delira. En realidad ya no existen noches y días para él. Todo es un resplandor incierto

donde se mueven los fantasmas de la fiebre que a menudo
asumen las formas indelebles del pelotón. Cuando acaso
por piedad le dejan a la puerta las sobras del rancho, y se
arrastra como un animalito hacia ellas, comprueba que
no puede comer, que su destrozada dentadura guarda
todavía lacerantes posibilidades de dolor dentro de esa
masa informe y embotada que es su rostro (128).

Su padre, desesperado, escribe al Presidente de Facto de la República, el
General Aramburu, pidiendo por la vida de su hijo. Finalmente responden
de la Casa de Gobierno, permitiéndole su visita y en ese momento el padre
comprende que no lo matarán. Giunta, otro sobreviviente, logró escapar
del basural y fue a su casa, donde la policía lo detuvo. Amenazan con volver
a fusilarlo, abusan psicológicamente de él. Siente que lo quieren arrastrar a
la locura. Por las noches tiene pesadillas, recuerda las escenas que vivió en el
basural. No le dan agua ni alimentos. Mienten a sus familiares, que tratan
de encontrarlo, y lo transfieren de la Comisaría Primera de San Martín a
la cárcel de Caseros, y de allí al penal de Olmos y a otras comisarías, hasta
que lo devuelven a San Martín. De San Martín lo envían otra vez al penal
de Olmos. Allí se reencontrará con Livraga, a quien también transfieren.

Walsh nos da una imagen sumaria de todos los del grupo. Muestra
la insensibilidad de la policía y de los jueces, que rehúsan enseñar los
cadáveres y ocultan información. Varios de los prófugos, como Torres,
Troxler, Benavides, logran asilarse en embajadas extranjeras y salvar sus
vidas. Los fusilamientos han dejado numerosos huérfanos. Los asesinados
eran trabajadores, padres de familia. La segunda parte concluye cuando el
gobierno, varios meses después, emite un certificado de "Buena conducta"
a Giunta. En ese momento la matanza se vuelve una tragicomedia ridícula.

Esta segunda parte muestra la fuerza expresiva de la narrativa de Walsh.
Sabemos que proyectaba escribir una novela, lo cual nunca concretó. El
deseo y la intención siempre lo acompañaron, pero algo lo detuvo. El
parecía ser el primer sorprendido ante esta dificultad y reticencia. En una
entrevista que saliera en la revista *Siete días* en 1969, dijo que pensaba llevar
a la novela el espíritu de denuncia de sus libros testimoniales, y que para él
periodismo y literatura eran "vasos comunicantes" (Link, 118). La novela
hace una "representación" de los hechos y él prefiere la "presentación". Le

aclara al periodista que su conflicto es con el concepto mismo de novela, y las "relaciones falsas" que crea con el lector.

Operación masacre fue concebido como un libro periodístico de denuncia y testimonio, pero el sistema literario lo asimiló como parte de nuestra literatura.[45] La versión final que manejamos concluye cuando el autor ya ha muerto: el guerrillero revolucionario ha sacrificado su vida por su causa, y el editor cierra el libro. En Latinoamérica, el concepto de lo que es un autor se redefine y se amplía en cada momento de su historia. Walsh es un cronista, un periodista y participante de la historia, que escribe, llevado por las circunstancias, una obra urgente, que el desarrollo posterior transforma en un clásico. En un primer paso lo que motivó la obra fue un suceso político, la violencia desencadenada por el gobierno contra la población civil. El periodista defiende a los civiles, resiste y milita escribiendo y denunciando, que es su manera de actuar. Está luchando con la palabra y la idea. Después luchará con las armas.

En la tercera parte del libro presenta lo que él denomina "La evidencia". Demuestra que el Estado ha olvidado su misión política y ha cometido un crimen contra los ciudadanos. Peligra la base política del contrato social. El periodista-narrador se transforma en el abogado y fiscal que desenmascara a los culpables. El Estado nacional está en manos de una pandilla de asesinos y el abuso del poder arrastra consigo a todo el sistema legal y jurídico. El país queda fuera de la ley. Solo el pueblo puede salvarlo.

El valor redentor que Walsh da a lo popular coincide con el sentido mesiánico de la política peronista. Perón y Evita eran los redentores de los "descamisados" y los "cabecitas". Los escritores peronistas, como Jauretche, o simpatizantes del peronismo, como Mafud, destacaron este aspecto del peronismo, al que consideraron un fenómeno sociológico nuevo.[46]

---

[45] Concluye una línea de la literatura político-nacional, que se inicia con *Facundo*, culmina con *Martín Fierro* y termina con *Operación masacre*. En *Martín Fierro* esta corriente alcanza su mayor fuerza y riqueza literaria. *Facundo* y *Operación masacre* son crónicas históricas. *Facundo* es la biografía de un tirano, que representa al estado opresor; *Operación masacre* es la historia de un grupo de trabajadores que son fusilados por el estado tiránico ilegítimo. En el proceso comienza y concluye el sueño de la Argentina liberal y la cultura de clase media. La educación no logra salvar a las masas, y el proyecto civilizador liberal se pierde.

[46] En una sociedad de masas, hacía falta una política dirigida a los humildes. El carácter militante y masivo del movimiento resultó inaceptable para muchos

La tercera parte toma como personajes a los policías responsables de la matanza, demostrando su inhumanidad. Walsh reconstruye el diálogo mantenido entre el Jefe de la Regional de San Martín, Rodríguez Moreno y el Jefe de Policía de la Provincia de Buenos Aires que impartió la orden de fusilamiento, el Teniente Coronel (R) Fernández Suárez. Rodríguez Moreno tiene que enfrentar la cólera de su jefe al saber que varios de los que tenían que ser fusilados habían logrado escapar. Fernández Suárez transfiere a todo el personal que había sido testigo o participado en la matanza a otros destinos, dispersándolos. De inmediato comienza la batalla de la prensa, las declaraciones a los diarios, las exageraciones y las mentiras, y, luego, las desmentidas, proceso de encubrimiento de un crimen que finalmente saldrá a la luz gracias a las investigaciones de Walsh, el periodista héroe y mártir de esta historia de denuncia de graves delitos cometidos por el Estado nacional contra trabajadores desarmados, ilegítimamente detenidos y encarcelados. Walsh cuestiona las declaraciones de Fernández Suárez a la prensa, y demuestra que procedió ilegalmente, por cuanto él mismo reconoció que las personas habían sido detenidas a las 23 horas del día 9 de junio de 1956, antes que se decretase la Ley Marcial en el país.

Pocos meses después, uno de sus propios hombres, Jorge Doglia, jefe de la División Judicial de la Policía, presenta una denuncia contra Fernández Suárez, acusándolo de torturar a los detenidos y de fusilar a Livraga. Este reacciona iniciándole un sumario y lo destituye. Pero Doglia habla con un miembro de la Junta Consultiva de la provincia y reaparecen los cargos. Dada la situación, el Jefe de Policía se presenta ante la Junta Consultiva, presidida por el Ministro de Gobierno, para defenderse. La base de su argumento es que había cargos sin pruebas. Walsh lee esas declaraciones y va creando su propio contra-argumento judicial, transformándose en fiscal acusador de Fernández Suárez. Afirma que en la declaración de defensa

---

intelectuales individualistas liberales y pequeño-burgueses, que acusaron a Perón de tirano. Para Jauretche, no era Perón solamente quien los amenazaba sino los obreros incultos, los cabecitas limpiándose los pies en la fuente de Plaza de Mayo, como ocurrió aquel 17 de octubre de 1945, cuando las masas de trabajadores marcharon sobre la casa de gobierno en Buenos Aires para pedir la libertad de su líder (Jauretche 48-50). Mafud, por su parte, considera al peronismo un fenómeno político "virgen", que privilegia la acción política directa por encima de la doctrina (Mafud 43-55).

de éste último se encuentra la base para probar los crímenes cometidos. El jefe dice que hizo el allanamiento de la finca donde encontró al grupo a las once de la noche, y Walsh prueba, recurriendo al Libro de locutores de Radio del Estado, que la Ley Marcial no se había hecho pública y entrado en vigencia hasta las 0:32 de la madrugada del día 10, por lo cual no podía ser aplicada con retroactividad para fusilar a individuos detenidos cuando la Ley Marcial no regía (150).

Hace una lectura e interpretación de las declaraciones de Fernández Suárez usando su misma defensa en su contra. Demuestra así la torpeza y la ignorancia del Jefe de Policía, además de su carácter criminal. Fernández Suárez, en sus declaraciones, trata de hacer quedar a Livraga, que presenta acusaciones contra él, como un individuo peligroso que conspiraba contra el Estado. El gobierno de la Revolución Libertadora, dice Walsh, quiso negar y desmentir lo que él había comprobado en sus investigaciones y, en una campaña periodística, demostrará que tiene suficientes pruebas para acusar a Fernández Suárez (151).

Recién después de aparecida la primera edición del libro en 1957 llegó a sus manos el expediente que el Juez Belisario Hueyo había instruido en La Plata, donde Livraga hizo su denuncia de lo acontecido. Walsh coteja sus propias investigaciones con el expediente y sostiene que ambos "se superponen y se complementan" (151). El, por su parte, había logrado reunir declaraciones de otros testigos que no aparecen en el expediente judicial, y el expediente contenía confesiones de los ejecutores materiales de los hechos que él no conocía. A continuación hace un análisis detenido del extenso expediente, que contiene la historia de todas las veces que compareció Livraga ante el juez, cotejándolo con la información que él había reunido del caso.

Livraga describió al juez todo lo que pasó, cómo lo detuvieron, el episodio del fusilamiento, el tiro que recibió en el rostro, su ingreso al policlínico, y como prueba material de su detención mostró la boleta de recibo que le dieron al ingresar a la seccional de San Martín, especificando los objetos que entregó a la policía, entre ellos el reloj y las llaves. Livraga hace una descripción de los lugares y de las personas que habían participado en los operativos.

El Juez Hueyo comenzó las indagatorias de las personas implicadas, ante la reticencia y negativa de los jefes de hacer declaración alguna. Los nuevos jefes policiales dijeron no tener registros de los hechos ocurridos en sus dependencias en esa fecha. Luego el Juez se dirigió a funcionarios del gobierno, hasta llegar al mismo Presidente, el General Aramburu, que no contestó. Walsh hace publicar la denuncia de Livraga (155). Fernández Suárez no responde a las preguntas del Juez: había procedido ignorando toda cuestión formal de derecho. Consta que Livraga había sido detenido antes de promulgarse la Ley Marcial. Finalmente, otro de los sobrevivientes, Giunta, se decide a hablar ante el Juez. Livraga y Giunta son individuos claves en el proceso judicial contra el gobierno y en la denuncia de los crímenes cometidos. Giunta relata los hechos y cuenta cómo logró escapar entre las balas. Un nuevo testigo, un Teniente de Fragata presente en el Departamento de Policía, confesó que había escuchado declarar a miembros del personal transferido, que estaban en San Martín en funciones en momentos del fusilamiento, que habían visto a Livraga, a pesar que su nombre no estaba asentado en los libros. Walsh reconoce que el frente policial de silencio se está rompiendo y la policía poco a poco acepta colaborar con el Juez (160).

Finalmente lo llaman a declarar a Rodríguez Moreno, el autor material de los fusilamientos. Este se presenta como un hombre derrotado. Ratifica todo lo que conocemos del procedimiento: la orden de secundar al Jefe de la Policía en el arresto de las personas, la detención de los arrestados en la seccional de San Martín, los fusilamientos, dando detalles de la hora en que ocurrieron todos esos hechos. También aclara el incidente de la fuga de los detenidos y su entredicho con el Jefe de Policía. Explica que con posterioridad fue relevado de su mando. Walsh considera que la declaración de Rodríguez Moreno actúa como una prueba más de lo que él trata de demostrar: los trabajadores habían sido detenidos antes de la entrada en vigencia de la Ley Marcial. Dada la gravedad de la denuncia, el Jefe de Policía Fernández Suárez fue a pedirle ayuda directamente al Presidente de la Nación, el General Pedro Aramburu.

El Sub-jefe de policía, Cuello, hace declaraciones falsas sobre la hora en que empezó a regir la Ley Marcial. Dice que entró en vigencia entre las 22:30 y 23:00 horas del día 9, cuando Walsh sabe que fue durante la madrugada del 10. A continuación el Juez se entrevista con el Presidente de la Suprema Corte de Justicia de la Provincia de Buenos Aires, quien le informa (va a ser la coartada del Jefe de Policía para encubrir su crimen) que Fernández Suárez no podía ser juzgado por un tribunal civil, debía ser juzgado por un tribunal militar. Había actuado en cumplimiento del decreto que declaraba la vigencia de la Ley Marcial, que le daba el poder de aplicar la pena de muerte. Este decreto había sido seguido por el que enumeraba a los condenados a muerte (179). Argumenta Walsh que el último decreto no incluía a Livraga, ni a ninguno de los fusilados en José León Suárez, entre los condenados a la pena capital. El Juez le pide a Fernández Suárez una copia del decreto que ordenaba el fusilamiento de Livraga, y éste, por supuesto, no responde.

Para el Juez era esencial probar la hora en que se había promulgado el decreto de Ley Marcial. Walsh consigue, meses más tarde, una copia de la programación de Radio del Estado que demuestra que la Ley Marcial había entrado a regir a las 0:32 de la madrugada del día 10 (173). Aunque el Juez Hueyo sostiene su competencia en el caso, éste va a la Suprema Corte de la Nación en 1957. La Suprema Corte dicta un fallo que Walsh considera "oprobioso", porque deja impunes los asesinatos de José León Suárez (186). El Tribunal Supremo declara que el caso no compete a la ley civil, y debe ser juzgado por un tribunal militar. Walsh rebate este fallo que considera mal intencionado, y demuestra la complicidad de la Suprema Corte con el gobierno militar. El país no tiene en ese momento un sistema de justicia realmente independiente del poder político.

En la sección 35, que titula "La justicia ciega", da su propia interpretación de los hechos, rebatiendo a la Suprema Corte, a la que denuncia y acusa de "siniestra corrupción de la norma jurídica", presentando lo que denomina su propio "dictamen" (188). Argumenta a favor de la jurisdicción del juzgado civil, por cuanto la detención de los trabajadores tuvo lugar antes que rigiera la Ley Marcial, que no podía aplicarse con retroactividad a las personas ya detenidas. La matanza no fue un fusilamiento, fue un "asesinato" (192). El Estado ha caído en la más baja conducta criminal, asesinando a sus ciudadanos y luego declarando su propia impunidad ante el crimen cometido. Los ciudadanos quedan librados a su propia suerte: el gobierno, ilegítimo y tiránico, no les garantiza la vida. Estos no tienen dónde reclamar justicia. Ante semejante arbitrariedad tienen que defenderse solos.

La sociedad civil, cansada de soportar décadas de arbitrariedades y atropellos por parte del poder militar (que se había arrogado el derecho de ser árbitro de la ley, cuando en realidad servía a intereses sectoriales), asumirá, durante los años siguientes, su propia defensa y organizará la resistencia armada. Surgirán grupos guerrilleros, gestionados desde los partidos políticos de oposición, que combatirán al gobierno. Walsh militará en las Fuerzas Armadas Peronistas (FAP) a principios de los setenta, y en el Movimiento Montonero a partir de 1973 (Lafforgue 233-4). En ejercicio activo de su militancia guerrillera caerá ante las fuerzas del Ejército en combate armado en 1977, cuando una patrulla lo intercepte en la vía pública [47].

En el "Epílogo", escrito para la tercera edición de 1969, Walsh dice que su intención original al escribir esta crónica testimonial había sido "presentar a la Revolución Libertadora, y sus herederos hasta hoy, el caso límite de una atrocidad injustificada" (192). Los distintos gobiernos mantuvieron silencio sobre el caso y los acusa de ser cómplices de la matanza, porque "la clase que esos gobiernos representan se solidariza con aquel asesinato…" (192). Walsh consideraba que el conflicto social era resultado de la lucha de clases. Indica que en su libro había querido enfocarse en el caso de aquellos muertos que representaban a la sociedad civil, y separarlos de los militares que habían sido fusilados, aunque todos los fusilamientos representaban una violación del artículo 18 de la Constitución Nacional vigente, que había abolido la pena de muerte por motivos políticos (194). Declara responsables de esos asesinatos a los oficiales que encabezaban el poder militar del gobierno en 1956, el General Aramburu y el Almirante Rojas. En la última edición del libro en que introduce cambios, la de 1972, agrega un capítulo sobre la muerte de Aramburu (Gillespie 89-96; Neyret 190-2).

El General Aramburu fue secuestrado por un comando de Montoneros en 1970. Walsh defiende la legitimidad del secuestro, el juicio y posterior

---

[47] En las dos últimas décadas del siglo concluye el ciclo revolucionario, la gesta heroica de la ansiada liberación de los pueblos latinoamericanos. Decaen o desaparecen los movimientos guerrilleros y la esperanza de un cambio revolucionario: la creación de un tiempo Nuevo y un hombre Nuevo, como lo había anunciado el Che. El Imperialismo norteamericano impone su política. La muerte de Walsh es un símbolo del sacrificio y el final trágico de muchos revolucionarios latinoamericanos. La Revolución Rusa cae ante el avance del capitalismo. El comunismo soviético enfrenta la disgregación territorial. En los noventa afianza su poder y triunfa el capitalismo globalizado norteamericano y europeo. Se impone la "paz" internacional, un nuevo equilibrio de poderes.

ejecución de Aramburu, a quien el pueblo argentino "no lloró" (195). Entre los que denunciaron la ejecución se encontraba nada menos que el Coronel Fernández Suárez, responsable de la masacre de civiles en 1956, que él había investigado. Los liberales, demuestra Walsh, trataron de transformar a Aramburu en héroe y mártir. Para él, Aramburu era tan héroe como el General Lavalle, asesino de Dorrego, quien había desatado la guerra civil en 1828, al fusilar al gobernador federal sin juicio previo. Se burla de Sábato y ataca la posición política liberal del escritor, que había apoyado la Revolución Libertadora de Aramburu y Rojas, diciendo que probablemente le escribiría en el futuro una "cantata" a Aramburu similar a la que había dedicado a Lavalle en *Sobre héroes y tumbas* (196).

Para Walsh, Aramburu merecía el odio popular. No había llegado al poder para liberar al país de la tiranía, como lo sostenía, sino para "torturar y asesinar", para mantener los privilegios de una clase, de una "minoría usurpadora que sólo mediante el engaño y la violencia consigue mantenerse en el poder" (197). El gobierno de Aramburu había masificado la tortura, había proscrito al Peronismo, había arrebatado al pueblo el cadáver venerado de Eva Perón, había reprimido las huelgas, arrasando las organizaciones sindicales y sus obras sociales. Su acción destructiva desencadenó una segunda "década infame".[48] Había entregado el patrimonio nacional al imperialismo y al capital extranjero, creando lazos nocivos de dependencia, acumulando una enorme deuda externa, y dejando al país prisionero de la banca internacional y los grandes monopolios. Su ejecución, desde esta perspectiva, era un acto de justicia llevado a cabo por la Juventud Peronista, que defendía el derecho de responder a la violencia con violencia y condenar a los tiranos. Dice: "Esa rebeldía alcanza finalmente a Aramburu, lo enfrenta con sus actos, paraliza la mano que firmaba empréstitos, proscripciones y fusilamientos" (198). Deja en claro que quien muere es un enemigo del pueblo, un hombre al servicio de la oligarquía y el imperialismo, que tenía las manos sucias de sangre.

Walsh transforma el capítulo de Aramburu en un nuevo final a *Operación masacre*. Es un final revolucionario en que se impone la justicia

---

[48] Se denomina "década infame" a los años que sucedieron al golpe de estado del General Uriburu contra el Presidente Hipólito Irigoyen en 1930. Esta década se caracterizó por una aguda crisis económica, la persecución de la oposición y la corrupción del gobierno.

popular. Para reforzar esta idea, agrega un apéndice con una escena del guión de la versión cinematográfica del libro que filmara clandestinamente Jorge Cedrón en 1971. El cineasta Jorge Cedrón, Julio Troxler, que participa en la película desempeñando su propio papel, y el mismo Walsh, caerían pocos años después asesinados, víctimas de la violencia represiva desatada por la Triple A (Alianza Anticomunista Argentina) y el Ejército.[49]

Walsh indica que el guión de la escena de la película incluido es la secuencia final, que no aparecía en el libro original de *Operación masacre* y "completaba" su sentido (200). En la escena, narrada por Troxler, se ven las masas de trabajadores marchando con confianza hacia el futuro, después de haber aprendido su lección. Esas masas habían decidido tomar las armas, e iban "forjando su organización"... independiente de "traidores y burócratas", y marchaban "hacia la Patria Socialista" (204). Ese es el final revolucionario que el libro no tenía en su origen, siendo como había sido un alegato de denuncia y protesta escrito por un joven nacionalista. Entre 1956 y 1972 Walsh había sido testigo y partícipe de una etapa importantísima de la historia argentina, en la que el pueblo y la clase trabajadora luchaban por su liberación. El objetivo era la independencia nacional, liberarse del imperialismo para construir la patria socialista.

Al concluir esta parte de la última edición que publica Walsh en vida, emerge de la obra la imagen heroica del pueblo en armas. En la edición de 1984, el editor agrega la "Carta abierta" de Walsh a la Junta Militar; presenta así al lector la imagen "finalizada" y heroica del autor, que da la vida por su pueblo y es un mártir de su causa (Ferro 1999:142). La gesta del guerrillero se completa con su propio sacrificio. Su narrativa crea un puente que va del nacionalismo de los años cincuenta al socialismo guerrillero y marxista de los años setenta: el nacionalismo peronista y el guevarismo voluntarista se dan la mano. En esa carta, que cierra su libro y su vida (al punto que podemos decir que *Operación masacre*, siendo el primer libro periodístico de denuncia del autor, se vuelve una obra literaria que abarca la totalidad de su existencia), Walsh, el periodista, el militante y el patriota, denuncia, al cumplirse un año del golpe, los crímenes de la Junta Militar, encabezada por el General Videla, contra su pueblo.

---

[49] Troxler murió asesinado por la Triple A en Buenos Aires el 20 de septiembre de 1974. El cineasta Cedrón sería asesinado años después en París, se cree que por sicarios enviados por el régimen militar instaurado en 1976 en Argentina.

Ese gobierno ilegítimo tortura y asesina a los militantes del campo popular. Entre las víctimas cita a muchos de sus amigos y a su misma hija, Vicky, que murió combatiendo y cuyo sacrificio acepta con resignación.[50] Para él el gobierno de Videla representa el regreso al poder de las "minorías derrotadas" (205). Ya en esos momentos se cuentan por miles los muertos y desaparecidos, los militares crearon campos de concentración y niegan a la población el derecho esencial del *habeas corpus*. Las torturas que emplean hacen retroceder a la sociedad a la época medieval. Fusilan rehenes y prisioneros sin piedad, y matan a los que quedan heridos en los combates. Compara el trato que dan a guerrilleros, sindicalistas, intelectuales, opositores no armados y sospechosos, con el accionar de la policía secreta del regimen Nazi de Hitler, y con el trato que daban los norteamericanos a los soldados enemigos en Vietnam (207). Denuncia el genocidio cometido con los prisioneros arrojados al mar desde los aviones de la Primera Brigada Aérea, que aparecen muertos flotando en el río y el gobierno atribuye falsamente a la Triple A.

Es el Estado el que ejerce el terrorismo contra su propia población. Esa violencia desencadenada contra el pueblo encubre móviles siniestros: la entrega del país y su economía al imperialismo internacional. Analiza la política económica del gobierno, que realiza un vaciamiento de la capacidad productiva del país. La Junta Militar decía tener una "misión patriótica", y aseguraba defender el suelo nacional contra un enemigo extranjerizante. Walsh demuestra que lo contrario era cierto: al destruir la economía, los militares golpistas destruían el patrimonio nacional y entregaban la soberanía del país a intereses extraños, desnacionalizando los bienes, procediendo con el egoísmo típico de la oligarquía apátrida. La Junta de Videla era una continuadora de la política de la "Revolución" del General Aramburu, defendía los mismos intereses, sólo se habían radicalizado sus métodos. Si Aramburu fusilaba unos pocos militantes, Videla los fusilaba por miles; si Aramburu torturaba y mandaba matar a individuos selectos, Videla organizaba un genocidio macabro. El Estado había perfeccionado

---

[50] En un artículo que publicara Walsh en 1977, tres meses después de muerta su hija Vicky, la recuerda luchando. Esa es la imagen que deseaba el padre perdurara de su hija: la de la guerrillera heroica que no se arredra ante la propia muerte y combate con valor. Una pequeña mujer que lucha contra el ejército por más de dos horas y ríe mientras dispara sus armas ("Carta a mis amigos", *Nuevo Texto Crítico* 280-2).

el uso de la violencia contra el pueblo para mantener el poder. El verdadero objetivo, sin embargo, era económico: retener el dominio del país para una minoría oligárquica, aliada al capital internacional.

Walsh les dice a los Comandantes de las tres armas que no pueden ganar la guerra, porque, aunque maten hasta el último guerrillero, el espíritu de lucha y de resistencia del pueblo continuará (212). Esta carta, en la que confiesa que ha querido ser fiel al compromiso que asumió "de dar testimonio en momentos difíciles", y fechada el 24 de marzo de 1977, un día antes que el ejército lo cercara y matara, es el final del libro y de su vida, pero apunta a un nuevo comienzo. Su vida tiene un "final abierto". El asegura que la lucha continuará. Su carta de denuncia y testimonio, cree, ayudará a que se inicie un ciclo de resistencia y defensa de los valores del pueblo.[51]

Operación masacre es un hito de un ciclo de literatura testimonial antitotalitaria en la literatura argentina, que señala las injusticias de un sistema de gobierno que no contempla los intereses de todos los ciudadanos y victimiza a los más vulnerables. El objetivo revolucionario de Walsh era iniciar una nueva etapa histórica en su patria, fundar una nueva historia y una nueva literatura. Dice el ensayista mexicano Carlos Monsiváis que las historias nacionales en Latinoamérica muestran un movimiento ritual de falsos comienzos y finales, y los pueblos subdesarrollados van repitiendo sus ciclos al margen de la historia, sin lograr entrar en una etapa de liberación real (Monsiváis 152). Esto nos lleva a un sentimiento constante y doloroso de frustración y pérdida, de fracaso, que se refleja en las conciencias y las culturas nacionales. Podemos pensar que Walsh luchó contra este aparente determinismo con valor y con fe, con sacrificio y voluntad, y en su vida, como escritor, periodista y revolucionario, comunicó sus ideales no sólo a las clases medias lectoras sino también a las masas recientemente alfabetizadas que constituyen el público nuevo del periodismo y son la fuerza política que conforma el país del futuro. La literatura para él no podía estar separada de la política, tenía que estar al servicio de la educación y concientización de esas masas, que necesitaban luchar por sus derechos para vivir un día dignamente en una sociedad libre, justa y soberana.

---

[51] Walsh no pudo continuar con su obra de denuncia. Esa tarea pasó a aquellos periodistas y escritores que, igual que él, habían unido el testimonio a la militancia, y lograron sobrevivirlo, como Horacio Verbitsky y Miguel Bonasso.

Bibliografía citada

Amar Sánchez, Ana María. "El sueño eterno de justicia". *Nuevo Texto Crítico*... 205-216.

De Grandis, Rita. "La escritura del acontecimiento: implicaciones discursivas". *Nuevo Texto Crítico*...187-204.

----------. "Lo histórico y lo cotidiano en *Operación masacre* de Rodolfo Walsh: Del suceso a la guerra popular". Juan Villegas, editor. *Lecturas y relecturas de Textos españoles, latinoamericanos y US latinos*. Asociación Internacional de Hispanistas. Actas Irving-92. Volumen 5. University of California, 1994. 305-313.

Ferro, Roberto. *"Operación masacre*: investigación y escritura". *Nuevo Texto Crítico*...1994: 139-166.

----------. "La literatura en el banquillo. Walsh y la fuerza del testimonio". Noé Jitrik, director. *Historia Crítica de la Literatura Argentina*. Buenos Aires: Emecé Editores, 1999. Vol. 10: 125-145.

Gillespie, Richard. *Soldiers of Perón. Argentina's Montoneros*. Oxford: Oxford University Press, 1982.

Goldar, Ernesto. *John William Cooke y el peronismo revolucionario*. Buenos Aires: Editores de América Latina, 2004.

Horowicz, Alejandro. *Los cuatro peronismos*. Buenos Aires: Hyspamérica Ediciones, 1986.

Jauretche, Arturo. *Los profetas del odio y la Yapa. Obras completas*. Vol. 4. Buenos Aires: Corregidor, 2004.

Laforgue, Jorge. Coordinador. *Rodolfo Jorge Walsh Nuevo Texto Crítico* 12/13 (Julio 1993-Junio 1994).

----------. "Informe para una biografía". *Nuevo Texto Crítico*...219-234.

Link, Daniel, editor. *Ese hombre y otros escritos personales*. Buenos Aires: Seix Barral, 1996.

Mafud, Julio. *Sociología del peronismo*. Editorial Américalee, 1972.

Monsiváis, Carlos. *Días de guardar*. México, Ediciones Era, 1970.

Neyret, Juan Pablo. "Civilización y barbarie en la literatura y la historia argentinas. "Cómo murió Aramburu" de Montoneros: un texto fundacional soslayado." Klaus Dieter Ertler, Enrique Rodríguez Moura, eds. *Fronteras e identidades-Identidades e fronteiras. Civilización y barbarie – Sertão e litoral.* Frankfurt an Main: Peter Lang, 2005. 187-216.

Perón, Juan Domingo. *Los vendepatria Las pruebas de una traición. Obras completas.* Vol. 21: 1-330. Buenos Aires: Editorial Docencia, 2002.

Romano, Eduardo. "Modelos, géneros y medios en la iniciación literaria de Rodolfo J.

Walsh". *Nuevo Texto Crítico*...73-97.

Walsh, Rodolfo J. *Operación masacre.* Buenos Aires: Ediciones de la Flor, 1994. Décimo novena edición.

Las letras de los tangos de Enrique Santos Discépolo

El desarrollo del tango en el Río de la Plata, a fines del siglo diecinueve y principios del veinte, fue uno de los episodios más logrados y felices de la historia de la música popular.[52] En esa misma época surgieron en varias partes del mundo diversos géneros musicales: el blues americano, el fado portugués, la copla y la canción española, la canción francesa, la ranchera mexicana, el bolero romántico, el son cubano, que, gracias al progresivo desarrollo de la industria de la grabación y la radiofonía, lograron rápida difusión entre los oyentes. Nunca antes el público había tenido tan amplio acceso a la música popular de distintos países del mundo. La escuchaban en la voz de sus intérpretes más dotados, quienes, apoyándose en la tecnología, mejoraron el nivel profesional de sus actuaciones y, en muchos casos, se hicieron inmensamente ricos. Mientras esto ocurría en el ámbito de la cultura popular, la cultura letrada lograba también un brillo inusitado: había surgido en Hispanoamérica, a fines del siglo diecinueve, la generación más importante de poetas de su historia, los

---

[52] La relación del público con la música popular ha cambiado mucho en nuestro país, desde el momento en que Buenos Aires se transformó en un gran centro metropolitano, a principios del siglo XX, hasta el presente (Sarlo 179-88). El crecimiento de la ciudad permitió el desarrollo de la variedad y la riqueza de los espectáculos de entretenimiento. Los números musicales, el teatro de autor, los sainetes, el teatro de variedades, los vodeviles, fueron parte de la rica oferta artística de la noche porteña (Varela 95-101). La aparición del cine, primero mudo y luego sonoro, y durante la década del treinta, de la radiofonía, ayudaron a la difusión de las obras de nuestros autores. La grabación de la voz, y los métodos de difusión del sonido, cada vez más perfectos, dieron a aquellos intérpretes de principio de siglo acceso a un inmenso público. Hasta el día de hoy seguimos escuchando aquellas grabaciones extraordinarias, que se multiplicaron a partir de 1917, cuando Carlos Gardel cantó "Mi noche triste" y empezó el desarrollo del tango-canción.

Modernistas, a los que siguieron, en la segunda década del veinte, los poetas de las Vanguardias.[53]

La evolución del tango estuvo estrechamente asociada al desarrollo del teatro nacional rioplatense. El teatro nacional reflejaba en sus obras el crecimiento cosmopolita de Buenos Aires y testimoniaba el impacto de la inmigración, particularmente la italiana, en su vida cotidiana (Pérez 22-33). Muchos tangos se estrenaron en los espectáculos teatrales, y formaban parte de obras musicales y sainetes. Enrique Santos Discépolo (Buenos Aires 1901-1951) fue parte de todo este movimiento cultural que tuvo lugar en el Río de la Plata: hijo de inmigrantes italianos (su padre era músico), hermano menor de Armando, autor de sainetes y creador del "grotesco" criollo, comenzó su vida en el espectáculo de la mano de su hermano, como actor y autor. A lo largo de su vida fue actor, autor, compositor de tangos, director de orquesta, director de cine. Se destacó especialmente como letrista y compositor. Casado con la cupletista española Tania, que cantaba sus tangos, formaron una pareja célebre en la noche porteña, y juntos recorrieron como intérpretes varios países.

Enrique, consciente de los problemas laborales de los artistas, militó en la vida sindical argentina. Contribuyó a crear el sindicato de autores y compositores, e integró su cuerpo directivo. En la década del cuarenta apoyó, como muchos otros artistas, el gobierno populista de Perón, que protegió las industrias del espectáculo nacional. Disfrutó de gran prestigio personal y el General Perón lo consideraba el poeta popular máximo de Buenos Aires (Pujol 370).

El tango tuvo muchos letristas extraordinarios, como Pascual Contursi, Celedonio Flores, Enrique Cadícamo, Homero Manzi, entre otros, pero Discépolo comunicó al tango una profundidad reflexiva que nunca antes había alcanzando la música popular (Gobello 5-16). Su producción fue magra: a lo largo de veinte años escribió poco más de treinta tangos. Una parte significativa de éstos: "Cambalache", "Cafetín de Buenos Aires", "Uno", "Canción desesperada", "Yira...yira...", "Confesión", gozan hoy de

---

[53] Modernistas y Vanguardistas constituyen nuestro siglo de oro poético en Hispanoamérica: los modernistas Darío, del Casal, Martí, Gutiérrez Nájera, Lugones, Mistral, Herrera y Reissig, y los vanguardistas y post vanguardistas Vallejo, Neruda, Guillén, Paz, Parra, Cardenal, Gelman, representan la expresión poética más lograda de nuestra historia literaria hasta este momento.

un prestigio incomparable. Mientras la poesía culta es un género restringido a un circuito selecto y casi secreto, la canción popular se ha transformado en nuestro tiempo en una forma poética de gran difusión. La calidad de muchos letristas justifica el prestigio del género. Con la industria de la grabación, la poesía ha recuperado el grano de la voz.

Los poetas cultos inscriben en sus versos la melodía y el ritmo para su lectura silenciosa. Los sistemas métricos crean bellas armonías que los lectores se representan mentalmente. Pero el canto ha sido capaz de traer a la inmediatez la belleza y la emoción de la voz humana, y su seducción sobre el público es incomparable. El tango es un producto dilecto de la vida moderna, y E. S. Discépolo fue uno de los compositores que mejor entendió esto, y lo reflejó en las letras de sus tangos.

El primer tango de éxito que compuso Enrique fue "Qué vachaché" en 1926. El año anterior había compuesto un tango que tuvo poca aceptación: "Bizcochito" (Pujol 95). Para entonces Enrique era un actor y autor relativamente bien establecido. En 1925 estrenó el grotesco *El organito*, escrito con su hermano Armando, que fue bien recibido por la crítica. Concibió "Qué vachaché" en Uruguay, mientras estaba de gira con la Compañía Rioplatense de Sainetes de Ulises Favaro y Edmundo Bianchi, y fue estrenado por la cantante Mecha Delgado en Montevideo. Enrique era, según nos dice Sergio Pujol en su notable biografía, un "analfabeto musical" y tenía que recurrir a la ayuda de sus amigos músicos para pasar las melodías a la partitura (100). En el caso de "Qué vachaché" lo ayudó Salvador Merico. En un principio el tango no llamó demasiado la atención, pero al año siguiente lo grabó Carlos Gardel y esto significó un gran espaldarazo para su pieza.

Enrique tomó en esa letra un tema del tango canción, que había introducido pocos años antes Pascual Contursi, tratándolo de una manera cómica y grotesca. Las letras de Contursi se popularizaron en 1917, cuando Carlos Gardel cantó su tango "Mi noche triste", que aquél había compuesto dos años antes. En 1918 lo cantó Manolita Poli en el sainete *Los dientes del perro*, de González Castillo y Weisbach, acompañada por la orquesta de Roberto Firpo (Gobello 41). Ese era el ámbito donde se presentaban los primeros tangos cantados: el cabaret y el teatro de sainetes. Alberto

Vacarezza, Manuel Romero, Samuel Linning, escribieron tangos para sus sainetes.[54]

Contursi, en "Mi noche triste", cambió la problemática de la que hablaba el tango. Introdujo en el mundo del viejo tango de malevos y prostitutas una situación más sentimental, contando la vida y los amores de los personajes de la noche y del suburbio. Poco después apareció otro gran poeta y letrista, Celedonio Flores, que trajo nuevos cambios: Flores privilegiaba la "historia" en la canción, y empleaba con sabiduría el "lunfardo", la lengua del bajo mundo porteño (Pujol 98). Celedonio, al igual que Enrique, no sabía música. Las letras de "El bulín de la calle Ayacucho", con música de José Servidio, y "Mano a mano", con música de Gardel y Razzano, ambos de 1923, lo establecieron como un poeta original e innovador. Contursi y Flores eran los dos poetas del tango más logrados en el momento en que empezó a escribir Discépolo, que demostró de inmediato su talento y su originalidad. A "Qué vachaché" le siguió, en 1928, "Esta noche me emborracho". Enrique logró que la gran Azucena Maizani lo estrenara y el éxito fue inmediato. Dante Linyera saludó la aparición del compositor en un artículo de la revista *La canción moderna*, llamándolo "el filósofo del tango" (Pujol 121). Ese mismo año lo grabaron Ignacio Corsini y Carlos Gardel. Con este tango Enrique se consagró definitivamente como gran compositor, a poco de haber empezado su carrera.

Discépolo tenía muy en cuenta en sus tangos la credibilidad de sus personajes. En el tango el cantante dramatiza con su voz y su gestualidad la situación que refiere. Muestra con su mímica y la entonación de los versos la situación trágica que describe la letra, o su carácter burlesco y cómico. En "Qué vachaché" el personaje que habla y se queja, ridiculizando a su amante, es una mujer que, desencantada, apostrofa al hombre y lo echa del sitio donde conviven. Es una mujer del pueblo bajo que se expresa con crudeza, usando términos del lunfardo.

Muchos de los personajes de las letras son seres marginales, personas de la noche, del ambiente "artístico" de los cabarets. Viven intensamente

---

[54] Vacarezza compuso "La copa del olvido" en 1921, estrenado en el sainete *Cuando el pobre se divierte*; Manuel Romero escribió en 1922 "Patotero sentimental", estrenado en el sainete de Romero *El bailarín de cabaret*; Linning escribió "Melenita de oro", para el sainete *Milonguita*, de su autoría, estrenado en 1922.

sus romances, y su conducta desinhibida e individualista se distancia de la moral convencional de las buenas familias pequeño-burguesas y burguesas. Discépolo toma al personaje en el momento mismo del conflicto que lo lleva a reaccionar y a decir "lo que tiene que decir": su verdad. Es característico del autor en sus tangos hacer que los personajes que animan sus historias digan la verdad, por amarga que sea. Esa verdad busca concientizar al otro (y al auditorio) sobre la naturaleza de los sentimientos y el carácter del mundo. Procura sorprender al oyente, enfrentándolo a una situación inédita.

En otros tangos, como en "Esta noche me emborracho", Discépolo, en lugar de presentar una situación dramática, como había hecho en "Qué vachaché", cuenta una "historia". Llamó a estas historias las "novelas" de sus tangos: en el lapso relativamente breve de una canción, cuyo desarrollo típico es tres minutos, describía una historia que se había desarrollado en un plazo temporal mayor.

Su producción tanguística se extiende a lo largo de dos décadas, y notamos en la misma una evolución y transformación, tanto de los motivos como de la forma de decirlos. Sus primeros tangos nacen asociados al sainete y al grotesco, y se desprenden poco del tipo de situación dramática que era común en esos géneros. Pronto encuentra un modo de segmentar la historia presentada en el tango en varias partes. Enrique ya descubre esto en su segundo tango, "Esta noche me emborracho".

En "Qué vachaché", quien dirá la verdad al otro es una mujer. El tango fue interpretado y grabado por Tita Merello y por Rosita Quiroga. Discépolo introduce al personaje, la mujer fastidiada por el amante "engrupido", que además se tomó "la vida en serio", en un instante puntual del conflicto amoroso. La mujer estalla en un ataque de rabia, lanzándole improperios a su amante. Esta situación de exceso pasional era común tanto en el grotesco criollo como en los tangos. Muestran a personajes del pueblo, que insultan, agreden, golpean. Los humillados se vengan de aquellos a los que consideran culpables de su situación. El personaje quiere dar al otro una "lección": está tratando de que entienda algo que no comprende, y no le permite vivir bien ni hacer felices a los demás.

En el caso de "Qué vachaché", la mujer le explica a su amante cómo es el mundo moderno. La mujer ve que el hombre es poco práctico, despistado e idealista. Ella resulta ser la víctima de la situación, y por eso su explosión

301

de rabia y frustración frente al amante. Este está destruyendo la vida en pareja, y la mujer decide echarlo del cuarto que comparten, y le dice: "Piantá de aquí, no vuelvas en tu vida" (Discépolo 41). El hombre no le da de comer, no la mantiene; habla "pavadas", es un "engrupido" o creído, y piensa que al mundo lo va "a arreglar" él. Discépolo emplea el lenguaje "lunfardo" e introduce expresiones coloquiales, dando fuerza y credibilidad al discurso de la mujer. Ella se burla del amante y provoca risa en el auditorio. Ridiculiza y rebaja al otro. Discépolo pondrá en boca de estos personajes típicos verdades sobre el mundo moderno que los letristas de tangos anteriores al suyo no habían podido expresar bien. Es la razón por la que se ganará el apodo de "filósofo del tango".

La mujer cree que su amante no entiende lo que pasa, es torpe e inoperante, e incapaz de ganarse la vida. Trata de regirse por valores que están fuera de contexto, y de "arreglar" los problemas del mundo. Discépolo pone a sus personajes bajos en una situación moral comprometida. La mujer apostrofa a su amante, que se supone está frente a ella escuchándola, aunque no le contesta, y le da una lección sobre el valor del dinero en la sociedad moderna: el dinero lo ha nivelado todo, "el dinero es Dios". En nuestra sociedad los valores religiosos han sido reemplazados por el dinero. Tampoco hay lugar en esta sociedad para los antiguos valores de la familia decente: la honradez, la buena moral. El dinero, como símbolo del mundo materialista moderno, ha arrasado con eso, y se ha transformado en medida de todas las cosas. Para el personaje "no hay ninguna verdad que se resista/ frente a dos pesos monedas nacional" (41). El pobre, para sobrevivir, tiene que volverse pícaro: necesita "empacar mucha moneda/ vender el alma, rifar el corazón,/ tirar la poca decencia" que le queda. En la sociedad contemporánea el ser humano vive acuciado por sus necesidades, sobre todo el habitante de las barriadas pobres. Esta es una sociedad que ignora los valores cristianos, sobre los que Discépolo habla en sus tangos. Al autor le preocupa mucho la situación en que está el mundo, y la critica.

Este personaje resulta víctima de su "decencia" y su honradez, y de haberse tomado "la vida en serio". Había tratado de comportarse de manera noble y elevada, lo que está vedado a los pobres. Sólo sobrevive el que no tiene valores, o los sacrifica para poder comer. Es lo que hará la mujer, y el motivo por el que echa a su amante del cuarto. La mujer toma la situación con sorna y saca su conclusión filosófica al final del tango: "vale Jesús lo mismo que el ladrón" (42). Esta es una idea clave que se repite en varios tangos del autor. El auditorio puede sonreír ante el personaje y sus burlas, pero el desencanto que muestra ante la sociedad contemporánea es algo muy serio. Discépolo señala la falta de valores morales en el mundo urbano moderno, y describe un nuevo tipo de sociedad donde el dinero iguala a la gente de una manera mágica.

La mujer dice que ella lo que realmente quiere es "vivir" y poder comer bien, por eso necesita plata. Está luchando por conseguir su libertad personal y abandona al hombre "moralista" que le hace pasar necesidad. Es una mujer vital que se va a enfrentar sola al mundo, como sin duda lo hacían las actrices y cantantes de cabarets y teatro, como Tita Merello y luego Eva Duarte, que se manejaban con gran independencia, aunque la sociedad machista y la moral de la familia pequeño burguesa las condenara por "livianas" e indecentes. Esta mujer del tango vivía con un hombre, que no era su marido, y lo echa para reiniciar su vida a su gusto. En una sociedad católica en que no había divorcio ésta era una afrenta a la moral social.

Los personajes de los tangos trascienden la moral burguesa: son seres marginales y valientes, que han abandonado conductas poco satisfactorias para la vida personal. Creen en el amor, en el sexo y en los placeres. Se rinden, sin embargo, como el personaje de "Qué vachaché", ante la realidad: el dinero. Frente a él todos los valores morales de la sociedad burguesa pasan a un segundo plano.

En "Esta noche me emborracho" Enrique halla la forma de contar una historia compleja y extensa en tres minutos: recurre al salto temporal. Tal como en "Qué vachaché" en este tango vemos al personaje conmovido por una situación emocional excepcional: se encuentra sin querer, a la salida del cabaret, con una mujer de la que había estado enamorado diez años atrás. El personaje pasa, en la descripción, del presente a los detalles de la historia que habían vivido juntos hacía diez años. El hombre desengañado cuenta la historia de una manera burlona y sarcástica, y hace reír a sus oyentes. La situación, sin embargo, es dolorosa y degradante, tanto por el estado en que ve a la mujer diez años después, en que "parece un gallo desplumao", como por la conciencia que asume de su propia decadencia (43).

El personaje no está hablando con la mujer. La historia va dirigida a quienes lo están escuchando en un bar mientras bebe. Se trata entonces de las confesiones de un borracho desengañado que cuenta la historia trágica de su amor. El encuentro de esa noche le revela al hombre una "verdad" dolorosa. Discépolo contrapone dos tiempos: el pasado del hombre enamorado, que sufrió un amor destructivo, que lo tuvo "de rodillas" y lo obligó a vivir "de mala fe", y el presente, en que "el tiempo" se venga de él: le hace "ver deshecho" lo que amó.[55] El personaje está tratando de justificarse frente a sus interlocutores, y ser comprendido, y les da una "lección" sobre el efecto del tiempo en la vida humana. Discépolo había logrado traer preocupaciones filosóficas al mundo del tango de una manera efectiva y conmovedora.

El lector simpatiza con el personaje que hace su catarsis, emborrachándose "pa' no pensar", y visualiza el cambio y las transformaciones de la vida. El tiempo ha operado cambios devastadores sobre la mujer amada, la ha literalmente destruido, transformándola en una payasa. La situación tiene un viso de justicia compensatoria: la que está mal en ese momento es ella, que tuvo poder sobre él, era bella y lo abandonó. Ha perdido su belleza y se ha transformado en un "gallo desplumao". Pero siempre en los héroes de Enrique hay un fondo de nobleza humana: el hombre, lejos de disfrutar por esa venganza, la sufre, siente compasión por el personaje y podemos pensar que aún la ama. Tan mal se siente que tiene que emborracharse para mitigar el sufrimiento. Pero además el personaje de la mujer le sirve al otro para verse a sí mismo: es una lección amarga, porque se ve como un fracasado.

Los héroes de los tangos de Discépolo son los seres comunes, que en la vida no han tenido suerte, han luchado y perdido. El héroe anónimo de las clases bajas no logra redimirse. No sabe superar las situaciones que enfrenta, resulta víctima del destino y de la sociedad. Algo malo le pasa y nada puede hacer, excepto reconocer su impotencia. Su manera de escapar a la situación es la de los hombres comunes: aceptar el dolor o emborracharse para mitigarlo. Este héroe o antihéroe del pueblo, sin embargo, tiene capacidad para comprender, entenderse y reconocerse en las experiencias que vive. El pueblo aprende de sus experiencias. Es un pueblo joven, enérgico, de criollos e inmigrantes que se encuentran en la

---

[55] Podemos entender "Qué vachaché" como una meditación sobre el poder del dinero en la sociedad moderna, e interpretar "Esta noche me emborracho" como una meditación sutil sobre el paso del tiempo y lo efímero de la belleza.

urbe moderna. Son además personajes apasionados, que entregan todo por amor. Resultan sus víctimas, pero los justifica y los humaniza la intensidad de los sentimientos, y su resistencia ante el dolor. Aunque los personajes sean distintos a nosotros simpatizamos con ellos, y comprendemos "su verdad". Su filosofía deriva de las conclusiones que sacan de las situaciones traumáticas que enfrentan. Los personajes viven la vida vertiginosa de la ciudad moderna.

En el próximo tango que compone, "¡Chorra!", cuenta una historia en que una mujer, respaldada por "su familia", "pela" al hombre enamorado y lo deja "a la miseria" (45). En la canción habla el hombre engañado y bueno. Se presenta a sí mismo de una manera cómica, "grotesca". Conoció a una "mina" que le robó todo: su negocio en la feria, y también "el amor". En ese momento se considera cómicamente tan incapaz de querer, se siente tan intimidado por las mujeres que, si en la calle alguna trata de seducirlo o "afilarlo", se pone "al lao del botón", de la policía, para que lo proteja (45). Se autoacusa de ser un "gil", un tonto, aunque reconoce que si cayó en la trampa fue por la "silueta" de la bella mujer que lo sedujo.

Discépolo describe primero lo que ocurrió en los últimos seis meses, el romance fallido en que el personaje resultó esquilmado y, en la segunda parte del tango, cuenta lo que "ha sabido ayer". Lo que supo es que esa mujer que lo explotó, y le fue quitando todo lo que tenía, no trabajaba sola: la acompañaba su familia, la "mamá" y el "papá". La madre, que fingía ser miembro de la clase alta, y decía que era "viuda de un guerrero", era una "chorra", igual que la hija, y el padre estaba perfectamente vivo, prontuariado como "agente e'la camorra,/ profesor de cachiporra,/ malandrín y estafador" (46). El acierto de la letra radica en gran parte en el uso de la lengua popular, tanto el lunfardo como los coloquialismos, y la situación humorística y burlesca que describe. La víctima del robo es un trabajador, y la "chorra" una mujer hermosa que es realmente un peligro. El personaje termina su denuncia advirtiendo a los otros que se cuiden, porque anda suelta, y seguro está buscando a otro "gil" para "pelarlo". El hombre siente además que su orgullo varonil ha quedado herido, puesto que ha hecho de tonto (March 49-53).

Discépolo compondrá algunos tangos más con letras cómicas, que mucho gustaron a los oyentes. En 1929 escribe "Malevaje", con música de Juan de Dios Filiberto. "Malevaje" cuenta una historia antiheroica. En ella se burla del honor y el rito del coraje del mundo criollo. El gaucho al emigrar a la ciudad se había transformado en el compadre. Este último trató de instaurar en el suburbio el mito del coraje y se hizo malevo. Discépolo cuenta la historia cómica y grotesca del malevo enamorado que se vuelve blando y afeminado al depender de una mujer. En esta letra la viril es la mujer; el hombre la ve "pasar tangueando altanera,/ con un compás tan hondo y sensual" y se siente seducido (47). Confiesa el personaje: "no fue más que verte y perder/ la fe, el coraje, el ansia e'guapear". Discépolo crea un personaje risible, en que se destaca el lenguaje coloquial del compadrito, pero procura no exagerar el "color local". Su interés es comunicar rápidamente la historia.

En este tango la aparición de la mujer provoca en el malevo una verdadera "crisis de identidad". Tanto lo cambia que ya no sabe más quién es, como confiesa al final. Le ha quitado todos los atributos propios del malevo estereotípico; dice el personaje: "No me has dejao ni el pucho en la oreja,/ de aquel pasao malevo y feroz". Lo ha transformado casi en un beato, no le falta más que "ir a misa" e hincarse a rezar. Y aún más grave: ha perdido el coraje, y por lo tanto la hombría, que es el atributo más preciado para el malevo: dice que el día anterior renunció a pelear y escapó, huyendo. Lo hizo porque no soportaba la idea de estar lejos de ella y no verla, ya sea porque perdiera la vida en el duelo o, ganándolo, terminara a "la sombra" en la cárcel. La crisis del malevo es tan grande que por las noches siente angustia y confiesa que llora. Este es un hombre que ha sido despojado de su identidad: deja de ser héroe trágico para transformarse en un payaso, en un personaje de comedia.

El tango alude indirectamente al choque experimentado por el hombre foráneo al llegar a la ciudad cosmopolita, amenazante, a la que tiene que adaptarse, sacrificando su sentido del honor y su concepto de hombría. Esta fue la historia no sólo de los viejos criollos inmigrados a la urbe, sino también la de los inmigrantes europeos, particularmente los italianos, de cuyo estrato provenían los Discépolo, que en el proceso de adaptación a la nueva patria sentían que tenían que abandonar todos sus valores más preciados y sus costumbres para sobrevivir.

Discépolo escribe otros dos tangos cómicos populares, "Justo el ¡31!" y "¡¡Victoria!!" en 1930. "¡¡Victoria!!" fue estrenado por Pepe Arias con la Compañía de Grandes Revistas en el teatro Porteño (Pujol 156).

Son tangos teatrales en que se destaca el histrionismo del personaje que vive la situación. A diferencia de los tangos cómicos anteriores, en que presentaba el punto de vista de los hombres abandonados y engañados, los protagonistas de estos tangos son el "piola" y el "cachador" porteño. Hablan los "piolas" vividores, que se aprovechan de las mujeres. El móvil de la conducta de los personajes es el beneficio personal. Discépolo juega con la opinión popular de que la vida en pareja, particularmente el matrimonio, es una cárcel para el varón. Estos personajes celebran el haberse liberado del yugo de la mujer, aunque de manera humillante. Para mantener su "honor" y preservar su machismo no quieren que la mujer los abandone, prefieren abandonar ellos antes.

En el mundo popular el hombre debe mantener su virilidad y su fuerza para ser respetado, y las mujeres siempre están tratando de rebajarlos. El amor es para ellos una trampa para someterlos. No es éste un mundo idealista de clase media donde el que ama triunfa y se siente realizado; es un mundo marginal y proletario, donde la vida en familia significa el empobrecimiento y la pérdida de libertad personal, el sometimiento despersonalizador. En "Justo el ¡31!" Discépolo nos da a entender que la mujer, a la que el canchero porteño abandona el día 31, lo engañaba y pensaba dejarlo a él el primero de mes, según le dijo un "amigo" suyo que le "regaba el helecho". El hombre se siente feliz de que le hagan ese "favor", porque la mujer era muy fea. La caracteriza como una "inglesa loca" parecida a un mono, que se fue a vivir a su pieza con él (51). El personaje quiere demostrar que es un porteño ganador. Teme que sus amigos del café lo "cachen" y se burlen de él. Discépolo se adentra en esta letra en la psicología popular del "piola", del "cachador", personaje típico de la calle porteña.

Parecida situación se da en "¡¡Victoria!!". En este otro tango la mujer que se va es la esposa del personaje, que se considera doblemente afortunado. "¡Cantemos victoria!/ Yo estoy en la gloria:/ ¡Se fue mi mujer!", se jacta el personaje (54). La mujer pone en entredicho su hombría, ya que se va con otro. El hombre es un "cornudo", una de las figuras masculinas más despreciadas del imaginario popular. Se considera afortunado de haber salido del yugo del matrimonio, de la "noria" repetitiva y deshumanizante, y siente pena por el tonto o "panete" que se la llevó, sin darse cuenta que la mujer era un "paquete". Trata de demostrar que él es el verdadero piola y el ganador en la situación.

Paralelamente a la creación de estos tangos cómicos, que contienen sus propias "novelas" melodramáticas, Enrique explora en otros tangos la vena trágica y seria de la canción popular, creando situaciones patéticas en que los personajes que sufren, y se ven a sí mismos como víctimas, hacen su catarsis, confesando su desesperación. El primero de estos tangos es "¡Soy un arlequín!", de 1929. Este es un tango de letra relativamente simple y breve, que antecede a creaciones como "Yira...yira", de 1930 y "¿Qué "sapa", Señor?" de 1931. "¡Soy un arlequín!" presenta como personaje a un payaso enamorado que le habla a su amada que lo engañó. Este arlequín de la vieja comedia del arte italiana es el personaje popular que reaparece como símbolo del amor inocente e incondicional en las obras de diversos artistas contemporáneos de Enrique, entre ellos Picasso y Petorutti, y en las películas de creadores del cine mudo, como Charlie Chaplin. Sergio Pujol explica que la figura del arlequín servía "a las concepciones teatrales y filosóficas en boga" en aquella época (153). Para Discépolo, se trataba de un personaje muy cercano a los del grotesco criollo, que él conocía muy bien.

En "¡Soy un arlequín!" el personaje se describe y se confiesa. Busca despertar compasión en la mujer a la que se dirige y en el auditorio. Se define como "un arlequín que canta y baila/ para ocultar/ su corazón lleno de pena (49)." El payaso siempre oculta su propio sufrimiento y el lado oscuro de su personalidad. Su objetivo es conmover y hacer reír a su público. Este era un romance de melodrama y "folletín", donde la mujer jugaba el papel de Magdalena, la prostituta que seguía a Jesús, y él el de redentor, que quería salvarla. En ese mundo bajo todo era interés y simulación, egoísmo, no había verdadera solidaridad en las parejas de amantes. El hombre dice que lo hizo porque pensó en su madre y sintió que tenía una deuda con ella. Podemos creer que siguió los dictados de su corazón y se "clavó". La mujer además era capaz de fingir y "lloraba", por lo cual fue una trampa perfecta para él.

El hombre tenía esperanza y fe. Llevados por la esperanza, los personajes discepolianos marchan a su perdición. En el mundo popular la salvación no es posible. Estos son personajes caídos y vencidos. Hacen su catarsis en un momento de extrema desesperación, y cuando ya no tienen medios para salir de la situación. El oyente siente el dolor en la voz del cantante y en su gestualidad. El cantante de tango se contorsiona y se conmueve cuando canta, hace gestos especiales para expresar el dolor. La voz sale desgarrada. Al final del tango el personaje nos confiesa el "pago" que recibió por su deseo de redimir a la mujer: la risa y la burla de los otros. La crueldad de la mujer y de los otros puede ser también la crueldad del oyente, si se atreve a reírse ante el espectáculo de un hombre crédulo que creyó que salvaba a una mujer, fue burlado y sufre. Quien habla es el bueno, que no puede sobrevivir bien en una sociedad manejada por el engaño y los intereses materiales. Le dice a la mujer: "¡Perdóname si fui bueno!/ Si no sé más que sufrir…" (49). El tango lo estrenó Azucena Maizani en 1929 y fue muy bien recibido por el público; lo grabaron ese mismo año Maizani e Ignacio Corsini.

En 1930 compuso "Yira…yira". Este tango irrumpió en el mundo de la canción ciudadana en un momento especial. En ese año cambió abruptamente la historia de Argentina. El golpe militar de 1930 depuso al caudillo radical Hipólito Irigoyen, iniciando la que sería una larga etapa de golpes militares y gobiernos de facto, que alteraría sustancialmente la historia política del país. También concluía, influido por la crisis económica internacional, el ciclo de inmigración masiva de europeos, particularmente de italianos y españoles, en el Río de la Plata. Estos habían comenzado a llegar a partir de las últimas décadas del siglo XIX, atraídos por la activa política inmigratoria del gobierno argentino, y su participación en la vida nacional había cambiado el mundo social y político. Los Discépolo eran producto de esa inmigración. Enrique era un agudo intérprete de su entorno social y el momento le pareció adecuado para meditar sobre lo que estaba ocurriendo y sus consecuencias para el pueblo. "Yira…yira" fue estrenado por Olinda Bozán en la revista *Qué hacemos con el estadio*. Carlos Gardel lo interpretó con sus guitarristas en Radio Splendid, y lo grabó ese mismo año, consagrándolo definitivamente (Pujol 166-8). La repercusión del tango en el medio musical y cultural porteño fue inmediata: el autor y compositor había sabido entender e interpretar la crisis de la sociedad contemporánea.

"Yira…yira", como luego "¿Qué sapa, Señor?" y "Cambalache", procuran entender el estado en que se encuentra la sociedad en que vive el autor. Discépolo describe el mundo cruel de la calle, contra el que se estrellan todas las buenas intenciones. En ese mundo el hombre está solo y no encuentra solidaridad. El personaje que confiesa su desesperación es un ser desencantado, que ha sufrido el rechazo de su medio. Ese rechazo no es sentimental o amoroso: es un rechazo material, económico. En su primera parte el oyente puede fácilmente asociar al personaje con uno de los muchos desempleados que en 1930 poblaban las calles de Buenos Aires, en que no había una red de solidaridad social para contener a los desgraciados. El tango está dirigido a un confidente, al que el sujeto que canta trata de aleccionar, para que no le ocurra lo mismo que a él. Lo persuade de que no crea, y en lo posible pierda la esperanza. Una gran desilusión puede tener un efecto terapéutico, ayudar a que se defienda mejor. La música popular busca estimular al oyente. Su criterio no es estético, como en la poesía escrita literaria. Su criterio es "medicinal". Trata de ayudar, enseñar algo, alertar sobre un estado de cosas. El personaje cantor es un hombre "bueno", como Discépolo define siempre a sus héroes. Es un hombre compasivo, que quiere ayudar a mitigar el dolor que sufren los otros y expulsar de sí el propio. Los desamparados se encuentran en el dolor y en la desilusión común. El mundo, sobre todo el mundo de la calle, es el mismo para todos. La ciudad, la urbe moderna, genera su propio estilo de vida, y hace falta una filosofía especial para comprenderla y vivir en ella.

"Yira...Yira" no cae en el color local, pero el modo de expresarse del personaje es fundamental para que entendamos su origen social. Este se muestra siempre bajo un estado emocional especial, en este caso de desazón y de angustia, de desesperación. Este clima emocional se percibe fácilmente en la interpretación, y tiene un impacto fuerte y directo en el oyente. Habla un hombre de la calle, con el lenguaje coloquial de los pobres. Se confiesa ante otro hombre. Es un personaje machista, que considera que la suerte "es grela", que significa mujer en el lunfardo porteño, y lo rechaza y lo larga "parao". El personaje es un trabajador que ha recorrido la ciudad "rajándose" los "tamangos", buscando un "mango" para poder "morfar" (52). No es un hombre de la noche ni un "piola" del cabaret, como en otros tangos. Este es el hombre que "yira", que da vueltas y vueltas buscando trabajo, y al que le va mal. Es lo contrario del "flaneur", del paseante contemplativo de la poesía simbolista; es el criollo desesperado, rechazado por la urbe.

La lección que saca de eso la enuncia en la segunda parte del tango. Cuando le ocurra al otro todo eso que le explicó, entonces el otro "verá", es decir, entenderá. Desea concientizarlo de lo que va a pasar, aunque el mensaje sea terrible y no deje lugar a la esperanza. Es una situación "terminal". Lo que el otro verá en esas circunstancias es que "todo es mentira" y "nada es amor", y "que al mundo nada le importa" de él. El paisaje humano es desolador, pero el oyente siente de inmediato la autenticidad del mensaje. El letrista y poeta nos está contando una verdad de nuestra sociedad contemporánea: si no tenemos ni trabajo, ni dinero, ni un lugar donde vivir, sólo recibiremos rechazos. Lo vemos a diario en la calle, y mucho más en esos años en que la crisis económica había traído gran desempleo. En esas circunstancias se rompen las cadenas de solidaridad que pueden existir en la sociedad en otros momentos menos críticos.

En la tercera parte del tango Discépolo insiste que el otro lo entenderá cuando sufra lo que él sufrió: cuando vea que ya no tiene un "pecho fraterno/ para morir abrazao...", y cuando lo "dejen tirao/ después de cinchar", de trabajar sin descanso, mientras a su lado otros especulan "probándose" la ropa que va a dejar cuando se muera. Se define a sí mismo como un "otario", como un tonto que ha sido burlado. Es el tonto que, como un perro, un día "se puso a ladrar" (53). El cantor se compara a un perro de la calle, hasta ese punto se siente rechazado por su sociedad. Esta es una poesía popular diferente. Sus versos expresan un sentido de desesperación único. La música y la gestualidad del intérprete de tango dotan a esta música de una fuerza dramática especial. Los medios de difusión desarrollados en aquella época: el disco, el cine y la radio, ayudan a que este arte popular se comunique con un público nuevo, en un género que nació para interpretar a ese público: el habitante urbano de la Buenos Aires cosmopolita. Se inicia una época de gran crisis económica y social que se extendería por varios años más, durante "la década infame". En este tango Discépolo se transformó en crítico social, actitud que profundizaría en "Cambalache", para mostrar los contrastes y desequilibrios, y los choques del hombre común y del inmigrante con su entorno.

Después de 1930 no compone tangos con personajes cómicos y tan marcadamente antiheroicos como los de "¡Qué vachaché!" y "¡¡Victoria!!". "Yira...yira...", como vimos, introduce el tema social y "Confesión", de ese mismo año, explora el mundo del hombre solitario que fracasa en su intento amoroso por dar sentido a su vida, y trascender y redimirse a través de un

311

amor bueno. En "Confesión" el personaje es un hombre golpeador que "se hizo" abandonar por la mujer que amaba. La mujer en esos momentos vive bien, la tienen "hecha una reina" (61). El hombre ve a la mujer después de un año, de manera casual, por la calle. Es entonces que se confiesa su amor por ella, su maldad y su culpa. El héroe de "Confesión" es un ser que vive atormentado por sus actos. Su último sacrificio fue abusar de quien amaba, para que lo abandonase y "salvarla" así, empujándola en brazos de otro. Es un amor autodestructivo. El personaje describe sus sentimientos de inferioridad, su incapacidad de ser bueno. Los héroes se mueven de forma polar entre el bien y el mal, y no encuentran el equilibrio, ni la paz, ni el amor. Viven atormentados y en constante desasosiego.

El próximo tango que compone con esta visión del amor es "Secreto", de 1932. Continúa su interpretación dicotómica del bien y el mal. El personaje es un hombre del pueblo y no puede entender sus angustias: siente un dolor absoluto y paralizante, y no sabe cómo reaccionar. Es un hombre de familia, casado y con dos hijos, y vive un amor adúltero. Víctima de un impulso destructivo, termina destruyendo también todo lo que está alrededor de él y ama. Su única escapatoria a esa situación extrema y desesperante es el suicidio. Enrique desarrolla en un breve argumento un cruel drama personal. Comienza la letra con el personaje invocando a la mujer y maldiciéndola: "Quién sos, que no puedo salvarme,/ muñeca maldita, castigo de Dios...", dice (62). Con extraordinaria capacidad de síntesis, el letrista presenta en los versos siguientes, conceptualmente, todas las preguntas que le plantea la situación: el problema de la salvación personal, la dificultad de conocer la verdadera naturaleza de esa persona amada que nos agrede y nos lastima, el sometimiento a la belleza demoníaca de la mujer, y la relación del ser sufriente y abandonado con su Dios, que parece no compadecerse de él. El personaje se mueve en un mundo fatal, del que no hay salida. La trampa fue la seducción, el hechizo de la mujer.

Las mujeres malas que presenta Discépolo son mujeres fatales, interesadas, seductoras, de las que no hay escapatoria, y que llevan al hombre a entregarlo todo por ese amor. Despiertan en el amante una pasión irrefrenable. En este caso el hombre destruyó a su familia por ese amor. Dice el personaje, autoacusándose: "No puedo ser más vil,/ ni puedo ser mejor,/ vencido por tu hechizo/ que trastorna mi deber.../ Por vos a mi mujer/ la vida he destrozao,/ es pan de mis dos hijos/ todo el lujo que te dao (62)." El amor adúltero conlleva la ruina de la familia decente. El personaje se dispone a pagar su culpa suicidándose. Pero no lo logra: en el momento de intentar dispararse, algo lo impulsa a bajar el arma. Esa es la última humillación que puede sufrir: confiesa que no lo hizo por sus hijos, sino por miedo a no ver más a la "muñeca maldita". Es incapaz de separarse para siempre de su amante. Está en sus manos, impotente, y ha perdido la voluntad. Ha caído en lo más bajo, en la abyección. Es un hombre humillado y agónico, impotente ante el mundo.

Otro tango, de 1933, en que aparece un héroe bueno y humillado es "Tres esperanzas". El personaje que canta su vida y se confiesa habla con su alma. Es un soliloquio, en que trata de convencer a su alma de cometer el suicidio. El argumento que ofrece para justificar la necesidad de suicidarse se funda en el gran dolor que siente, que lo destroza, en los engaños que sufrió, en la pérdida de sus "tres esperanzas": su madre, la gente y un amor. Todas lo abandonaron o traicionaron, y siente "terror al porvenir" (66). Por ser bueno e indeciso se considera un "gil", un tonto, y le llama a su alma "otaria", boba. El alma parece no aceptar su argumento, y la última razón que le ofrece para convencerla de la necesidad del suicidio es su falta absoluta de amor; le dice: "Si a un paso del adiós/ no hay un beso para mí,/ cachá el bufoso…y chau…/ ¡vamo a dormir! (67)". Este es un sujeto que habla con claridad, se dice la verdad, es sincero hasta la crueldad y tiene un sentimiento absolutamente trágico de la vida. Discépolo toma al personaje muy en serio y expresa su angustia y su desesperación. Son historias "distintas" dentro de la gran ciudad moderna, de seres que viven al límite.

En 1931 había compuesto un tango, "¿Qué "sapa", Señor?", profundizando motivos sociales, que era un antecedente de "Cambalache" (Pujol 229). Era un tango que hablaba de la moral "pública", un discurso crítico sobre el estado de su sociedad. Pujol interpreta este tango como una crítica desencantada y más bien conservadora de Discépolo al "liberalismo epigonal" de los años treinta, en que expresó desilusión ante la caída de la monarquía española (212). No estoy de acuerdo con la lectura de Pujol, creo que es una lectura excesivamente literal que no tiene en cuenta la separación del autor y sus personajes. Aunque hable en primera persona el personaje no es el autor, ni sus creencias tienen por qué coincidir en su totalidad con las del autor. Discépolo estaba muy lejos de ser un hombre conservador y antiliberal, dado el ambiente en que creció junto a su hermano Armando, y el mundo del espectáculo en que se movía.

El sujeto que representa Enrique en este tango es un ser desengañado, que tiene una visión extrema del mundo. Es un hombre que desespera y muestra sus sentimientos en el momento culminante de su angustia. Siempre los sentimientos son exagerados, porque no se trata precisamente de un personaje de clase media, bien educado, sino de un personaje del pueblo bajo, que se siente la víctima no sólo de las mujeres que lo manipulan, sino también de su sociedad que lo desampara.[56] El hombre del pueblo bajo no

---

[56] La poesía culta de las elites letradas de la clase media exhibe sentimientos nobles y sutiles, e ideas complejas y originales para el público lector educado y "entendido". La literatura forma parte de un ámbito culto, dominado por una clase que impone su visión. En un país poco desarrollado, dependiente y empobrecido como la Argentina, donde las clases populares padecen todo tipo de carencias, de educación, salud, vivienda, alimento y trabajo, la gran literatura argentina, producida por nuestros mejores escritores en esos años: Borges, Girondo, Macedonio Fernández, no reflejaba los intereses y la sensibilidad del pueblo bajo aunque el pueblo bajo, como en Borges, pudiera aparecer como personaje en su literatura. Era literatura de las elites intelectuales para las elites y las nuevas clases medias educadas. Surge sin embargo en esos años una literatura de los hijos de inmigrantes recientemente incorporados al mundo de la clase media que guarda mayor fidelidad a sus orígenes proletarios, como el teatro de Armando Discépolo, las letras de Celedonio Flores y Enrique Santos Discépolo, las crónicas y novelas de Roberto Arlt. Es ésta la situación que crea el enfrentamiento cultural que ha pasado a la historia de la literatura como el debate de Florida y Boedo. Cuán serio fue el debate es difícil decirlo, pero la situación social que lo hizo posible era más que real. La fractura y el enfrentamiento entre sectores sociales no ha desaparecido con los años, y se hizo más evidente durante el peronismo, porque el gobierno de Perón mantuvo una evidente simpatía hacia el proletario y el pueblo pobre, y gobernó en nombre de sus intereses. Precisamente por eso se sentiría Enrique atraído por el peronismo, como casi todos los artistas populares y los deportistas, que tenían una relación más íntima con el pueblo pobre y las masas. Los sectores liberales y los escritores de clase media en su mayoría rechazaron el populismo nacionalista de Perón, tanto por su contenido intelectual como social. El espectáculo del pueblo pobre en las calles, expresando sus necesidades y recriminando a las clases ricas el abuso que sufrían, no podía ser del agrado de aquellos sectores educados en la sutileza de las expresiones estéticas de alto orden. Sólo lo entendieron los artistas populares. Durante el primer peronismo, Perón encontró pocos simpatizantes dentro de los sectores cultos, que celebraron su caída. No sólo escritores anglófilos, como Borges, se opusieron a Perón, a pesar de sus simpatías populistas en su juventud, sino también ensayistas liberales y progresistas como Martínez Estrada y Sábato. Esto

sublima sus sentimientos, como el hombre de clase media. No ha gozado de los beneficios ni de las sutilezas de la cultura liberal. Entiende la realidad como puede, en base a sus experiencias personales en un medio agresivo. Se enfrenta en situación de inferioridad a una sociedad que se enriquece explotando el trabajo de los humildes, y él está en el fondo de la escala social. Siente por lo tanto su falta de valor auténtico en ese medio y el desprecio de los poderosos.

El personaje de "¿Qué "sapa", Señor?", le habla a su Dios "alverre", al revés, invirtiendo las sílabas, con el desparpajo de las clases populares, y le dice que el mundo está enfermo y la gente está loca. La tierra, dice, "está maldita/ el amor con gripe, en cama...". La gente "en guerra grita,/ bulle, mata, rompe y brama" (56). El mundo está lejos de ser hospitalario. Todos los valores se han trastocado y el hombre ha quedado "mareao" y "no sabe dónde va...". Discépolo crea un personaje del pueblo bajo que habla con su lenguaje y expresa la que podría ser la filosofía de ese pueblo y la problemática de la modernidad, según el autor.

Este personaje, a diferencia de los que aparecen en otras canciones del repertorio popular, que solo se ocupan de problemas individuales, habla del mundo público, de su sociedad y su política, y su discurso resulta creíble. Pone en boca del hombre del pueblo, que no puede expresar bien lo que piensa y siente, sus pensamientos y sentimientos, logrando que se identifique con su discurso. Era algo similar a lo que buscaba el teatro popular de su hermano Armando, el grotesco criollo, cuando hacía hablar al inmigrante italiano de sus problemas en cocoliche, y lo que había logrado el teatro de Sánchez, presentando como personajes a los criollos inmigrados a la ciudad y a los inmigrantes extranjeros, que chocaban con un medio hostil que no entendían bien y cuyos códigos sociales no manejaban (Viñas 61-5).

El personaje de Discépolo en este tango no entiende lo que pasa, todo está muy confuso, en esa sociedad no hay valores, ni códigos claros ni bien

---

cambió después de la mal llamada Revolución Libertadora, en 1955, que derrocó a Perón, y comenzó la abierta persecución de la clase trabajadora, y la venganza de las elites liberales contra el pueblo peronista. Muchos intelectuales como Jauretche y Hernández Arregui, y escritores como Walsh y Leónidas Lamborghini, se volvieron contra el "establishment" liberal y analizaron las relaciones de la clase media culta con los sectores populares desamparados y perseguidos.

establecidos, y es muy difícil sobrevivir y defenderse. Todos traicionan, no se puede creer en nadie, ni tener fe. Explica que los cambios fueron demasiado rápidos y bruscos, y es imposible acomodarse a ellos; dice: "Hoy todo dios se queja/ y es que el hombre anda sin cueva,/ volteó la casa vieja/ antes de construir la nueva…". A pesar de ser una explicación intelectual, inusual en una canción, el tango gustó y se popularizó de inmediato, contribuyendo a educar y concientizar sobre la problemática del mundo contemporáneo a sectores que nunca seguramente leían literatura, y que, gracias a los nuevos medios masivos de comunicación, particularmente la radio, en pleno desarrollo en esos momentos, podían informarse y meditar sobre su lugar en el mundo (Pujol 211).

La buena recepción que tuvo el tango seguramente impulsó al autor a seguir profundizando en su temática y situación enunciativa, que iba más allá de lo circunstancial y privado. En el tango el hombre desencantado le hablaba a su dios, quejándose, expresándole su confusión. Era una meditación sobre una situación que afectaba a toda su sociedad. Era por lo tanto filosofía popular, basada en la experiencia del hombre en la urbe cosmopolita moderna que es Buenos Aires. Su obra cumbre, en esta vena, sería el tango "Cambalache" de 1935.

En "Cambalache" Discépolo logró una síntesis expresiva única. El éxito gradual y creciente que tenía el autor con sus letras y su música se debía en parte al modo progresivo y consecuente que empleaba para concebir sus tangos y componerlos. Era un autor meticuloso, que pensaba cuidadosamente y meditaba largamente lo que escribía en cada uno de sus tangos. No fue un compositor espontáneo: era un poeta reflexivo. Por eso sus composiciones muestran su cuidadosa evolución artística. Sus tangos se transformaron en obras únicas y excepcionales. Son verdaderos monumentos de la canción nacional argentina y joyas del arte popular.

En "¿Qué sapa, Señor?" Enrique recurría a un argumento con tintes biologicistas, y en su conversación con Dios el personaje argumentaba que la tierra estaba enferma. En "Cambalache" desaparece la referencia a la enfermedad, y el personaje no habla con un interlocutor individual específico. Se dirige a un público general, a los oyentes, a los ciudadanos. Un cambalache es un negocio de artículos de segunda mano, donde se encuentran los objetos más inesperados que la gente lleva para su reventa. El cambalache, tal como lo entiende Discépolo, es una alegoría del mundo moderno, en el que han entrado en crisis todos los valores morales: el dios contemporáneo es el dinero, el interés, y el comercio, las cosas valen por lo material solamente. Los pobres son las víctimas en ese cambalache, donde malvenden sus posesiones para que otros las compren a precios mayores. A él acuden los que no tienen lo suficiente para comprar mercancías nuevas.

El cambalache era también un símbolo de la Argentina de ese entonces: estaban en medio de la corrupción de la "década infame", donde los militares, la iglesia y la oligarquía habían formado un frente común para controlar y dominar a la sociedad civil rebelde, a sus trabajadores indisciplinados, y a sus pobres anarquizados.[57] El mundo en el que vive el personaje de "Cambalache" es un mundo nivelado por la injusticia, en el que el papel social del individuo no se corresponde con su moral, y donde nadie es consecuente con su conducta. Es un mundo en el que todo vale. El personaje se expresa con un lenguaje coloquial típico del habla rioplatense que resulta muy persuasivo. El cantor desengañado nos muestra su visión del mundo, su cruel verdad, subrayando con desagrado su decadencia (Galasso 105). Generaliza con pesimismo su desencanto: el mundo no sólo es hoy una "porquería", sino que igualmente debe haber sido una porquería antes, y lo será mañana. Considera la crueldad social como algo invariable, afín a la naturaleza humana. Siempre "ha habido chorros,/ maquiavelos y estafaos", pero el siglo veinte renueva el sentido del mal: es "un despliegue/ de maldá insolente" (74). Esto es lo que sabe el personaje y quiere comunicar al oyente. Se trata de un mundo sin escalafones en que "los inmorales/ nos han igualao" (75). El personaje ofendido se considera moral y bueno, habla desde su indignación y denuncia la maldad de la sociedad. En este mundo los héroes como San Martín, el padre de la patria, y Napoleón, el gran emperador francés, que defendió la revolución durante veinte años contra las monarquías reaccionarias europeas, se han mezclado con mafiosos como Don Chicho, estafadores como el francés Stavisky y

---

[57] En esa Argentina muchos habían quedado fuera de la ley, y la justicia se había reducido a su mínima expresión. Tal como decía Hernández, también desencantado con su sociedad, en la segunda parte del *Martín Fierro*, la ley es como un embudo, al servicio del más fuerte (305). La sociedad darwiniana que describía Hernández, y la cruel lucha del pobre por sobrevivir, la vuelve a ver Discépolo, quien también se compadece del débil y del desamparado. Ambos autores defienden el campo popular, contra las razones de las elites liberales y la oligarquía.

santos como Don Bosco (Pujol 231). Lo que es peor, la Biblia, el libro sagrado de nuestra religión, yace "en la vidriera" del cambalache junto a un sable y un calefón, convertido en un objeto en desuso más.

El tango termina con un final vitalista, donde el personaje recomienda a los otros hacer lo mismo que los demás: aprovecharse de la situación y sobrevivir. Después de todo es la ley de la vida. En la sociedad capitalista triunfa el más rico y el más fuerte. Estimula a los oyentes con un "¡Dale que va!", hay que seguir: nos encontraremos todos en el "horno", puesto que tanta maldad sólo puede terminar en el infierno. Conviene dejar de pensar y sentarse a un costado, mientras vemos pasar el mundo en marcha hacia la destrucción. Es una visión apocalíptica, ya que ese mundo parece no tener redención. Ante la ausencia de leyes y normas, es mejor adaptarse y seguir viviendo. Para esto es necesario resignarse y aceptar la realidad tal como es, sin idealismos.

Enrique escribirá otros tangos, tratando de explicar la situación del hombre del pueblo en la sociedad contemporánea, entre ellos "Desencanto", de 1937, que compone con Luis Amadori, y "Tormenta", de 1939, aunque "Cambalache" es considerado su obra máxima en este tipo de letra. En "Tormenta" habla con Dios, como lo había hecho en "¿Qué "sapa", Señor?". En este nuevo tango sobresale la intensidad del sentimiento religioso. En el comienzo de la composición el personaje cantor está "aullando" durante una tormenta, en que el cielo se llena de relámpagos, perdido en medio de "su" noche interminable, buscando el nombre de Dios. Le dice que su fe se tambalea y necesita "luz/ para seguir" (85). Le plantea a Dios la falla de su mensaje a los hombres: en el mundo no se sabe cuál es el bien y el que sigue sus enseñanzas "sucumbe al mal". En ese mundo el mal es más fuerte que el bien y "la vida es el infierno". Le pregunta a Dios: "¿Lo que aprendí de tu mano/ no sirve para vivir?" (85).

El motivo principal por el que le habla a su Dios, sin embargo, es para solicitarle que le devuelva la fe: no puede vivir sin ella. Le pide que le enseñe "una flor/ que haya nacido/ del esfuerzo de seguirte, ¡Dios!/ para no odiar…". Le confiesa la razón de su desazón: lo desprecian porque no es capaz de robar, como los otros. Si Dios le concede el don y el milagro de la fe, le promete que de rodillas "moriré con vos,/ ¡feliz, Señor!". Lo atormenta la duda. Muestra un sentimiento religioso profundo. En los pocos tangos que escribe Discépolo durante estos años su lenguaje se desnuda, se vuelve esencial y conceptual, y aparece en sus letras cada vez más el drama interior del hombre, su desesperación ante sentimientos y situaciones irresolubles en que eleva sus ojos a Dios, buscando consuelo para su dolor.

Vuelca también esta problemática en sus tangos de motivo amoroso. En "Martirio", de 1940, habla del sufrimiento y la soledad de un hombre que espera en vano el regreso de un amor. La situación es humillante, por cuanto no puede olvidar a la mujer, a pesar que sabe que no volverá. Es una situación terminal e insoluble. Es en ese vacío de la persona deseada y amada que siente precisamente lo que es la soledad más esencial. "¡Sólo!.../¡Pavorosamente solo!" – clama el cantante desesperado – "como están los que se mueren,/ los que sufren,/ los que quieren,/ así estoy...¡por tu impiedad!" (87). El personaje no entiende "por qué razón" la quiere. Vive esa situación como un castigo de Dios. Es una pesadilla a la que está condenado "hoy...mañana.../ siempre igual...". Lo que lo lleva a esa situación es la necesidad irrefrenable de unirse a ese ser que ama, esa mujer a la que no puede reemplazar con ninguna otra, y ante su ausencia está sólo en el mundo, huérfano. Esa situación lo tortura, y se cree condenado y castigado por un Dios que lo "condenó al horror/ de que seas vos, vos/ solamente, sólo vos.../ Nadie en la vida más que vos/ lo que deseo..." (87). Es el drama del hombre enfrentado en soledad a su deseo, tratando de hacer reaparecer sin éxito al ser deseado, y no logra más que profundizar su soledad existencial. Drama conmovedor, espiritual, intenso.

Escribe varios tangos de motivo sentimental en esos años: "Infamia", 1941; "Uno", 1943; "Canción desesperada", 1944; "Sin palabras", 1945. De todos éstos es posiblemente "Uno", con música de Mariano Mores, donde cristaliza y llega a una nueva altura la vena lírica de Enrique. La línea melódica que da el pianista Mores a los tangos que compone para las letras de Enrique mitiga el sentido tremendista que encontramos en composiciones anteriores. Aquí el personaje sufre pero intuimos que está sublimando ese sentimiento terrible en el canto delicado y lírico del piano. Este nuevo matiz le pareció a Enrique un gran hallazgo, porque siguió componiendo con Mariano otros tangos (Pujol 307-8). El último tango que escribe, en 1948, "Cafetín de Buenos Aires", también tiene música de Mariano Mores.

En "Uno" notamos la suavidad y la gradación del sentimiento expresado. Enrique imagina aquí la vida como un peregrinaje, donde el hombre va por el camino con un objetivo fundamental: amar. El resultado, sin embargo, es la frustración final. Los héroes de Discépolo son héroes modernos baudelerianos condenados a la incomprensión y al fracaso. Enrique le canta a la fatalidad del destino y a la imposibilidad humana. En estos tangos renueva su sentido trágico de la vida. En "Uno" el ser humano parece no estar atado a lo material: su peregrinaje es espiritual y amoroso, cristiano. El ser humano se arrastra "entre espinas" y "en su afán de dar su amor" sufre (91). Es un ser que ha sido castigado injustamente. Su falta ha sido entregar su amor a alguien que lo engañó. Ese camino espiritual que lo lleva a la perdición es irreversible y el hombre no puede salvarse. Lo que ocasiona esa cruel toma de conciencia es un hecho nuevo en la vida del personaje: tiene frente a sí a alguien que lo quiere y le promete nuevo amor. Pero el hombre ya no puede amar: está vacío. Es el drama de la imposibilidad humana ante un destino trágico que parece estar escrito.

El cantor ve en los ojos de la nueva mujer reflejados los ojos de aquella que lo engañó. Le dice: "Si yo pudiera como ayer/ querer sin presentir…/ Es posible que a tus ojos/ que me gritan su cariño/ los cerrara con mis besos…/ Sin pensar que eran como esos/ otros ojos, los perversos/ los que hundieron mi vivir…" (92). Pero eso no ocurre, el personaje ha quedado fijado en el viejo amor, y "no sabrá como quererla". Lo único que hace es lamentar su suerte. La salvación está al alcance de la mano, pero no logra salvarse porque tiene miedo de querer. El resultado, como en "Martirio", es la soledad: el ser humano está irreversiblemente solo y ni siquiera el amor puede salvarlo de esa soledad radical. Dice: "Uno está tan solo en su dolor…/ Uno está tan ciego en su penar…". Es en ese momento que su alma llega a un "punto muerto" que no puede superar. La ilusión ha desaparecido para siempre. Esa es su maldición. El héroe discepoleano en este tango se queja ante dios pero no se rebela contra él. No entiende bien los designios de Dios que trae un nuevo amor a su vida cuando ya no puede sentir nada. La existencia del personaje es paradójica, hay algo de burla cruel en su destino. Su tortura es tener que vivir sin ilusiones y sin amor, en soledad.

Discépolo en sus tangos reflexiona sobre las experiencias morales del hombre, y realiza importantes observaciones psicológicas sobre el comportamiento del hombre del pueblo, que es el héroe de sus tangos. Analiza sus conflictos amorosos, su sensación de orfandad y soledad cuando sufre el rechazo de un ser querido, su enfrentamiento a un medio hostil que no muestra solidaridad ni compasión por él. Si el auditorio es capaz de relacionarse con sus letras y entender sus verdades es sobre todo por la profundidad de sus interpretaciones psicológicas y su relación con la ciudad moderna.

La ciudad contemporánea y su espacio de trabajo han modificado la conducta y la psicología individual de los seres humanos. El tango trae precisamente esta novedad: la relación del hombre del pueblo con un entorno social inédito, lo lleva a conductas que los demás no comprenden, ni él comprende tampoco muchas veces. Origina profundas deformaciones, frustraciones y fracasos individuales. Lo llevan al borde de la destrucción. El tango canta esas situaciones límite y por eso su representatividad en la sociedad moderna.

Dentro de los tangos de motivo amoroso que escribe Enrique en estos años debemos mencionar "Infamia", porque trae al imaginario de sus letras un actor nuevo: "la gente". La gente había aparecido como destinataria anónima de sus tangos, pero no como personaje colectivo. Aquí Enrique acusa a la gente de ser cruel con el individuo, y lo hace con sinceridad. No hay que olvidar que Enrique era un hombre del espectáculo, casado con una cantante española, Tania, que había iniciado su carrera en Buenos Aires en el ambiente del cabaret y conocía bien ese mundo. La gente, particularmente la gente pequeño burguesa, de buena familia, idealiza a los artistas, pero tiene grandes prejuicios hacia ellos. Se entretiene con su vida privada como si fuesen personajes de ficción, sin darse cuenta que se trata de seres humanos de carne y hueso. Los prejuicios de la gente bien condenan a las mujeres de vida ligera, o que consideran de vida ligera.

La historia de "Infamia" es la de un hombre que encontró el amor en una mujer de la noche. Su pasado la condenaba, pero para el hombre, compasivo, como son todos los héroes de Discépolo, su "alma entraba pura a un porvenir" (89). La mujer quería redimirse, su amante la aceptaba, pero la condenaba la gente que, como dice Enrique, "es brutal cuando se ensaña" y "es feroz cuando hace mal". Esa gente además "odia siempre al que sueña". Los dos, dice el cantor, salieron a vivir como "payasos" en una feria. La mujer no pudo superar su sentimiento de vergüenza y lo dejó. Desde entonces su vida "fue un suicidio,/ vorágine de horrores y de alcohol" (90). En el momento que nos habla el personaje la mujer finalmente se mató "ya del todo" y el hombre está llorando su pérdida irreversible, haciendo su duelo.

El cantor condena a la gente que se burló de ellos, y la considera culpable de la tragedia. Imagina un segundo final espiritual en que logra salvar él a la mujer perdida. La suicida se presenta ante Dios, "vestida de novia" y el cantor le pide a éste que ampare "su sueño" eterno. La defiende, definiéndola como una "muñeca de amor.../ que no pudo alcanzar su ilusión" (90. Realizaba en la muerte lo que no había podido hacer en su vida.

Dentro de su selecta producción de tangos, Enrique dedicó varios a celebrar la música misma y sus instrumentos. El primero fue "Alma de bandoneón", de 1935 (el mismo año que compuso "Cambalache"), al que siguieron "Cuatro corazones", de 1939, "Sin palabras", 1945 y "El choclo", 1947. Otros compositores anteriores habían escrito composiciones sobre el tango y sus instrumentos y el tema gozaba de popularidad. En 1916 apareció "Maldito tango", de Luis Roldán, en 1926 "Viejo tango", de Francisco Marino y en 1928 "Bandoneón arrabalero", de Pascual Contursi. "Alma de bandoneón" mantiene una relación intertextual con la hermosa letra de Contursi. En "Bandoneón arrabalero" Contursi creaba un diálogo entre el ejecutante y el bandoneón, donde éste refería su encuentro con el instrumento. El bandoneón aparecía primero personificado, acunado como un niño en el pecho del hombre, y se transformaba luego en su verdadera salvación y consuelo (Gobello 136). Discépolo da una interpretación muy distinta a la relación entre el músico y el instrumento. El bandoneón, la música, no puede salvarlo. El hombre es un ser condenado y arrastra sus obras en su caída. El ejecutante cree que el bandoneón tiene alma y sufre, y lo que expresa en su canto es el dolor de ese alma. Lo caracteriza como "una oruga que quiso/ ser mariposa antes de morir" (70). El hombre siente proyectado su drama personal en el canto del bandoneón: entiende que éste quiere comunicar su fracaso. El eterno culpable que hay en el héroe de Discépolo sueña con pedirle perdón al morir y "al apretarte en mis brazos/ darte en pedazos/ mi corazón..." (71).

"Cuatro corazones" es una celebración de la milonga y el candombe, con su "ritmo de hacha – taco y tamboril-" (83). Alaba su sensualidad y su compás. "Sin palabras" es un tango sentimental complejo, donde el compositor confiesa en ausencia a la mujer que ama y lo abandonó que esa canción "sin palabras" había nacido como una prenda de unión entre los dos. Imagina que la mujer, que lo traicionó, sufrirá al escuchar la canción y le pide perdón por causarle dolor, y le dice que no fue él sino que "… es Dios,/ quien quiso castigarte al fin…" (95). Las "notas que nacieron por tu amor" son en ese momento de rechazo y abandono "un silicio que abre heridas de una historia…". Dice que sin querer esa canción trae memorias dolorosas que seguirán torturándolos con el recuerdo del amor. Discépolo así homenajea el poder de evocación que tiene la música para el ser humano. El antihéroe discepoleano es un ser masoquista que busca consuelo en el dolor mismo que produce la evocación de la pérdida.

La más ambiciosa de sus letras dedicadas a celebrar el tango fue "El choclo". El viejo tango de Villoldo tenía una letra de Marambio Catán, de 1930, pero Libertad Lamarque le pidió a Discépolo una nueva letra. Quería cantarla en la película *Gran Casino*, que dirigiría, tal como lo hizo, Luis Buñuel, en 1947 (Gobello 255). En su letra Enrique trató de hacer una historia mítica del tango, desde su nacimiento hasta ese momento. Comienza con el mito de su nacimiento. El tango "burlón y compadrito" nació en el suburbio. Este le "ató dos alas", y de allí se elevó para expresar la ambición del mundo marginado: "salió del sórdido barrial buscando el cielo" (97). Luego define lo que es el tango: es un "conjuro extraño de un amor hecho cadencia", "mezcla de rabia, de dolor, de fe, de ausencia/ llorando en la inocencia de un ritmo juguetón." Podemos considerar a ésta una definición de lo que significa en general el tango para Discépolo, y entenderla como una síntesis de lo que quiso lograr en su "arte letrística". [58]

En la próxima estrofa recrea el origen de los personajes "malos" del tango: las mujeres crueles que hacen sufrir a los hombres y los abandonan. Enrique dice que éstas "paicas" y "grelas" nacieron del "milagro de notas agoreras" de los tangos. Termina la descripción del origen e introduce al cantante-personaje en la letra: éste dice que al evocar el tango siente "que tiemblan las baldosas de un bailongo" y oye "el rezongo" de su pasado (97). El "son de un bandoneón" le trae recuerdos de su madre muerta "que llega en punta e' pie" para besarlo.

La próxima estrofa introduce a un personaje: "Carancanfunfa", que

---

[58] Este "arte letrística" sería una forma análoga al motivo del "arte poética" de la poesía culta, en que el escritor explica sus ideas sobre la poesía. En este caso Discépolo nos habla sobre lo que cree debe expresar el tango.

en lunfardo significa el bailarín del suburbio que es además pendenciero y rufián. Este bailarín milonguero llevó el tango a Europa y en "un pernó mezcló a París con Puente Alsina", unió espiritualmente a la gran ciudad europea con un barrio pobre de Buenos Aires. Lo define como "compadre del gavión y de la mina/ y hasta comadre del bacán y la pebeta", o sea, amigo y confidente, y también rufián de las parejas que se formaban en el cabaret entre hombres pudientes y mujeres de la noche.

En la última estrofa Discépolo habla de la relación íntima entre el lunfardo y las letras del tango: dice que fue gracias al tango que "shusheta, cana, reo y mishiadura/ se hicieron voces al nacer con tu destino…" (98). "Cana", "reo" y "mishiadura" son palabras que siguen en uso, "shusheta" quería decir petimetre y ya no se escucha en Buenos Aires. De la misma manera que el grotesco criollo había puesto en un lugar privilegiado el uso del "cocoliche" de los inmigrantes italianos, el tango dio un papel único a la lengua del suburbio y del hampa, conocida como lunfardo. Fue Celedonio Flores quien elevó a un nivel artístico superior las posibilidades expresivas de esa jerga, en tangos como "El bulín de la calle Ayacucho" y "Mano a mano", ambos del año 1923 (Gobello 67-69). Enrique resalta cómo el tango contribuyó a legitimar y difundir el lunfardo, y la importancia que tuvo éste en la evolución del género. Termina el poema con una serie de metáforas visuales que componen un animado cuadro; dice que el tango es una "¡Misa de faldas, querosén, tajo y cuchillo,/ que ardió en los conventillos y ardió en mi corazón!". En esta imagen final el tango aparece en una gran escena iluminada, "misa" sensual que arde juntamente en la casa pobre, el conventillo, y en el corazón del poeta.

El último tango que escribe Enrique y estrena es "Cafetín de Buenos Aires", con música de Mariano Mores, en 1948. Digno tango para terminar con su carrera de letrista y compositor. Elige como motivo uno de los espacios de culto en la vida porteña: el café. En este caso, un café de barrio, un cafetín. Para Discépolo el cafetín es la escuela de la vida porteña, el sitio donde se forma la sensibilidad del habitante de los barrios de Buenos Aires, ése que trae su mundo al imaginario de los tangos y a la cultura popular. Hay dos mundos de la ciudad, que se encuentran y se mezclan en el tango: el mundo popular de la barriada, del suburbio pobre, y el mundo del centro y los bacanes.[59] El personaje de este tango es un hombre que evoca con nostalgia su niñez y su aprendizaje de las cosas de la vida. Reconoce en el espacio y el ambiente del café su escuela. Fue un lugar acogedor, protector, una especie de "madre" urbana para él.

A pesar que se lo vio como un tango pesimista, sobre todo por su final, "Cafetín de Buenos Aires" es un tango llego de ternura y esperanza.[60] El cafetín ayuda al personaje desvalido a sobrevivir en la ciudad. El cafetín, que era "escuela de todas las cosas", le dio entre "asombros" (sentimiento fundamental de la reflexión filosófica), "el cigarrillo,/ la fe en mis sueños,/ y una esperanza de amor" (99). Son éstos valores positivos que lo llevan a confiar en el mañana. El fumar era visto en esa época como un hábito placentero que estimulaba la reflexión y ayudaba a ensimismarse. Al principio del tango el chico estaba mirando desde la calle la vidriera del café, sin poder entrar aún, "como a esas cosas que nunca se alcanzan…". El niño deseaba ser grande e igual a los mayores, superar el sentimiento de invalidez que lo aquejaba en la sociedad, frente al poder de los otros. Tiempo después logró entrar y ser admitido en la sociedad del cafetín. En su evocación nostálgica de adulto define lo que aprendió en él: "filosofía… dados…timba…/ y la poesía cruel/ de no pensar más en mí" (99).

El cafetín es el refugio del muchacho pobre de barrio que se hace pícaro para sobrevivir. Es el lugar de encuentro de sectores populares: en él se juega a las cartas y sobre todo se habla, se conversa sobre cosas de la vida y el hombre de barrio crea su filosofía cotidiana. Para el pobre, esclavo de la necesidad, siempre perseguido por la escasez de recursos y dinero,

---

[59] El espacio de encuentro es el lugar nocturno, el cabaret, donde coinciden los músicos y cantores con los muchachos bien, donde los "cafishos" comercian con sus "paicas" ofreciéndoselas a los bacanes que pueden pagar por sus servicios. El sujeto del tango es el hombre del suburbio, y muchos de los amores que cuenta son relaciones entre paicas y bacanes, entre chicas pobres encandiladas por el dinero y señores bien que las compran y las mantienen.

[60] Pujol cuenta que Apold censuró el tango, que había sido escrito originalmente para ilustrar una escena de la película *Corrientes, calle de ensueños*, de Luis Saslavsky, estrenada en 1949. Apold era un funcionario del gobierno de Perón que dirigía la Secretaría de Prensa y Difusión, y ejercía la censura sobre los espectáculos, y pidió que se corrigieran términos que consideraba poco convenientes. Perón, que era amigo de Discépolo, al enterarse, pidió que se restituyera la letra a su expresión original (Pujol 354-5).

es importante reconocer su entorno, defenderse de todos los peligros que lo rodean en la lucha por la vida. Aprender también a simular. El tango es el mundo de la simulación: simulan las mujeres que muestran un amor que no sienten, y los hombres que las explotan. Simulan los muchachos de barrio que van al centro fingiendo que son alguien. En el tango no vemos un verdadero ascenso social de clase: todos los cambios son ilusorios.

El café es también el centro de la sociabilidad masculina, donde se practica el culto a la amistad, que caracteriza a los argentinos. Dice en la estrofa siguiente: "Me diste en oro un puñado de amigos,/ que son los mismos que alientan mis horas" (99). Los amigos son sus iguales, sus pares, y también pueden ser su guía y fuente de consuelo. Enumera a esos amigos: "José, el de la quimera…/ Marcial, que aún cree y espera…/ y el flaco Abel, que se nos fue/ pero aún me guía…" (100).

En el final del tango el personaje sufre los desengaños de la vida; dice la letra: "Sobre tus mesas que nunca preguntan/ lloré una tarde el primer desengaño,/ nací a las penas, bebí mis años/ y me entregué sin luchar." Acaba aceptando la realidad, el mundo tal como es, y sus propias limitaciones. Ese hombre que ya no lucha es probablemente el adulto que se ha adaptado y acepta su papel en la sociedad. Enrique siente culpa ante esto. Al principio del tango había dicho que el cafetín le había dado "la fe" en sus sueños; al final, el personaje ha hecho todo un periplo vital y ha fracasado en sus deseos de cambiar el mundo. Ese es el destino común de las clases populares en la gran ciudad, con cuya sensibilidad se identificaba Discépolo.

Después de 1948 Enrique continúa trabajando en teatro y en cine, pero no presenta ningún otro tango. En 1949 escribe *Blum*, en colaboración con Julio Porter, obra que dirige y en la que actúa, logrando uno de sus papeles más exitosos en el escenario (Pujol 358-62). Hasta el teatro lo va a buscar Raúl Apold, el Subsecretario de Prensa de Perón, para que participe en un programa radial político que se transmitirá diariamente: "Pienso y digo lo que pienso". Enrique acepta, y crea un personaje que se hace célebre en la radiofonía: Mordisquito. Presenta monólogos en que discute cuestiones del Peronismo. Se burlaba de los opositores y de la vieja oligarquía antiperonista, y se hizo, como consecuencia, de muchos enemigos (Pujol 380-1). Defendió en los programas los logros económicos y sociales del gobierno peronista.

Enrique y una gran cantidad de músicos y compositores del ambiente del tango y la música popular eran peronistas y apoyaron el gobierno de

Perón. Perón, casado con una mujer del espectáculo, Eva Duarte, favoreció las artes populares, particularmente la música y el cine. Fue un gran admirador de los artistas, así como de los deportistas más destacados. Antes que Enrique conociera a Perón, ya Perón conocía a Enrique Santos Discépolo, el gran autor y compositor, y lo consideraba el más grande poeta popular argentino (369-70). Enrique vio por primera vez a Perón en Chile, cuando éste era agregado militar del gobierno argentino en Santiago en 1937. Pujol relata que Perón demostró una consistente cultura tanguera en aquella oportunidad y Enrique se sintió cautivado por su agilidad mental (277). En 1937 Enrique se sumó a la junta directiva de SADAIC, la sociedad de autores y compositores, junto a Manzi, Filiberto, Canaro, Lomuto y Vedani. En 1944 realizó, junto a Homero Manzi, una gira por varios países hispanoamericanos en representación de los artistas y sus derechos, como miembro del directorio de SADAIC (319).

Según Pujol, lo que más sedujo a Enrique del Peronismo fue su política asistencial. Perón se mostró interesado en su amistad, y tanto él como Evita recibieron numerosas veces a Enrique en la quinta de San Vicente. Enrique simpatizó de inmediato con la personalidad de Evita. La visitaba en la Secretaría de Trabajo y muchas veces almorzaban juntos. Perón lo nombró director ad honorem del Teatro Nacional Cervantes, lo cual le atrajo enemigos dentro del ambiente artístico (371).

Enrique falleció el 23 de diciembre de 1951, de una enfermedad misteriosa que no lograron diagnosticar. Tenía cincuenta años de edad. Su posición en el imaginario musical y poético porteño ha quedado definitivamente enraizada. Vivió durante una época en que el tango definió su nueva personalidad madura dentro del mundo de la música popular, y él fue uno de sus artífices. Como poeta creó una obra breve y bien meditada, que está siempre presente en el imaginario de las personas de diversas edades y generaciones.

Discépolo es para mí un poeta nacional popular fundamental del siglo XX. Durante los años de su adolescencia y juventud, poetas de la talla de Pascual Contursi y Celedonio Flores se transformaron en celebrados letristas de tangos. Otros poetas de gran sensibilidad popular, como Carlos de la Púa y Nicolás Olivari, si bien contribuyeron al imaginario de la poesía ciudadana, no lograron hacer una carrera destacada como letristas comparable a la de Discépolo y su amigo Homero Manzi. Enrique

Cadícamo y luego Cátulo Castillo también comunicaron al tango gran nivel lírico.

La industria de la grabación del sonido, la radio, el cine y la televisión hicieron de la música popular uno de los más grandes fenómenos de masas. El público oyente tuvo a su alcance un repertorio internacional riquísimo de rancheras mexicanas, valsecitos peruanos, boleros centroamericanos, tangos argentinos, con compositores y poetas del nivel de Agustín Lara, José Alfredo Jiménez, Chabuca Granda, Armando Manzanero y Enrique Santos Discépolo, que pueden ser escuchados y vueltos a escuchar con la misma atención con que se lee un buen libro de poesía. Estos compositores pusieron a la poesía popular en un lugar central de la cultura, rescatando una sensibilidad que antes quedaba relativamente marginada, o a la que tenían acceso poca cantidad de personas. Lo mismo ocurre con las interpretaciones de artistas geniales como Gardel, cuya expresión cantada seguirá enriqueciendo a las generaciones de oyentes. La música popular, junto a los deportes modernos, se ha transformado en un modo prevalente de entretenimiento en la sociedad de masas.

Las letras de Discépolo permiten crear un puente entre la canción popular y la poesía culta. Los tangos son parte importante de la historia de las formas poéticas por el impacto que tienen en la memoria colectiva, gracias a sus modos de difusión y al soporte mnemónico que les provee la música. Las canciones que escuchamos en los múltiples medios de difusión se nos hacen constantemente presentes y su expresión se integra al imaginario con que representamos nuestra experiencia y nos vinculamos a la realidad.

Los lectores de literatura consideramos que este repertorio de poesía popular dialoga con la cultura letrada y la enriquece. La poesía popular tiene una comprensión del mundo social del que proviene que es única, y trae a la cultura letrada la experiencia de sectores marginales y proletarios que son esenciales para crear una cultura integrada. El arte de la canción popular es un arte de futuro, cuyo protagonismo es cada vez mayor en la cultura contemporánea. Los oyentes hemos aprendido a escuchar su repertorio, valorando su calidad y descubriendo a grandes artistas.

Dentro de los compositores de tango Enrique Santos Discépolo ocupa un lugar de excepción y mi lectura de sus letras, valoradas por la calidad de su expresión poética, espero ayude a los lectores a entender el compromiso que existe entre poesía popular y poesía culta en la literatura argentina.

Bibliografía citada

Discépolo, Enrique Santos. *¿Qué "sapa", señor?* Buenos Aires: Corregidor/ Secretaría de Cultura, 2001.

Galasso, Norberto. *Discépolo y su época.* Buenos Aires: Corregidor, 2004. 1era. edición 1967.

Gobello, José, editor. *Letras de tangos. Selección (1897-1981).* Buenos Aires: Nuevo Siglo, 1997.

Gobello, José; Oliveri, Marcelo. *Novísimo diccionario lunfardo.* Buenos Aires: Corregidor, 2005.

Hernández, José. *Martín Fierro.* Madrid: Alianza, 1981. Estudio preliminar y notas de Santiago M. Lugones.

March, Raúl Alberto. *Enrique Santos Discépolo Sus tangos y su filosofía.* Buenos Aires: Corregidor, 1997.

Pelletieri, Osvaldo. "Enrique Santos Discépolo". E. S. Discépolo. *¿Qué "sapa", señor?...7-10.*

Pérez, Irene. *El grotesco criollo: Discépolo-Cossa.* Buenos Aires: Ediciones Colihue, 2002.

Pujol, Sergio. *Discépolo. Una biografía argentina.* Buenos Aires: Grupo Editorial Planeta, 2006. 1ra. Edición 1996.

Pampín, Manuel, editor. *La historia del tango. Los poetas.* Tomos 17-18-19. Coordinador: Juan Carlos Martini Real. Buenos Aires: Corregidor, 1980.

Sarlo, Beatriz. *Una modernidad periférica: Buenos Aires 1920 y 1930.* Buenos Aires: Nueva Visión, 1988.

Varela, Gustavo. *Mal de tango. Historia y genealogía moral de la música ciudadana.* Buenos Aires: Editorial Paidós, 2005.

Viñas, David. *Grotesco, inmigración y fracaso.* Buenos Aires: Corregidor, 1997.